Paul Klee

克利的日记

The Diaries of Paul Klee

1898—1918

〔德〕保罗·克利（Paul Klee）著　廖方舟 译

重庆大学出版社

图书在版编目（CIP）数据

克利的日记 /（德）保罗·克利 (Paul Klee) 著；廖方舟译．-- 重庆：重庆大学出版社，2021.12

书名原文：The Diaries of Paul Klee, 1898–1918

ISBN 978-7-5689-1485-7

Ⅰ．①克…　Ⅱ．①保…　②廖…　Ⅲ．①日记—作品集—德国—现代　Ⅳ．① I516.65

中国版本图书馆 CIP 数据核字（2019）第 025857 号

克利的日记

Keli De Riji

〔德〕保罗·克利　著

廖方舟　译

责任编辑：李佳熙　　装帧设计：小马橙子

责任校对：刘志刚　　责任印制：张　策

重庆大学出版社出版发行

出版人：饶帮华

社址：（401331）重庆市沙坪坝区大学城西路 21 号

网址：http://www.cqup.com.cn

印刷：重庆升光电力印务有限公司

开本：890mm × 1240mm　1/32　印张：16.25　字数：394 千

2021 年 12 月第 1 版　　2021 年 12 月第 1 次印刷

ISBN 978-7-5689-1485-7　定价：68.00 元

目录

Paulklee

+ 红背伯劳鸟　1894 年

德文版编者序

保罗·克利四部日记的读者，将会从局外进入他神秘罕见、独特警觉的画家世界。的确，他写日记本无出版意图，仅为自我省思。父亲生前不允许任何人接触他最私密的告白，甚至包括我。

保罗·克利在第一次世界大战后不久为公众所知晓，在第二次世界大战后吸引了整个西方世界的注意。与这份夹杂着批评和最正面的赞誉的强烈兴趣一同而来的，自然是对他的生活与日俱增的好奇。威尔·格洛曼博士（Dr.Will Grohman）在新近出版的书中提供了大量生平资料和极富指导性的信息，但是保罗·克利最私密的告白将会引人入胜得多。

据我所知，永远发疯般地讲究条理的保罗·克利从 1898 年开始写日记，当时他 19 岁。他给每一章标上数字和日期。然而，他跳过了 1134 个数字中的几个。1911 年左右，父亲将五花八门的记录整理成两本新的笔记本，并且接着写了另外两本。

1955 年夏天，我满怀责任感和巨大的愉悦之情，同意出版父亲保罗·克利的日记。许多艺术爱好者在几本关于父亲的书里读过该日记的选段，并从很早开始表示极想读到一部独立完整的版本。我的首要任务是评判克利的许多私密的记录是否对外人具有价值。在详尽的考量后，我认为我可以担负这个责任，便审读了全文。我想给读者一些说明：

1. 日记的许多部分是用瑞士德语写的，这是父亲一直与家人使用的方言。我保持了原样。

2. 根据常规，原文中的几个段落被修改为目前认可的样式。笔误、拼写错误和语焉不详都已纠正。

3. 几处正规姓名用首字母取代。这份谨慎对保护父亲尚在世的朋友免遭公众虎视是必要之举。

4. 我碰巧在我的物品中找到几份日记的草稿，将它们加入了我编辑的文稿（父亲经常剪下初版日记的碎片内容，粘在最终呈现的日记的合适地方）。

5.保罗・克利基金会的档案里，出现了父亲的一本包在黑色油布里的笔记本。除了笔记和一些诗歌，它还包括一篇关于“图像艺术”的文章，《创作告白》的初稿，和以摘要形式出现、标有数字的日记内容变体。出版社和编辑没有将两个版本一同或是先后出版，而是仅采用任一版本中更精华的言论。

除此之外，出版一切内容未遭异议，亦未大大冒犯克利将日记保密的原始意图。

父亲于 1940 年 6 月 29 日去世后，我的母亲莉莉在她伯尔尼的公寓中忠实地守护四本日记。母亲于 1946 年 9 月 22 日去世后，笔记本为新成立的克利协会所有。1948 年 11 月 13 日我从德国回到伯尔尼，要求重获我从未放弃过的版权。双方律师在激烈争论后于 1953 年春天达成和解，我对此感到满意。克利协会解散了，它宣称拥有的所有权和版权重归于我。我进而协议认可 1947 年成立的保罗・克利基金会。除了数量丰富的绘画，它还持有日记、全部艺术作品目录、理论性文字作品、一个克利图书馆和文件。基金会总部设在伯尔尼美术馆，并且受其管辖。基金会拥有保罗・克利的油画作品以及它们的复制权，而其余画作和文字的复制权属于我和我的家人。

保罗・克利的整个世界就这样生动地向年轻一代敞开。在日记的指引下，我们进入他的生活和音乐、绘画、文学的艺术国度。我们以事实顺序见证了青年保罗·克利的内心成长和挣扎。就像所有成长期的严肃艺术家面临的一般，这挣扎关乎人性和艺术问题。如今，因为日记的充分记录，我们意识到克利那些独特、哲学性、幽默的画题名来自何处——他在运用德语时表现出了完美的形式和强烈的画面感，这远超于一般日记中所能读到的文字。除了他扎实的音乐素养，我们更看到他天赋卓越的文字创造力和精进程度，无论是对话、警句、书信、评论、观察还是旅游印象。他的幽默通常略带讽刺，而在评估个人命运时自信得惊人。于是我们从中领悟到保罗·克利热情投身于日常生活的方方面面，将其视为与自然共生的一部分。克利艺术的欣赏者和观察者在阅读和研究这些日记后，将看到又一枝意想不到的美妙花朵为他们开放。就让日记的首次出版带我们淌过充盈的时间，前往人间和天堂的遥远世界。

费利克斯·克利
1956 年夏天，伯尔尼

小小自传

（以下是对保罗·克利的亲笔信的翻译。他在提交瑞士公民申请时附上此信，申请直到 1940 年 5 月——他去世的月份——才被批准。当时他住在瑞士提契诺（Ticino）的一家疗养院里，至死仍是德国公民。）

1879 年 12 月 18 日，我出生于明兴布赫塞（München-buchsee）。父亲是霍夫维尔州立师范音乐学院的教师，母亲是瑞士人。我于 1886 年春天开始上学，当时我们住在伯尔尼的一条长街。我在当地小学上到四年级，然后父母送我去了都立文理中学预科。我接着成为普通中学的文科学生。我通过市立考试并于 1898 年秋天毕业，完成了通识教育。

尽管毕业证书意味着所有职业之门都向我打开，但我决定学习绘画并将生命献给艺术，即使它具有风险。为了实现目标，我不得不出国（今时今日许多年轻的瑞士艺术家依然如此），要么是巴黎，要么是德国。德国对我更有吸引力，于是我决定去那里。

我就这样来到巴伐利亚首府，在艺术学院的建议下进入克尼尔的预校。我在这里练习素描和油画，不久便成功进入艺术学院，师从弗朗兹·斯托克（Franz Stuck）。在慕尼黑学习 3 年后，我在意大利（主要是罗马）游历一年以广见闻。接下来我必须静下来审视学到的一切，为未来的发展所用。于是我回到度过少年时代的城市——伯尔尼。此次停留的成绩是在 1903 年和 1906 年之间完成了数幅蚀刻版画，它们即便在当时也受到了一些关注。

我在慕尼黑的年岁间结交了许多朋友，其中一位女性如今是我的妻子。她因职业关系活跃在慕尼黑，这似乎是我决定于 1906 年秋天搬回那里的重要理由。我正慢慢以艺术家之名为人所知。慕尼黑作为彼时的艺术和艺术家中心，可以提供重要的艺术精进机会。除了三年兵役期间驻扎在兰茨胡特（Landshut）、史莱茨罕姆（Schleissheim）和盖斯特霍芬（Gersthofen），我直到 1920 年都定居在慕尼黑。与此同时，我没有中断与伯尔尼的联系，每年夏日回父母家度过两三个月的假期。

1920 年我被任命为魏玛包豪斯的教职人员，并一直教到 1926 年——那一年，学校迁去德绍（Dessau）。1930 年，我终于接到杜塞尔多夫（Düsseldorf）的普鲁士艺术学院的召唤，负责教授一个绘画班。我很喜欢这项任命，因为它允许我只教的的确确属于自己领域的东西。于是我从 1931 年教到 1933 年。

德国的政治骚乱亦波及美术，不仅限制我的教学自由，更禁锢我的创造才能。鉴于当时的我已是享有国际声誉的画家，我有足够的自信从学院辞职而靠自己的创作品维生。

至于我要在何处定居下来度过人生的新阶段，这问题自有答案。由于我与伯尔尼的紧密联系从未间断，如今我再度深深被它吸引，视它为真正的家。从此我便住在这里，而我仅余的愿望是成为这座城市的公民。

保罗·克利

1940 年 1 月 7 日，伯尔尼

Lebenslauf

Ich bin am 18 Dezember 1879 zu Münchenbuchsee geboren. Mein Vater war Musiklehrer am Kantonalen Lehrerseminar Hofwyl, und meine Mutter war Schweizerin. Als ich im Frühjahr 1886 in die Schule kam, wohnten wir in der Länggasse in Bern. Ich besuchte die ersten vier Klassen der dortigen Primarschule. Dann schickten mich meine Eltern ans städtische Progymnasium, dessen vier Klassen ich absolvierte, um dann in die Literarschule derselben Anstalt einzutreten. Den Abschluss meiner allgemeinen Bildung bildete das Kantonale Maturitätsexamen, das ich im Herbst 1898 bestand

Die Berufswahl ging äusserlich glatt von statten. Obwohl mir durch das Maturitätszeugnis alles offen stand, wollte ich es wagen, mich in der Malerei auszubilden und die Kunstmalerei als Lebensaufgabe zu wählen. Die Realisierung führte damals – wie teilweise auch heute noch – auf den Weg ins Ausland. Man musste sich nur entscheiden zwischen Paris oder Deutschland. Mir kam Deutschland

一份简单扼要的自传
写于瑞士伯尔尼　1940 年 1 月 7 日

war an diesem damals kunstzentralen Platze von Bedeutung.

Mit einer Unterbrechung von drei Jahren während des Weltkriegs durch Garnisonsdienst in Landshut, Schleissheim und Gersthofen, blieb ich in München niedergelassen bis zum Jahr 1920. Die Beziehungen zu Bern brachen schon äusserlich nicht ab, weil ich alljährlich die Ferienzeit von 2–3 Monaten daselbst im Elternhaus verbrachte.

Das Jahr 1920 brachte mir die Berufung als Lehrer an das staatliche Bauhaus zu Weimar. Hier wirkte ich bis zur Übersiedelung dieser Kunsthochschule nach Dessau im Jahre 1926. Endlich erreichte mich im Jahr 1930 ein Ruf zum Leiter einer Malklasse an der preussischen Kunstakademie zu Düsseldorf. Dieser kam meinem Wunsch entgegen, die Lehrtätigkeit ganz auf das mir eigentümliche Gebiet zu beschränken, und so lehrte ich hier an dieser Kunsthochschule während der Jahre 1931 bis 1933.

Die neuen politischen Verhältnisse Deutschlands erstreckten ihre Wirkung auch auf das Gebiet der bildenden Kunst und hemmten nicht nur die Lehrfreiheit, sondern auch die Auswirkung des privaten künstlerischen Schaffens. Mein Ruf als Maler hatte im Laufe der Zeit sich

Gefühlsmässig mehr entgegen.

Und so begab ich mich denn auf den Weg nach der bayrischen Metropole, wo mich die Kunstakademie zunächst an die private Vorschule Knirr verwies. Hier übte ich Zeichnen und Malen, um dann in die Klasse Franz Stuck der Kunstakademie einzutreten.

Die drei Jahre meines Münchner Studiums erweiterte ich dann durch eine einjährige Studienreise nach Italien (hauptsächlich Rom)

Und nun galt es, in stiller Arbeit das Gewonnene zu verwerten und zu fördern. Dazu eignete sich die Stadt meiner Jugend, Bern, auf das beste, und ich kann heute noch als Früchte dieses Aufenthaltes eine Reihe von Radierungen aus den Jahren 1903 bis 1906 nachweisen, die schon damals nicht unbeachtet blieben.

Mannigfache Beziehungen, die ich in München angeknüpft hatte, führten auch zur ehelichen Verbindung mit meiner jetzigen Frau. Dass sie in München beruflich tätig war, war für mich ein wichtiger Grund, ein zweites Mal dorthin zu übersiedeln (Herbst 1906). Nach aussen setzte ich mich als Künstler langsam durch und jeder Schritt vorwärts war über die staatlichen, ja auch über die continentalen Grenzen hinaus ausgebreitet, sodass ich mich stark genug fühlte, ohne Amt im freien Beruf zu existieren.

Die Frage von welchem Orte aus das geschehen würde, beantwortete sich eigentlich ganz von selber. Dadurch, dass die guten Beziehungen zu Bern nie abgebrochen waren, spürte ich zu deutlich und zu stark die Anziehung dieses eigentlichen Heimatortes. Seitdem lebe ich wieder hier und es bleibt nur noch ein Wunsch offen, Bürger dieser Stadt zu sein

Bern den 7 Januar 1940

Paul Klee

+ 无题 / 家与阶梯 / 马车　素描　14.9 cm × 18.3 cm　1890 年

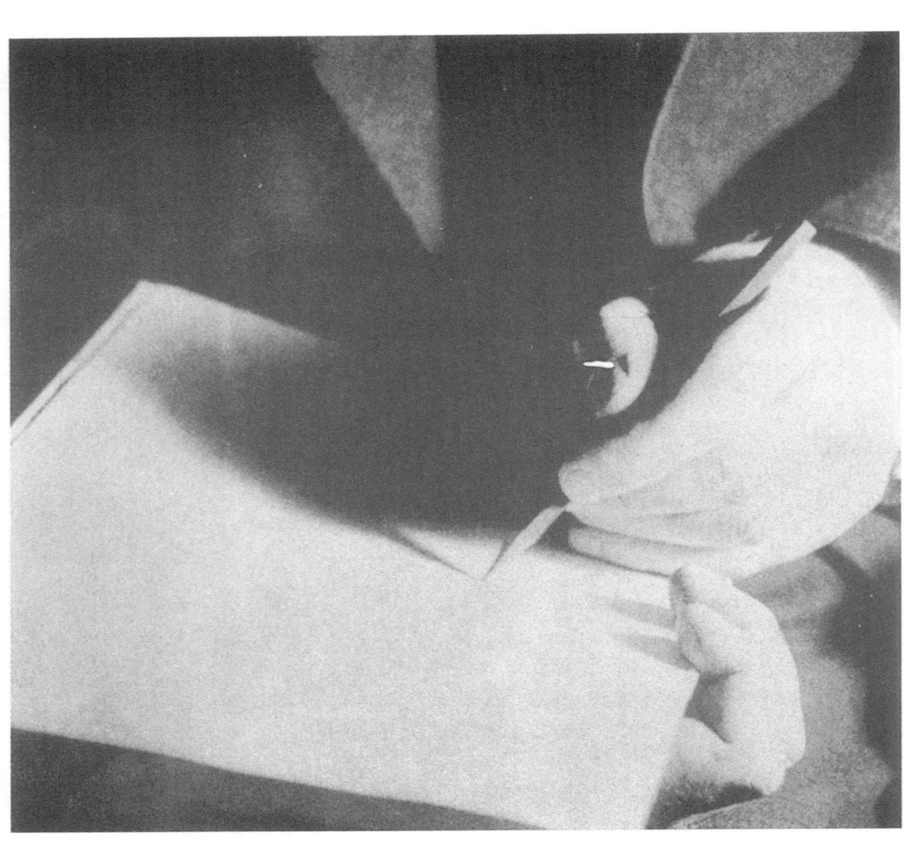

+ 保罗 · 克利的手　德国德绍　1931 年

+ 右起：克利、克利的舅舅［Ernst Frick］、克利的姐姐［Mathilde Klee］　伯尼尔　1886 年

+保罗·克利的父亲［Hans Klee］　1925年

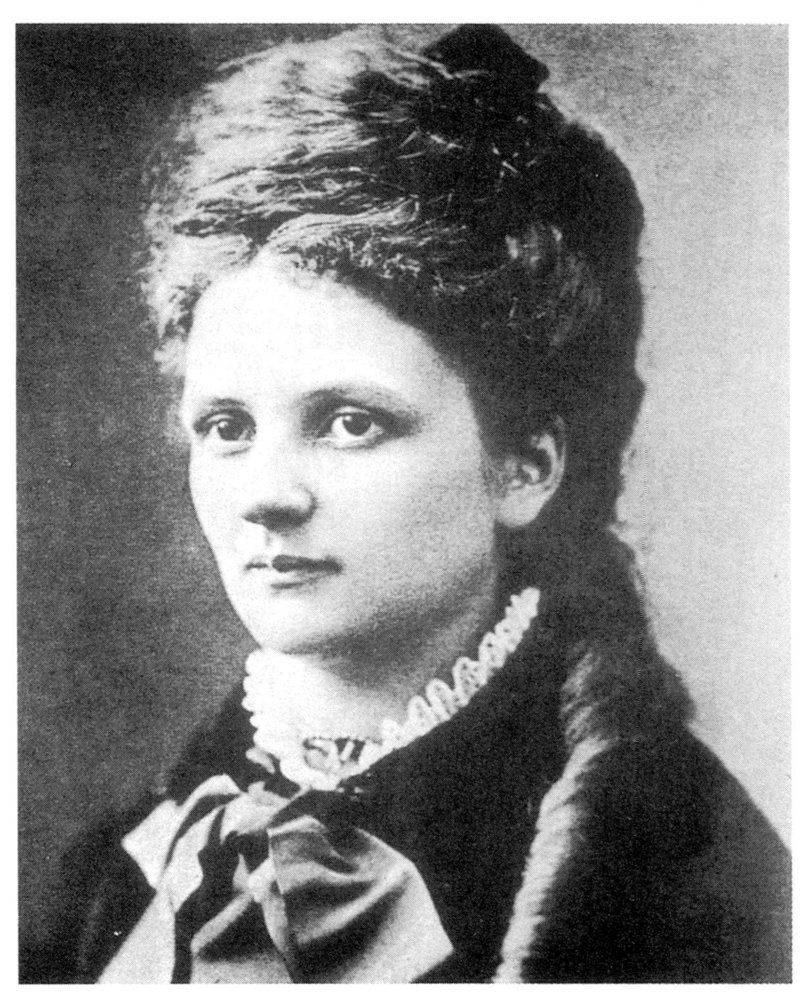

+ 克利的母亲［Ida Klee］　1876 年

+ 保罗 · 克利　伯尔尼　1892 年

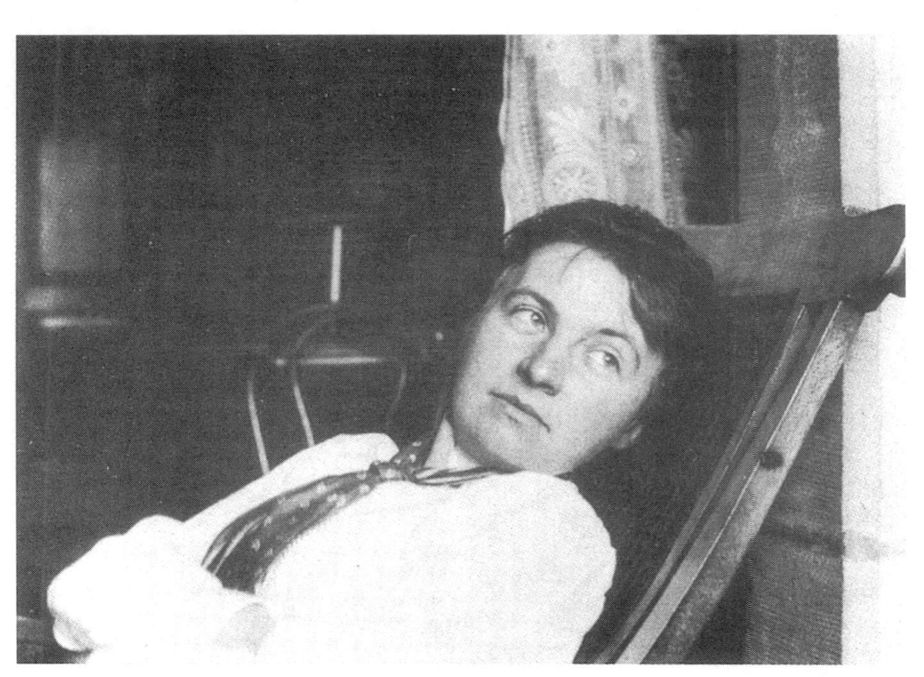

+ 克利的妻子［Lily Klee］ 慕尼黑 1906 年

+ 保罗 · 克利　伯尔尼　1906 年

+ 保罗·克利　兰茨胡特　1916 年

+ 克利在慕尼黑的画室　1919 年

+ 保罗 · 克利　魏玛　1922 年

+ 小玩偶剧场　小玩偶与装饰物由克利制作　魏玛　1922 年

+ 克利在魏玛的画室　1924 年

+ 左起：克利的儿子费利克斯、克利、费利克斯的妻子［Efrossina］巴塞尔火车站　1932 年

+ 克利［中间］与康定斯基夫妻合影　德绍　1932 年

+ 保罗·克利　德绍　1933 年

+ 工作室中的克利　伯尔尼　1940 年

卷一

+ 伯尔尼的乡村教堂　水彩　9.5 cm × 10 cm　1893 年

1.作为童年回忆的前言，我想说我本应于1879年12月18日出生在伯尔尼附近的明兴布赫塞的一间校舍。当我的父亲——霍费尔师范学校的一位音乐教师——获得伯尔尼的永居许可时，我才几个月大。我们首先落脚于相当贫困的、从任何方面来说都过于普通的阿尔贝格大街。但很快我们就搬去海勒街32号，一条宽阔的大街。我对这栋公寓的记忆并不比前一处多，我只记得在它之后的住所，也就是海勒街26号，我从3岁住到10岁的地方。后来我们搬去科钦菲尔德（马琳街8号），在那里我度过了童年岁月里没那么天真的时光。高中的最后几年里，我们住在奥斯伯格的祖宅。

一、童年回忆

［伯尔尼，19 世纪 80 年代］

2.我很早就习得了审美能力。当我还在穿短裙的时候我被迫在里面穿上过长的内裤，长得可以看见滚着红色波浪花边的灰色法兰绒。每当门铃响起我就躲起来，好不让访客看到我的窘态。（2—3岁）

3.当成人（比如我的母亲和一个朋友）聊天的时候，我无法从快速流动的句子里捕捉到单个词语。它们是没完没了的、没有意义的句子，像是一门外语。（很早的记忆；2—3岁）

4.有一次母亲回到家里，发现她美丽的台灯被打碎了。她歇斯底里的眼泪给我留下了深刻印象。（3岁）

5.我的外祖母弗里克女士很早就教我用蜡笔画画。她给我用一种特别柔软的卫生纸，所谓的丝绸纸！她不一口口地咬苹果，也不将一片片苹果放进嘴里，而是先用折叠式小刀把它们刮成果肉泥。

酸酸的气息不时从她的胃部翻腾上来。（3—4岁）

6.我关于小女孩之美的第一印象虽然早熟，但极其强烈。我很遗憾自己不是女孩，这意味着我不能穿漂亮极了、滚着蕾丝边的白色短裤。（3—4岁）

7.我在很长一段时间里毫无保留地信赖我的爸爸，并将他说的话（他可以做任何事情）视为纯粹真理。我唯独不能忍受这个老男人的嘲讽。有那么一次，我以为身旁无人，便纵容自己做起了顽皮的哑剧表演。一声突如其来的、忍俊不禁的“噗”打断了我，也打击了我。甚至在这之后的人生里，我也偶尔听到这声“噗”。

8.在一个梦里，我见到了女仆的性器官。它由四个男性性器官（婴孩时期）组成，看上去有点像母牛的乳房。（2—3岁）

9.每当我的父母在夜晚外出，女仆就成了房子的指挥。这种情况下，房间通常会得到清扫。每当到了擦地板的时间，她就允许我们坐在刷子上，来来回回地骑。但是有那么一件倒霉的事情令我非常不快：我的姐姐总是得到特殊照顾。这些不快的时刻让我怀疑这些夜晚的意义。

10.我三四岁时画的那些邪恶幽灵突然真实地显现了。我跑向我的母亲寻求庇护，并对她抱怨小恶魔们在窗外窥视。（4岁）

11.我不信上帝。别的小男孩们总是鹦鹉学舌地说上帝始终注视着我们，这一点让我觉得这种信仰很低级。某天，年事已高的外祖母在我们军营般的公寓楼里去世了。小男孩们宣称她现在成了一位天使；我完全不信。（5岁）

12.外祖母的尸体给我留下了深刻印象。我看不出它与外祖母本人有任何相似之处。我们不被允许靠它太近。玛蒂尔达阿姨的眼泪直流，像一条安静的小溪。在很长一段时间里，每当经过那扇通往医院地下室的门（尸体一度被存放在那里），我都会发抖。于是我得知逝者是可以令我们害怕的；但是流泪，在我看来，是留给成年人的习俗。（5岁）

13.我的父亲曾经将一个老姑娘描述为干巴巴的女人。我想他是指她干瘪得古怪的下唇。（6岁）

14.我时不时地捉弄一个不好看的、戴弯腿矫正支架的小女孩。我把她全家，尤其是她母亲，看作非常下等的人。我会表现得像是在最高法院一样，装作一个好男孩，请求得到允许带这个小可爱去散步。有那么一会儿我们手牵手相安无事地走着；然后，当我们来到附近某片土豆正茂、满是金甲虫的田野，或者甚至比那更早，我们便开始一前一后地走。找准时机，我便把我的女门徒往前轻轻一推。这可怜的家伙倒在地上，而我把哭泣的她带回到她妈妈那里，用无辜的语气解释说："她跌倒了。"我不止一次地玩这个花招，恩格尔女士一点也不曾怀疑。我对她的判断一定是对的。（5—6岁）

15.我想象成年人的世界在本质上与我的不同。当我的母亲去听歌剧并在第二天赞美男高音时，我脑袋中的画面是这样的：当然没有假扮、没有戏服，那是给小孩子的；取而代之的是一个穿着燕尾服的男人，手里拿着乐谱。至多有一点布景，或许是一个普通房间的样子。（6—7岁）

16.我经常梦到被流浪汉袭击。不过，我总是靠声称自己也是流浪汉成功逃脱。用这个策略对付我的同学们总是很奏效。（大约7岁）

17.我经常在弗里克的房子里画画——他是我的舅舅，一个胖乎乎的餐厅老板，我在他家看《飞叶》。一位访客看着我画一匹马和一驾马车。等我画完了，他问："你知道你漏了什么吗？"我想他可能是在暗示牧马的某个器官，就以固执的沉默应对这个想让我难

+ 狂歌　1889 年　克利 10 岁时候的作品

堪的男人。他终于说出答案："马轭。"（6—7岁）

18.我的胖舅舅弗里克擅长模仿动物的声音。他曾经用喵喵声骗过一个小男孩。这个小家伙搜遍餐厅想找到猫，直到我的舅舅发出喇叭般的声响结束了这桩事。但是男孩揪着猫的念头不放，愚蠢又狡猾地说："那只臭猫闭……"听到这话，我感受到了对社会的厌恶。我绝对不会在良好的社会里使用这样的词汇。（7—8岁）

19.我听说裁缝是坐在桌子上工作的。内心深处，我把它当作谎言。但是当我真的在桌子上遇见了这么一位绅士，想象变成了实体，我便震惊了。（7岁）

20.两个四五岁的小男孩（我自己七岁）理应什么都听我的，因为我最强壮。名叫查理的那个生性温和、易受影响——玩弄他的这个弱点令我兴奋。我指责他罪恶的生活方式，告诉他（我不相信其存在的）上帝会惩罚他，直到他哭出来。我随之心软下来，安慰他，告诉他那不是真的。时不时的，我允许自己被引诱进行这个试验。

另一个男孩，奥托·艾彻，说起话来有着讨人喜欢的抑扬顿挫，这一点起初非常吸引我。但是后来我对这种甜腻的腔调厌烦得直犯恶心。单单是因为这一点，我开始讨厌他，制裁他。直到今天，我还记得他重复问题的方式："你在那儿做什么呢？什么什么？"

21.小学二年级的时候，我已经对我的同桌女孩赫米内怀有好一阵非常特殊的感觉。我仍然记得上课时有那样一刻，我们坐在桌上，脚丫搁在长板凳上，看后墙上挂着的照片海报。这孩子不断用鼻孔微笑的方式相当傻——与世隔绝一般，她用手拨弄膝盖衣物上的玻璃小珠。我朝左边看了好几眼——我在这个世界就像在家里一样自在。（7岁）

22.我没有因为赫米内的存在就疏于同时应付一个来自瑞士法语区的女孩。我是她最喜欢的玩伴，因为我听得懂她的语言，甚至还可以说一点法语。但是过了一段时间这个小暴君不再满足于此，开始拷问我的词汇量。她是个生机勃勃的小家伙，戴一顶棕红色的天鹅绒帽子，上面有一根小巧迷人的白羽毛。（7岁）

23.当我负责在学校分发新书时，一个女孩对某种颜色的封面表现出了偏好。我正可以满足她的心愿，于是把那本书推向了她。这引发了她是我恋人的谣言。这个假设伤害了我，因为她不美，而且住在弗尔森瑙。（8岁）

24.在很长一段时间里我对小卡米拉保持忠诚（除了少数几段插

曲）。这位小姐是美丽的，直到今天我也可以这么发誓。那是一种强烈而隐秘的爱。只要我们不期而遇，我的心就颤抖。尽管如此，我们简短羞怯地与对方打招呼；在别人面前，我们装作互不认识。在一次会面中（那是在饭店街），她穿了一条淡红色连衣裙，配一顶大大的红色帽子。另有一次，她沿着科钦菲尔德大桥倒着走，我差点撞到她身上；当时她身着一条短短的深蓝色天鹅绒连衣裙，配一顶小帽子。她的发辫很浓密，松散地扎着。她的父亲是一位德裔瑞士人，她的母亲来自日内瓦。她有五个姐妹，一个比一个美丽。（7—12岁）

25.我透过花园藩篱上的小洞偷摘了一朵大丽花的球茎，并将它移植到了自己的迷你花园里。我期待的是长出漂亮的叶子，或许还有一朵朋友般亲切的花，但是一整丛灌木冒了出来，上面是数不清的深红色花朵。这唤醒了我的某种惧意，一再犹豫是否将它送人，放弃这占有权。

26.我赢了朔伊·雷尔夫人，尽管并不彻底。当我从楼梯扶手滑下来的时候，打碎了油灯的金属架。我吓坏了，不过反正没有目击者，这样一来就不是我干的了。然而不管我怎么说，她还是怀疑是我干的。这一阶段我做的就是不断地否认罪行。我甚至不带一点紧张地主动谈起这个话题，又一次强调了我的无辜。终于，朔伊·雷尔夫人至少不确信是我干的了。（8—9岁）

27.我舅舅（全瑞士最胖的人）的餐馆的桌面是镜面大理石板，表面呈现迷宫般的石化层次。在这个线条的迷宫里你可以找到奇形怪状的人形图案，并用铅笔把它们捕捉出来。我为这个消遣方式着迷。我“对奇异事物的偏好”宣告登场。（9岁）

28.某晚我的母亲从一次为期约两三周的旅行回来了。我已经上床很久了，理应睡着。我这么假装着，直到第二天早上才庆祝她返

家。（8岁）

29.“他的姐姐安慰了他。”（His sister consoles him.）这段配有插画的诗写道。但我一点也没有把这个姐姐的安慰看得多有价值，因为她看上去缺乏美感。（6—8岁）

30.我清楚地记得在马利（Marly）的逗留，那是在弗里堡（Fribourg）附近。我记得的是第二次到访——第一次给我留下的印象只有“马利裙”这个说法而已，我们这样称呼那时候穿的某种童装。而第二次让我身临一个陌生的城镇，那里没有拱廊，小河比阿勒河（Aare）更绿。吊桥的神乎其神、一辆据说带有跳蚤的马车，好一个天主教地区的氛围。管理寄宿公寓的昆林姐妹，说着法语方言。身材高大的女总监。厨房里温柔的尤金妮。那里的苍蝇。养着家禽的小院。动物被宰杀的场景。轮子里的松鼠。楼下，水有节奏地嘀嘀嗒嗒作响。午后室外的咖啡座。来自世界各地的孩子们。有一些来自亚历山大港，他们早已搭乘巨轮在海上旅行过。（我不曾完全相信这一点）。一个胖胖的、粗野的俄罗斯男孩。近郊的人们。小小的、摇晃着的人行天桥。成年人在这些桥上惊恐的样子。那个在桥的另一端说“感谢上帝”的男人。可怕的暴风雨，中途我们找了一幢贵族乡村别墅避雨。一条条保龄球球道。在小溪里游泳。高高的芦苇。与三两绅士一起在一个似门槛的瀑布附近游泳。悲伤道别这个乐园。

第三次到访确认并加深了第二次停留的印象。胖胖的、乐天的年轻牧师和我们及父母玩抢椅子游戏。（6—8岁）

31.温特先生的女儿们满身杂货的气味。她们中有一个曾和我同班。四年级的第一天，大家发现这个孩子实在应该留在三年级。我接到了一份纠正这个错误的书面声明，以及把她送去她该待的教室的任务（像个警察似的）。我谨慎地照做了。尽管我不喜欢她们一

家，尽管她的姐妹们都长着一口坏牙，但我从来没有和我身边的人说起什么。（9岁）

32.我在十岁的时候第一次去看歌剧，演的是《游吟诗人》。剧中人物遭受的诸多苦难令我震惊，他们从不冷静，也很少高兴。但是我很快就适应了这种悲伤的基调，甚至开始喜欢上了疯言乱语的利奥诺拉。当她的双手在唇间疯狂摸索之际，我以为她是在绝望地抓住假牙。我甚至看到了几颗龅牙闪现的光。《圣经》里人们会撕裂自己的衣服，那么为什么拉扯牙齿不可以是一种美丽、感人的表达绝望的方式呢？（10岁）

33.在念预科最低年级的时候，有天我看见一位当时没法应付的小学老师正向我走来。在一股无法解释的冲动下，我从这个男人的眼皮底下走开，好逃避整桩事情。课堂上，我看见前排的同学在课桌的阴影处手淫。（11岁）

34.运气不好，我的一些色情画落入了我母亲之手。一张是位满怀的孕妇，另一张极为袒露，我的母亲不公正地对这件事情采取道德视角，骂了我一顿。那幅半身像是从剧场的一次芭蕾舞表演得到的启发。一个相当丰满的精灵弯腰摘草莓，你可以看见高耸乳峰之间的深沟。我吓得要命。（11—12岁）

35.我将脸和生殖器想象为女性的对应两极。于是，当女孩哭泣时，我想到的是一个同步哭泣的阴部。

36.我抱着对肉体的热情而接近的第一个女孩是9岁的海林娜，一位来自纳沙泰尔（Neuchâtel）的精致美人。那时我正在我舅舅开在贝阿滕堡（Beatenberg）的酒店里过暑假，在几周里先后见过她两次。趁着某个好时机，我猛然把她拉进怀里。要不是她激烈地抵抗，我会亲吻她。

由于这位小姐非常任性，我为她吃了不少苦头。每一刻她都在生气："你好坏。"

一个年轻的俄罗斯人入侵了我的猎艳场。不过他倾向于施虐，忍不住要用细线绑住这位小姐细小的光腿，直到我打了他（此时我已经生气到了极点）以结束整桩风流韵事。他仅仅回以冷漠的注视。

另一次，我就没那么容易胜利了。来自伯尔尼的一个小男孩作为第三方加入了我们，在海林娜又一次生气的时候成功地将我完全排除在外。这是我第一次感受到这类折磨。我曾经在伯尔尼警察总署附近碰到过这个女孩和她的姨妈，当时我正和瑟森在城中到处闲逛，嘴里塞满了他刚刚买的糖果，话都说不出来。瑟森目睹了整个经过，并认为他发现了什么。他的话语"那是你的恋人！"深深地、痛苦地印入我的脑中。男孩是多么残酷啊，即使他们喜欢彼此。（11—12岁）

我们最后一次相遇是在图恩湖（Thunersee）的一艘汽船上。我在慕尼黑已然充分满足了对性事的好奇，感到自己相当堕落。她17岁，美得像天使。

37.我拿到了一本维尔布兰特（Wilbrandt）的短篇故事集，尤其喜欢看《来自阿本斯顿的客人》。我的父亲对此不满——他认为，以我的年龄，关注故事中的问题人物是不当的。我不知道该怎么解读他的观点。"问题"意味着什么呢？一个人现在不能理解的东西，在将来某天无疑是会想明白的。至少阅读可以满足部分好奇心。（14—15岁）

私底下，我已经读了豪夫（Hauff）《童话故事集》里的《月亮里的男人》。我把它看作一个文学作品，而非讽刺作品。也就

是说，像是在看克劳伦（Clauren）。这个故事令我无比愉悦。（大约12岁时）

二、古典高中的学生

50.1897年和1898年秋天，我待在巴塞尔（Basel）的亲戚那儿。他们花了很多工夫来取悦我，并对我的才华表示了一定的欣赏。我感觉不错。青春期使我和表姐妹D发展了某种羞涩的关系——这是很普遍的事情，完全不知不觉。

我和D有过一次美妙的散步，从威尔（Weil）到图灵根（Tüllingen），沿途经过满是葡萄树的山丘。我仍然记得在我们脚下蔓延的果实累累的平原。

去了很多次剧院。主要是看歌剧。看了一晚芭蕾后，我作了许多四行诗来弥补我的平平观感。这艺术有多糟糕，就有多真实。1898年4月24日。

51.伯尔尼。在一次联票音乐会上我听到了菲雷内（Frenne）演奏勃拉姆斯的D小调钢琴协奏曲。我完全为之震动。这导致我整晚都不睡，待到夜极深。我上学迟到了一刻钟，但是这没能弥补失去的时间。

因为一封来自巴塞尔的略带忧郁的信，我彻底沮丧起来。昏暗阴霾的天气正呼应这种情绪。我简直觉得现在能发生的最好的事情，就是躺下睡个长长的觉，直到1897年春天再醒过来。

52.伯尔尼。1897年11月10日。随着时间推移，我越发害怕自己对音乐的热爱与日俱增。我不懂我自己。我拉巴赫的独奏曲——跟它们比起来，勃克林（Bocklin）算什么呢？这令我哑然失笑。

兰蒂（Landi）凭借意大利老歌给我留下了深刻的、难以磨灭的印象。我惊叹：音乐！音乐！

53.伯尔尼。1897年12月12日。时隔一阵，我再次捡起我的素描本翻阅起来。在此过程中，我感到某种类似希望的东西在我体内复苏。我碰巧在玻璃窗上看到我的镜像，于是琢磨着这个探身看我的男人。那个椅子里的家伙相当讨人喜欢——头枕在一个白色枕头上，腿搁在另一把椅子上。一本灰色的书合着，一只手的食指正夹在书页里。他保持完全静止，沐浴在柔和的灯光里。在此之前我经常仔细观察他，往往没有收获。但是今天我理解他了。

54.伯尔尼。1898年4月27日。“坐下，再用功点！”这发生在数学课上。但那过去了，被遗忘了。眼下，今年的第一场雷雨正在外面肆虐。新鲜的西风摩挲着我，带着百里香的气味和火车汽笛的声音逗弄我湿润的头发。大自然是爱我的啊！她抚慰我，对我许诺。

在这样的日子里，我是坚不可摧的。外表微笑着，内心更是自由地大笑着，灵魂里唱着歌，嘴唇吹着高扬又疾速的口哨，我扑在床上，伸展开来，继续守护我沉睡中的力量。

向西，向北，让它把我带到它想去的任何地方。我有信仰！

55.伯尔尼。1898年1月19日。 勃拉姆斯E小调交响曲对我的触动越来越深。就连最后一章的变奏也开始令我着迷。

在我们这个自发参加的圈子里，我们读索福克勒斯（Sophocles）的《安提戈涅》。也有一些女士在场，一位参议院议员的妻子和一位穿着紫红色衣服的贵妇！我写了一首关于她的长长的滑稽诗，布罗苏（Bloesch）读Waldmeiser的Brautfahrt。这就是成果。

56.1898年1月31日。西风登陆了。右眼上方头痛。晚上九点的

+ 套勃河的罗腾堡　1896 年 12 月

时候，气温仍有41华氏度。无法调准小提琴。身体不适。

风景也一样病恹恹，但却很壮丽。树林是深深的紫罗兰色。我躺在瑞士动物园的地上，抬头久久地看着摇晃的松树树顶。树枝间是沙沙声、吱呀声和摩擦声。这就是音乐啊！有一次我躺在艾菲瑙林子（Elfenau）里，桦树令我精神一振，它们银色的树干，后是深深的古尔滕（Gurten）森林。森林旁，草地光秃秃的，露出泥土。没有雪了。

我在家涂涂画画了一会儿颜料。这令我厌烦。诗也写得不顺利。仿佛在“某个夏夜”我的拳头猛挥入一团蚊子，却没有抓住任何一只。然而空气里充满了万籁的嗡鸣。

57.伯尔尼。1898年3月3日。女性化的印象与对艺术形式的渴望

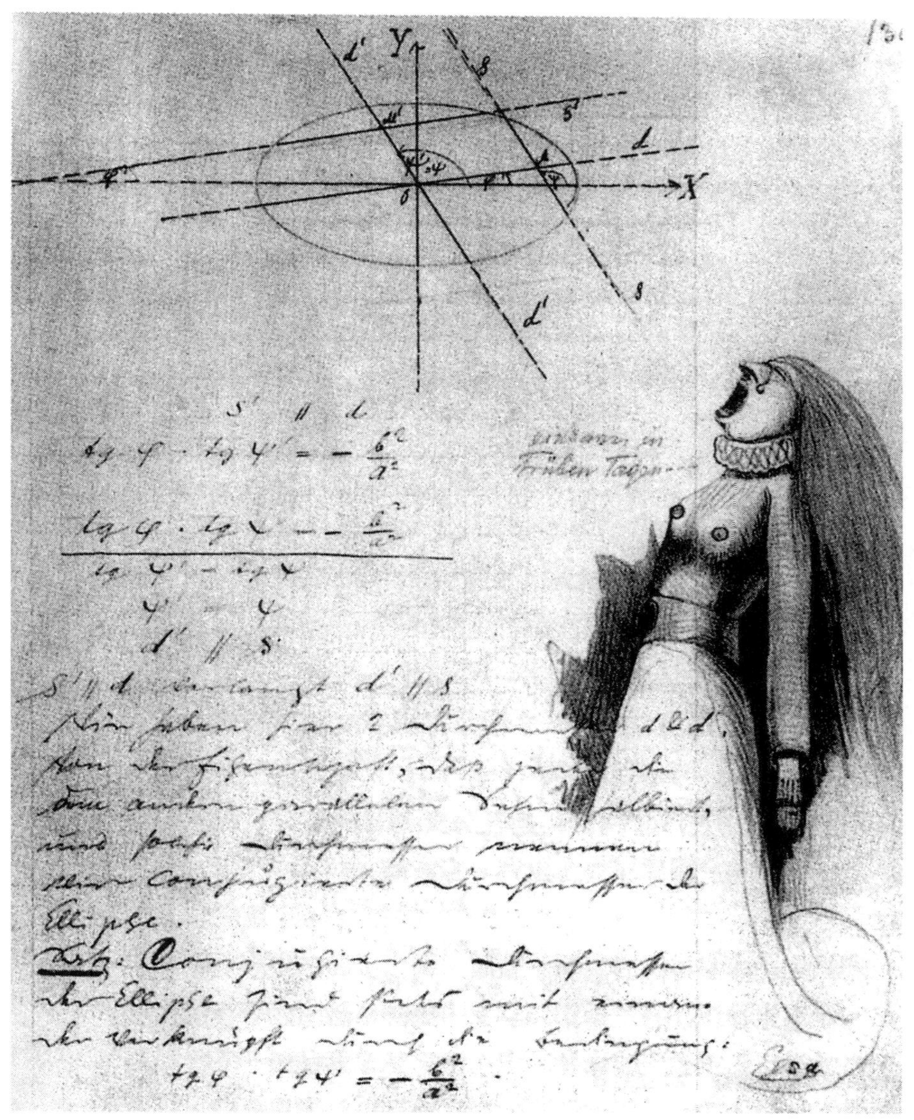

+ 数学笔记本上的素描　约 1896 年

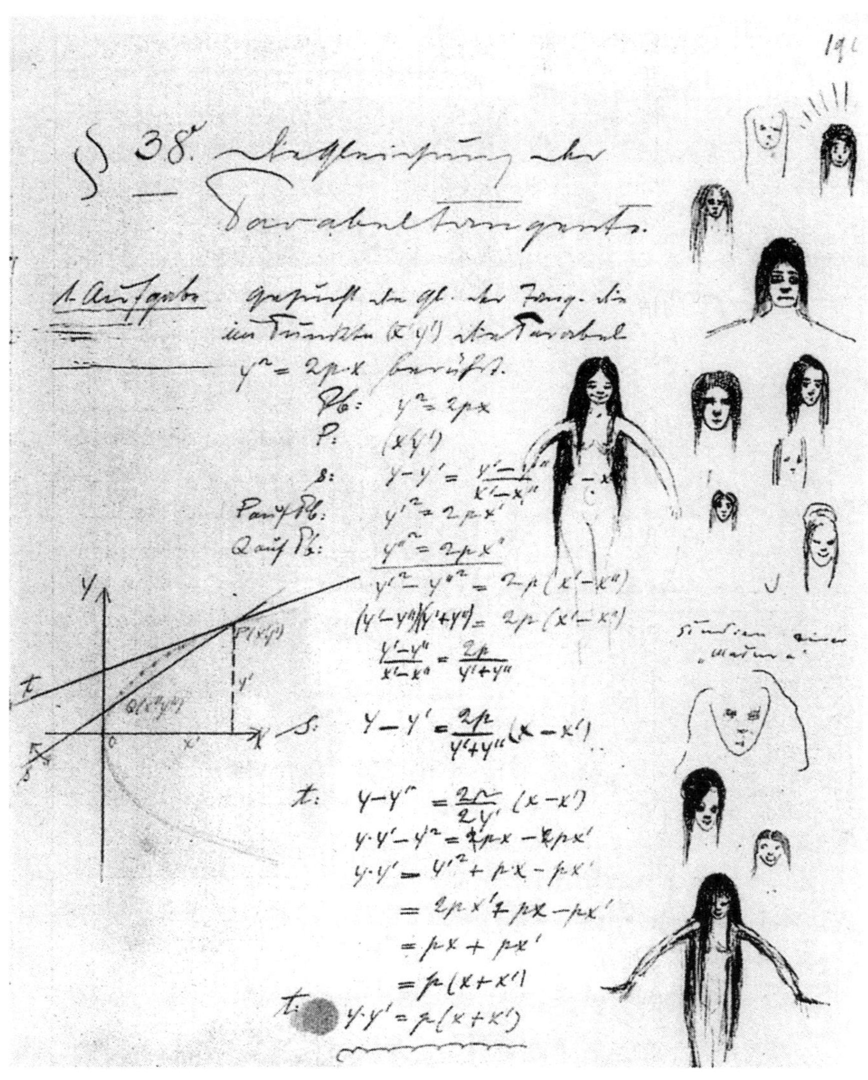

+ 数学笔记本上的素描　约 1896 年

相连。

1898年3月5日。我甚至唱起歌来，我希望我有一副好嗓音，作为通向音乐的桥梁。我从来没有想要成为小提琴手——在这件事上，我觉得我太缺乏演奏大师的气质。

58.伯尔尼。1898年3月6日。冬日里扣人心弦的一刻，暖风吹着。

我的情绪在帆绿巷大街达到高潮。池塘里是云朵的倒影。安静的雪悄悄地上下起伏，好似睡梦中的呼吸。老树。克制激情的表象。我的肖像画。动态令我产生了一股冲动，要去行动，去率先体验。我渴望漫游，投身于春日时光，直至遥遥远方。离开，并永远向前。

现在我带着好心情回到了家。灯光。暖意。安全感、力量、幽默感以及信念。

59.1898年3月13日。写下色情小诗。它们带着一丝轻佻。

1898年3月23日。计划写一本书，收录抒情歌曲。尽管一首歌也不曾写完。

1898年6月17日。昨晚我的心情是如此好，要不是眼睛的关系会一直工作到黎明。现在我晚上工作，白天睡觉。对一个未来的画家而言，这并不是正确的方法。

缪斯，做着分发慰藉这项糟糕工作的妖女。但是好学的热情一点也没能令她高兴，尤其是对数学的热情。

60.我写了一些短篇故事，又把它们全部毁了。纪元1898年。尽管如此，我又一次成为自己的保护者。

创作短篇故事结果不佳，并不能证明堕落。在这样一个“古典”环境里，没有现实可倚靠。天生的精力在毫无生气的人文主义里能得到什么滋养呢？你干脆说那是云。没有实质内容的精力，正如高大至极却又没有基底的山。

61.我意识到自己的情欲是一夫多妻的。我迷恋的对象，随着歌剧院里每一个风骚女子的出现而变化。

对贞洁的轻蔑：

贞洁是这四面墙，

如果我可以这么说的话！

这两只手是纯洁的，

而我的哈欠是多么真诚啊！

1898年2月13日

62.我在大约十四岁的时候在卢塞恩、埃伦（Flüelen）及阿尔特多夫（Altdoft）有过一次美妙的旅行，同行的是我父亲和圣米尔（Saint Imier）的菲普费尔（Pfyffer）先生。我们走去高斯切嫩（Göschenen），在那里过夜，然后走去安德马特（Andermatt）、霍斯彭塔尔（Hospental）、戈特哈德（Gotthard）、艾罗洛（Airolo）、洛蒂费索（Rodifiesso），再搭火车去贝林佐那（Bellinzona）。

第三天，我们去了卢加诺（Lugano），住在菲普费尔的一个亲戚家。两三天后我们搬去他们在桑-玛埃特（San Mamette）的乡间庄园，待了差不多十天，在那期间进行了多次远足。

我们终于回到卢加诺并搭乘火车回家。

我十二三岁的时候和姨妈们有过一次旅行。上午我们从贝阿滕堡乘马车去因特拉肯（Interlaken），乘船渡过布里恩茨湖（Brienzersee），于迈林根（Meiringen）登陆，然后乘黄金列车到阿尔卑斯赫（Aplbach）和卢塞恩。第二天去菲茨瑙（Vitznau），第三天回到卢塞恩，取道朗瑙（Langnau）回到伯尔尼。

大约十五岁的时候，托布勒教授带学生去旅行。I. 伯尔尼-格里姆瑟尔招待所； II. 格里姆瑟尔冰川，乘车前往菲施，步行到达埃基斯峰酒店；III. 从埃格斯霍恩山，里德拉尔普，贝拉勒普顶部—布里格，再乘火车到列克，再步行到洛伊克巴德；IV. 杰米斯帕斯—坎德斯泰格；V. 欧士能湖，回到坎德斯泰格。步行至弗鲁蒂根。火车：施皮茨—伯恩。

我十七岁左右的时候和斯格瑞斯特（Siegerist）去施皮茨（Spiez）旅行，从那儿走去坎德施泰格（Kandersteg）。在南奥辛纳普（Öschinenalp）,我在一个牧羊人的木屋里过夜。北奥辛纳普（Blümlisalp），霍图里（Hohtürli）。由于大雾，我们被迫在这里停留两天，尽力维系生活。在头一个晴朗的早晨，我们下山到邦达普（Bundalp）、可恩索（Kienthal）、赖兴巴赫（Reichenbach），然后乘火车回伯尔尼。

1898年夏天，我的学业在快要毕业大考的时候沉到低谷。我被禁止参加学生旅行，而是独自在比尔勒湖（Bielersee）的圣彼得岛短暂停留（这是我第一次旅行时带上素描本和铅笔）。天气美得无懈可击，我非常努力地作画。我认识了一位天主教牧师，我们一起游览了丽格兹（Ligerz）的一座教堂，那里风景美丽。游览之前我们痛饮来自湖区的葡萄酒，这个虔诚的男人就此变成最好的伙伴。那些精美的彩色玻璃窗尤其吸引我们。我特别喜欢岛的下部、靠近曾经孤立的兔岛的区域。那里生长着一些夜里才开放的花，名为“皇冠”。

我没带课本。我从痛苦的、理性得多的突击备考中完全恢复过来。我照旧相信我会走运。我的考试成绩超过及格线四分。毕竟想刚好达到及格线是相当困难的，而且有风险。

63.回顾：首先我是一个孩子。其次我写出了漂亮的文章，也会做算术（到我十一二岁）。然后我对女孩们产生了爱慕之情。接着，我反戴校帽，只扣大衣上最低的那粒扣子（十五岁）。随后我开始把自己看作一个风景画家，并且咒骂人文主义。要不是父母反对，我本会在学校的倒数第二年里高高兴兴地辍学的。我现在觉得自己像个殉道者。只有禁忌之物令我愉悦。素描和写作。勉强通过毕业大考后，我开始在慕尼黑画画。

三、慕尼黑学习的第一年

［1898 年—1899 年］

65.通过毕业大考后，我于1898年10月去了慕尼黑。出于对我的担心，母亲想起了弗里克的相识——奥拓·盖克（Otto Gack）。盖克一家是来自士瓦本的老实人，但是他们浓厚的工人阶级习气令我难以忍受。结果我惯以无情粗暴的态度来回应他们的好心，并且渐渐完全躲开他们。我在很长一段时间里为此感到抱歉。但是，这真的不是我的错。没人征求我的意见就把我送去了这个家庭。

盖克先生来火车站接我。他的儿子，一位正无活可干的农场工人，已经帮我找好房间。他有两个女儿，一个闷闷不乐、已经过了适婚年龄，另一个是相当瘦弱的青春期少女，在念手工艺学校。她们带我参观了城里的景点。有那么两三个周日我受邀去他家吃饭，食物的味道相当古怪。在那之后，我再也没能鼓起勇气前去。

起初我住在阿马林大街，房东是一位医生的寡妇。我的第一件正事，是带着我的风景速写去拜访美术学院当时的头儿洛夫兹

（Lofftz）先生。他是一个和蔼可亲的男人，表扬了我的画，让我去念克尼尔（Knirr）的私立学校，好为进入艺术学院做准备。克尼尔很愉快地欢迎了我。在克尼尔的推荐下，巴塞尔的霍（Löh）先生协助了我，带我去杜里商店买纸和笔。画室的氛围给我留下特别的印象。我现在得用一支尖锐的铅笔画一位有着一身赘肉、过于丰满的胸部、恶心阴毛的丑女！

我履行任务，开始作画。克尼尔说了一句没能鼓励我的话“我暂时不会说任何话”。之后，某个中尉来到我身边，向我解释线条的变化和塑造触感的过程。我喜欢这些，并且很快就画出为我赢得表扬和喝彩的作品。现在我开始享受慕尼黑了。

我很快成为克尼尔寄予厚望的学员之一。他把我介绍给他最好

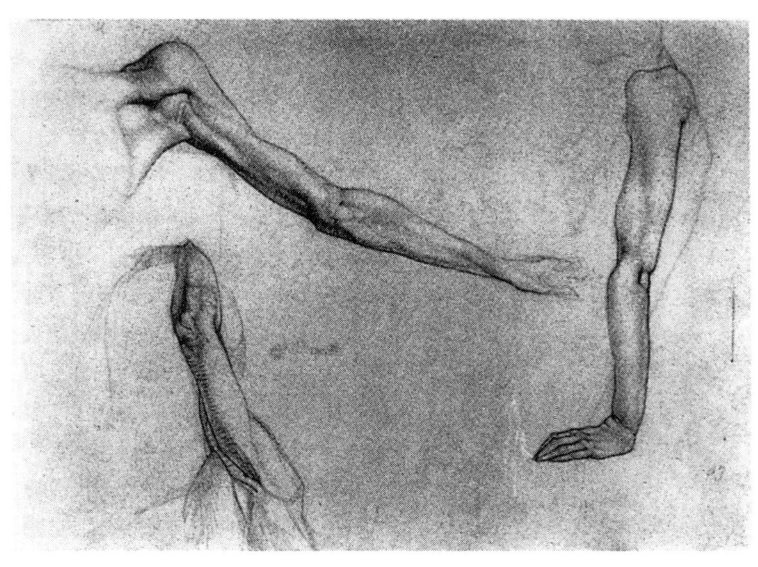

+ 在克尼尔学校中所作的素描　1899 年

的学生，利希滕伯格（Lichtenberger）和洪斯克（Hondsik）。我们立即一起去阿卡黛米斯大街上的一家餐厅吃午餐。新老师斯拉特帕（slataper）加入了我们，来自特里雅斯特（Trieste）的他是个善良温柔的人。简而言之，我以克尼尔学生的名义开启了职业生涯。克尼尔再也不去想什么美术学院了。这么做是正确的。

66.成为克尼尔的得意门生后，画裸体画对我而言不再有吸引力。与此同时，别的事情，诸如探讨关于存在的问题，更受我的关注。我偶尔会逃学。当时我一点也不认为（而且我是对的）认真研究裸体会创造出艺术。不过，这个见解是下意识的。最吸引我的事物是我所知甚少的生活，可是我将此归于自己的某种顽劣。每当我关注内心的声音胜于外界的指令，我就认为自己毫无骨气。

为此，我必须首先成为一个男人。这样，艺术一定会接踵而来。当然了，和女人建立关系是成为男人的一部分。我最初认识的女人中有一位N小姐，她来自萨勒（saale）河边的哈雷（Halle）。我以为（我无疑是错了）她生性自由，正好可以带我解开那些谜题，世界和“生活”正是围绕着它们运转，不管更好还是更糟。很久以后，当她对我不再重要，我知晓了她对一位歌手的不幸爱恋。也许这对我是件好事：正因如此，这位小姐才没能引我上钩。

我在一节（男女共上的）晚间裸体绘画课上遇见她。一位来自伯尔尼的V教授的女儿（她认得我的样子）突然对我说起话来，于是我去了姑娘们那边，在那儿我可以看见一个非常性感的黑白混血裸体模特的背影。瑞士女孩把我介绍给一个来自东普鲁士的女孩。我斟酌她是否是合适的研究对象，但是她给我的刺激太微弱了。合适的那个在第二晚被介绍给我，也就是之前提及的N。金发，碧眼，有着女高音的嗓子，很优雅。我不说一句废话地跟着她，并和她并肩走回家。我们一起欣赏雷帕德的冬日美景：树上厚厚的雪，在弧光灯投下的光中闪烁。我帮她提着一袋苹果，当我们在施林大街告别的时候她给了我一个。我希望在快要举行的教堂集会上，朝那最神圣的地方更进一步。胡梅尔（Hummel），一个哥特列本来的瑞士佬，被我陷入情网的样子逗得很乐。也许我真的恋爱了吧，但那仅仅是因为我想要恋爱。那次宴会之后，我努力保持我获取的一点点亲密感，更频繁地与她见面。与一些同学前往伊萨尔河谷（Isartal）散步时，我发誓再也不会找白痴一起去欣赏这样的美景。当我远远地看见慕尼黑，我心想：如果她在这里而这些粗人在那里该有多好！可是N小姐在慕尼黑；事实上，她卧病在床。

我没忘记给她捎去一张便条祝她早日康复。她再次出现在素描课的时候充满感情地感谢了我，并且为了表达感激之情向我展示了一张照片，照片上她身着荷兰服饰出现在农夫舞会上。那样子相当迷人，尽管她的手可以更小巧一点。

当她更进一步开始夸我的一幅素描画时，我行动的时机来了。我把聊天话题转到伊萨尔河谷，说那里有多美。她立即抓住这个暗示："你计划找个时间去那里吗？那样的话，我也来。"我为之高兴。我们在早春的一天成行，还去了格拉斯海斯洛（Grosshesselohe）。后一次约会是在斯坦堡（Starnberg）。N小姐已经在那里待了两周。我们约好在火车站碰头，但是在车站里没有看见她的人影。凭着直觉，我出站寻找她。过了一会儿，我看见一位像她的女士在远处漫步。如果那真是她的话，在这么大的地方找到她是多么巧啊！我急不可耐起来，加快了脚步。她以为一个冒险家正在追逐她，于是也开始跑。但是我跑得更快，并且说服自己追逐这个害怕的人儿的是我，而且我这么做有很好的理由。于是这一天被挽救回来了。我们搭乘蒸汽船游览湖泊。在那里我满意地听到一个法国人以“这个漂亮的金发女子”召唤他的同行者们注意我的旅伴。通过复述，我得以为她献上一句优美客观的赞美。我还记得我们享受了一场雷雨，而这位纤巧的小姐在夜里战栗。

随着我们友情升温，我意识到她没有猜到我的真实意图。我们沿着千条小巷闲逛，但是从未去过我真正想去的地方。显然，我如此无能为力是因为我的女士不再感到她是自由身。但是由于我不知道真相，有时候我觉得自己有某种阻碍我与女性成功交往的缺陷。

她有时候用一种母亲般的口吻对我说话，证实了我的恋人地位是不实的。她甚至责骂我微微驼背的体态。

尽管如此，当我们的往来因为有人前来拜访我而中断了几个礼拜时，我还是不高兴的。当我重获自由，我的朋友发来的见面邀请让我再一次充满期待。我打扮体面，以最佳资产阶级腔调与她一同喝茶。之后我们非常得体地在英式花园里散步，并且在回程途中钻进酒吧喝啤酒。我们在这档子事的世俗一面中得到了某种具有讽刺意味的乐趣。

五月里，我们去了斯坦堡湖，沿着右岸散步。到了某个格外美丽的地点，她脱下鞋袜，淌了一段水。我在便签本上画下她的速写像，加重了诙谐感。

我的妙龄女士终于要转去沃斯维（Worpswede）的风景画学校。我们在一个田园风格的花园凉亭里喝完最后一杯茶，在另一个女孩（她在我的耳边挂上樱桃）在场的情况下，以同志般的热忱握手。之后，当我独自沿路而下，我“呸”了一声，吐了口痰。整件事是多么虚伪啊，完全不是我期许过的新鲜未知的经历。

但是，在紧随其后的日子里，我依然为没有女朋友感到困扰。

在布格豪森（Burghausen），也就是我在克尼尔的学校的最后一年去的地方，我尤其受此折磨。我收到她寄来的一封母亲般的信和一幅风景画。我把后者装在带雕刻的画框里送给父母。

两年后，我与这位女性朋友短暂再会。她第一次来到我在“天主教赌场”的房间。此时她已摆脱她的歌手，而我刚刚开始一段新的恋情。她漫长的消沉没有令她更美。她精致的脸庞衰老了那么一点，暗示着她不会结婚，而是会给青少年上水彩课。

67.音乐，对我来说，是具有蛊惑性的爱好。

当个名画家？

作家，现代诗人？蹩脚的玩笑。

我没有职业使命，那就游手好闲吧。

68.许多悖论，满是尼采的调调。对自己和精力的赞颂。无穷的性冲动，新伦理。

69.力量需要充满力量的表现手法。淫秽是对丰满和繁殖力的表现。

布格豪森　［1899年］

70.在布格豪森，我想开始作油画。于是我和洪斯克一道去买颜料和盒子。我满载着行李出发。在因河（Inn）畔的米尔多夫（Mühldorf），我没能赶上小火车。我不介意。我不在乎我是在布格豪森还是这里过夜。米尔多夫的南方建筑令我惊奇。迷人的夜晚。附近的大旅馆。第二天早上我向布格豪森进发。我马上租了一间极棒的房间，租期一个月。油画有难度，但是我的手很快达到一定灵巧程度，并且成功画出醒目的作品。除此之外，就是闲逛，喝啤酒和奥地利的上好红酒。但就是没有女孩陪伴。

在我的同行者中，我要提到布利特斯多夫（Blittersdorf）先生。他对西西里的描述令我印象深刻，并且不止一次惋惜我不是女孩。之后，他在可怖的洛伦兹找了个替代者。特拉普（Trapp）是一个来自达姆施塔特的、总是在盛赞施克默的好人，我后来在罗马跟他颇熟。卡方克（Karfunkle）想努力工作，并且经常真的在早上五点开始。他是美籍犹太人，线条里具有某种激情。他把兰巴赫（Lenbach）看作死敌，因为他的一幅素描被艺术家协会拒之门外。

很自然地，对布格豪森来说，我们构成了某种蝗灾。然而这座城市靠的是旅游生意，也就睁一只眼闭一只眼。我们辱骂过的高中教员没有一个对我们皱眉。

我们曾在某个清晨时分拜访一间非常古怪的夜店。布利特斯多夫向夜间巡视员问了地址后，为我们带路。很显然我们的出现不受欢迎，一张张险诈的脸很快就警告我们离开。

一位葛先生以音乐天才的姿态高调出场。克尼尔夫人相信这位英俊壮硕的犹太人。他曾演唱自己创作的严肃歌曲，然而在慕尼黑迎来了嘘声，于是后来转而尝试写小歌剧。（克尼尔夫人从音乐厅落荒而逃。）我带了本内容幽默的素描本回伯尔尼，这是油彩速写以外的劳动果实。为了不被迫回慕尼黑，我选择了以下路线：萨尔斯堡—因斯布鲁克—布克斯—萨甘斯—苏黎世—伯尔尼。

布格豪森-萨尔斯堡 ［1899年］

71.离开之前，我接受雕版画家基格勒（Ziegler）的邀请，去附近的小城堡拜访他。在我按响门铃时，狗的狂吠声震耳欲聋。我更喜欢楼上。基格勒向我展示了他准备用来雕刻某本书的材料。他的实验室有一些迷人之处。他试图让我离开克尼尔这一点可就没那么迷人了，尽管他可能想要做到客观。

我采取老派的方式，坐邮政车离开。我爬到车夫的座位上，手捧着一大束花。我们轻快跑过迷人的乡间，如果我没有弄错的话，直到蒂莫林（Tittmoning）。在这里，一辆滑稽的小火车等候着。在弗瑞拉辛（Freilassing），一位要去莱辛哈尔（Reichenhall）的W先生与我展开了愉悦的对话；从这里我转乘一辆快车，很快抵达第一个目的地。

如今我第一次出现在异域、海外，完全独自一人。一场出乎意料的特大暴雨迎接我的到来。结果是，我在“蓝鹅”酒店的出场没有那么光彩。我拿到了走廊尽头的一间房间，它的窗户开向楼梯。这种田园风格的安排很适合我，因为我总是四处走动，深深感受这个精彩的城市，在一本小导览书的帮助下认真地视察附近的名胜。这里留给我深刻印象的有：莫扎特协会、修道士山、大教堂、大喷泉、小山上有着外国人和音乐的餐厅、墓地和走音的钟声。

但是几天后，我的钱开始变少。我先是警觉地买了张去伯尔尼的票，然后付了酒店钱。那之后就不剩什么钱了，但是或许足够在某个地方吃一顿好的午饭。然而，命运的安排是奥地利的好火车更贵。很高兴，经证明，我的存款是足够的。我最后的财产是一枚瑞士五十分银币。

另一方面，我心情极好；目睹旁边的男人享用一顿诱人美餐都没有折损它。天气棒极了。看见阿尔卑斯山脉的小镇一一从窗外飞驰而过是宜人的。总的来说，作为一个“瑞士人”，我对阿尔卑斯山脉的这一部分略感失望。

布克斯（Buchs）是某种救星，因为在此我成功用五十分换来了一个火腿三明治和一杯半温的瑞士啤酒。车过华伦湖（Wallensee）之后，黑暗袭来，我渐渐睡着，只剩最后一个小牵挂：我会在苏黎世顺利搭上去伯尔尼的列车吗？如果能花五十分从萨尔斯堡到伯尔尼真是太好了，一定要成功。

凌晨2点，我的确成功了，回到家乡。我吹着《丑角》主旋律的哨声叫醒我的母亲，几个月以来终于可以再次躺在自己的床上了。

伯尔尼，暑假　　［1899年］

72.我和登山伙伴斯格瑞斯特（Siegerist）去福尔角峰（Faulhorn）地区进行了一次美妙旅行，之后发生了出乎意料的转折。我们搭火车去图恩、因特拉肯、布莱茨、迈林根，然后走去赖兴巴赫瀑布和格罗塞谢德格（Grosse Scheidegg）。在那儿，我们朝着施瓦茨峰的方向向北走。我们在一个山中木屋过夜，睡在稻草上，下方是一些吵吵嚷嚷的猪。第二天，出发去施瓦茨峰的峰头。然后从另一方下来，走过一片不成路的松动石头；我们在一个山谷转向福尔角峰。我们对接下来该走哪个方向产生了分歧。我的同伴是个固执的人；除此之外，他觉得他对我负有责任，要求我听从他。我不能理解他，而且我强烈的方向感让我确信自己可以找到出路。他按照自己的方向走，以为我很快就不能前进。但是他不得不回返，而我沿着我的路线走得极快，以至于他很快就看不见我。在至高之处，我感到适宜、自由、独一无二，并且轻松登顶福尔角峰。

我在那里要了一杯咖啡和一片白面包，然后躺在草地上，花上好几个小时凝视云朵和高山。当熟悉的倦意袭来，我发现旅馆里满是新来的人，一群英国人带着一个女孩（不是精致的那种）。至于我的朋友呢，人影也没有。他该是找到了一条多么精彩的路线啊！当那群英国人开始上路，我以一定距离跟在他们身后，不让那个轻巧的人儿离开我的视线，仿佛我是猎人，她是猎物。当我清晰地看见脚下的格林德瓦（Grindelwald），我想了想那里的酒店价格，看来，我还是住海平面3 000英尺左右的棚屋吧。一位年轻男子接纳了我，我们紧挨着对方睡觉。天黑后有两个女孩的声音叫他，以唱歌般的声调请求他陪同，因为她们迟了。年轻人表现出了骑士精神，毫无反抗地起了床。我不反对，反正脚长在他身上，他也不影响我的美梦。我醒来的时候，他不仅已经回来，而且起床很久了。我付了钱，下山去格林德瓦。我在维路斯嫩（Zweilütschinen）做了第一次停留，一连喝了至少五杯牛奶。在因特拉肯，我喝啤酒，吃火腿三明治。直到最后一班火车离开之前，我都在那个城镇消磨时间。我在施茨里根（Scherzligen）又一次见到我的同伴。他还是很兴奋，诉说着他的冒险。当时，他没在我们分手的地方找到我，他满脑子想的都是我在某处摔了下去。当福尔角峰“酒店”里的人表示没有见过我，因搜寻这一区域而筋疲力尽的他认定他的推测确凿无疑。他在山上过夜，并且雇人继续搜寻，当然无功而返。然而，我们还是决定不再生对方的气，握了手，并且以兄弟般的方式分担了额外开销。

73.1899年8月25日，我接到了一封来自沃斯维的信。这封母亲般的信让我完全冷静下来，尽管我对她怀有最多情的幻想。

在一次谈话中她曾对我说："我相信你在内心深处并不爱任何人？"我轻率地回答"不"，说出这个答案时有几分言不由衷，这给了我一击。她说的是事实。我只是希望揭开那个谜。在一定限度以内，女人的人品是无关紧要的。

我把自己比作一块石头——在晚上和阴天冰凉，但是在太阳下又是灼热的。

伯尔尼 ［1899年］

74.我经常和我父亲在家欢快地喝酒。有一次他说了句美丽的话："啤酒喝完了。在这种情况下我们能做的只有体贴老年人。"于是我们各自睡觉去了。

75.一个比喻：太阳酿造出上升并与之抗争的水蒸气。

76.1899年9月25日，我去了纳沙泰尔，并在那里坐火车去格伦比尔（Colombier）附近的阿勒斯峡谷（Areuse）拜访年轻的波维（他和父母住在那里）。我是在克尼尔的学校认识他的，对他糟糕的德语表示遗憾。他父母的房子非常美，具有某种父权感和贵族感。祷告过后，我们坐在一张巨大的圆桌旁，享用丰盛的美味佳肴。餐后，我们喝葡萄酒，直到没人能继续喝了。下午，我们两个坐他父亲的马车进城参观博物馆。可怜的波维有媚俗的倾向。想象一下吧，有这么富有的父母，但是不能画他想画的东西！为了参加在纳泰沙尔的展览，不得不完成一幅动物画去糊弄。

后来他加入了伯尔尼的骑兵团。不幸的是，他再也没有回访我。

77.在那些日子里，我以通俗风格写押韵诗，比如：

I.如今死神带走了你，/穿上玫瑰红色调的伪装。/它们在精致里藏着魔法，/为我一去不返的爱人涂上颜色。

II.告诉我，你们这些人，我应该做些什么？/我的心燃烧得厉害，/如今我不再有恋人可以一吻再吻。/噢，如果我是一只小鸟，/我会飞去远处咆哮的海洋，/用海水来冷却我的心。

78.我像是一处山坡，那里的松香在日光下沸腾，鲜花燃烧。只有女巫的宴会让我感到清凉。我以萤火虫的形态飞向它，马上发现那里亮着一只小灯笼。

慕尼黑Ⅰ，附录

79.我们是如何对话的哟。比如说：我们中的一个惟妙惟肖地模仿山羊。另一方的回应是："瞧瞧你做到了什么。"或者："等你除了这具身体之外一无所有，你会干什么呢？""裸体摆姿势。""现在想想，后天是个节日，再最后模仿一次吧！"——当我们两个都破了产，总还是有点好处的；但是当只有一人破产，接下来的不断借账只会让尚有钱财的一方处于更不利的局面。——当我们中的一个在晚上想要离开酒馆："再待半个小时！我请你喝半品脱，如果再待一个小时，我再加一个蛋糕。"——"伙计，知足吧！你还活着呢！这难道不是再好不过的事情了吗？"——"只有你活着才有时间休息。"——"好，现在我们来庆祝你的生日。要不然你为什么出生？"——当卡方可穿上袜子。"现在他又穿上了洞洞袜了。"（Presuhn说）

四、慕尼黑Ⅱ

［1899年—1900年］

80.如今哈勒（Haller）也来了慕尼黑；他不会成为一名斯图加特的建筑师，而是走了自己想走的路。他进入克尼尔的学校，并且在我来的时候已经混得很熟。事实上，与我这个“十年来最好的学生”的友谊对他来说很有用；他介绍自己的时候好好利用了这一点。除此之外，还有他那鲜活、进取的天性。

这一点在当时就已经相当难以抗拒。他的笑声让画室的氛围更加惬意。现在，有才华的年轻人（包括一些瑞士人）围绕我们成为一个群体。他们无拘无束地抓住每一个自由表达的机会，尤其是对外人投以讽刺。

81.这个笑话之所以好笑，是因为它真的发生过——首领I（85岁）：“我相信，终究来说，我天生更该做一名风景画画家。”首领II（86岁）：“呸！你现在就能确定了吗？”

82.当我在柳树下亲吻你，/我便深深沉入梦境的怀抱。/那是一个滚烫的吻，/猛烈敲打我的太阳穴。/一簇云朵追着底下所有的事物。/噢，夜晚的力量！/噢，这燃烧的喜悦的深深光辉！

83.反思。从头到尾审视自己，对文学和音乐说拜拜。仅在那一瞬间，我放弃追求更优雅的性体验。我几乎不去想艺术，而只想培养人格。在这件事上，我必须持之以恒，回避所有公众注意。我最终会通过艺术这一媒介表达自己，这依然是最有可能的结果。

一份小小的芳名录记录着所有我没能占有的爱慕对象，讽刺地提醒着那个大大的关于性的问题。名单止于“莉莉”的首字母，标注是“走着瞧”。

我在1899年秋天遇见了将成为我妻子的女人，当时我在演奏音乐。

84.你在我的心灵放了一把烈火，升腾起堂皇的火焰。音乐是一种升华。

85.对新手阶段感到害怕。告诉你，接近我的人，你有一天会明白，如果我过快死去，你会就此失去太多东西。

86.火焰之花，在夜里你为我取代了太阳，照亮沉默的人类心灵。1900年2月。

87.我想紧紧地用手捧着你的头，并且是用上双手，永远不许你转过头去。因为受难会增长我的力量，直到它毁灭我。

88.我在暴风雨里变得更加清醒，生活令我着迷。

89.感到我和莉莉的发展受阻：如今我怀疑爱情的存在，它正变成普通的怜悯。我不是在爱慕，而是在敏锐犀利地分析。分析将理想的综合特征变成丢人的缺陷。大自然捉弄着我们。爱旁观具有迷惑性的倒影。猜忌出现，影响感情发展。尽管如此，我充满渴望。我会称呼她伊芙琳。

90.对我来说，伊芙琳意味着成就、理想。现实中我为了与莉莉实现理想而从内到外的奋斗，以及满足我对性这个秘密的好奇。坦率地说，我与一个社会地位低于我的女孩开展了一段风流韵事。（1900年新年以后）

我在“人生的风暴”中感觉不错。休息一下会更健康，但是这不可能。渴望不复存在，又或者以一种更平静的形态出现。

酒精摄入过量是整个过程的有机部分。长夜的派对后醉酒写下的记录必须被删除，因为它们无可避免地完全无法被理解。

91.1900年3月6日。莉莉到底不是真的快乐？她说她常常感到难过。她为什么对我说这个？每一次我都觉得更愧对她。我不能告诉她："我又一次违背了最好、最美的事情——即拥有在你身边寻找和获得我所有的快乐的权利！"有时候我真的令人讨厌。

92.写了一首诗的草稿：在一次五月的葡萄酒狂欢后，所有人醉醺醺地躺着。春日的夜晚暗了下来，第一场暴风雨发动了。雷声令玻璃杯作响。然后，温和的雨水落下，抚慰人心。一切都被原谅。

93.我越来越强烈地相信我选择绘画作为职业是正确的。除此之外，只有写作吸引我。或许等我成熟了，我又会去写作。

94.芳名录又出现了。写下了莉莉的全名。然后是伊芙琳，也就是对爱情中的百分百的快乐的向往。但我没有陈述这段关系。

95.我与日瓦戈（Schiwago）小姐的关系非常特别。我很欣赏她，但是没有失去自控。这或许说明我对莉莉怀有太亲密的依恋。没有保证，没有风险，仅仅是我自己。

再说了，日瓦戈起初看上去无法被征服，似乎哈勒和她之间已经存在或者正在发生着什么（直到1909年，我才得知她不满我的含蓄表现）。1900年4月，我们离开对方。次年秋天，那是在日瓦戈家的一个夜晚，因为四下的气氛而显得古怪（哈勒、W小姐、日瓦戈和我在场）。哈勒收到了日瓦戈的一封短信。其中，她写道：

"离开克利先生是我的荣幸，离开你又伤感又愉快。"从中我得出哈勒与她更亲密的结论。信的末尾，她引用了我的话："幽默感必须帮助我们克服任何事情。"

96.现存的唯一一条醉酒状态的记录。我保持。我知道。我不相信。我首先想看看。我非常怀疑。我请求！我不嫉妒。我不回头。我行动。我反对。我在憎恨中创作。我必须。然而我承认。我哭泣。尽管如此。我坚持。我完成。我打赌。只是安静的，只是安静的！

97.施特劳斯指挥的一场《查拉图斯特拉如是说》演出给我留下了深刻印象。读了梅里安写的小册子。

98.1900年4月26日。最不安的日子让我特别愉悦。上午我画好了《三个男孩》的构图。然后我的情人来了，她宣布了怀孕的消息。下午我把我的习作和构图拿给斯托克，他将我收为美术学院秋季班的学生。晚上，我在基亚姆的音乐上碰到日瓦戈小姐。那天晚上我怎么睡得那么熟！

奥伯霍芬　［1900年5月］

99.致伊芙琳。我对你承诺了许多，比如做个正直的人。我想向你证明我自己。我在上帝面前跪下。呼喊着，伊芙琳，彻底拯救我吧！除了你，谁也拯救不了我！我玩火毒药，我给自己下毒，为什么我曾希望成为一个外人？我总体上太向善，无法那么做。我因愧疚而苦恼，或许它比我想象得要严重。噢，在你身边忘却它！但是你必须先宽恕它。如果你可以做到。我远远地向你致意。

与哈勒和日瓦戈游览贝阿滕堡

100.在贝阿滕堡，也就是我初次体验性唤起的地方，我清晰地意识到归根结底某条小虫正在侵蚀我的灵魂。热衷于伦理的日瓦戈的存在，更是激发我沉浸于道德考量。我们四个人——哈勒、K小姐、日瓦戈小姐和我——去图恩短途旅游。我们在施茨里根向渔民租了条相当笨重的船，没能划多远。我们马上将它归还，看上了渔民的竞争对手的出租品——一条非凡的龙骨船。我们沿着巴克马特航行于阿勒河之上，此行留下极其深刻的印象。然后我们划向平静如镜的湖泊的中央，远至迈林根。一边划，一边做着宁静友好的谈话和小小的恶作剧——哈勒将女士们撑开的阳伞扔下了船。我们在迈林根划入一个小小的停船船位，那像是从一幢棕黑两色的农舍延伸出来的。我们在这里离开船，朝着圣贝阿滕堡的方向向上爬。一到那儿，我们去酒店吃了一顿上好的午餐。然后我们在小树林里扎营，在我的指引下沿着阶梯的可爱小径向下，来到圣贝亚图斯（Saint Beatus）的洞穴，然后穿过美妙至极的森林回到迈林根。在凉爽的晚上，我们划船回奥伯霍芬，我亲爱的姨妈们在登陆的地方为我们准备了晚餐。我的三位同伴搭乘下一艘开往伯尔尼的汽船，而我留在奥伯霍芬。第二天早上，我将船带回施茨里根。

101.日瓦戈将托尔斯泰的《复活》介绍给我们的圈子里的人。这本书对我来说道德意味过浓了——不光光是艺术内容，还有它本身。经过不断的观察，我意识到我只有在生活境遇明朗且充满希望的时候才会愿意去想伦理问题。后来，艺术吸引了我所有的道德感；作为一个有道德的人，我相信我最终会完全被那个世界吸去。我无法逃脱痛苦的矛盾，大概是因为我过的是一种较世俗化的生活。

有一次，在回复弗里茨·洛特马（Fritz Lotmar），我抨击了这本书。他的崇高辩护给我留下了深刻印象，在某种程度上让我受到了它的影响。然而他这么做不是出于任何明确意图，而日戈瓦是竭尽全力想要拯救我们。我不断强调这本书缺乏幽默感。后来，当我订了婚，我的道德理想主义又升腾起来，对这本书的评价也随之变高。我把它作为礼物送给我的未婚妻。

102.6月，我在汽船上遇见来自纳沙泰尔的海琳娜·M.小姐。这位17岁漂亮少女此时只能算是个孩子，是首位让我怀有强烈激情的对象。我开始回顾在那之后我的各种变化，而她依然像一条森林小溪那么新鲜纯洁。

103.我经常被魔鬼操控；我在性爱方面的坏运气和一大堆问题没能让我好起来。在布格豪森，我用各种办法捉弄大蜗牛们。现在，眼前的图恩湖区域竟然更加美好，我面对着类似的诱惑。天真无知惹恼我。小鸟的歌声让我心烦，我想要践踏每一只虫。

104.夜里从伯恩步行远足至索洛图恩（Solothurn），上午到达魏森施泰因（Weissenstein）；下午四点，回到索洛图恩。晚上落脚于巴伐利亚啤酒会所。十三小时的步行令我疲倦，于是坐火车回了家。布罗苏（Bloesch）和另一个同伴自行走了从索洛图恩到布格多夫（Burgdorf）之外的一段。

105.我为最终的遗嘱写下大纲，要求毁掉所有现存艺术尝试的证据。我知道它们与我感受到的潜力比起来，是多么贫乏和微不足道。

我有时会完全陷入卑谦，想给幽默杂志画插图。以后我也许还是会找机会用图画诉说自己的想法。这番卑谦下诞生的作品是繁复的版画技术实验。

顺便把魔鬼受挫的行为定义成了疯狂的结果。

奥伯霍芬　　［1900年8月］

106.这里没有我想逗留的地方，令人愉快的风景又有什么用呢？森林精灵的喋喋不休令我生厌。山上的牛铃声以前也在那里响起过。水面上，孤独的绝望四伏。我需要的是无意识，不是消遣。

我被城市吸引。我永远也不会走进妓院，但是我知道去那里的路。

我错误地过着一种单调呆板的生活，就像奥伯霍芬的城堡的铁栅栏后盛开的花朵。我是一头被囚禁的动物，内心和外表同样受到束缚。我的灵魂将背负这些枷锁多久呢？人有可能在爱情里获得平静吗？……在那里，人可以不因爱情苦闷，却依然受到折磨。

猛烈的暴风雨中，无神论的人们站在岸边，为一些生命哀悼，而不是将它们献祭于神明崇拜。

107.在一首诗中，我唱了一首悲伤的歌，在歌中，我寄托自己的愿望，希望能死在她的怀中。

108.这个夏天留给我太多思考的时间。同时，因为没找好学校和模特，我的工作量也没完成。终于，秋天来了，习惯了悲秋，当我醒后，首先注意到的便是落叶，我现在还要在这片土地上播种吗？到冬天能有收获的可能吗？这可不是一件能令人兴奋的事，但不管怎样，这是我的工作。

1900年秋天

109.一个经常重现的主题是将我的灵魂比作乡村的种种氛围。这源于我对风景有着诗性的见解。“秋天来了。鬼鬼祟祟的雾霭，跟踪着我灵魂的涌流。”

110.伊芙琳终于成为我所有悲伤的缪斯。这是我的低潮时节。我徒劳地望向门，没有救赎。室外，也没有任何线索，没有蛛丝马迹。有时候一切成空。只有我的大脑像是这堆废物中的一个褐斑，于是诗诞生了。当然了，它给我带来了极大的安慰。这也意味着我没有完全白白忍受1900年的夏天。至少，我的一部分被铸成另一种形态。我在八月底写诗，一首关于伊芙琳的冗长的歌。因为下意识写就的成功作品，我走上了歧途，刻意构思类似的诗歌。这是我一犯再犯的错误，直到我明白过来并且能够避免它。

111.I. 我将伊芙琳称为树叶下的绿色梦境，草坪上的赤裸孩子的梦境。

但是当我来到人群周围并且再也无法离开他们，我永远也不可能拥有这样的快乐。

曾经，我从经受的痛苦的掌中逃离出来，溜去午间的田野，躺在炽热的山坡上。我在那里又一次发现了伊芙琳；她更成熟了，但是没有老去，只不过被一个夏天搞得疲倦。

现在我明白这梦了。但是看啊，当我唱这首歌的时候，我只是在臆测。请温柔对待我的礼物。进入梦乡时请勿吓坏赤裸的人儿。

II. 三月以夏天威胁我们；伊芙琳！你以炽热的爱威胁我的灵魂。

五月依然融绿，依然唱着摇篮曲。

我将许多坚硬如钢的话语打磨锋利。我想要成为潮水间的石头。

边缘已钝。我是多么想跪下啊，带着我所有的谦逊。但是，跪在谁的面前呢?

虫子们想安慰我。我有这么可怜吗？那样的话，我就该感到厌恶了。

III. 啊，太多阳光照在我身上！没完没了的白天，没有黑夜。永远欢唱的光线！我想再次找到我早前在绿荫下的家，我树叶下的梦境。它在哪里呢?

没有任何隐蔽处可供晒昏头的人产生夜晚的错觉，他将火焰揉进眼睛。

清醒者完全没有睡着。他用一种单调平板的声音说：你这冗长的歌。

这就是它，这冗长的歌。

IV. 听夏天在田野里吱喳，

听云雀在空中嘶哑。

伊芙琳，正午的女皇。

只有最小的动物依然热情活泼——蚂蚁、苍蝇和甲虫。

而我，正午的宁静瘫痪了。我在一张干燥的床上燃烧，我在百里香和野蔷薇的薄毯上全身如一团火。

V. 我仍然记得月亮的温存。但是现在苍蝇在我身上交尾，而我不得不旁观。雪从山间消融；就算是在那里，我也不会找到清凉。

而且我必须停留……你的一瞥命令我肃静，伊芙琳。我们是圣人，我因为你成了圣人。

VI. 不要逃离我的亲近！信任！认识！你令我的灵魂泥沼干涸，如今你藏入了云朵。你将会完胜。

VII. 当现实令人再也无法忍受，它像是睁着眼睛做的梦。在伊芙琳身边，可怖的梦继续着。噢，骗人的幻想啊，你屈尊亲自到我身边寻找庇护和安慰。

VIII. 这是伟大的日子，一切闪耀着爱情的光芒。这里也会有尽头吗，会有暮光吗？女神会跌落吗？尽管如此，现在还是白昼，一切依然闪耀着爱情的光芒。

112.宗教思想开始出现。自然是持续的力量。从大众毁灭性地超升的个人，陷入了原罪。然而，存在着某种更崇高的东西，它超越了正和负。那就是思考和引领这种斗争的全能力量。

在这全能力量前，我或许会经受考验。我希望自己合乎道德地经受它。

113.堕入了流行的调调。哎呀，我的希望没了。我久久地日夜等候，再也没有什么可以引诱我。没有甜蜜的呢喃、天堂或是乐园，我心房的火焰正在熄灭。

五、慕尼黑Ⅲ

［1900 年—1901 年］

120.到那时为止，诗III真的是我唯一适合留存的创作成果。理所当然地，其他诗歌尝试接踵而来。但是没必要保留它们，它们在某种程度上仅仅是习作，是风格的训练。我甚至随便写了些戏剧。一系列场景叫作：

①舞蹈的夏娃

②人的受难

③魔鬼和人

④暴力的用途

⑤解放的英雄

⑥诗人

⑦处决和复活

121.二十一岁了！我从未怀疑自己的生命力。但是它该如何随着我选择的艺术演化呢？我认识到自己归根结底是个诗人，不应该自限于造型艺术。再说了，如果我真的做了诗人，天知道我会渴望做别的什么。毫无疑问，因为我的感受力，一片大海在我体内汹涌。这是一种绝望的状态——感受暴风雨同时从四面八方发作，而哪里也没有可以控制这片混沌的主。

122.做斯托克的学生听起来不错，然而事实没有那一半光鲜。我不是精神健全地来他的学校，而是带着千种痛苦和许多偏见。我发现难以在色彩领域取得进步。既然由情绪决定的色调强有力地支配着我对形状的掌控，我至少可以尽可能地追求这里能提供的收益。而且，在这个方面，确实应该在斯托克的学校受益良多。我自然不是这一阶段唯一一个在色彩方面不济的人。后来，康定斯基在他的专著里对这所学校发表了类似言论。

要是这位老师曾经向我阐明绘画的本质（就像后来的我所能阐明的那样），那么只要我更深入地探究，我当初就不会身处这样的绝境。我思考自己在这位有影响力的男人身上还可能获得什么。我交了插画请他评估，他称很有原创性。他建议我试着把它们卖给《青年》，但是《青年》对我不感兴趣。

123.1900年12月24日，多事的一天。我揣着十几个马克，准备赴约参加莉莉父母的圣诞树派对。首先，我去了克尼尔的学校。身为斯托克的学生，我还经常来这里画画，因为我对它的喜爱激发我更好地工作。

一派令人惊讶的景象在那儿迎接我。台上立着的不是模特，而是一组葡萄酒瓶。微醺的模特踉跄走动。我爬上梯子，就着天窗在白墙上作画。下午回来的时候，事态进一步发展。十六岁的尚兹（Cenzi）躺在装有软垫的扶手椅里轻睡，由人描画。加入进来的红发姑娘贝塔（Berta）把头浸泡在令人眼花缭乱的液体中，随即陷入一阵可爱的神志昏迷状态，开始喋喋不休地乱说，在任何人发笑的时候跺脚，并在试着走路的时候摔倒。克鲁格（Kluge）先生选择在这个时候消失，然后带着一个水桶和几瓶香槟扬扬得意地回来。香槟让姑娘们精神一振，也让我们微醉。随着夜晚临近，大家一个个离场参加各自的圣诞派对。尽管我也身怀邀请，我还是在这个狂欢场上留到最后。这给我惹来不少麻烦，因为两个姑娘依然不想走。尚兹头发凌乱，所有的发夹以及一些别的小东西都不见了，黑暗中的搜寻无功而返。我便出去买新发夹。又过了一阵，她们两个才能够勾着我的手臂，冒险上了街。我领着她们向左向右。她们饿了，我便把她们撑在门道的墙边，趁此时机买了食物。然后上楼去我的房间。她们躺下，我自豪地感到我掌控着两个女人。最后的时光在各式各样大胆的玩笑中度过，但是必须离开了，我略带醉意地出现在了莉莉家，她的眼神带着迷惑。

124.如今我已达成许多成就。我是个诗人、花花公子、讽刺家、艺术家以及小提琴手。但我不再是一位父亲了。医生证实我情人的孩子不能存活。

取而代之的是债务和兵役的威胁，以及无法获得渴望已久的理想爱情的威胁。

那是神圣和低劣之间的交叉口。

125.莉莉告诉我她和一位音乐家的罗曼史。这是一段令我迷惑的进展。我从她的音调中感觉到她对这个发展方向抱有明确态度。（1900年12月26日）

126.与尚兹和贝塔共度的圣诞夜有一点小后续。12月28日，我们四个（第四个是让·德·卡斯蒂亚）去了一场晚会。我们在那里引发了一些关注，因为两个男人显得很绅士，而女士们没穿长裙。后来我们在东北向风暴下寒冷得可怕的夜里把姑娘们送回家，结果尚兹发现她没带她家的钥匙。她试着按铃唤起家人的注意，但是没有反应。于是我们带贝塔回家。现在怎么办呢？我们走回城里，就去哪家旅店嘟囔着。先到了我的公寓。当我打开前门，尚兹自说自话地钻了进去。卡斯蒂亚忧伤地说了再见。这样一来，我并未真的努力就完成了一次征服。除此之外，据说尚兹是N先生的情妇。我不想把事物理想化，尚兹是个赤身裸体摆姿势的慕尼黑模特。但是，只有16岁的她还不该属于那个混蛋啊。

127.与尚兹的风流韵事只持续到1901年1月10日。她的前男朋友从圣诞假期回来后，她忠诚地回到对方怀抱。起先这对我来说很是痛苦，因为我相当喜欢我们俩的勾当。尚兹不需要什么爱情誓言，她甚至用礼貌的复数形式来称呼我。我对她使用亲密称谓，并且一直视她为脾气温和、通情达理的人儿。她没有一丝的粗野。在第一次过夜后，她写了这么封信件给我：

慕尼黑，1900年12月29日

亲爱的克利先生，

曾向您保证立即给您写信，于是我正这么做。家里的一切顺利进行，只是我的父亲对我作了一通长长的、关于道德的布道，我可不怎么享受它。

然而，我有理由为我们的关系中断感到高兴。现在我必须告诉您某些我不能对您说出口的话。最重要的是，克利先生，我请求您万分谨慎，尤其是对N先生。您必须承认那不是我的错；我只是像任何女人那样有一些软弱的时刻，事实上现在我为之深深懊恼。

请您忘记那晚发生了什么；我的确为对您写下这些感到羞愧，但是我必须让您注意到它。

不要往坏处想我，因为我们两个必须一同背负这内疚。

但是让我们继续做好朋友，并且忘掉过去。您的忠诚的尚兹R。我们下周将再会。我会拜访您。

128.1901年1月初。首先，与尚兹之间的事略微转移了我对莉莉的注意力，它缓解了那份暧昧不明引发的紧张。其次，我突然发现自己完全无法与前情人继续保持关系。那个姑娘在冬天里也时不时地来看我，从我这里拿走一点钱和一点爱。出于她因胎儿夭折受到的伤害，她有权拿到钱。我已经提过我们很快就摆脱了这种不快的压力。春天、钱、爱情，没有一样慷慨地喷薄。爱情最先干涸。金钱方面，只要我手里还有一些，便得不断流出去。我曾计划在每一笔从家收到的钱里拿出一部分给她，好在暑假的时候摆脱责任。然而现在她突然离开慕尼黑，去别的地方工作。这令我非常愉快，借了一笔可观的钱，立即满足了她的要求。一年的纷扰后，空气又一次清新起来。我们最后一次私人见面，无爱无憎，没有留下任何痛楚。我们毕竟共度了一些欢畅的时光。

129.由于现在尚兹也离我远去，那次奇遇留下的只是几首趋于流行风格的质量不佳的诗，我又一次全心面对更高贵的爱情。在1901年2月5日的农夫舞会上，我再次接近莉莉，或者是她接近我，直到我们之间的距离非常小。但是此时她很快又后退了，并称之为心情不好的关系。不亲善也不斗殴便吹了，真是激动人心。我伤心了，感受到流浪的冲动。但是去哪里呢？

130.烂醉的某夜，我在日记本里写满对莉莉的幻想。关于她的所有事物都是那样深刻地渗入我。这里面甚至有首关于嫉妒的变奏曲，淫荡之音疯狂涌动。在最后的变奏里，我们的对话作为固定旋律出现。

131.灰色的周三。醉意不见了，但是你那面具之间的迷人脸庞比我的苦难有着更强大的力量。

又一次，英格兰花园为我的感受和复杂情绪做了背景。

我以我并不全然清白的荣誉发誓，我很快就会变得厌倦。

莉莉，又是莉莉。我又一次感到自己对她的感觉变得强烈，然后很快又动摇。不是小径，也不是桥梁。至于这对我的习作的影响，我不会说什么。

这位仁慈的年轻淑女略显正式地告诉我，我们会继续二人奏。然而，我只是想着这个女人。任何其他东西无法激起我的反应。

132.我的夜晚不总是美好。但是，我真的一度在早晨感到焕然一新，精力大盛。春天来了，我自信有力量独自进入它的王国（我想忘记自己，在群山之上想你）。这个想法已经在我体内扎根得如此之深，我宁愿逃避自己也不想完全放弃对她的念想。我想，这是恢复活力的最快方法。并且，我能通过克己在这段纠缠不清的关系中取得胜利。

133.塞特（Saedt）的生活让我喜忧参半。有时候它直接妨碍我在这个社会阶层的活动。当然了，音乐活动有时候很吸引人。例如和斯特劳布（Straube）共度的一晚，他让我学勃朗姆斯的A大调奏鸣曲100号，并且对我在一个小时里能够理解如此之多而欣喜若狂。很久以后，我的耳边经常响起他的话语："可是你拉得太棒了。"我们在史蒂芬妮咖啡馆进行了一场夜间演奏后，他在我们分别之际醺醺然而热情地这么说。很快，他成为一位非常著名的风琴演奏家和指挥家。

134.卡斯蒂亚赞美了一句英语谚语的深度。他应要求翻译了它，内容如下：

怀着权利和世故，

怀着愿望和意志，

让世故帮助权利，

让愿望比意志更快。

1901年3月2日，在施塔恩贝格（Starnberg），他询问起植物的性行为。它发生在哪里呢——在根部吗？

135.动荡不宁的生活在我体内雁过留痕。心头的神经性疼痛困扰着我，尤其是睡梦中。心成为我的创作训练的主题。尽管如此，一方面，我竭尽全力摆脱这一症状；另一方面，我未来的岳父（一位医生）治愈了我。

136.关于肖像画艺术的想法。有的人认识不到我的画像的真实性。让他们记住，我不是来反映表象（感光片可以做到这一点）的，而必须透视内部。我的画像探索内心。我在前额上和嘴角边写下字句。我画的人脸比实际存在的人脸更真实。

137.1901年春天我拟订如下计划：首先，生活的艺术；其次，诗歌和哲学，作为理想的职业；造型艺术，作为实际上的职业；最后，如果收入不足，就画插图。

138.I.为什么人们如风暴下的波浪般竞相追逐？是什么风在吹打着他们吗？是欲望的风。但是他们的欲望是徒劳的。

我是漂浮在波浪之上的水手。我有坚固的船，它会将我载往目的地。闪闪发光的希望带我划向最美丽的岛屿。

哎呀，海浪是多么狂暴地拍打它，我的勇气就要败落。告诉我，你这闪闪发光的希望，我最美好的东西就要在这里粉身碎骨吗？

不，我年轻，我有强壮的手臂。我必须抵达岛屿，就算那里布满高山，就算最高的那座叫作孤独。

前进，自由的微风。前进，浪花的泡沫。

II. 我可以看得更远。我已经到达岛屿，我征服了汹涌海浪，但没有消灭它。它依然跳跃，吞噬。我的最高峰将会摇摇欲坠。

海浪的战歌退去。世界是个湿漉漉的坟墓，宽阔的废墟。

天光尽，之后必然一片黑暗。白天，生命自行焕然一新。夜幕包裹了我们所有人！我们将在它面前英勇作战。让生命先行到来。

139.我开始了一种新生活。这一次我会成功。我平躺在地上。我相信我得到了做任何事情的许可，我的力量将会得到最大的欣赏。

我，一个下流无赖，去了傻瓜们的舞会。处女的爱将我从这一角色中解救出来。

当我意识到自己的悲惨，我的悲惨就此消除了一半。恐惧令我振作起来。

我想变得严肃，变得更好。最亲爱的女人的吻，带走了我所有的苦闷。我会工作。我会成为一个优秀的艺术家，学习雕塑。我的天性本是拘谨的。我要记着这一点。

140.斯托克以为他能够劝我转向雕塑；在他看来，如果我以后再画油画，我习得的雕塑知识会很有帮助。这证明他对色彩领域一无所知。他还建议我去鲁曼（Rümann）那里。身为斯托克的学生，我以为被录取是小菜一碟。

然而，老头要我通过一项入学考试。我恳请免考，因为在我看来接受考试就等同于考试不及格（我是对的）。但是我的请求令他完全激动起来："我自己也曾必须通过入学考试。"这听起来像是皇室成员在说话。然后他对我的绘画进行了尖锐批评；尽管如此，他指出了其中几张的一些优点。最后我离开了，没有接受他在考试这件事情上的立场。或许我终究给他留下了一点印象，或许他期待再次见到我？

鲁曼的七句有预见性的话：I.我不会让任何人告诉我应该做什么；II.在我看来，你不是一流的绘图者；III.这个画得相当不错；IV.然而，这个头部配得上“糟糕”这个形容词；V.只有那些以人体为模特作画多年的人可以免考；VI.我自己也曾必须通过入学考试；（听到这里，我离开了。）VII.祝一天愉快，克利先生。

141.你仿佛流淌着我的血液，我对你的爱是如此至高无上。这一次我感到强大的神与我同在。我想臣服于他的法则，为他献上祭品。我想占有你，就算它意味着你和我的毁灭。我的神对我做了伟大的事。他看见法则之路上的我。

我爱你，因为你是我在黑暗中沉思之际，手持友爱之灯走来的女人。

142.我经常说我通过画下美的敌人（讽刺漫画）来侍奉美。但那还不够，我必须怀着最强大的信念直接赋予她形态。这是一个遥远的、崇高的目标。半睡半醒中，我已经踏上这条道路。当我醒来，目标必须实现。或许这条道路长于我的生命。

143.“自我批评”这个说法第一次出现。

然后我思考死亡这个命题，它令人生中不能完成的事情变得完美。渴望死亡不是渴望毁灭，而是渴望向着完美奋斗。

总的来说，这是奋斗和绝望之间的阶段。

144.奋斗的人永远不会平静地享受生活。最初的重塑（对新近体验的世界的铸造）以完整而鲜活的印象提供了持续不断的比照，朝着成熟的作品前进。

童年是个梦，有一天一切都会实现的梦。学习阶段是探索一切的、探索最细微的和最隐蔽的、探索好与恶的时间。然后某处亮起了灯，你朝着那独一的方向走去（这正是我现在进入的阶段；让我们称之为漫游时间）。

145.于是，有了一个可怕的想法：我在莉莉这件事上自欺欺人了。我已经习惯把她看作我的女人。介于这对我的精神状态有益，她不是我的女人会是憾事。因为我终于度过了几天安宁的、做着理想沉思的日子，尽管某日贝塔和伯克（Bock）的拜访让事态转向了放纵。甚至想到尚兹躺在床上胡言乱语的样子，我都无法激动分毫。当我想到那个我想单独待着的地方有多少男人时，我的猜忌变成嫉妒。

她想过来，在我家喝茶。

然而，在马太受难节后，她弃我于危难。

今天她为此请求宽恕。周四，四月四日，她要来！

对我的不安处境的描述到此为止。

146.我只会因为怜悯而向女人撒谎。而女人这么做，是出于虚伪的心。

147.濯足日上，日瓦戈将我的创作还给我。她似乎已经放弃为我撰写讽刺论著。或许她觉察到，没有她的帮助我变得更好。她说起话来严肃又友好。这个恶魔对我耳语，说我不经意间错过了她这么一个纯洁的春天。“你这么庄重地说话，是要永别了吗？”我以玩笑的口吻说道，好转移话题。

然后我与莉莉通过伊萨尔河岸的山丘散步至格拉斯海斯洛并返回慕尼黑。一阵狂暴的强风穿透我们。她扯了一通关于友谊的事。

我可怜得无法开口说话，悲惨莫可名状。

148.耶稣受难日。我的睡眠很糟糕，想象力不着边际地发散起来，好像发了烧。第二天早晨我与莉莉再度于英格兰花园见面。我们经常挨肩坐着，一言不发。那时候的我们像是两个快乐的人。至少有那么一些时刻感觉不错。人变得多么习惯与对方相处啊。我感到与她是那么犹如一体，以至于我经常很长一段时间不同她说话，就好像我是孤身一人。夫复何求呢？

149.我将高兴地在食物和生活住所上自制；对我来说，拒绝大家庭甚至易于拒绝好的葡萄酒。但是难以放弃漫游的冲动，最困难的是放弃一种没有爱情、没有女性身体的生活。这种境况相当遥远。此时此刻的存在是非常不充足的。如果继续如此，生活将会是一场失败，不值得我一过。归根结底，某种责任感或许会让我远离克己。1901年复活节。

150.与莉莉的暧昧不明愈发折磨我。我迂回地得出远离女人的判断，但是我无法远离年轻女孩的如梦样貌。在《特里斯坦》演到第二幕时，我真是心烦意乱。我盯着一个坐在我附近的人儿看，并在日记里详尽至极地描述她的外貌。

几天后我在卫城山门附近碰到了这个漂亮的人儿；我跟着她，她的存在再次令我和我的灵魂迷失。

晚上我在一场《费德里奥》演出上与莉莉见面。她穿着黑色衣服，非常合衬。我没有回复她的几行信，因此已有八天没有她的音讯。我冷静地道歉，并感谢她给的《四季》的票。我感到自信，相信自己风趣地谈论了我们双双知道的人和事。未来的某时，当我们身处大自然，或者在水上，我会把她抱在怀里，向她坦白我对她的感觉。

151.真相是，或许出于骄傲，或许出于害怕她不希望发生的最终一步毁掉一切，我宁愿与她断绝来往。

莉莉几番将她和我的关系形容为纯友谊。有一次，她甚至是在我们热吻后这么说的。那真是够不得了的。

152.有时候我幻想我知道怎么画，有时候我觉得我一无所知。第三个冬天时，我甚至意识到我可能永远也学不会画画。我想到了雕塑，开始雕刻。我一向只对音乐在行。

153.长期的沉寂后，哈勒的N小姐写信表示她计划来慕尼黑短暂停留，希望再次见到我。我回信说这么长的时光已把我变成另一个人，或许她现在会与我体验更成熟的快乐。我写我现在非常认真地对待艺术，比以前更加配得上她的友谊。

154.（1901年5月3日）在玫瑰色的拂晓光辉中，我满怀期待。当太阳升至山顶之上，我将能够忍受那强光吗？噢，对早晨的恐惧，就像我人生的那一刻。

就像那一刻？我站在明亮的日光下吗？

从长沙发上起来！还有许多工作要做！

155.我是上帝。我的体内堆满神性，我死不了。我的脑袋热得要爆炸。隐藏于它的众多世界中的一个想要诞生。但是为了它的降临，现在我必须受难。

156.5月14日这夜后，我感到前所未有的激动和分裂。我们热烈地拥抱亲吻，这让我狂喜。但是紧接着就是退缩。在此之后，她立即承认她爱着另外某人。

如今，问题在于弄清楚她的话有几分真。这激起了我的矛盾情感。在出尔反尔的全过程中，她的眼睛继续发亮，继续充满希望。

然后我确信我终究会在这桩不决的风流韵事里胜利。它事关为女人而战，这前所未有。这里有许多线索。怀疑没有那么站得住脚。

我想将爱情注入所有事物。我可以做到，我被授予了爱情。

手头的危机是：这是我爱情的开头或是终局。

要是走到了分离的一步呢？那么一个人再次启航，在湖上向远方航行。糟糕的时代啊，你不得不扼杀生活的需求之一。

157.最后一次，在做最终决定之前。我获得了宁静。自那夜（5月14日）八天后，我又一次感到我能够克己。我全身心专注于艺术这项任务。既然我已自限于更狭窄的领域，这个未来看起来就更容易实现了一点。

158.那个时期，一些与雕塑相关的主题从天而降。它们关乎被束缚的女性裸体："早晨即将来临"（一夜欢爱后，年轻男人打盹，女人藏着）"女人离去""处女自卫"（在表现上有一点罗丹的神韵）。

159.在泰根塞湖（Tegernsee）边的乡村宅子中，我与未来的岳父母共度圣灵降临节假期。在这里我赢得了莉莉，此前几天她已向我保证摆脱她的某某医生。

160.1901年6月1日。我唇上的小坏蛋，你的时间到了。我们曾是同伴，现在我们的友谊燃为灰烬。我赢得了一片天堂，它对这个世界的任何人都不适用。骂人者（他们说我陷入了爱河）继续待在下面，并且老去。高高在上的我们，画下不朽的最初几圈。

161.1901年6月。顾虑丛生。我可以带给莉莉什么呢？靠艺术，连一个人都养活不了。所以，分离的念头又占据上风。

出于胜利或是爱情，我在这个顺利的阶段充满巨大的力量感。但是它在生活中有什么用呢？

162.我们在泰根塞湖边的一个落叶松林里说，布兰加尼（Brangäne）竖起她的耳朵，而帕克（Puck）从长凳上注视着我们。

我们问自己，为什么朋友就不许亲吻呢？

我们甚至想也不想就亲吻。

最后，莉莉表示最好快点回家。

163.6月8日，我们讨论怎样才能让我们的爱情修得正果。那一天或许可以算作整个订婚时期最重要的日子。莉莉希望我有时间提升艺术和其他方面的能力。她提到八年期限。她自己也想在那期间取得进步。

164.通过爱，我们抵达了怎样的完美境界啊！所有事物都变得多么强烈啊。它是何等的试金石，何等的钥匙！

这些岁月里的每一天都是一辈子。如果我必须现在死去，我想象不出更美好的结局。

165.倚靠我，跟着我；当下方的深渊开裂，闭上你的眼睛。相信我的步伐和高昂冷傲的精神。这样我们两个就会如同上帝一般。

166.如今的离别听起来完全不一样了：

我独自在荒野长大，谁曾给我任何帮助？暴风雨来了又去，卷走软弱的一切。我留在荒野上。

然后你来了，在我附近寻找庇护。但是命运命令我们停下。命运说：你必须通过孤独变得强大。当下，让思想做我唯一的庇护所。

167.

走你的路吧，横流的欲望，
再见了，不朽。
如果峰尖是孤独，
粉碎吧，心灵的山峦。

168.1901年6月13日，艰难的一天。在国王广场上，我有了关于分别的阴森预感。

6月30日，离开慕尼黑。如果这份爱情没有成为我的生命而只是我最美妙的梦，那么我醒来的时候将发现力量已经变为苦楚。我为那些骗人的东西感到悲伤，不管它们有多美。胜利将属于那强大的、极为糟糕的真相。

169.别问我是什么。我什么也不是，我只知道我快乐。别问我是否配得起它，只需知道它丰富、深厚。

我想在日落前抵达目的地，来到她身边。我轻快地走着，但是我的估计出现了严重偏差。对目的地无以言表的渴望将这些时辰拉得冗长。我想通过野路，抵达那温柔山谷。

伯尔尼 ［1901年8月5日］

170.思考过去三年的艺术生涯开端。这些日记里的任何含糊、混乱、未展开的内容，都不及将这些情境转化为艺术的最初尝试那么令人反感和荒谬。日记自然不是艺术，而是一项暂时的成就。

但是，有一点我必须肯定自己：我意愿获取真实。若非如此，我会满足于做一名尚可的裸体素描者，描画该隐和亚伯。但是我对此太过怀疑了。

我想要放弃可控的东西，仅仅紧抓我体内携带的东西。随着时间流逝，它对我来说越发复杂，而创作越发疯狂。性绝望滋生了变态的野兽，比如亚马孙的会饮和其他可怕的主题。三件同主题作品：卡门——格雷琴——伊索尔德。一个娜娜同主题作品。在女性剧场，我如此表达“厌恶主题”：一位女士，上半身躺在桌子上，泼出容器里满载的恶心东西。

正是因为在三年间有时堕落得非常低劣，我渴望净化，并且能够被净化。许多作品可以为此作证。最后，也不缺乏对绝对的形式的需要。就这么构成了平衡。我的婚约与这个状态在时间上同步，是完全合乎逻辑的。

六、意大利之旅前夕

［伯尔尼和周边，1901 年夏天］

171.力量的意识持续着。一开始，分别并非极度难以忍受。我从自己成了一个道德的人（甚至是在性的层面上）这件事中获得了某种宁静。就其本身而论，这个问题不再困扰我。虽然实际可行的解决手段不会马上出现，灵魂没有受到它的折磨。我现在可以全神贯注地投入到一些学习中去。如果没有慕尼黑的三年，我不会来到这一步。如今，我为意大利赌上一切。我想象这样一种可能性：只有在专业研究领域之外，人文主义理想才能实现。

172.我应当写下许多诗，描述我新获得的创作力量。当然，这没有实现。因为做诗人和写诗是两件不同的事情。然而，在我之后的人生里，那股力量和平静对我依然可亲，而我不打算挖苦它。

173.奥伯霍芬。1901年7月。我给你我的一切，可是我还是什么也没有给你，介于我先是从你那里获得生命。在美中，你给了我新生（爱人，即重生的、有道德的男人的母亲）。

174.风暴将其强有力的双腿沉入海浪的波谷和橡木的颈间。看起来像是树枝和泡沫之间的战斗，其实是一场游戏。神明察觉了这一点，保留这领域。

同样地，我想象着雾霾和冰雹的结合。1901年7月27日。

175.乐观地做着哲学上的努力。仅有的忧虑，是过深钻研哲学和诗歌而忽视了真正的任务。

176.我会在星辰之上寻找我的上帝。当我奋求世俗之爱的时候，我没有寻找上帝。现在我拥有它了，我必须找到那个在我背离他之际依然善待我的上帝。我要如何认出他呢？他一定会对傻瓜微笑，否则这夏夜何来凉爽的微风。我向山顶投去一瞥，感激地向她投去无声的祝福。

177.我向公正的上帝呼喊。英雄通过在凡间的善举，抵达了通往上帝的道路。①与爱人分别；②在路上；③与普罗米修斯相遇；

Diesseitig bin ich gar nicht faßbar. Denn ich wohne grad so gut bei den Toten, wie bei den Ungeborenen. Etwas näher dem Herzen der Schöpfung als üblich. Und noch lange nicht nahe genug.

Geht Wärme von mir aus? Kühle?? Da ist jenseits aller Glut gar nicht zu erörtern. Am fernsten bin ich am frömmsten. Diesseits manchmal etwas schadenfroh. Das sind Nuancen für die eine Sache. Die Pfaffen sind nur nicht fromm genug um es zu sehn. Und sie nehmen ein klein wenig Ärgernis, die Schriftgelehrten.

+ 克利的手稿　1901 年

④梦到与伽倪墨得斯的一次谈话；⑤幻景。

178.早早起床耕耘。你的妻子正熟睡，那就让她继续安眠。你只能带着从田野采回的果实走向你的妻子。

179.诱人的水把我的心引入打皱的漩涡，但此刻不可抗拒的是溪流的力量。我路过之时，甜美而昏暗的老家在召唤，我曾在那里的夜晚倾听蟋蟀唱歌，它们孤独而隐秘地待在芬芳的接骨木下。我看过许多忧伤的人站在岸边，而我在波浪中，身心皆强壮鲜活。我想与大溪一起流动。我想与它一起流动。

180.我有点像是普罗米修斯。宙斯，我来到你面前，因为我有力量这么做。你眷顾了我，这促使我来到你面前。我对身处万物之后的神性采取足够明智的态度，不寻找强大的上帝，而是仁慈的上帝。现在我听到云中传来你的声音：你在折磨你自己，普罗米修斯。受折磨一直是我的命运，因为我为爱情而生。我经常徒劳地、狐疑地向你抬起眼睛！

那么，就让我满溢的嘲弄去敲你的门。如果我没有这个能力，我将说句令你满意的话：你的艺术伟大，你的作品伟大。但是只是开头伟大，而不是完成的作品。你的艺术只是碎片而已。

完成！如此一来我将高喊致敬！向空间致敬，向丈量它的规则致敬。但是我不高喊致敬。只有抗争的人能赢得我的赞誉。他们之中最伟大的正是我——与上帝抗争的人。

以我和诸多他者的苦难的名义，我因你没有完成任何事情而审判你。最优秀的孩子审判你这最勇敢的灵魂，与你相连的同时弃你而去。

181.我定是面色苍白。我的思绪又乱作一团。我整夜睡不着觉。灵魂是在渴望着南方吗？北方或是哪里缺失了什么吗？我有空气和营养，还得到了最丰足的爱情。尽管如此，我不能继续做这样的我。

或者又将回到过去。忧愁被迫锁于胸膛，在窄窄的逃生之路上发出嘶哑的笑声，直到敞怀大笑。我又说：仅凭这笑声，我们得以超越野兽。

182.布拉克（Brack）诉说在斯托克峰的见闻：一只羊在分娩时遭到寒鸦和类似动物的攻击，它们想从它的子宫里偷得小羊羔。

183.无意义的谈话（意义随着葡萄酒漂走了）。

①一次优秀的撒网是极大的慰藉。②这一年，罪恶也试着悄悄逼近我。③我必须得到拯救。是被成功拯救吗？④灵感有眼睛吗，梦游吗？⑤我有时候双手交叠。但是在它们的正下方，肚子在消化，肾脏在过滤清澈的尿液。⑥爱音乐胜于其他一切意味着不快乐。⑦十二条鱼，十二桩谋杀。

184.一首诗的每一句以下述词语结尾：眼睛/胸部/欲望/夜晚/笑了/睡觉/遇见/同伴们/命令/树木/梦境/心房之夜。

185.出发不容易。我接种了天花疫苗，反应很严重，发了104华氏度的高烧。哈勒只感到有一点痒。我必须在奥伯霍芬筹款，并且成功弄到了一点。于是出行稍有延迟。哈勒感到不耐烦，但还是同意等待。他必须马上到罗马画他的《太阳时代》。

一场可怕的暴风雨在乡村发作。每当我就要经历什么，总有如此景象。我们的黑色公猫在六个月之后重新出现，又变得相当野。它一定是靠打猎过活的。

译注

《飞叶》（Fliegende Blatter），一本1845—1944年发行于慕尼黑的德国幽默周刊。

阿道夫·冯·维尔布兰特（Adolf von Wilbrandt，1837—1911），德国小说家、剧作家、诗人。

威廉·豪夫（Wilhelm Hauff，1802—1827），德国诗人、小说家。

海因里希·克劳伦（Heinrich Clauren，1771—1854），德国作家。

阿尔诺德·勃克林（Arnold Bocklin，1827—1901），瑞士画家。

索福克勒斯（Sophocles，公元前496—前406），古希腊杰出悲剧作家。

弗朗茨·冯·伦巴赫（Franz von Lenbach，1836—1904），德国画家，以画名流肖像画而闻名。

《青年》：发行于1896—1940年的德国艺术杂志，主打新艺术艺术家的插画和装饰画。

+鸟　水彩　1895 年

卷二

\+ 意大利日记手稿片段

意大利日记

［1901 年 10 月—1902 年 5 月］

277.1901年10月22日抵达米兰。看了曼特尼亚。对拉斐尔的呈现不太好。丁托列托令我惊喜。

喝莫尔托葡萄酒。疫苗引起了粉刺。意大利语用法复杂。入住塞沃酒店。吃到了意大利烩饭这种美食。24号出发，下午3点40分去热那亚（Genoa）。

278—279.晚上抵达热那亚。月光下，美妙的微风从大海吹来，气氛庄严。我精疲力竭，像一头背负千种印象的野兽。夜里，从山丘上第一次看到大海，还有宏伟的港口，庞大的船只，移民和船夫。这南方大城市啊！

我对大海有大致概念，对港口生活则不然。我看到铁路车辆，咄咄逼人的吊车，仓库，人。沿着加固的防波堤行走，越过绳索，躲避想方设法租船给我们的人，他们喊着“城市，港口”“美国战舰”“灯塔！”“大海！”我坐在铁制路障上，周遭是陌生的氛围。来自利物浦、马赛、不来梅、西班牙、雅典和美国的汽船，让我对广阔的世界肃然起敬。汽船绝对有几百艘，更不要说无数帆船，小汽船，拖船。还有人。那边，有最奇异的、戴着土耳其毡帽的身影。这边的大坝上，一群来自南意大利的移民在阳光下蜗牛般地积聚起来，姿势像猿人一般灵活，母亲们则喂着奶。大一点的孩子玩耍打闹。一位小贩手里拿着从水上厨房得来的锡纸，在人群之间为自己开出一条道来。哪里正传来油的刺激性气味？接着，结实而轻盈的煤矿搬运工人从煤矿船上赤足走下来，他们裸露上身，背着重物（头发被破布包起来），沿着长长的平板爬上码头，去库房卸货。然后，释去重负的他们沿着另一条平板上了船，新装满的篮子在那里等着他们。这些被太阳晒黑、被煤矿染黑的人们站成一个没有缝隙的圆圈，狂野又轻蔑。在那边，是一个渔夫。令人作呕的水里不可能有啥好东西。就像在所有其他地方一样，什么也抓不到。他的捕鱼装备是一根粗线，线上绑着一块石头，一只鸡脚，一只贝壳动物。

房屋和仓库伫立于码头，自成一个世界。这次，我们在它之中游手好闲。但我们依然在工作，至少我们的腿在工作。

280.古城里有高高的房子（最高的有13层）和极其狭窄的巷子，凉爽而有异味。到了晚上，黑压压的满是人。白天的时候，主要是小孩子在活动。他们的尿布在空中摇摆，犹如旗帜飞扬在欢庆的城镇上空。街道上，两两相对的窗户之间串着线。白天，强烈的阳光射入这些巷子，灿若闪烁金属光芒的大海倒影。下方，光从四面八方涌来，明亮得令人晕眩。锦上添花的是手拉风琴的声响，好一派如画景象。到处都是孩子在跳舞。剧场成为现实。尽管如此，忧愁依旧跟着我来到圣哥达山口。酒神对我不起什么作用。

281.我们差点决定去那不勒斯（这是其他多条亦可通往罗马的路径中的一条）。但是我们太缺乏经验了。哈勒的精神错乱几度发作，说话结巴，怕被抢劫。而且那不勒斯是个名声糟糕的地方。

于是我们乘船去里窝那（Livorno），然后从比萨坐火车直达罗马。我本不这么急着去罗马，但是哈勒很迫切，因为他务实地行进着。在热那亚的一周会引诱我就此开始研究文艺复兴。于是，研究工作于周一开启，因为必须有秩序。

282.这次航海旅行真是非凡的经历。随着星星逐渐消隐，广博的、点着万家灯火的热那亚被大海的光波吸收，就像一个梦汇入另一个梦。10点，我们乘着戈塔多号（Gottardo）航行，在甲板上待到午夜，然后进入我们的二等舱。

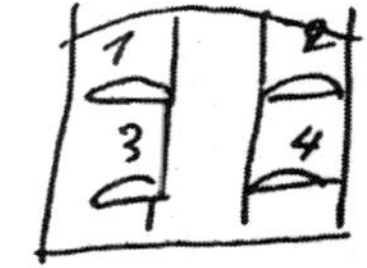

①克利。②一个去往亚历山大港的男人。③空的。④哈勒（戴着一个手镯）。

度过非常安静的一夜后，我在早上6点起床，发现大海已经完全变了样。眼前是戈尔戈纳岛、扬帆，各种新鲜的色彩。我们于7点登陆里窝那。

283.热那亚像一场梦那样沉入大海；离开这个世界的我，像昨夜一样消失不见了吗？噢，要是如此该多好！我可以消失不见吗？

284.无聊的里窝那。我们尽快跳进一辆小马车。马似乎猜出了我们的想法，飞快地带我们逃跑。登陆是件很有趣的事情，船夫用船桨互相打斗，吆喝着“一个里拉！”水中的台阶，海关署。

火车站熙熙攘攘。哈勒没有去买票的勇气。他把嘴唇贴近我的耳朵，结巴地指导我：“（①比-比-比萨。②火-火车几-几点出-出发？）”

实际操作时，这些词语非常笨拙地附着于舌头。我大胆地坚持说下去。针对第一点，我被问“去还是返回”，这我听不懂；关于第二点，我得到了生硬的回答“之后”，这也不怎么好懂。这是我的第一节实用意大利语教程。每半个小时发动的火车准备就绪，载着我们穿越相当乏味的乡村来到比萨。

我们在比萨从早上9点待到晚上5点。除了大教堂之外没什么可看的，一定要说的话或许可以加上卡瓦利里广场。大教堂棒极了，这庞然大物是怎么进入这城镇的呢？这处非凡的景观位于距离市中心相当远的地方，就像在村庄入口表演的马戏团。

我们爬到斜塔顶端，听洗礼地的回声，等等，因此筋疲力尽。我们没有找餐馆，而是买了些板栗，坐在长椅上吃起来。哈勒显得忧伤，将头埋在手里，在睡着前还是努力说出了这句话："小心，别让他们抢劫我。"

火车疾速驶向罗马，那感觉太动人。

罗马

285.1901年10月27日午夜左右抵达。我们在火车站附近的一家酒店庆祝此事，一口气喝掉三瓶巴贝拉。第二天我已在市中心租了一间房间，阿契托路20-4，30里拉一个月。

罗马吸引人的是精神，而非感官。热那亚是个现代城市，罗马历史悠久；罗马是史诗般的，热那亚是戏剧化的。所以暴风雨无法卷走它。

迫不及待地，我立即前往名胜，首先去的是米开朗琪罗的西斯廷教堂和拉斐尔画室。米开朗琪罗对克尼尔和斯托克的学生来说犹如一顿猛打。我接受了它，并且发现佩鲁吉诺和波提切利不比米开朗琪罗画得更好。拉斐尔的壁画成功经受了考验，但是这与我的个人意愿不无关系。

马克·奥勒留的骑马雕塑和圣彼得教堂里的圣彼得雕塑给我留下的印象没有那么强烈。他的脚趾被信徒吻得磨损，更添效果。马克·奥勒留是浓缩的艺术；而于彼得的雕塑，信仰也有一席之地。这并不意味着我理解那些在他脚边忙活的信徒。但是反正他们就在那里。谁在乎马克·奥勒留呢？彼得的铜像古拙生硬，就像偶然和动荡中的一片永恒（10月31日）。

286.讽刺诗有着下述行结尾：

从此以后，为了不画有意义之作

我的儿子牺牲了心爱的音乐/轻蔑。

“爱情是太阳，我是沼泽”：

感染的太阳是谢谢

因为我体内散发着沼泽的臭味。

小心！/在几年内/懂了/有空。

世界/然后我在别人身上花了钱

花的是我从我父亲那儿得到的钱。

举/推/牛群/土地。

对女人的恐惧/伤口和脓肿/在山上分娩/羞耻解放者/寒鸦和秃鹫

我会摆脱我身体的毒瘤吗

更自由/身体/折磨人的曲子/女人

290.1901年11月2日。原本计划去阿桑亚路熟悉罗马近郊，但是当我们来到城界时，注意力被拉特兰宫（Lateran Palace）吸引了过去，更不消说与它比邻的一切的教堂之母。我们先是欣赏了唱诗楼里的拜占庭风格马赛克画，两只漂亮的鹿。在这“餐前点心”以后，我们去了拉特兰里的基督教博物馆。那里有风格稚嫩的雕塑，它们的美源于表现的强劲力度。实际上这些作品并不完美，它们的效果无法在知性层面加以证明，然而我感受到它们胜于感受到最受美誉的杰作。我对音乐也有一些类似体验。我自然不是什么偏执鬼，但是圣彼得教堂内的圣母怜子明明没有影响我分毫，我却可以着了魔似的立在一些古老、传神的基督形象面前。

同样地，在米开朗琪罗的壁画中，某种精神上的东西超越了艺术价值。那动态和小山般的肌肉组织并非纯粹艺术，但同时超越了纯粹艺术。我对纯粹形式的思考能力来自建筑给我的印象，比如热那亚的圣劳伦佐教堂、比萨的大教堂、罗马的圣彼得堡教堂。我的感受经常与布克哈特（Burckhardt）在《向导》中的立场鲜明对立。

我厌恶米开朗琪罗之后的巴洛克艺术，可能是因为意识到迄今为止自己是多么陷于巴洛克艺术。尽管我认识到崇高的风格随着形式的完美化而消失（只有一人兼顾了两者：达·芬奇），我还是被崇高的风格吸引，就算不相信自己有与之相安的可能。既然我应该做并且想做一名学徒，我需要的并不是大胆和花哨。

之后我们没去阿桑亚路而是走到拉丁那路，一顿美味的午餐正在小旅馆里等着我们（75分，包括一品脱葡萄酒）。这足够我喂两只猫、哈勒喂一只狗；我怀疑我受到的一些反对里混杂着他的私心。这儿的小旅馆有着迷人的田园风味。如果我要作画（我已经可以这么做了），我一定会在某个时候带着蚀刻版来这里。

驴子在这些古典道路上通行。这是郊外的特色。葡萄酒店和厨房。我害怕看到动物受折磨。

为了回城里，我们接着去往早前错过的阿桑亚路。寻找它的途中，我们来到一幢半废墟状的别墅，一个牧羊人住在这里。四周到处是羊叫声，挂满小羊皮。

美好无比的风在这砖石建筑里吹着口哨。我给这栋房子画素描，哈勒在附近画水彩画；在没有水的情况下，他用了自己的尿液。

人们的适应能力是多么强啊，他们竟然能在废墟里安家！这或许多亏了古圣堂上的十字架。

我们又一次在一间小酒馆停留，花30分享用了半夸脱的好葡萄酒和一些山羊奶酪。我们就此恢复过来，但还是非常疲倦，漫步回家。

什么都没有错过，但是天气不总那么好忍受。阳光能将人刺痛，而风猛烈极了！雨天则非常压抑。天气好的时候（因为吹起了干冷北风）就变得相当冷，尤其是晚上。我害怕1月份会冷成什么样子，那时我将在我的大房间里找寻火炉。

291.哈勒住在一个昏暗的工作室里。那里有那么多灰尘和跳蚤！我某次走进来的时候，他正站在尿壶里给他的俄罗斯女朋友Sch.拍照。他想推动他的《太阳时代》大功告成。他的精力不容置疑。

他被一个勾人魂魄的小模特骗了。她说她不是职业模特，完全是为了让她的母亲和四个兄弟姐妹不再挨饿而克服了顾虑（写给教皇的一封信没有回音）。小家伙们在夜晚哭泣：妈妈，饿！结果这位母亲几乎发了疯。对乞讨而言，她过于骄傲了。

某天哈勒想给她钱，差遣她出去找开50里拉；她只带回45里拉，而他当时高尚到没有数钱。我们现在看穿了整个诡计。然而她真是个闪亮动人的模特，毫不畏惧地站在桌椅搭建的平台上，向太阳心醉神迷地张开臂膀。

292.一首针对妄自尊大的人的讽刺诗：

那是那些巨人中的一个/觉得所有山峰都太矮/

危险/吹来/激情/思想/从一些时间溜走

限制/小的/属于我的。

293.这个礼拜，又征服了一点点罗马。参观了梵蒂冈的画廊

（Pinacotheca）和博盖塞美术馆（Galleria Borghese）。在坚固至极的梵蒂冈，只有少数几幅画：一幅达·芬奇的未完成作品《圣杰洛姆像》、两幅佩鲁基诺、提香的一幅衣着庄重的牧师。

公正评价拉斐尔则更加困难，毕竟他在创作势不可挡的杰作的当口便被死神抓走。他流露出的诸多潜能是无可争议的，留下的实际成果却像是学徒手笔。

布克哈特对波提切利的评价有失公允（《向导》里的一页）。

294.如今我到了可以仔细审视伟大的古代艺术及其文艺复兴的境地。但是，就我自己而言，我找不到它们与我们这一代的任何艺术关联。在我看来，要在自己的时代之外创造出东西的念想如阴谋般令人震惊。

在极大的困惑之下，我再度全身心站在讥讽的一边。我会再次全然被它吸引吗？眼下，它是我唯一的信条。或许我永远也不会变得积极向上？无论如何，我会像一头野兽那样保卫自己。

295.在这样的情况下存在着

公平的方式。

祈祷，信仰，

和力量。

歌德的《意大利游记》也属于这里。

在这一切之上，高悬一颗

幸运星。

我曾经经常看见它。

我会再次找到它。

人可以从歌德的泛神论的虔诚中吸取享受事物的力量，这点是肯定的。

斋戒/胃部成为重荷/忍受/休息/四轮马车/禁止/买/租。

危险的罗马

299.更多文艺复兴，更多布克哈特。比方说，我已经说他的语言了。

关于这一点，不愿意想到德国人的哥特风格衣衫。

这对意大利风格的丢勒不适用。慕尼黑的使徒们的着装堪称典范。

对巴洛克有类似的不公。希腊的存在不再被相信。贝尔尼尼是一只预兆着不幸的乌鸦。

11月15日。罗马歌剧院的重要音乐会。指挥家是格利，演奏曲目是勃朗姆斯的11号小夜曲、瓦格纳的齐格弗里德牧歌、门德尔松的意大利交响曲。

300.看保守宫的古代艺术馆藏，《母狼》《摘荆者》和令裸体鉴赏者尤为感兴趣的《缪斯的雕像》。一位可旋转的女性人物，完美如同自然。德国人转了一下。他的新娘坐在长凳上欣赏他。意大利人爱开愚蠢的玩笑。英国人阅读他的指南，发出庄严的声响。你在博物馆里从来不是孤身一人。

301.参观巴贝里尼画廊。我从来没喜欢过圭多雷尼，但他与人深刻感受的“森西”还是动人心弦。观者作为一个人参与了这幅肖像画，它变成了一个小小的戏剧场景。眼睑的形状可能打动我们，使我们发出轻声悲叹。小小的嘴同时是苦难和幸福的极点。

302.我正在构画一幅图。起先画面上有许多人物，我称之为《歧途上的说教》（斯托克会给画取名《原罪》）。现在我用讽刺手法，人物被浓缩为三个，阐释爱之道。现在我把女人省略了，问题就此变得更简单，但是要求并没有变低。女人的形象将通过三个人物的姿态得到重复表现。我必须集中精力于更精密的处理。既然手头没有多少子弹，为什么要用大枪呢?

306.讽刺诗：

在上帝那儿/尖叫/自己的美/音调。

色盘/拯救/从不适合我/老人的诗篇/出发/使人厌恶/盛开/

绿色。

拿走/过来/支付/画得过于单薄。

创造/力量/选择/灵魂/表现谦虚/小/痕迹/自然。

11月25/26日。

搭配这些结尾的诗行过于造作，有着太花哨的韵脚和太贫瘠的想象力，尽管它们明明诞生于清朗的夜间时分。正在下雨，甚至可以说是倾盆大雨。

307.最近的一场音乐会不太理想，这要怪指挥家瓦瑟拉。被贝多芬第七交响曲的最后一章深深触动，那是因为演奏家们掌握了主动权。许多重要的声音被淹没了，但是总体来说既有活力又有欢欣。交响声的狂欢。对短拍的处理比我所习惯的更加热切，铜管声部如风琴般膨胀（大管听起来狂暴而古怪）。再说了，我直到最近才理解这部作品。怀念莫扎特。

308.昨晚剧院散场后，我在夜晚的刺骨寒意里看到一位老妇人和一个还未长大成人的女孩躺在街上哭泣，她们面前是一幢房子的大门。职业乞丐吗？不管怎么说，这给我留下了印象。

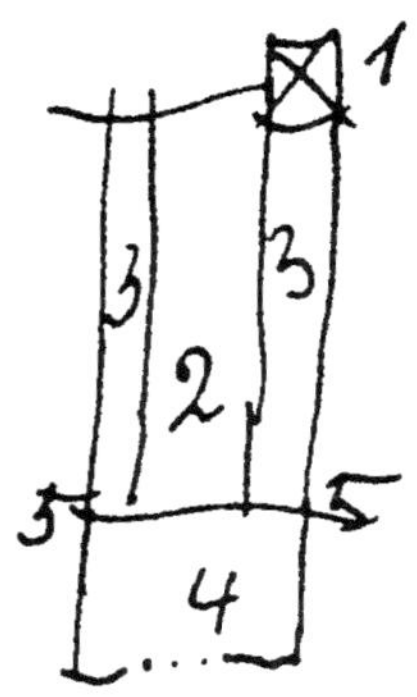

+ 克利在闲逛时所见到的大教堂
1. 钟楼
2. 中殿
3. 翼廊
4. 前庭
5. 外立面

两个男人跟着一具棺材，一路上手挽手互相拖扯扶持。这些人装模作样起来是多么自然啊！

我将午餐桌上的一些面包给了孩子，那饥饿是实实在在的——苍白的脸，瘦弱，紧张的手。

当街如厕真是令人作呕的习惯。恶心的是留下的痕迹。当被迫撞见某人正在排泄（这种情形并不少见），他们的动作倒是带着某种自然的得体。

和热那亚比起来，这里的街头生活算什么呀？我经常渴望我身处那里。这里的艺术够多，但是那里有更多生活。如果现在是春天就好了，我会去附近的大海！

309.今天阳光明媚（1901年11月22日）。我们漫步得很远，上到阿文丁（圣萨宾纳教堂，出色的原始感，有着敞开的木质顶板支柱和马赛克地板），下至圣保罗港。一段距离以外是另一座巨大的大教堂，可惜是几次大火后的修复品，显得阴森。

回程途中我们沿着台伯河走，确切地说是逆流而上。最后一座桥前正停泊着被拖来这么远的汽船和帆船。大海多近啊。

在引人入胜的维斯塔庙附近，一位提着一大篮橙子的老人摔倒在地，躺在那里看着滚走的水果。一些孩子已经跑来救援，迅速把篮子再次装满。起先我被哈勒无法抑制的大笑感染了，但是我们马上就想到这些人的优点。

《歧路上的说教》变得那么简单，以至于不再有任何进展。

310.1901年11月30日。由于缺火炉，我买了三夸脱都灵苦艾酒。白日常是蓝天和属于10月份的宜人暖意，但是夜晚实在是冷。日落后，我便悄悄走到橱柜边去取那胖胖的瓶子。哈勒不停表扬它对抗发烧的功效。对我的心脏而言，苦艾酒也比葡萄酒好。上个夏天我只有三个晚上没喝牛奶，但在这里我孤独得不得不靠酒精过日子。这样一来总有一团柔软的光晕降临在我的心灵，令我充满希望，情绪愉快。

喜欢缪斯多过引领她们的女阿波罗。观察希腊脚。把艺术品视为一位正摆着姿势的模特。将脚趾分为三组：1+3+1。

311.红色的茴香和鱼相当好吃。吃吃喝喝的时候尽量少作思考，就像是身处科西嘉岛或是撒丁岛的什么地方。如果此时一份超乎想象的绿叶沙拉碰巧被端了上来，噢！这美好的南方！

12月2日。今天他们把我的猫带走了，我必须眼睁睁地看着它消失在一个麻袋里。我终于理解了语言无法描述清楚的事情。猫被借去一段时间，用来抓老鼠。但是我已经失去了我的心肝宝贝。

于是现在我要买只香猫。我看见一些坐在商店里。他们是不错的狩猎伙伴。

女主人向我建议了天竺鼠，但是它们脏，经常排尿。我必须买样活生生的东西，乌龟可不算，一睡就是六个月。某次猫偷了半只鸡。多兴奋啊。“啊，伟大的主！没有土豆，但有半只鸡，啊！”

哈勒经常和它玩，直到它跳到他的脸上；他便在它的皮毛上拍打两下（他的手可不无力）。

天气多云，夜晚的温度上升。结果是我感觉特别好。罗马歌剧院宣布了抒情的一季，上演《纽伦堡的名歌手》《伊丽丝》《托斯卡》《波希米亚》《庞姬》和其他许多剧目。我想什么时候在意大利听一出《丑角》。杜斯也会表演，我感到充满进取心。来自芒通的一张汇票起了一部分作用。

312.1901年12月3日。第一只长耳猫头鹰讽刺了我，在我做主人的第二个小时里就死去了。他选我不在的时候这么做，真不忠啊。就在这之前，他还假装肚子饿，吞食了一条金翅雀。明天我会和女主人一起去另买一只。

和哈勒的友谊并非总是一帆风顺，这激励我在艺术上与之竞争。我承认他在色彩方面领先，这一领域还有漫长的奋斗在等着我。“但是在绘画上，我指正他。”

313.我和日瓦戈的友谊令人不满地终止后，我给她写了一封优雅的讽刺信作为小小的报复。

314.1901年12月7日。两封信和两张明信片朝北寄去，了无回音。我想知道那些将我与过去相连的线头都已断掉。也许这征兆着即将到来的卓越。我离开了那些指教过我的人。我对学校忘恩负义！

现在我还剩什么呢？只有未来。我疯狂地为之做准备。我没有多少朋友；当我寻求精神上的友谊，我几乎被抛弃。我对布罗苏仍然怀有信心。洛特马有很多可能性。我与哈勒的关系则是古怪的。我们不是一类人。我们对对方的信赖或许足以让我们永远充满技巧地展现风度，但是我们没有更紧密的关系，或许从来没有。他是个相当原始的男子，可以轻松集中精力，表里如一。他可以被丈量，而我不。在如此巨大的差异下，要不是因为我们共同的求学轨迹，我们根本不会在一起。我从他6岁起就认识他，但是直到他在毕业前两三年决定成为一个画家的时候我们才开始结伴。那时他接近我，与我一同寻找风景画主题。

布拉克是可贵的，但是我们之间有隔阂。不幸的是，必须时刻将这个古怪之人的心情和狂躁考虑在内。

我会心甘情愿地与许多要好至极的朋友断绝来往。

我的老师贾恩（Yahn）更像是个父亲般的角色。

我不想再同女性有什么友谊。

315.哈勒出乎意料地收到日瓦戈从俄罗斯寄来的一封信——她母亲病了，所以她必须突然去那里。这必然使他们未来的关系问题重重。

我的简信如今要如何到她手上呢？也许她的画室同伴K会转寄。

一切在我看来都是多么无关紧要啊。我想起在卢伊特波尔德的公共舞会上的一次冒险，那是我最后几晚中的一晚，或者相当临近早晨。那是我最后一次冒险吗？瓦西琉（Wassiliew）加入了我们，卡斯蒂亚带着他的援助物来了：他的le bois先生（我们如此称呼他的义肢）。女士们打扮得引人注目而暴露。当我们被醉酒的人群缠住，这引起了令人尴尬的误会。瓦西琉差点哭了。一向勇敢的日瓦戈发现她灰色眸子里的威慑并不够，便飞扬着头发到处乱踢乱打起来，让许多年轻男人的脸上吃了一击。那力度一定是可以忍受的。这种情形的道德影响有多大呢?

回到保守宫，参观卡比托利欧博物馆。在保守宫里我见到了众缪斯之花（最后跟着描述）。我在自然界里从来没有见过那样的脖子。（对缪斯的爱是一种艺术态度！）

316.讽刺诗有这样的行结尾：

诅咒/寻找/取来/被偷的/跳/一个/出现/一点欢欣/燃烧的眼睛/通过嫉妒/我的儿子，你失礼了。

迄今为止女主人强行给新的野生长耳猫头鹰喂食，就像填鸭那样。过去的三天里，他独自进食。他不喜欢待在棒上。地板看上去像是属于马厩。好在它不是木制的，而是石头做的。

讽刺性作品：

一个快乐的人，半傻，做任何事都成功、见效。站在他小小的领土上，一只手握着洒水器，另一只手指向自己，好像那便是世界的中心。花园里，绿色成荫，繁花开放，硕果累累的树枝向他弯下腰。材料是灰白色的厚纸板、蛋彩和水彩。

我给洛特马、布罗苏、布拉克写信，期望收到回复。

319.每个时辰都可以听到类似的分乐节和旋律线（后来，东方音乐又一次让我想起这些古怪的东西）；嘴中是女性化的音调。两个男孩沿着台伯河，用一种类似的旋律模式边走边唱一支长长的、哀伤的歌谣。《乡村骑士》里的罗拉之歌以此段为基础。

323.我现在开始讲一个大约11岁的小女孩是不是很令人惊奇呢？我们当时正在索琴（Sorgin）附近一间可爱的小餐厅坐着，照例有乐师走进来，开始弹奏曼德林和吉他。第一首曲子照例有点走

+ 歌谱，以此为主的歌曲在台伯河畔经常可以听到

调，但是充满感情。快到结尾处，与他人一同低调地走进来的小女孩靠某些姿态将注意力吸引到自己身上。当最后的和弦响起，她不带一丝腼腆地向前走来。我们知道等着我们的是什么：一场表演（而且那是一场怎样的表演啊）。我看过许多艺术成就，但是没有一个如此出于原始天性。这个小家伙带有某种属于孩子的优雅；若非如此，她并不是严格意义上的美，声音也不算好。我们被教导只在真诚的表达里找到美。我们发现，才华依靠直觉展望事物，而直觉只有在日后方能体验到。好处是，原始的感受是最强烈的。未来沉睡在人类体内，只需要被唤醒。它无法被创造。那就是为什么连一个小孩都知道色欲。事实上，我们听到了未来的全部，从小对句到激情场面和悲情场面。南方人演喜剧更得心应手，因为他们的日常行为已经滑稽到了那样一个喜剧顶点，不需要像我们那样去强化它。于是这个孩子可以假扮成比她自己更丰富的一个人。总之，那是一种自然享受。

325.写作了讽刺类型的诗歌，以这些字句作为行结尾：

押韵/黏着/剧痛/变得多余

我相信我至少应该成功把自己变得荒谬。

还有：

多么受折磨的头脑/更黄/相信/它自己/准备好行动/荒谬/治愈/出生/多毛/配对的/欺骗/撒谎

327.1901年12月15日。参观了罗马最新的博物馆，即在戴奥克利浴场的国家博物馆。它有一部分在米开朗琪罗的巨大回廊里。单单是在这里散步就够美了。还有一片结着百余果实的橙树林。这里把艺术品整理得比任何地方都要仔细；它们是与人享受的行板。雕塑没有被当作撑起的保龄球瓶对待，每一件都占据了恰当的位置。我对青铜艺术品的好感增强。

过去几天温暖且有雨。昨天是带有霹雳的暴风雨。今天不幸地冷了一点，并且没有放晴。我每天开着窗户工作。天光短的时节里，晚上几乎无事发生。狂欢季会给这个地方带来一些活力，至少别人是这么说的。

拉·杜斯（La Duse）在邓南遮的《弗朗西斯卡·达·旱米尼》里扮演主角，她的表演从来不失水准。只不过她的ingresso变弱了一点。

我生日前一夜有暴风雨，伴有闪电和滂沱大雨，并且异常温暖。在我过去的人生中，暴风雨经常伴随着重大事件。去年也是一片疯狂的混乱，那情景再也不会重现。收获的东西并非全部都会摔成碎片。我相信有可能渡过难关。让那些关爱我的人高兴吧。

邓南遮的《弗朗西斯卡-达-旱米尼》，演了两幕好戏（三和四）。（罗萨斯皮纳）扮演的瘸腿丈夫精彩极了。保罗真英俊。拉·杜斯有灵气，但是歇斯底里和吗啡彻底地渗透了她。她采取从高到低的音阶过渡式的说话方式，结果引起了刺人的头痛。高音单薄，带鼻音。中音区更加活泼，低音区饱含深情。她用沙哑的音调说起话来不错，但是把这个花招玩到了刺耳的地步。她的外表非常美丽。观众在演出结束后呼喊剧作家的名字，但是他没有出现。生气的观众大喊着各种污言秽语。最大胆的一个是："你的小弟弟又勃起了吗？"

330.短暂的一生/辛酸的奋斗/许多不满/必须画/可耻/变得伤心/

一个真正的巨人/最高分/蜷缩在钢琴凳上/甩动卷发

晚上下雨。某物对我撒谎，说我已经失去了你。我差点相信了。我感到沮丧而卑微。心房背叛了我，眼睛灼烧。没有眼泪，只有室外的夜晚在啜泣。我感到孤独。热风是罪魁祸首。艾席尔（Altherr）纠正我："最好说，是葡萄酒！"

335.参观梵蒂冈里的古代雕塑。我发现自己变成熟了，越来越能欣赏《贝尔维德雷的阿波罗》的妙处。我已经深爱缪斯。对《拉奥孔父子群像》没什么感觉（其中一个男孩的胸部据说美得无可比拟）。对《克尼迪安的维纳斯像》有了新的理解。在这一点上，与布克哈特不谋而合。明天我将去史匹多夫（Spitthöfer）的书店闲逛。这里讲德语。

338.从周六到周日，我投身于第二场罗马狂饮。第一天，我们在体育馆庆祝——神圣的土地上的首天。昨天则喝出了严重的宿醉。这一次，我不需要摆脱疫苗引起的粉刺。

339.后来回想起来，在书店的一天是最美好的日子之一。买了一些书。回家后发现有张黄色纸条通知我有东西在邮局等我。我因期待未婚妻的来信而鼓足勇气，尝试自行走去目的地，结果无功而返，因为脑中想的是"海关署"。第二次同哈勒一起把事情干成了。他治好了口吃，现在有勇气起用他不错的意大利口语。很快，两包沉重的包裹落在我怀里，上面写着《贝多芬四重奏》。

340.我拥有一系列极美丽的古代雕塑的照片……我不厌其烦地将它们一次次铺展在自己面前。它净化了我的某些欲望。我与缪斯调情，并且是技巧更高明的那一方。我不再相信被逐出伊甸园这回事。

341.为了重新写生，我将在1月份加入德国艺术家协会。等我下个冬天回到伯尔尼，我会有时间和机会彻底学习解剖学，就像一名医学生那样。一旦掌握解剖学，我就会懂所有的事情。我将不再依赖这些糟糕的模特！因为讽刺作家也想自由独立啊。现在，雷声又在非常诡异地轰隆作响，像是从地底发出来的一样，模糊而猛烈，令万物震颤。快到圣诞节了竟然还有这样的景象！地震般的氛围。

342.我高呼对巴黎的向往。我在国家剧院的一出巴黎闹剧里看到了瑞奈雅（Réjane）。绝对比拉·杜斯好，比邓南遮更有风格。对我来说那犹如一次漫步，穿过一个几乎被遗忘的世界来到当下实际生活的片段。它为我提供了精神食粮。戏剧的世界是不讲究道德的，但是那女演员相当高雅，剧本好像为她而生。接着是一小段对话，瑞奈雅在里面扮演一个伶俐的女仆，始终是那样诙谐、大胆、美丽。主要的一幕是贝格写的《巴黎女子》。

作为一位多面却又致力于一个目标的人，我一路克服了各种东西。趋向成熟的过程中，我经历过最热烈的梦想。我将它们变为现实的最初努力，产生的结果非常一般，有时甚至是令人惭愧的。无论如何，我避免了嘲笑；于此现身说法尤其困难。于是，惭愧的经历把我提升得越来越高，直至这段罗马时期的禁欲生活。

我进入剧院包厢后，被童话里的女幽灵（她们像我早年的白日梦的主人公）围绕着。当我听舒伯特的时候，一种忧愁向我袭来。

贝阿滕堡附近有一处小树林。我还是个男孩的时候，曾同一个来自纳沙泰尔的可爱女孩在小树林里玩那令人又恼火又享受的游戏。当我在数年后故地重游，与今天类似的感受悄悄向我靠近。我将自己的状态部分归咎于瑞奈雅迷人的发音。我就这么忘我，忘了我的日常工作。脱俗的庄严之美已被吹走。那个小女孩也说法语。

343.……休息/做/叹息着不/……偷偷地，迅速地/人一定是铁心石肠/才能把它怪到孩子的头上。

读古老的喜剧剧作家，比如阿里斯托芬和普劳图斯。《鸟》相当好看！

雷电交织的倾盆大雨持续不断。窗户颤抖。阿里斯托芬的《弗朗西斯卡·达·旱米尼》激情全无，这一点令人惊奇。它还活着吗？万岁，老阿里斯托芬。

对苦艾酒唱赞歌。三夸脱，装在大大的烧瓶里，但是它那么危险，以至于我有时候不得不将它换为granatina di spagna，一种能够更好地激发才智但是甜得要命的葡萄酒。

我将未婚妻订婚前的来信全部撕掉。某些措辞激怒了我。如果我写给她的信遭遇同样下场，我不会介意的。

347.日瓦戈是个严肃的人，我不知道为什么我们之间存在某种紧张感。W更有才华。她创作出了优秀的绘画和传神的插图。性格也极其迷人。不幸的是，她穷得跟教堂里的老鼠似的。这给了她不小的压力。

上个冬天，我得知她因为与哈勒分手而痛苦。她不能达到他这么一个简单的人对心爱女人的要求。在这件事上她还是缺乏勇气，那种勇气建立在一定的成熟之上。她试着做朋友。但是一旦爱神出现过，自然永远都没可能做回朋友，就算那爱欲最终未曾实现。他想发展到可以彻底按他的意愿行事的地步，于是他们分手了（哈勒是这么说的）。

人们看哈勒时难道不能察觉到他说起话来仍然吃力吗？他的前额显示出极度的紧张。但是他在照片里看起来不错。真人几乎从不留下更深的印象。

我小时候听说过萨克尼夫（Sapellnikoff），那时他在演奏肖邦。萨克尼夫很擅长这音乐。在我的印象里，他有着宽阔的身材，但是个子不高；在管弦乐队里演奏的时候，我和他坐得非常近。

1901年12月19日。今天我告诉哈勒我梦到了W小姐，对此他声称他梦到了“你”。如果他不是回避问题而已，就是好笑的一刻。那之后，他保持了片刻沉默。很显然他还是有心事，不是因为这段插曲，而是因为它背后的风流韵事。在保守宫，他提到他不善于接受意见。我们用餐的时候他又说起了W，以一种前所未有的方式对我吐露心声。他也在伯尔尼就认识了她（而我是从童年开始）；他们在邻近的乡村里一起画风景画。在慕尼黑，他把她带到克尼尔的学校，与她如影随形。他们一度住在同一幢公寓，直到它倒闭；那或许是他们见面最多的地方。他们偶尔也来我在阿玛利安大街的工作室；因为我正有一桩恋情，所以是做电灯泡的合适人选。我们确实相处得非常舒适和愉快。后来日瓦戈加入了，我们四个经常在一块，一种美好的明朗和坦率主导着我们。但是只是暂时如此。哈勒变得神秘而闷闷不乐。我猜想原因正出现在他今天对我做的坦白里。1900年夏天他给W写去激情洋溢的信，后来是从巴塞尔写。其中一封写道：“如果你希望继续当一名处女，你必须再也不要见我了。”她是那么好的一个女儿，以至于她向自己的父亲询问建议！

他自然不想把她送回慕尼黑。但是她承诺再也不见哈勒，并因此得到允许回到慕尼黑。在慕尼黑做“朋友”的尝试当然以失败告终，现在W基于承诺亲自请求分手。于是哈勒向日瓦戈靠拢。或许W将他们的不幸告诉了她，日瓦戈觉得她受到召唤扮演母亲般的顾问；这样的角色显然吸引了她这么一个大善人。这使得她和哈勒变得私交甚密。或许他希望把她作为代替品。无论如何，他在这个过程中脱离了我们，也将日瓦戈从我身边带走。这没有给我带来伤害，因为我正在经历自己的恋爱。只有布拉克对他的朋友鬼鬼祟祟的作风感到强烈愤慨。

今天哈勒声称他和日瓦戈没有恋爱关系只有友谊，或者至多是没有任何感官欲望的恋爱关系。他说，这是因为日瓦戈完全没有肉欲倾向。真有这样的事情吗?

因为日瓦戈回了俄罗斯，如今他重新将希望固定在W身上。我相信他如果经济可行的话，是可以和W结婚的。总之，他的前景真不太光明。

哈勒在高中最后一年接近我，我回应了他。那时候的我比他更丰富、更成熟。在慕尼黑，我一开始也是如此。这控制了他，令他尊敬我。但是突然之间他变成了一个男人；他猝不及防地做到了这一点，因为他必须征服他的复杂天性。在这个过程中，敏锐的头脑帮助了他。而我还是一如既往地多话、迷茫，这造成了不和。他在百种细节上变得不可理喻，毁掉了我们友谊中的许多美好元素。在不违背个人利益的前提下，我依然想尽可能地对他好。然而，勘察这些利益界限所需的机警让这段友谊动摇变质了。

350.那个阿里斯托芬！我希望我也能写一出好喜剧（接着尝试了那个体裁的写作）。

1902年

355.1月1日，我首次重新写生，画了一只脚。德国艺术家协会有一处舒适的地方，只是有点狭窄。一位英俊结实的男模正在摆姿势。虽然久未写生，我终究还是进步了。写生简直是一种令人愉快的消遣。它成了我画得最好的一只脚，但不与原型等大，远非如此。哈勒以大尺寸作画，他注意到自己的塑形方式偏巴洛克风格，迫切地想通过在罗马观察好好坏坏的巴洛克风格艺术品克服这个倾向。

357.周日，1月5日，我们第一次爬上罗马七丘之首的帕拉蒂尼山（Palatine）。这是阳光灿烂的一天。植被全年无休地盛放，好像这小丘蒙受了老天的特殊眷顾。那里有树冠浓密的松树，仙女般的棕榈树，奇形怪状的仙人掌状似异国移民。我可以想象当年在此昂首阔步的皇帝，他们看见的广场风光定然是世界上最不同凡响的景象之一。而今，这个庞大的遗迹会让我们崩溃，要不是美妙的光束像昨天那样照耀。利维亚堂有美丽的壁画，让我们得以预览庞贝（Pompeii）的魅力。装油和葡萄酒的容器还在厨房里。酒壶向下放着，以便埋在土里。奥古斯都宫殿是多么辽阔啊！就光说那赛马道！

现代罗马的欢笑和光彩围绕着这个巨大的废墟流淌，如同一个大花环。远处是圣彼得教堂，若非永恒的穹顶置于其上，它的圆顶将永不腐朽。万物都有自己的时代，这个奇迹也会蒙受灾难。个人名声的流芳有什么用呢。

我被这些思绪缠绕，开始感到低落。明智的做法难道不是天真地享受小日子，就像那个一边闲逛一边哼着小曲、看似无动于衷的现代罗马人？我不因嫉妒而讨厌他，但是我今天的感慨的确微带妒意。（去睡觉才好，最好是从来没有出生。）

这不是我最佳的时刻，但是最清醒的时刻之一。而现在我必须拥有“你”，好忘掉一切。

358.古代最美的一面出现在色诺芬的《会饮》里。陈述之优美，打趣之优雅，令人着迷。论题足够严肃，苏格拉底是主题。讨论爱情，讨论时间的不完美表现。苏格拉底有很多爱情经验，但是不赞成肉体交合。我想看看你被作家的手牵引着进入卡利亚斯的房子时的脸。在那里，人们正在清晰地讨论着一个现象，当我向你讲述的时候你对它的存在只是半信半疑。

就这样，我越来越深地洞悉古代世界。

359.1902年1月8日。在罗马歌剧院看了多尼采蒂的《宠妃》。也许先听大师的这出戏是不对的。它让人想起哈勒维（Halevy）和梅耶贝尔（Meyerbeer），而非令人愉快的罗西尼。歌者们的华彩乐段足以毁灭你。他们中的一个唱得仿佛来自另一个世界，那么的壮丽，像是大天使或者上帝本人。男高音伯奇（Bonci）鹦鹉一般的体形相当碍眼。其他人唱得不怎么出色。乐队指挥得不错（由维塔利指挥），合唱团庞大且优秀，管弦乐很出色。表演则是糟糕的；他们在处理每一处戏剧火花的时候都用力过猛。

360.托尔斯泰和穆杰的书来了。《波希米亚人》是一个只给物体表面带来暖意的太阳，没有一束光亮可以抵达人类境况的深处，而那正是我喜欢逗留的地方。我沉溺于工作以外的阅读，像一根香烟，像日落时分的白日梦。但是话说回来，我确实有读闲书的时间。

读了阿里斯多芬的《阿尔奈人》，是一部非常有趣的剧。普劳图斯（Plautus）的《吹牛军人》不能与之相提并论，要差得多。我还想在这里读左拉的《罗马》。

第三个人加入了我们的行列：来自特拉普（Trappt）的斯默尔·冯·埃森韦特（Schmoll von Eisenwert）。哈勒已经认识他，我只是听说过他。让我高兴的是，他是个雕版画家。我希望向他请教一些技术层面的问题。他用钢笔或是平版印刷铅笔在铝板上作画。

362.1902年1月14日。昨天我在玛格丽特综艺沙龙看到了美丽的奥泰罗。首先出场的是六个歌手，其中五个相当令人愉悦。然后是奥泰罗。她先是唱着楚楚可怜的曲调，以优美的姿态摆着姿势。当她开始表演响板，她看起来无可比拟。短暂的屏息后，她开始了西班牙舞蹈。终于轮到了真正的奥泰罗！她站在那里，眼睛搜寻着、挑衅着，每一寸都尽显女人魅力，那摄人的力量给予观众欣赏悲剧的感受。她在跳完第一幕后稍做休息。然后，一条包裹着各种新奇色彩的、好像是独立存在的腿神秘地出现了。那是多么完美无匹的一条腿啊。哎呀，还没等它摆完放松的姿势，舞蹈就再次开始了，并且更加激烈。个中趣味变得非常奇异，以至于不再意识到是否快乐。

在体验痛饮狂欢以外，艺术家可以在这里学到许多。当然了，如果不仅想要感受运动规律而是理解它，还需要另加一位舞者。关键点或许在于肢体在休息期间犹然盘错的线条关系。眼下，这是我真正的研究课题。

363.在一段对话中捕捉到的句子：

看着，现在我要向你展示些什么；即，让自己上吊的最好方式。我在思考后觉得，以这样或那样的方式生活依然是可行的。但是，哪种方式都不适合我。于是，我想要解脱，迅速地解脱。/你在那里做什么？/滚，你打搅了我。/如果我是你的朋友呢？/我有过朋友。/如果我能带来救赎呢？/你指的救赎是最粗的绳子，最大的毒药瓶？没有别的了！/看向人类的老朋友的眼睛，看向我苍老的灰色眸子。/奇怪！你有什么意图？/想看，我们想看罗马。/救赎是罗马？

364.1902年1月16日。因为利斯曼（Lismann），我必须去看诺德（Nöther）。诺德在晚间写生课期间跟我说话。我终于去了他的家，但是他不在，他的妻子又正在生病，事情就此被搁在一边。我还是被逮住了！利斯曼真是够多管闲事的！总之，他是那么不值一提，最好同他保持距离。

“你”必须问心无愧地去参加农夫舞会，高高兴兴的，但是别喝醉了，那样一来“你”便会多情起来。

性感觉是肉体屈服于更大压力时表现出的柔韧性，正如因颜色眩晕的眼睛、浸润在声音里的耳朵、沉溺于气味的鼻子。对爱的器官来说，也是如此。

365.看了普奇尼的《波希米亚人》。绝妙的演出，作品的各部分同等重要，互相作用。所有的细节都为情节的主要元素服务。人物塑造自成一格，与悲痛的巨变和对生活的渴慕密不可分。对如此简单的一部戏剧来说，缺乏动机的表演只会造成糟糕的印象。然而，所有东西都通过音乐变得强烈，有了人性。最热切的怜悯蔓延至这些人，他们的命运变得崇高。音乐的宿命性语言成就了它。

尤其是在死亡场景里，它达到了一种难得一见的美。

主要乐器似乎是小提琴，无尽地狂欢于悲怆和酒神赞美诗。与此同时，强有力的低音表达阴沉的命运。

扬耀的小本茨唱珀耶塔，帕西尼-维塔尔（Pasini-Vitale）极好地诠释了媚媚。这次的舞美和表演堪称优秀（现实主义！），死亡场景驾驭得着实出色。

366.去坎帕尼亚(Campagna)旅游。晚间的人体素描课上，摆姿势的是位漂亮极了的小模特，丰腴的玛丽亚。我不再感到自在，也许是因为我不再练习。激情也可以传到其他领域。在友情方面经历了小小的焦虑。哈勒开始讨厌施克默。施克默激怒他。哈勒的电动脊椎。他在一个神职人员那儿上课，治疗口吃，主要疗效是意大利语取得了一点进步。焦虑的另一症状是哈勒有了四处从事犯罪活动的冲动。我们对他的胆量表示了怀疑，这导致他做了一些带来灾难后果的事情。我们打心眼里不想给他造成伤害，但是他遭受的损伤大大满足了我们!

埃森韦特是个好伙伴。他带着极大的爱和最细致的态度创作风景画。他是个彻头彻尾的风景画画家，甚至性格上也是如此。他是一位与自然持有亲密关系的诗人，哈勒是无法理解他的。我试着让自己体会他的感情，因为可以时不时从他那儿学到点什么，比如材料的表现力。

我只是出于礼貌才去探望诺德，一开始不带我的小提琴。首先要花时间把那个地方嗅上一遍。

但是上帝为什么要把这个甜美的、愚蠢的玛丽亚放在我们面前呢？据说在这里很难碰到什么女孩子。然而她们比慕尼黑的女孩子要诱人——就算只是冲着她们干净的内衣裤!

周四，1月23日。我在博尔盖塞别墅（Villa Borghese）的公园里画了一些形状古怪的树干。它们的线性原理与人体相似，但是联系更紧密。我马上把新学到的东西运用于创作。

1月24日，我与哈勒进行了一场严肃谈话。

367.就一个命题押韵格式写了四首讽刺诗。

368.1902年1月27日。看了《纽伦堡的名歌手》。一切进行得非常顺利，简直显得军事化。无可挑剔的嗓子，管弦乐队的声响纯净美丽。尽管如此，一切都被歪曲和弱化了。甚至是在序曲里，贝希梅森（Beckmesser）主题曲都完全遭到误解；尖锐的赋格音调变得温软和谐，也就是说毫无意义。拍子上也有一堆失误。后来贝希梅森弹奏了一曲旋律悦耳、音准精确的鲁特琴，并展现了美妙的声音。萨克斯（Sachs）够德国的了，但也粗糙。大卫的声音太大。女性们要强一些，帕西尼·维斯塔的埃娃演得出色，在娟娟一角后简直认不出那是她来，也理应如此。大众高呼安可，想再欣赏斗殴的戏和五重奏。于是有了两场斗殴的戏。五重奏听起来不怎么正宗。草地上的庆祝演绎得一败涂地。作品显然被删减过。尽管如此，分发花环的时候所有人都站着，准备马上开溜。

369.周二，1月28日。今天，“你”参加了在慕尼黑举行的农夫舞会。我赋予你快乐的天性，它让你享受这时刻。而我不是这样的人。我在鲜花广场（Campo dei Fiori）的市场买了一些便宜东西，两个老画框和一件希腊人像的仿作。我的创作在画框里看起来不错。

我想着“你”去睡觉，充满最深切的向往。

下午，我经常因为感到冷而躺在床上。大部分时候，我这么睡上一两个小时。黄昏时分我出发去上晚间人体素描，因此横穿大街。这里蓬勃流转的活动，就像在沙龙上那样，在我看来像是梦中的事物。女人有时候美得相当不可思议，长着童话般的眼睛。我轻声叹息，正如我刚刚在梦中叹息。我像是个年轻的僧侣。

介于索琴商贩惯于在我们的葡萄酒里兑水，我们现在在圆柱广场（Piazza Colonna）的al vero frascati用餐。

埃森韦特给了我《尼尔·律内》，深情的雅克布森（Jacobsen）的一部小说。我受埃森韦特启发，但是无法向他倾吐心声。他是个过于单面化的德国人。

从表面来看，我状态良好，就算有一些无法避免的跳蚤。我和我的香猫关系融洽，她允许我轻抚。我的心比在慕尼黑的时候平静，一周只怦然作响一次。暖冬也有它的美好特质。

自从我离开“你”，便没有对女人说过话，并且认为这样做是对的。我不想要任何谈话。

371.如今我正怀着恶作剧的心情作画，主题来自一位德国感伤派诗人。这是对埃森韦特的反对，又或许是对古典的抗议……尼尔·律内。

2月4日，下了一场只在仲夏的阿尔卑斯山北部会出现的暴风雨。第二天阳光灿烂，再接着是变幻莫测的四月天天气。

每晚6点至8点，有规律地去艺术家协会上人体素描课。我早期的裸体习作更打动人，现在的则是对形式的无趣分析。

古罗马至今是我心中最重要的东西、最主要的依据。现代无法与这段过去相提并论，这样的事实令人心生伤感。废墟比完好保留的东西得到更多赏识，或许是一种讽刺。

372.昨天我们去了穆尔桥（Ponte molle），那里离波波洛城门（Porta del Popolo）半小时远。台伯河涨高了很多，比平时更脏，完全淹没了通向圣彼得教堂的街道。河水还卷走了许多木头，穆尔桥上的人们像钓鱼一般地钓这些木头。这是一幅美好的画面：人们将树枝做成木钩，系上绳子，抛向被河水掳走的战利品，并且几乎总是精准地逮到了它们。这样的行为必须追溯到罗穆卢斯（Romulus）时代。

碍于洪水，我们没法按原定路线返程，在边道上迷了路。一位绅士和一位女士漠然地骑马淌过被淹的区域，这让我们意识到人类的脚是多么没用。我们这么走着收获是看到两只蟾蜍在灌木丛里紧紧相拥。雄蟾蜍小且灵活，雌蟾蜍肿得出奇，简直像要爆炸。我和艾森韦特起初误解了这个动作，试着分开它们。埃森韦特表现得相当野蛮。“唷，这真够恶心的！”他不断这么说着，挥起了他的拐杖。他成功将蟾蜍分开后，雄的气鼓鼓地溜走了，而他臃肿的伴侣无助地平卧于原地，向上空摇动四肢以表达巨大的悲伤。她肚子上美轮美奂的橙色斑点给这件事平添一分违和的光彩。幸运的是，我这么迟才产生把她带回家喂鸟的可怕想法。通过这件事，我们可以看到下流如何产生；从两只蟾蜍的例子，我们可以看到分开恋人终究有多难。尽管我们是人类，让我们记住这一点。

我计划去那不勒斯。那儿有间2里拉一天的德国公寓。看来是老天让我去那里啊。

373.1902年2月6日。如今我们经常喝一款来自弗拉斯卡蒂（Frascati）的重口味红葡萄酒。昨天我被它甜得一回家就躺倒，并在11点钟不省人事。现在，天还没亮我就醒了。客观地说，我的状态可能不太好，尤其是我对酒如痴如狂的渴求。对我而言，这样的时刻带有某种奇怪的刺激。头脑是清醒的，这本身就是一个目的；思考过程变得广阔。早前，睡着的东西、醒着的东西、各种可能性、过去和未来的歌谣、永恒的计划一一浮动，我在一大堆礼物下感到富足，有了希望。然后天亮了，那么紧迫，那么尖锐，令我困扰。我闭上眼睛好不去看它，再次沉入酣眠，被梦境袭击。我经常在下午醒过来，元气并未恢复。

374.我用纯净水来画蛋彩画，以避免所有技术难题。这样一来，所有事情都进展得缓慢而有条不紊。画一个头需要两三天，一只手臂、一条腿、脚和腰各一天，一个附肢一天。

哈勒的做法非常不同，因为他致力于某种有组织的颜色效果。于我，颜色只是用来装饰塑形。很快我便会尝试把自然直接移接到我现在的创作方法里。一无所知的时候可以画得更自由，但是它很容易让人抛弃更严苛的道德。直截了当地说，一无所知牺牲了精确度。尤其重要的是，我可不想因为愚昧而画得偏差，那会让我憎恶自己。

"你"甜蜜的便条令我快乐，并因期待具体消息而平静下来。来自伯尔尼的新闻则不太好。母亲必须时不时卧床，我从她来信的沮丧情绪中得知这点。我是多么努力地为自己抵御这份忧郁啊！我有可能会为了继续工作而在这儿生活一段时间。

我经常发火。"你"的信有舒缓功效。我读了托尔斯泰的《黑暗的势力》，它给我留下了深刻的印象，但是它也有残暴的成分。托尔斯泰可以是位艺术家；但是在这部剧里他首先是个疯子。（主人公在婚礼上的）忏悔符合"黑暗的势力"这个标题。为了维护伦理观的平衡，男子不得不上吊自杀。

375.1902年2月12日。"你"在舞会上的奇遇真是宜人；对同时在场的卡柏利斯（Karpeles）来说也是如此，有那么一刻他或许以为他要成功复仇了，毕竟我曾经从他手上抢走你。但是，最可能的解释是，那并不是因为我。

至于埃森韦特——他是消费成瘾呢，还是一个假扮成男人的女人？我可以说他真的是个女性画家。他的知性世界和感性世界全然是女性化的（哈勒当面质疑他的男子气）。在博尔盖塞公园的狂喜时光中，他因哈勒不时发出的心满意足的打嗝声而生气。他是一个虔诚的人，貌似虔诚地崇拜着美，却没有鉴赏真理的能力，在哪里都不能轻松越矩。他相信自己是个德国人。很难说这是否是件好事。或许一个人不该是德国人，既然已经有希腊人、罗马人和教皇们。就算是现在，也有人的价值比德国人的更高。精神之警惕而非恍惚，是多么好的价值啊。事实上，歌德是仅有的一位可以容忍的德国人（我自己或许想成为他那样的德国人）。

首先，《尼勒斯莱尼》写得不错。我从心底到指尖都可以感触到它。尽管如此，我还是认为它像是一棵长着太多花朵而缺乏整体有机体系的植物。这样矫饰的篇章，像是一个没有脊柱的软体动物。但是我读得还不够多，并不能下明确的判断。

如今我的仓鹗可以自行飞到棒上去。昨晚，我意外地碰到他在那上面。

我想演奏“你”送我的《贝多芬四重奏》。今天书跟着雅各布森的短篇故事到了。我永远也无法给你同等回馈。

博尔盖塞别墅的公园里的那些猿人多可爱啊！仅有的例外是只道德败坏的狒狒，那简直是我见过的最令人灰心的造物，与此同时却又那么像人。比恶魔丑陋，却在其他方面与他紧密相连，是他和形容枯槁的女巫的产物。噢，北方的树林。噢，布罗肯山。它不适合罗马。

376.2月25/26日（周一和周二）。亚田尔、哈勒、埃森韦特和我走海路去安奇奥港（Porto d’Anzio）。早上6点，我们开始实施前一夜里一边喝第四夸脱酒一边制订的计划。趁着明媚的阳光和清新的微风，我们决定做一次帆船旅行。亚田尔是唯一一个慌张无措的人，他说“该死的船”。从某种程度来说，我必须承认他是对的。头两个小时，一切顺利。第三个小时后我们晕船了，因为我们没能前行多少并且撞上了此起彼伏的狂波怒浪。最后两个小时我又活泼了起来，并且直到旅途结束都感觉很好。我们航行得很远（然而我经历的灾难还是被水手和大笑的目击者看在眼里）。这个小港口的生活是宜人的。出了海，是许多船只、海豚，最后是磷光，相当迷人。之后的晚餐是一顿盛宴，可惜我感觉椅子继续摇晃了好几个小时。即使有一只大大的臭虫我们也睡得好极了。亚田尔真古怪啊。他洗澡的时候将水从水盆里喷洒到身上，但是每喷洒一次就向后跳动一步。早上，我被他的鼾声叫醒。他在快因打鼾而窒息之际弹坐起来，在睡梦里说："傻东西，吃苍蝇。"

那晚完全变天了，一场强劲的暴雨抽打怒骂着海洋和陆地，出现了许多非凡的场景。风帆被撕成细线的船一艘接一艘地来到小港口避难。我们从防波堤看着，几乎要被风刮走，身上沾满碎浪拍打来的盐水。亚田尔穿着他的及膝大衣。尼罗石穴（Nero's Grotto，曾经是个上流沐浴场所）下的激浪尤其惊心，在它附近便是费尔巴哈在《美狄亚》里描绘的风景。我现在一下子就理解了这幅画里的波浪。哈勒去游泳了。看着他投身于激浪真美啊。我们剩下几个满足于把脚泡在海水里。直到中午，暴风雨把我们淋得透湿，尽管我们穿了雨衣。至于亚田尔的大衣啊！他意识到自己有多滑稽了，便干脆做滑稽的事情。他突然假装抓蝴蝶，上演了疯狂的扑倒，这样一来他身上裹的便不是大衣而是沙子。我们穿着湿衣服返程，瞥到了阿尔巴诺湖（Alban Lake）。回到家后，从头到脚换上干净衣服。

安奇奥港附近的海滩很迷人，你会觉得你已经不再属于这个世界。一切都那么新奇，从最小的海葵到芦荟和仙人掌。树木大多像小矮人似的。海岸的形状不断变幻，产生的线条是多么美！安奇奥坐落在相邻的要塞状的内图诺（Nettuno）后一点。在西边，可以看见小小的布里冈群岛（Brigands’ Island），在南边，山峰连绵至那不勒斯地区。近处，是极有特色的女巫角（Circe’s Cape）。

我和哈勒的关系变得明了：没有怨、憎、爱，也没有友情，除了习惯还是习惯。

378.3月1日，跟着一个人数较多的群体从圣阿恩尼斯出发，远足去宏伟的坎帕尼亚。新的血液不断扩大着这个群体，仅有的危害是乐子过多。来自莱茵兰的索恩·雷特尔先生见蝴蝶便抓（哈勒结结巴巴，表现得骄傲）。来自巴塞尔的亚田尔完全疯了。卡斯巴（Caspar）举止像德国人，其实是犹太人。埃森韦特虚弱无力，并且行为发狂。我们只有在喝了葡萄酒以后才能达成一致。这里的波浪经常涨得像前几天海洋上的一般高。

我们从农夫们那儿弄来一盘烩饭，但是难以下咽。这是头一次在意大利吃到差劲的菜肴。

某次我们同一伙人去了一间葡萄酒酒窖。那里有巨型的猫，眼睛抓破了。这只沉甸甸的叙拉古猫并无害处，但是太能惹麻烦了。

一天，索恩在我们之间传一张1 000里拉的纸币。半故意半失手地，我把它撕成两半。索恩的面色变得苍白，但是我们让他平静下来。第二天，银行换了一张新的纸币。他遭受的惊吓是合适的惩罚。

379.作了一张新构图。讥讽融入略微悲伤的氛围。虚弱敏感的贵族男孩在黄金时代的废墟之上奋力前行。一位模仿者。

然后重新处理“三个男孩”的主题，加以精炼。除此之外，我开始隐隐希望以新的明暗法去创作作品，使得它们不仅是知性的，更是美丽的。那会是一条漫漫长路，任务微妙而复杂。

我给“你”寄一张小照片，是哈勒和我在一座台伯河桥上的留影。是埃森韦特按下的快门，他这一次的眼光刚刚好，光线很妙。

我想在这个月结束前去那不勒斯，但是因为所需的钱还没有到，现在并没有明确计划。我在大众歌剧院听了一出垃圾，一部叫作《弗兰切斯卡-达-里米尼》的歌剧。门票便宜，气氛欢快，观众饱含热情。一位优秀的首席女歌手错误地来到这里。我的记忆里只有一个小听差的小腿，最没印象的就是音乐。（剧院里的火柴亮起来。）

在同一个歌剧院里，我听过马斯卡尼亲自指挥的《乡村骑士》序曲（Rantzau）。很是糟糕。

380.3月6日，我们欣赏了克莱奥·德·莫洛德（Cléo de Mérode），她可能是在世最美的女人。众人皆知她的头部有多美。但是你们必须亲眼看看她的脖子——纤细，相当长，铜一样光滑，不是太灵活，但是靠近胸骨的两根筋长得非常精巧。从这胸骨和锁骨，可以得知胸是裸露的。身体被紧紧包裹起来，与袒露的部分相和谐。很可惜她遮住了臀部，因为这么一位艺术大师的行为举止必然彰显某种特定逻辑的效果，比如说当她将重心从一条腿转移至另一条的时候。好在她的腿几乎是赤裸的，半掩得非常巧妙的脚也是如此。手臂是古典的，但是更加优美，更有生气，更不消说关节的活动。手的比例和结构，可以见微知著地反映整个有机体的美丽和智慧。

必须精准地去看待她：主要线条是不够的，也没有可悲的代替品（她看上去没有性欲）。舞蹈的本质是身体的软线条进化。没有灵魂，没有气质，只是绝对的美。她跳起西班牙舞蹈来与跳路易十六的加伏特舞曲没有二致。除了加伏特舞曲，最适合她的是希腊舞蹈塔纳格拉（Tanagra）。亚洲舞跳得不怎么样。她每跳完一支舞都换造型。结果是，公正评价她要比奥特罗困难，毕竟她预设观众理解她——巴黎人或许可以，这里的人无疑欠缺能力。观众反映友好，但是跟着她演出的一头小猪受到了更多欢迎。

381.3月10日，看了普契尼的《托斯卡》。就算是在舞台上也鲜少发生这么邪恶的事情。与《波希米亚人》相反，这部戏的剧情非常紧凑，音乐里自然也有更狂野的冲撞。表演很棒，艾玛·卡雷利（Emma Carelli）好极了，管弦乐队的节奏感一流，异常悦耳。舞美很奢华。

382.读了左拉的《罗马》的第一卷、塔西拓的《恺撒史》、台比留皇帝和尼禄皇帝，古代时期的最后一幕是多么宏大而可怖。今天的我前所未有地相信历史进程是由德国人谱写的，这尤其是因为德国无法被拉丁文化渗透。如果我们无法将俄罗斯德国化，那么未来最后会部分属于俄罗斯。

384.“三个男孩。”

I. 我可以在鸟儿飞翔时用我亲手做的弓击中它们。我为这项技法自豪。

II. 上个春天我感到手臂抽搐，我相信我应该拥抱什么。某种静谧的渴望驱使我与云朵一起飘荡。那时我为何要落泪呢?

III. 她不是什么可爱女孩，而是女人，几乎与我一样强壮。当我抓紧她，我感到她的热血洋溢，她的呼吸灼烧我的脸庞。与此同时，女人带来的解放令我整个人熠熠生辉。

385.作了《模仿者》。我体内流动的血属于一个更好的时代。梦游于当代，我紧抓古老的、逝去的家园。土壤已经吞噬万物。南方的阳光没能减轻我的苦难。

西班牙舞者格雷罗（Guerrero）体格健美，快活可爱。总体来说，她的表现轻快得止步于有趣而已。从技术上来说，她的上半部分身体缺乏动感，生硬地破坏了线条的自由流动，其舞蹈因此有时像是在跳跃。足部的韵律感格外优秀。

雅各布森的《摩根斯》是篇精彩的短篇故事。《尼尔·律内》就内容来说也是个短篇故事，可惜被过分当作史诗。埃森韦特给我此书后，我曾因他在某些段落上做过铅笔标记而大为光火。这说明我们是多么偏袒人啊，因为我发现“你”留下的标记后有了截然相反的感受，甚至亲吻某个段落。

387.现在我要给那不勒斯的公寓写信。人体素描课又有了一位好模特，因此我愿意画到这周结束。那就下个周六走吧！卡斯巴先生本想与我同行，但是现在决定迟几天再来。哈勒和埃森韦特在罗马待得更久，并不急着去那不勒斯。如果我能将时间控制在一到两周内，我去佛罗伦萨之前会再来罗马的。我再次见到它会是何时呢？无论如何，再也不是“为了学习目的”。因为如今我必须先履行那该死的责任，运用我学到的东西。也许我依然能够履行我的宣言在巴黎待一小会儿。然后我就学“完”了。从某种意义上说，事情的这种临界状态让我高兴。一个别无选择的人，自然会做下去。而且，在我节省一阵子家庭经济资助以后，从伯尔尼去巴黎的旅行或许不再意味着太大的金钱压力。（也许1903年春天去？）

388.听马斯卡尼的《伊丽丝》。时而激荡人心的音乐和理想的表演给我留下深刻印象。两位重要艺术家登台，卡雷利和恶魔般的男高音波各提（Borgatti）。一个乐句迷住了我：

［那不勒斯，1902年复活节］

389.3月23日，星期天，上午到达。当晚在圣卡罗剧院（San Carlo）听了《梅菲斯托费勒斯》（Mefistofele）。周一去了港口，下午去了波西利波（Posilipo）。

周二，参观圣马丁教堂（San Martino）和维托里奥·埃马努埃莱大街。然后去了德国领事馆和水族馆。

我在这三天里参观了太多东西，完全来不及记述。跟热那亚比起来，那不勒斯粗俗、肮脏、恶心。跟那不勒斯比起来，热那亚显得单一。那不勒斯同时展现着最深重的苦难和最醉人的浮华——港口生活，沿着大道的骑行，有高雅歌剧，甚至还有略带罗马气息的国家博物馆。无与伦比的、天堂般的景致更是锦上添花。热那亚的海更强劲，但也更单调。这里，真正的海湾被独一无二的、沿着海岸伫立的山峰环绕，被色彩缤纷的岛屿紧锁。我可以从房间阳台上看到这一切。我脚下的巨大半球是这个带着喧嚣的宏伟城市。左边是老城，有港口和历史悠久的维苏威火山（Vesuvius）；右边是现代化的国民住宅区和波西利波。房子周围和后面的花园里种有形状奇异迷人的新鲜草木，更有繁花似锦。这个绝佳的瞭望台叫作Salita del Petrajo，地址是罗莎别墅48号，那不勒斯彭西奥尼哈斯（Pensione Hasse）蔚蓝静谧的大海美极了。生机勃勃的城市由不同色块拼接而成——光影里的一幢幢房子，白色的街道，深绿的公园。这景象让人想到天堂的诱惑。纯粹的快乐给了我翅膀，我就这么悬于地球的核心，世界的中央。

但是我也投身于工作，而非只享受这样的休息时光。在下方的港口上，我奋力穿过一个不可思议的世界，它听起来与《桑塔·露琪亚》那首歌的描述那样不同。那里的人多么丑陋贫穷啊，他们在阳光下四处躺着，恶心、污秽，衣衫褴褛，半身赤裸。我保持中立，不带一丝怜悯而是求知若渴地接近他们。身为艺术家的快乐之一就是让自己像这样完全被感染。我一面反感这场景一边微笑，我知道我的艺术需要这样的材料。直到艺术效果猛增，它的花朵会轻易枯萎。让证明这一切的那天到来吧。那时我能让对立面和谐共存，能用仅仅一个词语表达多重意义！

在圣卡罗剧院听了博依托的《梅菲斯托费勒斯》，有点像《浮士德》。表演水平略显参差不齐。唱主角的男低音棒极了。格雷琴的唱法优雅得奇怪，非常简单、亲昵，但是她相貌太平凡了，简直像萨克森人。男高音有一些庄严感，但是完全无法把握音乐。管弦乐队和罗马的不能比。指挥家马斯康尼（Mascheroni）乏善可陈。

剧院壮观，雄伟而昏暗，从头到尾镀着金，像个深色的庞然大物。

我花了两个里拉听管弦乐，和平民们一起坐在喷了过多香水的空气里。我甚至和他们稍做交谈，恭维他们的那不勒斯风格。这恭维有真心成分。

接着是一段芭蕾，简直好得过头，如此过度的炫技对我来说还是头一遭。首席芭蕾舞者非常年轻，身材娇小，肤色黝黑，她的艺术技巧以任何标准来说都算粗糙。

390.水族馆非常令人兴奋。章鱼、海星、青口这类土生动物尤其有意思，还有蛇一样的怪物，长着恶毒的眼睛、血盆大口和口琴般的咽喉。其他动物枕着耳朵坐在沙子上，就像沉入偏见的人。粗野的章鱼像艺术商人一般向外瞪眼，其中一个看我的眼神带着熟悉的妥协意味，好像我是一个新的勃柯林而他是第二个古尔利特（Gurlitt）。没有生意！（原文为意大利语）一个胶状的、天使般的小动物（透明的、超凡的）一刻不停地仰泳着，围绕三角旗旋转，水底有沉没的汽船残骸。楼上的图书馆里是马莱（Marees）的壁画。主题对半年前的我来说会显得相当古怪，但是如今我可以感同身受。他的呈现手法深深地、真切地吸引我。施莱海姆（Schleissheim）的某些马莱作品让我对他做出了错误的判断，后来完全扭转了过来。

391.国家博物馆最令我着迷的藏品是来自庞贝的绘画。我一走进去就被深深吸引。部分古画被保存得非常好。而且这种艺术对现在的我来说很亲切，因为我的创作手法也是先处理轮廓，然后涂上装饰性色彩。于是我把这一切视作我个人的。它是为我画的，为我被挖掘出来的。我备受鼓舞。

392.耶稣受难日（3月27日）早晨，又一次去看庞贝壁画。下午忙着写日记，4点去德国领事馆询问是否能登上战船，但是港口一艘也没有。

然后我漫无目的地沿着和维托里奥·埃马努埃莱大街走去波西利波。到达隧道的时候，我突然好奇心大盛，穿到另一边看着叫弗瑞格洛塔（Fuorigrotta）的村落，所有村民都站在街上瞪眼看我。然后我沿着完全笔直的路走了三刻钟，到了巴格诺利（Bagnoli）。从那里，我沿着浪花醉人的海走了二十分钟回到波西利波（一个烦人的出租车司机一直跟着我），然后取道波西利波长长的山脊在两个半小时内回到家，此时极其清朗的夜幕降临了。夜间大海的景象滋补着感官和灵魂。别的海岸都不及这里有趣。陡峭的尼西达岛（Nisida），广博巍峨的伊斯基亚岛（Ischia），极其险峻多山的米西诺角（Capo Miseno）、克拉格里奥角（Capo Coroglio）和波西利波角（Capo di Posilipo），远处是风景如画的波佐利（Pozzuoli）镇和南部火山区（Phlegraean Fields）。终于又看见那不勒斯了，它如今是我脚下的一地静谧灯火。噢，洋溢的各色生活，流动的事物，毒辣的太阳，满是扬帆的深海。满目皆是主题，直到你迷失其中。我变得有人性、属于古代、幼稚、一无是处，然而快乐。能有这么一次体验真好，我把它作为例外，作为假期。

393.复活节，3月30日。天气自受难日以来一直不宁，今天阳光和雨水交替出现，有时是太阳雨。于是我待在家里的时间多了一点，将这奇妙景观素描下来。在这里，你是多么迅速地感到宾至如归啊。我相信我在这里会画得比罗马的时候更好。这里的生活更刺激，更奇异。我以后一定要回来，做一阵子那不勒斯人。真诱人啊！

394.昨天带着我的《向导》第三次去博物馆。沿着开阔蜿蜒、缓缓下坡的大道散步非常宜人。欣赏了古代雕塑，尤其是青铜品。部分颜色尚存的雕塑向我们显示了它的奥妙。必须将眼睛想象为上过色的。

4月1日，卡斯巴来了，马上就快乐多话起来。他讲述了青年时代一桩不快的爱情故事，用第三人称指代自己。他有一套时髦的含有及膝短裤和蝴蝶结的旅行行头（上头一堆绿色），但只在第一次出门的时候穿过。都怪它引人注目，甚至激起一些年轻人的抗议。我们一起批判埃森韦特，这一点上我们迅速达成一致。

395.4月2日，我们俩开启了一场盛大的旅行：庞贝、梭兰多

（Sorrento）、阿玛菲（Amalfi）、格雷那若（Gragnano）。

4月2日：庞贝、卡帖拉玛（Castellamare）、梭兰多。

4月3日：梭兰多、波西泰若（Positano）、阿玛菲。

4月4日：阿玛菲，越过山顶到格雷那若、那不勒斯。

这项旅行大计大获成功。它拥有渐进性、多样性和悬念。天气很灿烂。第一天我们像真正的绅士那样，没怎么走路。

早上8点，我们搭火车到庞贝，参观博物馆和废墟。人和狗的石膏铸像甚是动人。看到几座庙宇和一栋神奇的房子，真是可爱的建筑！当你已经欣赏过从这里被搬去那不勒斯的杰作，这处废墟便会活转过来。这么待了一个上午以后，我们迟迟前往新庞贝城的一家花园餐厅吃午饭。停靠马车的车站有着欢欣活泼的气氛，一辆出租车提出以3里拉送我们回梭兰多——这是多么难觅的机会啊！我们没等他问第二次就爬上装备齐全的四轮双座小车，自觉像两个地主似的，高高兴兴地取道卡帖拉玛向梭兰多疾驶。无赖的车夫很滑稽。他事后懊恼于索价太低，于是中途他遇见了一个朋友并且让他上车［“当然啦兄弟（原文为意大利语）”］，我们好心地让他进来。然后来了一个十岁的“侄子”，他必须坐在后座，因为他贫穷并且累得要死。我们认为他看起来更像个小偷。卡斯巴觉得他的强烈臭味会惹烦我们，于是我们拒绝他同行。车夫叹了口气，又咒骂了一声，然后我们接着上路，一处处天堂般的风景让我们目不暇接。在我们到达目的地之前，司机试图抬高一点价格。发现我们不肯让步后，他在快要到达梭兰多最靠外的房子处停了下来，宣称自己住在那里。我们下了车，对只用走一小段路感到心满意足。他没有收到小费，便提出送我们去酒店，以一盘通心粉为报酬。我们断然拒绝，于是他驾车继续跟了我们一阵，逢人便说我们只花3里拉就从庞贝到了这里，而且连一盘通心粉都不买给他。我们享受着这难得一遇的历险。到了镇上，一个年轻掮客把我们拉到主广场上的一家外表肮脏实质不错的旅店，床位只要1法郎，食物味美价廉。要想进我们的房间，必须先穿过另一间有人住的卧室，这一点相当质朴宜人。那天晚上我们被迫去一家供应啤酒、说德语的酒馆欣赏达塔兰台拉舞（Tarantella），空气里充斥着廉价甜腻的香水味。夏兰（Chillon）一般的氛围。我们为这出舞蹈的观赏费发起又一场无果的抗议。

波西泰若-阿玛菲

4月3日一大早我们就离开梭兰多，步行7个小时前往阿玛菲。我不想描述乡间。我们在波西泰若稍做停留。罗马酒店的老板不放我们走，以两个里拉给我们端上一份包含葡萄酒的意式菜肴。这可真便宜啊。餐厅满溢着从四面八方涌来的光。透过微风吹扬下的薄纱窗帘，可以看见正午的大海。多么宏伟的景象啊。稍后几个德国人与我们同桌，但是这些有教养的人没有强迫我们加入谈话。充分休息后，我们离开了这个灿烂凉爽的地方，再次上路。抵达阿玛菲之前，我们在风景如画的露台上喝了午后咖啡。当我们看见道路逐渐充斥着企图宰客的无赖，我们意识到事实上阿玛菲比我们想象得近。在一帮穷孩子的簇拥下，我们穿过隧道来到这座曾经与热那亚比肩的古老海边小镇。走的每一步都可以证明这里的衰微，比如突然从某个暗角向我们飞来的大骨头。所有酒店似乎都客满了，意大利酒店的男人带我们看了一间每张床位收费3里拉的房间。他坚称整个阿玛菲没有其他空房的时候面露一丝狡猾，我们承诺如果此话当真便回来。半个小时后，我们真的回来了。旅馆老板狡猾的面容上出现了多么得意的神色啊，不过在那以后他变得甚是友善。我们在一个视野迷人、正对大教堂的露台用餐，下方自然而又不可思议的生活百态让我第一次强烈感受到自己正身处南方。食物很丰盛，但是坐在邻桌的德国人可就不那么好了。我们很是鄙视这些来自卡布里岛（Capri）的德国画家，他们向我们示好的举动真是恶心。他们对我们既未去过卡布里岛也未表现出任何前往的兴趣感到愤慨。我们一边付账一边感谢旅馆老板，毕竟他的脸上终归有许多善意。我们在4月4日有特别安排，因此雇了一个小向导。

卡斯巴比我更有语言天分，甚至能在这个窃贼之国沟通无阻。正如我所说，我们雇了个长着一双摩尔人眼睛的穷孩子做向导，希望他带我们去格雷那若，至少也要到山顶。我们顺利穿过立着磨坊的山谷而上，之后的路况崎岖起来，害怕的小家伙不得已才跟着我们继续。又往上爬了约一百码后，他强烈拒绝再往前带路。听到我们劝他继续，他便又闹又哭。我们只好给他钱——铜币如行板般落在他的手心，拍子一慢下来，他就再次哇哇大哭，于是钱以慢板的速度不断流淌，直到他心满意足。他没有真的榨干我们，但是我们正走到开始需要他帮忙的地方啊。

周围变得高而孤寂。当山的下方是一片汪洋大海，顶峰就愈发寂寥。很快就无路可循了，但是瀑布的轰轰声邀请我们朝某个方向走去。我们感到很热，于是在它的脚下休息。我见歇息的卡斯巴稚嫩如少女，于是涌起某种责任感，说：“你等在这里，我去找路，在你应该跟上的时候指示你。”我爬上他脑袋上方的石头，直至瀑布顶端。到了那儿，我认为对岸才有路，于是靠从一个石头跳到另一个石头的办法渡水。意识到这些石头是多么湿滑而泥泞后，我不自信起来，立即失去重心向下滑倒。我害怕得闭上眼睛，但是一切安然无恙。两到三次短暂着陆后，我正好落在了我们安营扎寨的石板上。震惊的卡斯巴问："你究竟从哪儿冒出来的？"我能给出的最准确且符合逻辑的回答是，"正如你所见，从瀑布里"。但是现在我们必须继续前行了，这样我可以在爬山中恢复干爽。这段奇遇令我们勇气大盛，我们跟着感觉，在最灿烂的阳光下攀爬，把路线完全交由嶙峋山形决定。很快我们来到一条路上，在此遇到神乎其神的个人和团体，比如曾有一队头上顶着水壶的女人向我们走来。我们在山顶就偷偷观察过她们，并在休息的时候欣赏她们下山的景象。卡斯巴用他的柯达相机拍照。我们很快到达孤绝的峰尖，毕生难忘的全景向北延展，萨勒若湾和那不勒斯湾同时尽收眼底。我们将高峰的寂寥抛在脑后，沿着向北而下的水坝走到一片疏林，这里生长着最可爱的海葵花。接着是一段轻松的下坡路，走入阳光明媚、春花遍布的山谷。我们避开通往皮埃蒙特（Pimonte）的路，没怎么注意看路就径直下山到格雷那若的火车站，从那里搭火车回那不勒斯。

396.卡斯巴在桑塔露琪亚抱怨这里的天气没以前晴朗，就跟汉堡似的。我能感觉到热情消减、倦意袭来的时刻，在这种情况下你必须要么考虑离开，要么保持缄默，准备做一种更长久的停留。卡斯巴的陪同从任何方面来说都是有利的——他有着聪明高贵的犹太头脑，可信的判断力，对人（比如埃森韦特）的洞察力。同他相处没有任何困难。最后一次参观博物馆。4月6日晚上11点出发，第二天上午到达罗马。我在1914年以4个小时完成了同样的行程，那一次没戴沉甸甸的帽子（感谢上帝）。

397.4月7日。初返罗马，它给我贫瘠荒凉的印象。空气里满是灰尘，天空阴云密布。我在夜间旅行后开车回家，沐浴更衣，然后去哈勒家。我相信这次分离扫除了我们友谊中诸多琐碎的不合，我们见到对方时像老伙伴一般高兴。我们是如此相熟，并且说着一样的伯尔尼式德语。

第二天的天气棒极了，我重新喜欢上罗马。来自未婚妻的信让我整天心情愉快。

意大利的春天更繁茂，但是德国的春天看上去更强有力，因为它跟在一个真正的冬天后面，形成更强烈的对比。

人们总是打听美丽的罗马女孩，但是没有比这更无意义的问题了。毕竟，我一个也不想娶。与此同时，想和女人在这里发展一段随便的关系或许难于任何地方。过去的五个月里，我没碰过任何女人。这不纯粹是故意的，再说接触女人也没那么容易。我不是指嫖娼，我从未干过并且永远也不会干这种事。或许我无法成功抵御一桩不带多大刺激和危险的小小风流，毕竟我只是个人罢了，我也要吃要喝。

我又看了一次《伊丽丝》，第二幕和序曲还是那么精彩。这一次波各提没有唱。结果是拉·卡雷利留下了更深刻的印象。可以说她是意大利的特尔尼娜。

在罗马歌剧院听凯姆管弦乐队的音乐会，由魏因加特纳（Weingartner）指挥。演奏的是莫扎特的《朱庇特》、舒伯特的《死神与少女》间奏曲、李斯特的《塔索，悲伤与光荣》和贝多芬的A大调第七交响曲。

4月10日，我、哈勒和埃森韦特去蒂沃利（Tivoli）短途旅行。那里的瀑布已经被写尽画够了。我们下午参观艾斯特别墅，黄昏参观哈里安那别墅，那真是纯然的人间仙境。夜里，我们见到了柔和肃穆、幽冷微妙的色彩效果，简直无法相信它会出现在意大利这个公认的花哨之国。这样的色彩里有道德力量。我和旁人一样感受到它，有一天我也能在画布上呈现它。什么时候呢？

就这么离开罗马，难免无法平静。

我们在去哈里安别墅的路上有一段好笑的经历。一辆出租马车赶上了正在走路的我们，雇主是个苗条、学术气、留着灰色山羊胡的德国人。他是那么迷恋坐在他身侧的蜜月伴侣，一定以为全世界只有他、她、马和车夫的背。他就在我们身后，连珠炮似的吻着那位纤瘦、色衰已久的女士。我们停下脚步，在路的两侧相对而立，像一群休伦族人那样大喊大叫，夹击这对受惊的人儿。我们因为这段插曲而乐了好一阵子，直到几乎看不见马车。我们重演、分析、模仿他们，“噢，他对他那一口肉多满意啊”，哈勒更是没完没了。我会耻于在五六十岁的时候被别人这么捉弄。

4月13日，罗马忧郁如我；它戴上黑纱，与我一同啜泣。不管怎么说，我有许多事情可做可想，尤其是如何打包所有东西。但是我有了钱才能离开，当钱到来的时候我必须准备就绪。古老的罗马眼中噙满泪水。

我已经在佛罗伦萨租了一间房，也知道上哪里吃饭。我期待在那里遇到卡斯蒂亚，他已经靠佛罗伦萨的当铺过活好几周了。他是个大无赖，长不大的孩子。他是怎样模仿可怕的猿人、伤害他漂亮的姐妹啊！

过饱的我依然贪得无厌，对佛罗伦萨的新奇事物那样饥渴。从伯尔尼的饭后小睡中惊醒，方向发生了逆转：不深入自己，而是走出自己！我已经清晰地梦到这些。

昨天（4月12日）我看了现代美术馆（Galleria d’Arte Moderna）

的年度展览“罗马沙龙”。法国人创作的素描、版蚀刻画和平版印刷品是仅有的好作品。最重要的是罗丹的裸体人物。他们之中有一位天赋过人的男人，用寥寥数笔勾勒轮廓，一大笔水彩刷填上皮肤色调，另一笔绿色颜料画出衣衫。如此简单，然而那效果简直是不朽的。另有一人展示了歌剧院和音乐厅的漫画，比如萨拉·伯恩哈特（Sarah Bernhardt）扮演的哈姆莱特、生硬静滞的女民谣歌手。还有福兰（Forain），用简洁硬朗的线条将对象表现得淋漓尽致。不同于这一小群人，其余画家努力超越自己的才能所限，德国人挣扎得尤其厉害，然而无人看出意义所在。相反，迷人的巴黎人是多么诚实啊，一面借鉴拉丁灵感，一面保留着他们的脾性、风流和才智！谁能抵挡这样的诱惑！然而，巴黎这古文化的遗珠，罗马帝国的意象，也同样衰颓。左拉想要的是什么，一个共和国！机灵的法国已不再蒸蒸日上。

400.4月15日。打包完毕。反复欣赏古代作品以后，我把罗马的最后时光放在了梵蒂冈的波吉亚公寓群上。我倾向于把米开朗琪罗算作现代艺术家，因此我可以合情合理地宣称这些公寓是罗马文艺复兴产生的最美作品。我早前参观的花奈西那别墅（Villa Farnesina）差远了，某种军事要塞特有的空虚感笼罩着它。而这里，每一个微小的细节都那么生动精致，并且充满阳刚活力。这是一个不限于偶尔参观，而可以欣赏一辈子的地方。皮图里乔（Pinturicchio）真是个伟大的艺术家。

全心浸润于这个世界后，我为得到全面体验而参观了埃及博物馆。这是个错误。那些作品依然是怪诞的舞台道具而已。

接着，我在古代雕塑间最后一次拜访我的朋友们，就此相信我可以心安理得地离开罗马。我的火车晚上11点10分向佛罗伦萨启程。

和朋友们短聚。真的，告别时的人们总是格外友善。埃森韦特祝人好运的方式可爱极了。自卡斯巴和我在那不勒斯附近的徒步旅行以来，他完全赢得了我的喜爱。哈勒目睹了我与女主人在家中的告别——女主人深受感动，说了些极其美丽动听的话；然后他陪我搭出租车去火车站。

黎明到来的时候，我已经在托斯卡纳。泉水喷涌，小溪流淌，大地因群花而明烂，果实累累的花园一派欢欣……

我乘着一匹肥硕大马拖拉的优雅马车，穿过新城镇这个上演美妙故事的可爱地方。在本茨街14/2号，马车司机殷勤地为我按响门铃，将海格夫人从早晨的沉睡中叫醒。她是个身型高大的来自阿尔高州的佛罗伦萨人，完全是那不勒斯那位身材娇小的柏林女人的反面。很快我被请到了最好的房间，面前是一碗热气腾腾的咖啡。我感到宾至如归。

佛罗伦萨　　　　［1902年4月］

401.我住在本茨街14/2号，受海格夫人照顾。轻松自如地完成夜间旅行后，我乘坐一辆上好的马车在早上6：15到达新住所。我用这一天熟悉周遭环境，震惊于美丽建筑之多。中午，我在饥饿的驱使下寻找餐厅。我在大教堂附近找到了一个宜人的地方，非常整洁并且一点也不贵。拿破仑大街的拥挤交通有点吓到我，餐厅入口经过厨房，趿着怪模怪样的拖鞋的厨师正在里面做饭。小餐厅里的基安蒂红葡萄酒（Chianti）正是我喜欢的类型，口感略微干烈。几年后我才在突尼斯又一次喝到类似的酒。午饭后，我补上了前一晚没能睡的觉，睡得无比熟甜。重生般醒来后，我开启了第二次旅行，这次是沿着亚诺河（Arno）。晚饭后，我在低廉门票的引诱下走入威尔第剧院。这里正在上演《茶花女》(*La Traviata*)，可惜场面相当小。剧院状如长形小盒子，又大又脏（更像维也纳的剧院）。我欣赏这个作品，它富含迷人的创新和动人心弦的歌曲，最后一幕的氛围也很棒。唱维奥莱塔的女人——她叫米拉纳西——表现不错。一位优秀的男中音让我们不受又蠢又呆的男高音的荼毒。服装和舞美糟糕得可怜。管弦乐队规模大而水准低，乐手们甚至没有穿黑色服装。这符合他们低下的才能。

从南部而来的人无法在这里领略真正的意大利城市。这个地方相当国际化，小而可爱。这里的人们的国际风味比其他地方更加明显，色情业也是如此。该去享受我最后的意大利时光了！

402.4月17日，周四。我买了通票，花大部分时间参观令人沉迷不已的乌菲兹美术馆。这里的气质真独特。圣坛和它的杰出作品是可以想象的最美妙的精神财富。我深受感动，在两个半小时后摇着头离开，感到自己非常渺小。

但我没有继续咀嚼这些复杂情绪，因为我们活泼的流浪汉卡斯蒂亚正站在出口处呢。他像是一个从我的慕尼黑时期楔入意大利时期的模子。他忠于自己，而我蓄起了胡子，并在其他许多方面做了改变。他看起来更邋遢了，戴着同一顶奇怪的尖头帽、穿着同样的及膝大衣和夹克衫。换上了新的英式灯笼裤，新的黄色鞋子，后者以耐磨而笨拙著称。他又大又沉的金耳环还在慕尼黑的当铺里呢。“但是我有链条！”后来我又发现了一样新东西：疯狂折磨他的红疹。

“你上哪里吃饭？”“噢，在一个窝里，粗野但是有趣！只有社会主义者在那里用餐，但是他们爱我。”我可以想象那里的环境，包括卡斯蒂亚本人在内的景象，但是我个人不是很感兴趣。再说了，他警告我："如果你带着你的胡子来，他们会说你是个绅士，不接待你。但是和我在一起就没问题。你知道吗，他们唱歌，唱得美妙但是吵闹，每个人都用最大的嗓门。"我们碰巧路过某个类似的地方。"它像这个地方吗？""噢不！你什么意思？这里远不够粗野。我那地方要糟糕多了。"

几经抗拒后我成功说服他在我的住所一起用餐。结果他在那里感到非常舒服，并且显然很享受干净桌布的气味。但是他这么评价红葡萄酒："那里的味道差不多。"

于是我有同伴了。我们在下午参观了一些教堂，可惜光线不佳。饭后我们在街上闲逛，走过处于美妙喧繁之间的一家家餐厅。迷人的佛罗伦萨！

403.4月18日。在现代美术馆看了波提切利的《春神》。我起先当然感到惊讶，因为我对它有着错误预想，从材质的角度来说也是如此。它的颜色黯淡，部分是因为年月已久，这增加了画面的历史感，成为它的一部分。用陈旧的色彩创作新图就完全是另外一回事了，好比伦巴赫。如果你喜欢数世纪的沉淀带来的岁月光辉，天知道你是否会拒绝画的原貌。我曾经看见《维纳斯的诞生》突然出现在远方，像是海市蜃楼。然后我试图揣摩出它本来的面目，但是毫无斩获。它的色彩缥缈出世得难得一见。

然后我踱步到了彼谛宫（Pitti Palace），一间非常大的美术馆。我先从它的丰富藏品中挑出了提香的著名肖像画《美女》和波提切利为一个女人作的小尺寸肖像画，那是最简洁、最完美的油画。总的来说，我不喜欢提香的用色，它的感官性要多于精神性。波提切利对颜色的把握优于提香，也优于曼特尼亚。在这一点上保罗·委罗内塞也远远领先于提香，尽管他在其他方面不怎么吸引人。话说回来，如果要表现一位威尼斯美女的光彩，香艳色泽的确比颜色变化传达的精神性更有效。在这一点上提香是无与伦比的，他就像南国夜晚的熠熠金光。他知道如何同时释放和控制自己。胸膛和肩部周围的某些线条散发的热忱正是来自这股力量。

波提切利在他的小尺寸作品里将诸多颜色选择减少到一组对比色，这导致了一种趋于无色的状态。它没有被悦目的色调抵消，而是独立表现出纯洁的爱情。更重要的是，这一种女性之美毫无侵略性，与侧面姿势十分和谐。

接着，我穿过连着的画廊去了乌菲扎。在约十分钟里，它带我走过房子、屋顶、亚诺河，时不时为我呈现一片风景。走到尽头后，我在圣坛前坐下来，看着拉斐尔的一幅惊人的女性肖像画，绞尽脑汁地琢磨这位绘画界的海神的性格。我在观摩克拉纳赫的《夏娃》后大大提升了对他的评价，尤其是因为他创造性的腿部处理。

卡斯蒂亚陪伴着我，完全不带一丝不和谐音。他不怎么思考，但总是表现得合乎时宜。找到他这个同伴是桩好事。

晚上我们去了小巧高雅的佩格拉歌剧院（Teatro Pergola）。日本女演员左田夜子正随她的剧团在此做客座演出，与傅勒剧团同台献艺。

左田夜子在她的剧团里并不突出得像一位女主唱，留下极深印象的是剧团的整体风格。无论是戏剧本身还是表演它们的艺术，都被某种原始意识笼罩。姿态在突然的动作下发生变化，每次变化之间的定格时间绵长。舞蹈和打斗是核心特点。舞蹈配有野蛮的音乐伴奏。打斗期间，起伏的胸膛发出“磕！磕！”“突！突！”的声响，为表演平添节奏感和可塑性。多么怪诞的幽默感！还有那体操技能！左田夜子本人有着希腊女伶的架势，举手投足都可爱如她行动间摇摆的样子。一切都不容出现差池！她的连衣裙上没有半丝褶皱。她哭泣的样子彰显她的品位之高（我在舞台上看过多么倒胃口的眼泪啊！），她上床的动作纯然引人着魔。这是一个幽灵还是一个女人啊？反正是一个活着的幽灵！这里所有的风格都基于现实，比如某个被短剑刺死的角色在临终抽搐中抖动双腿的样子。

傅勒剧团，纯粹技术性，纯粹装饰性！

404.4月21日。我在旧桥（Ponte Vecchio）上碰见两个来自伯尔尼的年轻女士，她们姓布吕斯特兰，分别叫作吉兰妮和伊莲娜，是我在奥斯特伯格威格（Obstbergweg）的邻居。她们聪明又友善，邀请我去喝茶。

我去了，吃了很多蛋糕，喝下大量茶。临近夜晚的时候我们去了城市公园，来来回回漫步。

长时间仅与男性交往后，这个女性社交团体自然给我带来愉悦的激励作用，于是我对我的朋友卡斯蒂亚有些不忠。若要准确地描述我与这些姑娘们的友谊，我必须说我认为双方同样意气相投。

4月22日，周二。和年轻女士们去了菲耶索莱（Fiesole）。我们在那儿吃了一顿简餐，观摩了不知是牧师还是僧侣的引人瞩目的葬礼过程。回程途中，月光熠熠生辉。空气里满溢着紫藤和紫罗兰的浓郁香味，夜莺刚刚开始放声歌唱。只有一只嫉妒的狗将我们拉回人间。

4月23日。参观考古馆，这里有神奇的埃及、伊特拉斯坎和挂毯馆藏。每天卡斯蒂亚都画一幅旧桥。他让船夫把他划到阿诺河上的一个小小的绿岛，戴着他的尖顶帽聚精会神地坐在那里，直到几个小时后被船夫接回来。他是怎么和意大利人沟通无碍的呢？街上的顽童们发现了他，用泥巴攻击这个无助的画家。卡斯蒂亚靠想想他可能赚得的钱来安慰自己。

405.4月23日。尽管威尔第歌剧院的演出很糟糕，我还是回到那里看多尼采蒂的《露西亚》。每当音乐是流行风格，它就能打动人。但是有时它处于歌剧风格和纯伴奏风格的中间地带，营造一种挑衅的、令人不悦的效果。对这么一部成熟作品来说，只有武断并且站不住脚的执导才能产生令人费解的结果。

一位来自阿劳（Aarau）、有胡纳瓦戴（Huhnerwadel，鸡腿）这么个美丽名字的年轻男子在附近做雕塑、找乐子。他一点也不傻，看了我的幽默小画，我在里面完全放开了。他强调它们都是立体的。他熟悉巴黎，以蒙马特尔的生活方式住在这里。我也有点被他引诱，而可怜的卡斯蒂亚为之神魂颠倒。有一次，我们在离开餐厅的时候惊讶地发现一场突如其来的四月雨，逃窜着穿过宽阔的广场。胡纳瓦戴跑得极富表现力。他最后一次拐弯显得莽撞，狂野如一匹马，我们就此跟着他猝不及防地跑进一个古怪的小地方、一间有音乐表演的餐厅，那里正上演一场钢琴独奏会。我们以一杯糟糕咖啡的代价换来的演奏单调得令人昏昏欲睡。唯一值得兴奋的是一位女歌者换了节拍，为我们跳了一支康康舞，尽管她没有打扮成康康舞者。

406.4月24日。在只与年轻男人们来往的冬天后，与年轻女士们结交带给我某种圆满收尾。于是，我的外在生活闪现某种光彩，但是不要将它误认为是内在世界的完美呈现。只有我对我未婚妻（我没有对外使用这个词语，这还是个秘密）的念想将我升华到对生活怀有一定感情的状态。佛罗伦萨的氛围容易滋养愉悦的幻想。

我把24日上午花在参观威尼斯圣十字（Santa Croce）教堂上。下午4点到晚上11点，我和两个姑娘在一起。

我已和卡斯蒂亚匆匆穿过巴奇罗国立博物馆的各个房间，25

日的早上我独自前往，看得更加仔细。此行的焦点是多纳泰罗，他的施洗者圣约翰真是完美之作。此时我尚未清晰地意识到哥特对我的震撼要强于古代艺术和巴洛克艺术。米开朗琪罗这样的人物本该将哥特艺术巴洛克化——这就是为什么我对他抱有亦是亦非的态度：我完全明白他是个多么重要的风格转化者。然而事实上没有人转化哥特艺术。若非如此，罗丹也不会被推出那个方向。（克利1915年）

看了极其迷人的卡郎得（Carrand）藏品。我尤其迷恋带有牙雕的橱柜。一只梳子上凝聚着多么精彩纷呈的艺术啊！大楼多宽敞！后院多棒！还有坐在这里画画的女人。下午，和年轻女士们从罗马门（Porta Romana）走去切尔托萨（Certosa）。这个地方属于天堂。长着高贵白胡子的牧师为什么要对那座小山挥舞拳头呢？“回来，社会主义者！”（原文为意大利语）在这里，在这个春天，会有社会主义者吗？我在邻村吃晚餐。到了晚上，情绪高昂地漫步回家。

4月26日。早上参观了美第奇教堂，但是我在这星也没能获得与达·芬奇更亲密的接触。只有敬意，最高程度的敬意！然而没有哪儿比这个尊贵的地下室更阴冷了。故意的吗？不是吧。

下午参观中世纪的圣马克博物馆。

407.卡隆纳大街的佩鲁吉诺（Perugino）壁画美丽和谐，不朽得自然去雕饰。

然后是修道院（Convent dello Scaleo）。安德烈·德尔·萨托的《人民的洗礼》比他的壁画作品更像古典大师的风格。黄色的运用非常有启发意义。

4月27日，周日，下了大雨。上午，去了美妙的圣玛利亚教堂博物馆。管风琴台上的栏杆是多纳泰罗设计的。乔瓦尼的《抹大拉的玛丽亚》更壮美（也更哥特），可我就是不喜欢这类名家的技巧。摄影术使他们的作品显得更高贵。人物和多石的风景融合得多好啊，真是杰作。

28日，和年轻女士们喝了极多茶。然后照常走回牛奶场（Cascine），一直走到尽头，两河在此巧妙交汇。风景很特别，带着阴郁的氛围。夜间的回程上，空中有萤火虫。29日，我们再次三人行，这次沿着河岸的另一边。

我们在天黑前回家，因为我同卡斯蒂亚和胡纳瓦戴有约。

我们在镇上闲荡；我完全听从这两个流浪汉的指挥，生平第一次走进一家真正的妓院。大胆的好奇心驱使我们上了楼，走过两个通晓多种语言的站街女，来到沙龙敞开的门前。这里被一种令人困惑的严肃氛围笼罩，少有交谈，女主人在织东西。非常漂亮的少女们沿墙站立，只有她们的裙子显示出我们没有进错房子。我们迅速将这些景象收入眼帘后，转身便走。站街女这就活了过来，说德语的那个对我们说："你们怎么回事？不好意思吗？你们为什么走？"这些话促使我逃走，另两个跟着我。来到外面后，我们痛快地大笑。这真是滑稽啊。我们三个都有一些性经验，而楼上的人们现在把我们当成菜鸟。有那么片刻，我们认为楼上有静默的欢笑。（给带我们来这儿的出租司机的小费算是白给了，真是损失。）

我们靠猛饮葡萄酒安慰自己，最后来到市政广场（Piazza Signoria）的一家有暗娼的餐厅。我们期待的同伴很快就出现在我们的座位上。一个赏心悦目、皮肤黝黑，另一个是个真正的暗娼，浓妆艳抹但是并不迷人。我们以两对男女和一个落单者的状态离开，落单者就是我。我能理解胡纳瓦戴，我不是完全没可能干出同样的事情。但是卡斯蒂亚是个多好的人啊，他怎么也会这么做呢！我们

+ 有池塘的风景　水彩　12.5 cm × 9.9 cm　1895 年

离开之际，他的脸孔清楚表明他尽管喝了葡萄酒也完全明白这件事可疑的一面。然而人已经堕落至此，并且必须把这么好的玩笑开下去。话又说回来，谁知道两个妓女中的哪一个能带来更多快感呢？我一边深思一边缓步回家。第二天证明我是对的。我感觉不错。天光明亮，佛罗伦萨的天必须如此。

4月30日。上午再度去乌菲兹美术馆，这一次是看德国艺术家。对丢勒的呈现很好，霍尔班的稍逊。对克拉纳赫的呈现使它比原作效果好多了，我在“夏娃和亚当”之外特别注意到描绘路德和墨兰顿的一幅织细双折画，尤其是墨兰顿。

409.自从我和卡斯蒂亚碰面以来，我又一次总想着慕尼黑。他宠爱托妮·雷特马耶。“噢，我永远也不会再拥有像托妮那样的人了。”尽管如此，她偷他寄去的钱，赎回那个沉甸甸的金戒指。

我记得来自卢塞恩的玛瑞（Moreau），他像个公鸡似的，并且不顾永不退散的雾霭，总是保持愉快。直到一天，他突然没有了好心情。“我现在想待在家里。我关上窗，拉上窗帘，点上灯，说：这是太阳。”

我记得来自纽约的脏兮兮的小卡方可（Karfunkle）：“你知道，我想有幢别墅，它应该被填得满满的，你知道，桌上放着许多食物和葡萄酒。吃完以后，你知道，我会去厨房，我会占有女仆……你知道！”

与这些回忆相关的是，我在今天认识了麦克斯·施密特，他来自巴塞尔附近的罗拉赫（Lorrach）。他的衣领不能更高了，一张猴子一样的脸比以往更加忧郁。他以疲倦的口吻说：“你知道埃及博物馆吗？”我认为那博物馆很美。我去那里看过佩鲁吉诺的壁画。

对比之下它是多么的不同啊！只不过没有按照惯例画上两滴眼泪。这么一个以牛奶果腹的人会在这个葡萄酒之国干什么呢？

这个哭哭啼啼的巨婴的口臭真恶心啊，还是在瑟维大街(Via dei Servi)上。且花了那么多钱！

5月1日，旅费来了。我还参观了波波利公园和乌菲兹的版画馆，曼特尼亚、丢勒、伦勃朗等人的作品真是一流杰作！圣玛丽亚修道院的彩色玻璃镶嵌画是佛罗伦萨最后一件讨我欢心的东西。

5月2日，晚上9:10，我乘火车去伯尔尼，途径米兰和卢塞恩。卡斯蒂亚和来自伦茨堡的胡纳瓦戴陪我一起去车站。我在抵达米兰前睡得很香。我在这个当口碰到服务生利普斯，他带着一些小母鸡肉离开了罗马大饭店。于是我也浅尝了那家饭店的菜肴，并且发现那里的玛沙拉白葡萄酒好喝极了。坐蒸汽船从弗仑到卢塞恩。嫩绿的榉木营造了一个新世界。噢，朴素的德国春天，完全不带芳香，只有纯粹、强烈的生活气味！这是唯一一个真正的春天！

家里一切井然有序，我有一张好床，免费的三餐，和两只让我心醉的灰毛猫，美雪和努奇。

译注

亚历山大·伯奇（Alessandro Bonci，1870—1940），意大利抒情男高音。

布克哈德（Burckhardt，1818—1897），瑞士艺术和文化史学家。

萨克尼夫（Sapellnikoff，1867—1941)，俄罗斯钢琴家，曾与柴可夫斯基巡演于欧洲，柴可夫斯基曾写钢琴曲献给他。

弗罗芒塔尔·哈勒维（Fromental Halevy，1799—1862），法国歌剧作曲家。

梅耶贝尔（Meyerbeer，1791—1864），犹太裔德国歌剧作曲家，以宏伟风格著称。

普劳图斯（Plautus，公元前254—184），罗马重要喜剧作家。

延斯·彼得·维克布森（Jens Peter Jacobsen，1847—1885），丹麦小说家、诗人、科学家，开启了丹麦文学的自然主义运动。

罗穆卢斯（Romulus），传说中的罗马首位国王、罗马城建造者。

安塞姆·费尔巴哈（Anselm Feuerbach，1829—1880），德国新古典主义画家。

克莱奥丹·德·莫洛德（Cleo de Merode，1875—1966），法国芭蕾舞演员。

科尼利厄斯·古尔利特（Cornelius Gurlitt，1850—1938），德国艺术史学家、艺术经纪人。

汉斯·冯·马莱（Hans von Marees，1837—1887），德国画家，在意大利度过大部分绘画生涯。

夏兰（Chillon），瑞士古堡之一。

米尔卡·特尔尼娜（Milka Ternina，1863—1941），克罗地亚女高音歌唱家，以演唱瓦格纳歌剧著称。

凯姆管弦乐队（Kaim Orchestra），慕尼黑爱乐乐团前身，1893年由钢琴制造商Franz Kaim（弗兰斯凯姆）创立。

保罗·费利克斯·冯·魏因加特纳（Paul Felix von Weingartner，1863—1942），奥地利指挥家。

休伦族人（Hurons），北美原住民，沿圣劳伦斯河(St.Lawrence River)而居。

萨拉·伯恩哈特（Sarah Bernhardt，1844—1923），法国19世纪末、20世纪初最知名女演员，深受雨果赏识。

让-路易·福兰（Jean-Louis Forain，1852—1931），法国印象派画家，德加的追随者。

皮图里乔（Pinturicchio，1454—1513），意大利画家，属文艺复兴早期温布里亚画派。

安德烈·曼特尼亚（Andrea Mantegna，1431—1506），意大利画家。

保罗·委罗内塞（Paolo Veronese，1528—1588），意大利画家，以大尺寸历史画闻名。

卢卡斯·克拉纳赫（Lucas Cranach，1475—1553），德国画家、平面设计师。

加埃塔诺·多尼采蒂（Gaetano Donizetti，1797—1848），意大利浪漫主义作曲家。

多纳泰罗（Donatello，1386—1466），意大利早期文艺复兴时期重要雕刻家。

佩鲁吉诺（Perugino，1450—1523），意大利文艺复兴时期重要画家，拉斐尔的老师。

安德烈·德尔·萨托（Andrea del Sarto，1486—1530），来自佛罗伦萨的意大利画家。

乔瓦尼·岱拉·洛比亚（Giovanni della Robbia，1469—1529），意大利陶土雕塑家。

+ 戏剧演员　铜版画　15.3 cm × 16.8 cm　1904 年

卷三

+ 树上做梦的处女　铜版画　23.3 cm × 29.7 cm　1903 年

［1902年6月］

411/412.1902年6月3日。意大利之行已经过去一个月了。我严格地评估自己作为创造性艺术家的处境，结果不容乐观。尽管如此，我还是继续保持希望。我也不知道这是为什么。也许是因为我在绝望的自我批评的最深处意识到，我终究取得了一些精神上的进步。

事实上，现在最重要的事情不是画出成熟的作品，而是至少成为一个独立个体。“掌握生活”就是门艺术，这是所有其他表达形式的前提，不管那是绘画，雕塑，悲剧，还是作曲。不仅是在行动上掌握生活，还要在体内有意义地塑造它，在它面前尽可能锻造出成熟的态度。这显然不能通过一些泛泛的规则得以实现，而是像大自然那样生长出来。再说了，我并不知道如何找到那些规则。世界观是不请自来的，而意愿本身并不能决定哪个方向会通往明路。这在母体子宫里已经部分注定。命运自有安排。

身为这个行当的新人，我将无法取悦人们。他们会让我画的东西，是任何一个有才华的聪明青年都可以轻松交差的。值得安慰的是，在我的评价标准里，真诚的意图永远要先于技巧。我意识到规律的普遍存在，然后拓宽思路，直到它又一次变得清晰。而那些复杂的事物就此自动恢复秩序，又一次变得简单。

写了两封给莉莉的信。一封部分在佛罗伦萨写就，另一封在伯尔尼的头几天间就写好（我一心回复她）。

天啊，我在尝试画一幅布罗苏的肖像。阅读海涅的《佛罗伦萨之夜》《元灵》《巴哈拉赫的拉比》，莫泊桑的《一个农场姑娘的故事》《老人》《嫁妆》，柏拉图的《苏格拉底的申辩》。

母爱有点太近乎直觉，只是一种驱动力而已。你必须致力于另一种爱，那种爱更加合乎道德，也更加富有社会性。

那幅“布罗苏肖像”啊！它是户外蛋彩画，画中人戴着蓝色领结，我还没有画完就放弃它了！

我正攀爬精神之路，每走一步就愈发孤独。与我父亲产生了分歧。他比我要“年轻”，是那么才华横溢而毛躁易怒。他有才智，却没分寸。

画布、画面和底色都单调得可怕。摸索线条和处理形状也没什么意思。光线凌驾于所有这些之上，是它创造出空间。眼下，任何内容都被禁止，纯粹的图画性风格取而代之。对这些事物的真实体验依然是那么遥远！

眼下，更加吸引我的是“生活的艺术”这个概念，而不是“专业”之类的陈规。我想用尽一切方法拓宽视野。

413.图恩湖，希尔特芬根。1902年6月4日。我坐在我一年前、两年前坐过的地方，也就是海平面上约六十英尺，在教堂和一片小果林之间。真是一派田园牧歌的景象啊！所有那些曾经显得遥不可及的东西都亲昵地靠近我。“尤利西斯来到大海”，我们的启蒙书里这么写道。那是一大片水域，而图恩湖是小湖。你可以听见坎德河在另一侧拍打着它。那边的斯托克峰当然不是小意思，不过更高的山把自己藏了起来，以免打搅我们。这是这些山的本质。

我的体内发生了怎样的变化啊。我目睹了一段活生生的历史。罗马广场和梵蒂冈对我说话。人文主义跃然而出，原来它不只是高中教师为了折磨学生才发明出来的东西。我必须与它同行，哪怕只是一小段路。再见了，小精灵们，月亮仙女，星尘。

我的幸运星并没有升起，很长一段时间以来都没有。野蛮人啊，如果你可以清晰地思考，那么欢庆吧！“尤利西斯来到大海”，而我来到罗马。看够魔法了！这是新古典的欧洲！

414.哈勒这么说起他的妈妈：①我手头怎么说也是有氰化物的……②她是多么有精力啊！③她搅得我心烦！④她在屋子里行为发狂。

关于他的爸爸：①他会没事的，但是他就是那个样子。②曾经的他该是多么有精力啊！③要知道，他以为她是生病了。④他不想再计数了；要知道，他想立下某种规矩。

关于姑娘：①我不想见她。②我不需要背负任何人！（对我）你无法伤害我！③我胸口有个蘑菇。

关于他的画：①你知道，我在小的平面上画不出来。②我以为东西会自然而然地出现在这画布上！然而不是这样的！③米缪永远不会画画的。他会保持沉默。他会保守这个秘密。

关于他帽子上的灰尘：让它待在那里好了！

关于上帝：他对我怀有善意，他没有伤害我！我不是什么都好。

对罗马的乞丐们：我自己就是个乞丐。

415.我的准岳父想知道真相。如果莉莉同意的话，我可以告诉他。6月7日是非凡的一天。布罗苏会装作没看见这封信，哈勒会无法给出聪明的回复（“我写不出来。”）。

高尔基：文学。艺术。我需要不一样的养料。也许像是《伯尔尼联合报》专栏引用的尼采的话。

416.1902年6月8日。为了训练思维，我写下一些关于艺术的教条式观察，对刻板的绘画和印象派的绘画做出无聊的理论上的折中。乡村为这种折中提供了温和的底色。

我还在等莉莉的答复。她将不得不经受什么呢？在慕尼黑，事态就没有那么温和了。世间的美好事物可不包括多管闲事的父亲们。

417.“梅蒂兹纳拉特先生，起初我对您的来信感到惊讶，但是总的来说并不意外。您简单直接的风格值得我也如此回复。就算您没有如此大张旗鼓地向我询问真相，我也会告诉您。

“我与您的女儿莉莉小姐一开始就很亲密，现在已经发展到了您可以预见的关系。事情发生以来，我从未想要对您隐瞒，因为我认为告诉您只会巩固我们的关系。

“我没有更早告知您（因为没有恰当的时机）在我看来并不是失礼。介于我们年轻，把这段时间当作我们之间的试验期于我们有益。我的父母也对此事一无所知。这也是为什么他们没有邀请您的女儿、他们儿子的未婚妻拜访他们。

“但是以我父母的行事风格，我相信他们也会欢迎您的女儿做我的未婚妻的。

“尤其重要的是，我相信任何一个人都不能成功阻挠我们。

“因为您是如此坦诚地对我写信，我重新坚定了对您的感激之情，并将继续做您忠诚的保罗·克利。”

418.我把上面的信的初稿发给了莉莉，她认可了，于是这事在我看来已经尘埃落定。我对她的坚定感到高兴，也很高兴我们两个保持一致，不小看外部情况的严重性。我的谨慎是对的。（6月10日，1902年）

419.路易丝姨妈说：“意大利有很多那样的小穹顶。他们对小穹顶评价很高。瑞士也开始这么造了。（我姨妈在所有其他方面都是理智的）。”

古老的储蓄银行总有一天会溃败的。也许那时候我就可以重新登上舞台，说：现在我是自力更生了。

420.讽刺作品必须不是过剩的恶意，而应该是更高视角带来的恶意。荒谬的人类，神圣的上帝。又或者说，讽刺作品憎恶平庸之人深陷的卑劣品性，正如憎恶人性可能企及的高度。

421.在早些时候（甚至儿时），风景之美妙对我来说再明确不过。它为灵魂的情绪提供了底色。而现在，每当大自然试图吞没我，危险的时刻就来临了。这些时刻大自然打败了我，但是我对此感到平静。这对老年人来说没什么不好，但是对我而言嘛……我对我的生活负债，因为我许下过承诺。向谁许的呢？向我，大声地、坚定地向她，默默地、但是同样坚定向我的朋友们。我害怕得从河岸边一跃而起，挣扎就此重新开始，苦涩又回来了。我不是芦苇里的精灵，我只是一个想攀升几步的人，但是是真真正正地攀升。

我不想像细菌那样作为某个集合的一分子影响世界，而想作为一个整体，就在地上，但是与上天相通。我要稳扎在宇宙里，做一个陌生人，但又强有力——我想这也许就是我的终极目标。但是如何达到它呢？眼下来说，成长，唯有成长。

我要设立不适用于大众的目标作为训练，就像演奏练习曲一样。更崇高的事情会更顺利也更简单地随之而来。

平静不存在，平静的人吞没了自己（在图恩附近的巴赫马特的一晚）。

422.噢，人啊，你谁也不侍奉，你一无是处！给你自己立下这样的目标：玩耍，欺骗你自己和别人，做个艺术家。

现在，我的面前搁置着那么多目标，选择变得痛苦。该死的，艺术道路上的漫游者就像马路上的流浪汉。阅读席勒的《斐斯克》

（好题材），《诗歌选》，高尔基的《底层》。

423.1902年6月18日。我回到伯尔尼。我同我母亲谈到了莉莉和邀请她上门的事情。在我家，没人会对尚不了解的事物提出反对。正因如此，莉莉得到了邀请。我没有直接跟我的父亲谈，我想他已经知道了。

424.仙女总是上了年纪，而且很严厉。若非如此，总该有一个童话故事里的男孩在实现三个平常的愿望后想要得到仙女。

阅读汉斯力克的《论音乐的美》，写得非常聪明的纯理论；费尔巴哈的《圣约书》。

425.1902年6月22日。我开始投身于这一行的所有理性手法，它们对我来说曾是那么陌生。这是必要的，至少可以当作实验来做。我显然正变得十分严肃和渺小，没有诗性，没有热情。我想出一个非常小的形式画题，然后试着把它简练地画出来——当然不是分几个步骤，而是用铅笔在单单一个画面里做到这点。至少这是真正的举动，这些重复的小动作最终会比没有形式和组织的诗性热情带来更多收获。我不断忙于画裸体，它很好地适用于我现在的创作方式。我清晰呈现表面——这是说，绘画对象的关键要素必须永远是可视的，尽管这在现实中是不可能的（现实可没有变成这种浮雕风格）。在此过程中，不采用前缩透视法至关重要。这是又小又困难的工作，但是至少它成为一项真正的活动。我开始从头重新学习，像一个对绘画一无所知的人那样处理形状。因为我拥有了一个小小的、无可争议的、私人的发明：在平面上做一种特有的立体表现。

当夜晚来临，我可以带着作品已经完成的念头躺下。这也有一定意义。

一个飞翔的男人！我把三维逼进扁扁的平面。对手臂和双腿的处理不用前缩透视法。

我甚至梦见它。我梦见我自己。我梦见我变成了我的模特，一个投射的自己。醒来的时候，我意识到了真相。我躺着的姿势很复杂，扁平地附着在亚麻床单表面上。我就是我的风格。

426.1902年6月30日。决定听取莉莉的建议在波金格（可不要跟北京弄混了）的施塔恩贝格湖秘密再会。我可以做任何自己能够承担责任的事情，特别鉴于我准岳父的反对态度。确保不被人发现对莉莉更重要。

427.哈勒从意大利回来了。他看出我取得了进步，但是他只能看到或者说只想看到最浅显可见的那一层。他强调我一定会在裸体画上取得杰出造诣。

当然了，我仍然想学解剖学。但那更像是一种方法，而不是一个目的。他的知识只是片面的，就像他（对我优点）的认识一样，永远都不会完整。如果他不继续停滞在裸体画上就好了。

428.1902年。我爸爸和我发生了如下对话：

我：“您读了斯顿夫医生的信了吧？”

他：“是的，我读了。”

我：“您或者母亲应该尽快回复。”

他：“是的，我是这么打算的。”

我：“但是如果可以的话，我想知道您会怎么回复？”

他：“你可以读我的信。”（结束）

小结

429.在富有成效的学习岁月后，我最初的尝试并不是图画性的，而或许很像诗歌。我不知道任何图画性题材。那么为什么要去艺术学校呢？这样我就好回答我的叔叔阿姨们："是的，我上过学了。"

当我意识到我的学院式/艺术训练惨败，便玩起了雕塑。同鲁曼（Romann）的一次简短谈话令我确信，我不可能从他身上学到比其他任何艺术学校更多的东西。对形式自身（不带技巧）以及它是如何通过色调塑形的关注没有什么坏处，并且为意大利之行奠定了良好的准备工作。

我在意大利理解了造型艺术里的建筑要素，当时我正向抽象艺术摸索。如今，我会说我理解的是构成主义要素。

现在，我最紧迫也最高的目标是融合建筑绘画和诗歌绘画，或者至少在它们之间构筑某种和谐。

遗憾的是，我体内的诗意承受了极大变化，温柔的抒情被苦楚的讽刺取代。我抗议。

"我要是能存活就好了。"一个粗俗无礼的声音在我体内呼喊。事实是，我积累得越多，在我身边匍匐的事物似乎就越多，在这个宏大、广阔、布尔乔亚的世界。

又或者是我弄错了？那么我本就不应该出生。而我现在也不能死！

在我需要的时候，音乐经常抚慰我，并会继续经常抚慰我。

430.必须生活在一个低劣抄袭的时代的想法几乎难以忍受。在意大利的时候，我简直是无可救药地处于这个念头的阴影之下。如今我试着在行动上无视这一切，像一个自学成才的男人那样谦虚构建，而不左顾右盼。

至于现在，有三重身份：身体是希腊罗马式的古物，有着客观的态度、入世的倾向，以建筑为重心；心理是基督教徒，有着主观的态度、出世的倾向，以音乐为重心；行动上是一个谦虚、无知、自学成才的人的状态，自视甚轻。

431.我，一个幼稚的男人，想用花冠加冕你苍白的脸庞。从白墙上可以得知，附近某处生长着菊花。

你冰凉的嘴唇需要一场轻烧，或许一个吻可以保护它们免于干燥。

你的色彩艺术只是近似于色彩，它是多么美啊。我那大饱口福却依然饥渴的眼睛追求新聚集起来的形象。

如果我死去，两朵夜之花将会在星光中闪烁微光。我将对着你眼中美丽深沉的涟漪说出“信条”，并且相信它们在告别时分诉说的一切。

433.奥博波金格的计划成真了。接着在慕尼黑待了两天。7月27日，花5马克入住乔治·斯特克经营的中央酒店。7月28日，两人在房间里吃早餐，分别是2.4马克和7.4马克（不写我们的交谈）。

旅行从1902年7月19日持续到28日。我们在慕尼黑参观分离派展览，在路易特博尔德吃美味佳肴。晚上，我们去歌特纳歌剧院看日本歌舞伎轻歌剧。

第二天早上，痛苦分离。我12点40分去往林道，莉莉12点55分向基姆湖方向出发（不写我们的交谈）。

因为没有交谈。

435.我的心情给瑞士人的国家节假日带来了很多雨水。但是我的心情并不统一，我的体内也有很多很多的阳光。在我周围只有黑暗。布罗苏带我去见弗兰克尔。在他获得博士学位的第二晚，他咳了血。他有一双美丽的眼睛，听力有障碍。

7月29日，在伯尔尼的阿波罗剧院看伊维·吉尔伯特。在那里，一切重新好了起来。

436.说蠢话：有心却无力去说上帝不曾眷顾我、去诚实而理智地否认维纳斯的存在、去相信耶稣还活着。

说蠢话。

阅读左拉的《莫雷教士的过失》、高尔基的《童年的朋友》。

439.最近的流行活动是用柯达相机拍摄大自然习作。如今我有时试着作油画。但我止步于技术性实验。毫无疑问，我基本处于初级阶段之中甚至之前！这不是在说蠢话。

从这些绘画的技术性实验中学到的一课是：不要在油画颜料之上涂上新的粉笔底。

441.哈勒如此说葡萄酒：现在去把它拿来！啊，我是多喜欢它啊！来啊，我的朋友，来我这儿！啊，要是我没有你！

我现在以我下方的家伙的名义发誓。他的一只耳朵比另一只更加开阔。另一只长得太靠上了。但是这条狗能看见我们，能看见一切。

哈勒去登斯托克峰了。

442.资产阶级：“我必须取悦。我的脚当然已经够小了，但是它们可以更小，像W的那样。鞋子不应该太窄。长久以来我的脚趾互相压挤，但是没人能看见我鞋子里的样子。”

人有时候坠入爱河，必须对它加以利用。举个例子，我就没有怎么留意。然而人只结一次婚。最好的情形是有钱又有未来，两者都有。

很遗憾，人在时间的流逝下年岁渐长。也许最终会有抵抗皱纹的灵药？好在一顶显年轻的帽子解决了许多问题。哪怕是现在，街上也不时有男人跟着我。

最糟的是脖子，衰老就是从它开始的。手臂吃的苦头最少。我穿中袖，有客人来的时候便活动手臂，露出我年轻美丽的肘部。

我经常留影。我才不关心是否拍得像我呢，只要照片看起来年轻。看起来年轻就等于年轻。实际上，我不再年轻。

“我的丈夫给了我一个孩子，也就是说它不请自来，就像所有孩子们那样。他像我，相当有天分。他的地理优秀，还有很多别的才能。他一定会成为一名伟大的艺术家。我恨所有批评我孩子的人。我认为这是针对我。我只想听到恭维话。我的孩子是个幸运的孩子。他会在我失败的地方成功。他做的一切都与他相配。我觉得他美极了。这就是母爱，没有什么比母爱更崇高。”

443.格特鲁德不美，看起来骨瘦如柴，皮肤暗黄，并且长着一只宽阔的鼻子。她的肚子很大，我觉得这是因为她吃了太多土豆。而贝蒂有着一副极其迷人的身材，肤色雪白，小巧的脸蛋美妙得无法形容。她们两个快乐地共舞了一会儿，我从窗边观察她们，也就是说观察贝蒂。后来我不得不出去，在经过贝蒂的时候与她握手。格特鲁德靠边站。

上帝是公平的。他早早就教会格特鲁德靠边站，这样一来她日后便会少因没有男人而伤痛。仔细一想，也许贝蒂某天会有太多男人，并遭遇与不靠谱的男人有染的危险。而格特鲁德保持处女之身，救世主爱她。

但是在天堂里，两人也有可能互换角色。

在那里，宽阔的鼻子和肥大的肚子得到理解。

记住这一点，亲爱的孩子们。

444.

a）你知道我为何笑你吗?

你应该庆幸自己不知道；

真相会狠狠地灼伤你。

而如今它只是烧着我。

b）如果你生育了不济的一代，

对我来说也没什么。

我这类人必须死去。

445.1902年9月1日。今天我做了一项不错的实验。我在一块玻璃板上盖上一层沥青，用针在上面画了一些线，然后拍摄下来。成品像是版画。

447.我在慕尼黑待了10天，从9月20日到30日。我（和布罗苏）在20号出发，与莉莉再次见面并共进晚餐。21日，我们去了伊萨托（Isartal），先是拜尔布伦和卡拉德斯霍，然后是玫瑰花园，最后看了《费加罗婚礼》。门泽尔面朝我们坐着。对老皇宫剧院留下了好印象。22日，我们参观玻璃宫艺术馆。下午去警察局，晚上独处。23日去绘画陈列馆，接着是我在“天主教赌场”的落脚处，然后我就不再隐瞒真实身份，到阿科斯大街拜访别人。24日，又去警察局和绘画陈列馆。25日是周四，我在玛斯菲德的一团（步兵部队）注册。那是个非常美丽的地点。很糟糕，我没有获准当即待在那里。晚上去看医生。26日，在莉莉家听音乐。去了分离派画廊，剧院（玫瑰星期一），然后和布罗苏待在一起。27日去了宁芬堡公园，我在那里给莉莉拍了一张照片。然后去了趟当地的征兵局，远足到普拉赫。28日，布罗苏离开了。又去了征兵局，这次是在莉莉的陪同下。在霍夫花园喝茶散步。晚上待在阿斯科大街。29日买了绘画材料，在路易特博尔德吃饭。然后离开。

448.10月里，我在奥伯霍芬的图恩湖待了一段时间。我自己不知道为什么要这么做。后来我终于开始从事那份严厉谴责我的工作。我现在要在管弦乐队里做第一小提琴手。因兹先生给我带来李斯特的浮士德交响曲的乐谱和格雷格的一支序曲。梅菲斯特主题曲满是陷阱，乐队和指挥都无法自如地演奏。感谢魏因加特纳，我知道该怎么做。

我在其他方面都很好。责任召唤我工作。在很多层面上，我的思绪还停留在慕尼黑。

449.1902年10月16日，我听爱德华·里斯勒（Eduard Risler）演奏巴赫的《半音幻想曲与赋格》，库普兰的小作品，莫扎特的A小调奏鸣曲，贝多芬的109号E大调奏鸣曲和111号C小调奏鸣曲，还有舒曼的《傍晚》《夜》《寓言》和《梦的纠缠》。

451.我们在第一场联票音乐会上演奏了门德尔松的意大利交响曲，贝多芬为《普罗米修斯》创作的芭蕾音乐的片段，和格雷格的序曲《秋天里》。来自西班牙的小提琴手格罗索独奏了圣桑的第三协奏曲。

453.所有还未做过的事情，我都要去做。我要和医学生一起学解剖。我要和外省画家照着从小山里拉来的糟糕模特画裸体画。我知道他们不是也永远不会是应该效仿的榜样。但是我想表现得比实际的自己卑微得多。这样一来，卑微也有了更多可能性。我不想身为一名“斯托克的学生”，因为那足以折服大多数人；我想要听到一个留着长胡子的绅士的批评声，说那个装饰画家疯了。

1902年11月2日，听了一个当地艺术家的钢琴演奏。非常尊敬他，但是我毕竟不久前才听过里斯勒啊。

11月1日，解剖课开始了。死者的特别节日。11月6日，去听一个瑞士三人组的音乐会，中间穿插中高音歌手菲利皮的演唱。这位来自巴塞尔的女士带着信念歌唱，但与此同时唱得相当单调。11月7日到9日，我参加管弦乐队的旅行到纳沙泰尔，赚了些零用钱。去华朗金的远足带来了休憩和欢娱，酒店的丰盛食物补充了体力，上好的葡萄酒提供了慰藉。旅行指南描述了山的全景。

阅读左拉的《杰作》。

455.第二场联票音乐会上，我们演奏了勃朗姆斯的第三交响曲和莱茵贝格尔的一首序曲。用连体双钢琴弹奏了莫扎特的双钢琴奏鸣曲和其他曲目。

456.每天早上8点半到11点，我在解剖室里工作。星期六的11点，斯特劳瑟教授为艺术家们（怎样的艺术家啊！）讲课。周三、周四和周五，在粮仓的晚间课程上，裸体模特们摆着姿势。“这里，先生们。”博恩、博思、柯伦比、林克等人棒极了。或多或少都有些霍德勒化。模特们是标准的山民风格。

布罗苏想去巴黎，他是条狗。

457.优秀艺术家卡米拉·兰蒂在9月24日献唱，曲目是佩德罗瑟齐的《我因远离爱人而憔悴》，斯卡拉蒂（Scarlatti）的《如果你确真诚》，贝尼代托·马尔切洛（Benedetto Marcello）的《我胸中的火焰》，勃朗姆斯的《云雀颂》《在孤独的森林中》《在墓地》，舒伯特的《掘墓人的思想病》。接着是为殖民地演奏的施特劳斯和法国作曲家们。

阅读薄伽丘的《十日谈》（德语版）、施尼兹勒（Schnitzler）的《比特丽丝的面纱》。

“我觉得我只是在父母的房子里歇息，就像在旅途中那样，从别处而来、要去往别处。当我在早上醒来环顾四周，我经常感觉我不是在家里。”小家伙说。

459.如今我甚至随团去布格多夫，演奏田园交响曲和各种小曲目。我赚了20法郎。时不时地重新创作玻璃片小画，技术上的魅力引诱欺哄着我。尽可能久地用水彩，然后修整它们，在它们之上用油彩。这项操作无一例外迎来感光度高而沉郁的结果。我也许很快就要成为“在春天里放弃的男人”。而现在还是12月，还是1902年。

460.啊，情感能做出怎样的事情来啊，尤其是德国人的情感。

461.做技术性油画实验。尽管主题不是主要问题，以下主题“父与子”“圣母”和“诗人和一根开着花的树枝”提供了讽刺的观点。

462.

干燥的手指拉伸着一块布。
突然间炮火齐射，轰隆作响。
使用后的子弹无息坠落，
正好躺在眼皮底下。
然后，随着手指的嘎吱作响，
它被快速包裹在破布里。
我们选择称呼这项消遣活动为
传奇：老妇人擤着鼻子。

463.指挥家之间还是有差距的。我们在奥尔滕为合唱团体的音乐会提供小提琴伴奏。那里的指挥家也叫蒙兹格，这是个不祥的兆头。他的作品正如其名，“秋之忧郁”。

464.卡斯蒂亚突然从巴黎来信：“亲爱的克利，我每天都想给你写信，但是这里的情形如下：人必须从早到晚到处跑，但是还是弄不到想要的东西。城市太大了。别的方面的话，有漂亮的娇小女人，诸如此类。我的地址是坎帕尼路9号，工作室31。”然后又写道：“这张明信片是14天以前写的。我希望我们能以别的方式而非写信来交流。在这里，人在一天中经历太多，以至于永远没法做一半想做的事情。现在必须等到明年夏天再说了。除了解剖，你还在作画吗？我只在下午去朱利安学校。我发现巴黎的学校可能比慕尼黑的更严谨，因为那里的学习更认真仔细地效仿大自然，也就是说没有风格，纯粹像拍照片。但是男学生们是浑蛋，整所学校里一个艺术家也没有。只有当你没空的时候，巴黎才是美妙的。你的卡斯蒂亚。”

465.在奥伯霍芬度过寒冷的两天。看F.T.费希尔的《另一个》。表演弥赛亚神曲。来自巴塞尔的中高音索墨哈德小姐以虔诚的悲悯之情刻画耶稣的忧伤，对她个人来说幸运的是弦断了，她突然不知所措。西斯特曼斯技艺精湛，与此同时是个酒鬼！其余的是沉默。

466.小鸟们看到一棵树时/生起了嫉妒之情，/它们逃避/有关树干和树根的思绪，/整天自娱自乐地享受着，/在新发芽的树枝上/灵活地拍着翅膀和歌唱。

一个忧郁的人出现在他的家庭相册里：这个人小心翼翼地不吃饱满的肉。他只是闻了闻它，保持纯洁，因为太过胆小而不采取行动。（1902年12月28日）

简述：“西西弗斯的石头滚向数字1903。”

［1903年］

469.对未婚妻和父母的责任感与失败的油画尝试总是引发某种自杀情绪。

470.我只有你！我的“狂想”里没有父亲。母亲或许以她的方式对我怀有信心。客观来说有些朋友是令人绝望的，有些则不是。毫无疑问，我这个朋友会给人带来很多麻烦。爱情必须永不停止。

471.克吕特利是一个古老的瑞士魔鬼的名字，是堕胎的守护神。他在履行工作的时候如此为自己正名：上帝也放由自己的亲生儿子被杀，而且后者已经是成人。

474. 就父与子主题画了许多变体。“一个父亲与他的儿子。通过儿子呈现的父亲。儿子在场时的父亲。一个以儿子为荣的父亲。一个父亲祝福他的儿子。”所有这些都得到清晰表现。遗憾的是，我后来把它们毁掉了。只有名字幸存下来。

475.1月14日和15日，我在巴塞尔听迈宁根管弦乐队的音乐会，由斯坦巴克领衔。以下曲目演奏得最棒：

（1）勃朗姆斯，《海顿主题的变奏曲》。（2）勃朗姆斯，第四交响曲。（3）巴赫，《第三勃兰登堡协奏曲》。（4）莫扎特，《写给木管乐器的第十小乐曲》里的变奏曲和回旋曲。（5）莫扎特，《伊多梅纽斯》的加伏特舞曲；舒伯特，《死神与少女》中的芭蕾音乐；门德尔松，《仲夏夜之梦》中的诙谐曲。（6）瓦格纳，《歌唱大师》的序曲。

第二天我被拖去剧院。那里正上演戈德马克（Goldmark）一部不怎么好看的歌剧《希巴女王》，表演平庸。

476.在1月16日的特别演唱会上，我们演奏了菲利普·伊曼纽尔·巴赫的交响曲，德沃夏克的交响诗《野天鹅》，《众神的黄昏》里的《葬礼进行曲》和柏辽兹的《海盗》序曲。在此之间，嗓音出色、技巧一流的男低音甘多菲演唱了莫扎特的演奏会咏叹调，施波尔的《浮士德》里的咏叹调，两只意大利老歌《眼睛》和《胜利》，以及博伊托的《梅菲斯托费勒》里的一幕。

477.1月23日到26日，随伯尔尼交响乐团到纳沙泰尔表演威尔第的安魂曲。独唱者为德克罗士·法利罗小姐、来自巴黎的男高音卡米拉兰蒂和一位来自哈莱姆（Harlem）的男低音。

478.我读了我城诗人的戏剧作品《阿雷蒂诺的缪斯》。在这部戏里，意大利的朋友和穿越意大利的漫游者在说话；唯一的不同是，在戏剧里这么做有一点令人痛苦。这样的旅行成果般的写作更适合出现在报纸专栏里。有时候老编辑变得淫荡，尽管他本想展现提香的威尼斯的丰富声色。但在这一点上，创作也没有完全成功。发生的仅仅是一个似是而非之物；记录者也许觉得材料是为他量身定做的。他也许如此希冀，如此愿望。但是单凭它不能使作品具有阿雷蒂诺的味道。再说了，后文艺复兴的遥远后代显然只能有微弱的传承。

479.第三场联票音乐会基本由艾尔伯特（d’Albert）主导。我们先演奏了格拉佐诺夫的C小调交响曲和贝多芬的G大调钢琴协奏曲，接着钢琴家抓过了指挥棒，指挥歌剧《即兴表演者》里的一首小步舞曲和加伏特舞曲，然后是肖邦，最后回到同部歌剧的序曲。这音乐里绝对不是没有智慧，它听起来令人甚是愉快，演奏起来也是（只要你熟悉了它）。彩排的时候，连竖琴都没准备好。我们协会的指挥家发表了以下言论：“你们作曲家永远相信竖琴是主角。”但是艾尔伯特甚至没有因为这番无礼之辞而着恼。他的小眼睛只是微微发怒。

没必要在一个上等布尔乔亚合唱团体的、曲目极其混杂的音乐会上浪费言语。

480.当我还是一个自由散漫的无赖的时候，我知道些淫秽歌曲。我还记得一句歌词："他往下，她怀上。"剩下的就忘得无影无踪了。如今的我勤勤恳恳、道德纯洁。

我还隐约记得几幅投影画。一幅叫作"厌恶"，画着一个从大水罐里洒着液体的女人。另一幅叫作"羞耻"。画的是泛灰的黎明时分里的一对恋人，男方还在睡觉，女方向着窗户做出忧虑的姿态，窗外新的一天就要到来。还有一幅画，画的是为一个女人投掷骰子。只要找到独特的形式，就敢于再现这样的平凡琐事。

484.在第四场联票音乐会上，我的好老师演奏了勃朗姆斯的小提琴协奏曲，收获了美誉和成功。除此之外，喜剧剧院的女歌手卡尼尔演唱了莫扎特的两首咏叹调（其中一首出自《魔笛》）。我们演奏了《魔笛》的序曲和莫扎特宏伟的降E大调交响曲。曲目颇具典范性。我们的指挥模仿亚瑟由尼基什（Arthur Nikisch），时不时地放下指挥棒。乐队自然继续演奏下去，乐手们标准地履行他们的无耻格言："别看他就是了！"在我的老师被伯尔尼人民大加表扬后，某位卡森先生——他也属于小提琴第一声部（几乎听不到他），并且自称教授——因为不愿待在背景里而居高临下地握了他的手，说："我没法理解你怎么能在教那么多课的情况下依然找到时间练习！"

485.正经地创作裸体和头部的色彩习作，仅作为练习和初步训练。通过水彩，对彩色值做出非常严格的测定。在水彩之上用了一些油彩，纯粹是为了晕染。成果相当不好看，几乎不期许什么建树。我将这个2月献给了色彩。画了许多取材于大自然的裸体，甚至素描了我姐姐的头部！洛特马过来看到我画画时，尖辣地说："他是被迫的！"然后，就在他凑向画框细看之际，惩罚来得太过迅速了——在一阵"哎呀"声之中，他的手指被图钉刺伤了！他从斯图加特带来哈勒的问候，后者已经私下成为那儿的萨克森伯爵的学生。现在我必须独自创造；从社会的观点看来，我的学业已经结束。

486.我的画作主题似乎简化了。我速写了一张"碰面"。两个男人刚刚擦身而过。其中一个双手插在口袋里，一边继续大步走着一边回转上半身看另一人。这就是画的全部内容。

487.当阿戴尔（事实上她有别的名字）听到一只母鸡十分好笑地咯咯叫，她发出了一阵响亮的笑声。然后她试着用她美丽的声音模仿它。可是她有意的努力远不及她无心发出的模仿动物声音的笑声来得惟妙惟肖。

总的来说，阿戴尔是位非常特别的女性。她不模仿喜怒无常的动物时有着冷淡的性情，人们可能会认为那是激情迸发后的疲倦。但是阿戴尔并没有激情迸发。

噢，阿戴尔，你的名字诉说一切，尽管你另有真名。如果阿戴尔结婚了——怎么会没有某个中意她的人呢——那么人们可能会说法律将制裁她的堕落。然后没有什么能够反对它。

处女阿戴尔和母亲阿戴尔，哪样更好呢？不过放心吧，目前为止她还是远离繁殖工作。这里没有秘密。

阿戴尔反对一切搞砸的工作。

488.读黑贝尔（Hebbel）的《玛丽亚·玛格达莱娜》。它勾起了我对慕尼黑的精彩表演的鲜活记忆：特里斯克演克拉拉，波萨特演莱昂哈特，卢兹恩克切恩演沃尔夫拉姆，施耐德演安东老爷，康拉德-兰洛演母亲。

此外，读了《盖奇的戒指》，克莱斯特（Kleist）的《洪堡的王子》，里尔的《戏剧演员的孩子》和《四重奏》，等等。

我们在第五次联票音乐会上弹奏李斯特的浮士德交响曲，贝多芬写的《普罗米修斯》芭蕾音乐的插曲，和瑞士作曲家休伯的“辛普里丘”序曲。布索尼（Busoni）弹奏了C.M. 冯·韦伯（C.M. von Weber）的音乐会小品，李斯特的《夜之和谐》，巴赫的两首合唱序曲，肖邦的《大波罗纳兹舞曲》和作为安可的一曲帕格尼尼-李斯特。他是一位见仁见智但是非常伟大的艺术家！不久前我们听艾尔伯特演奏过同一首波罗纳兹，如今回想起来，他的版本相形之下显得非常平淡。单单是布索尼的分句方法就值得专门一说。我们是一个拥有六十多名乐手的完整管弦乐队，然而不能和这区区十根手指相提并论……

489.布罗苏拉我去听面相学讲座——那是他的灵感之一。我从来没听过这种讲座，但是布罗苏理应知道它不怎么样。演讲人是个笨蛋，出于某种原因被镇上的宗教人士庇护着，并被好言推荐给了日报。报纸委托求知不辍的布罗苏去报道他。偏偏我坐上了留给新闻界的第二个席位，因为布罗苏不喜欢孤身一人。演讲人一开始就说这个领域里有许多骗局，但是他依靠学习和美德做到了洁身自好。接着他大胆声称黑头发标志着忧郁。他宣称他凭借神奇的方法三次挽救一位卧轨男孩。到了这个份上，要不是出于礼貌和周遭的虔诚气氛，我们就马上走人了。报纸对讲座的描述肯定没有演讲人渴望得那么有利，不过处理得非常温和。

491.又一个重大失望，但是至少赚了钱。听了伯尔尼男子合唱团的音乐会！指挥是个徒有盛名的蹩脚货。

几天以后，图尔灵教授拉我去博物馆协会，一个仅供最上等的资产阶级分子参加的男子俱乐部。我不得不同他和一位罗马语系学者戈沙演奏了几曲三重奏。菲斯特的食物和葡萄酒棒极了。

493.伯尔尼的周日午后太令人郁闷。当所有人在一周工作后出门散步，我便想要欢庆，就像《浮士德》里那样。但是这些人总体来说是如此丑陋，以至于他们可憎而非可怜。而且不是什么简单的、健康的丑陋。

甚至是从孩子的柔和容貌里，你也可以察觉到原罪的印迹。还有这半农民、半小镇的欠佳品位。只要哪里残存优雅肢体，它便会被他们的穿衣方式无情铲除。

上帝知道孩子的脚长得快，但是他们的新鞋（尤其是星期天穿的鞋），就是为了方便脚的生长而做的。袜子有违任何色彩感。男孩子们的裤子在膝盖上方鼓起。这一切都诉说着某种丑陋的、难以理解的黑话。只有色彩不说话，它们向天堂尖叫。

还有那超载的婴儿车，多么可悲的景象！怀孕的母亲，苍白、肮脏、粗暴！

快到晚上的时候，酒精的作用开始显现。白痴病的症状加剧了，两者的作用汇合起来。万物缺少生气，一切动作停顿。人们感到羞耻，因为他们的内心没有外表那么糟糕，不知怎么整个星期天都惭愧地微笑着。

任何社会感触带来多少烦恼！

494.3月19日和20日，我又一次随团去往纳沙泰尔。我们在一个比之前略强的指挥家的指挥下演奏《浮士德交响曲》和瓦格纳的《浮士德》序曲。名为品克斯的男高音演唱了《纽伦堡的名歌手》

+ 流浪者的记号，取自《瑞士民间传说期刊》

的选段以及劳（Lowe）和施特劳斯的歌曲。

之后意大利双簧管乐手帕米亚带我和一些人去了意大利协会，那里拥有浓厚的喜剧气氛，并有基安蒂酒、阿斯蒂酒和鲜软奶酪。气氛令人愉悦。

495.第二天我去苏黎世听一场理查·施特劳斯指挥、某个柏林管弦乐队演奏的音乐会。曲目由布鲁克纳（Bruckner）的D小调交响曲、贝多芬的埃格蒙特序曲和《唐璜》、施特劳斯的《死亡与主显圣容节》组成。

我在下午去了国家博物馆，主要是为了看霍德勒（Hodler）的原版壁画《马力尼亚诺战役》。

苏黎世音乐厅装潢奢华。音乐会在十点一刻结束；十点三刻的时候我在车站，两点回到伯尔尼。第二天，布罗苏必须为他的诸多不当行为接受惩罚，坐着做我的肖像模特（头部）。但是他不肯好好坐着，就这样飞快地干出了新的淘气事。

496.从《瑞士民间传说期刊》上看到真正的流浪汉们的标志：

魔鬼的名字（以下皆为民间语言）：Chrutli, Federwisch, Schuw, Tuntzhart。流氓们的1735年黑话。黄油 = Muni或是Bock。做标志 = pfeifen。农民=Ruch。农宅=Kitt。床=Metti。乞讨者=schnury。乞讨

=jalchen,schnuren,halunken。坦白= brillen。面包=Rippel, Lehm。医生（博学的人）= Grillenhaus。吃=achlen,buttlen。检查=verlinsen。鱼=flossling,flossen。肉=carne, busem。绞刑架=dolmer。牧师=galach。上帝= Doff-caffer（好人）。黄金=Fuchs,blatis。衬衣=gembsli。鸡= steutzel。狗=kohluff。猫=ginggis。孩子=gampis。圣母玛利亚= mammi。主祷文=stiger。裁缝=Stupfer。绳子=langling。野牛=bohm。烟草=Nebel。女人=Eschi。酒馆老板=Spitzi。

497.我们在第六场联票音乐会上演奏贝多芬的田园交响曲、《普罗米修斯》的管弦乐选段和《科里奥兰纳斯》的序曲。

499.我参加了西西里亚协会的合唱音乐会（1903年4月5日），并且因此对勃朗姆斯的《安魂曲》非常熟悉。然而，我无法像许多音乐业余者们那样青睐这部作品。一个极其出色、品质优秀的版本可能会让它更好接受。我听到的版本则时不时的无聊透顶，甚至可以说绝大部分时候都如此。而且这一部作品对我们协会的指挥家来说还不够。我们不得不先演奏卡尔·里耐克（Carl Reineke）的一部无趣创作（开章，赋格，赞美诗）《一段记忆》（原文为拉丁语）。指挥家在一首严肃歌曲的表演当中紧抓着自己，简直要遮去一半身子。歌曲由他自己指挥，一位来自日内瓦的迟暮女高音演唱。伯尔尼当下的音乐季就此结束。

502.我在奥伯霍芬的图恩湖休息四天，直到耶稣受难节。两天好天气，两天下雪。结果是我专注阅读高尔基的《我的旅伴》《流浪汉》和《草原故事》。最后一本尤其出色。

503.如今我被纳沙泰尔合唱协会招入它的第五十二场音乐会，但是这真值啊，因为主要表演作品是塞萨尔·弗朗克（Cesar Franck）的《赎罪》，而且表现得美妙极了。来自巴黎和日内瓦的独奏家们融为优秀的四重奏。单个而论他们的水平有些参差不齐。首先表演的是“七弦琴和竖琴”，圣桑远为逊色的作品。整个表演具有某种激情。

图恩的一场合唱表演与这些音乐会相比很糟糕（5月2日）。当地协会的指挥家简直比喜剧演员还过火。他忽左忽右、时而向上地给着强拍，但是很少向下。在一部作品的起始部分，他表现得像是想要发动一辆卡车，并发出一种奇特的、就要窒息似的叫声。

我从图恩湖回到奥伯霍芬待了几天，捕了六条鱼，在繁茂的果园间散步。

按照规律来说，艺术白痴是一个非常受尊敬的、勤勤恳恳的人。整个礼拜他的肚脐边和腋下都出汗。他该为在周日沉浸于对艺术的私人喜好而遭受指责吗？他那寻求放松的大脑必须在第七天也受累吗？现在也有绝对有令人不安的作品，有的甚至引发纷争。如今被广泛阅读的俄罗斯作家便是如此。易卜生毫无疑问也是个邪恶的人。勃克林可以忍受，虽然他的幻梦漫游得太远了。但是过去的一切都要好得多！那时候的艺术远为友好。今天呢，所有人都想成为一个独特现象。

505.那么我们这些艺术白痴又如何呢？我们全然是无名小卒吗？艺术家靠我们过活，我们买他们的书和画。再说了，他们难道不享受我们的民主吗？所以，瑞士的尊贵市民，前进吧！

左拉的《作品》，一本多么不可思议的书！它与我们自己有着关联！濒临艰难之境读这本书是多么可怕啊。它也清楚地指出我还是需要巴黎。我意识到了这一点。我必须去那里。

我的肚中仿佛怀着渴望成形的事物，并且万分确定自己会流产。

506.1903年5月21日。我和布罗苏徒步旅行去施瓦尔岑堡（五个半小时，直到九点钟）、吉吉斯堡（十一点半）、古格斯霍尔尼（十二点钟）。在吉吉斯堡吃午饭并且休息。下午三点钟，取道雷克沙滕（Rechthalten）到弗里堡，那个有着高高吊桥的不可思议的镇子（六点半）。晚上坐火车回伯尔尼。

我还是个小孩子的时候来过弗里堡几次。那时候我们有时住在玛丽大酒店。那是我对旅行的最初印象。城市的迷人位置，天主教氛围，游客们的小憩，虫类生物。来自奇异之邦的奇异孩子。身着长袍、永远开开心心的天主教牧师。露天享用套餐。鳟鱼。在溪流里洗澡。芦苇的顶部呈棕色圆柱形。

507.渐渐地我又开始绘画创作，用一个或几个人像表达着诗性的（讽刺的）自负。我还是在素描上最接近成功。使用色彩的成果就比较难说了，我费时费力积攒起来的经验取得的收获较小。

画了“死去的天才”，“妈妈和爸爸为发绿的形如枯槁的孩子哀伤”，等等。

508.5月底6月初，我在慕尼黑待了两周半，其中八天是公事。此行的托词是我的征兵局测验。3月份的时候我向征兵委员会的文职人员“慕尼黑A”写信说了此事，现在决定就要出来。

5月28日：5点18分抵达。莉莉来接我，我们开车穿过英国花园。我又一次住在天主教赌场。

5月29日：去柯勒尼赛的征兵处听取关于测验的事宜。然后去美术馆。

5月30日：一个星期六。极其痛苦的测验，结果则是不温不火的辅助役。晚上去看了《纽伦堡的名歌手》。指挥是楚姆佩(Zumpe)。

5月31日：早上去了分离派展览。然后与莉莉驱车去往伯森霍芬(Possenhofen)。我们闲逛去了菲尔萨芬（Feldafing）又返回，取道奥博波金格到施塔恩贝格，在那儿的佩勒-梅尔酒店过夜。

6月1日：（圣灵降临节）回到慕尼黑。晚上去听楚姆佩指挥的《唐豪瑟》。

6月2日：全天休息。

6月3日：回到分离派画展和古代雕塑博物馆。晚上听了《费德里奥》，楚姆佩精湛地指挥了这首伟大序曲的尾声部分。

6月4日：晚上看了一部庸俗的歌剧《罗本坦兹》（Lobentaz），演员是R.瓦尔特、托德克小姐和本德尔。

6月5日：上午去英国花园。晚上，在歌剧院里看意大利演出《茶花女》。

6月6日：旅行的正经部分开始了——我拜访医生（莉莉的父亲），相互认识。下午去沙克画廊。晚上听波萨特表演的《曼费雷德》。

6月7日：早上待在贝德斯特纳公园。下午待在宁芬堡公园，直到雨水把我赶跑。晚上在医生家玩牌。

6月8日：晚上待在普拉赫的乌鸦客栈。

6月9日：晚上听古诺（Gounod）的《浮士德和玛格丽特》。

6月10日：晚上去老美术馆。下午和斯顿夫先生和莉莉去霍利格尔斯奎思-康拉德绍赫-格罗斯塞塞洛赫。晚上在医生家玩牌。

6月11日：早上在天主教广场早早喝了一杯啤酒。然后去医生家吃午饭，给他妻子带去春日的玫瑰。下午拜访了我以前的老师克尼尔。晚上听了拉赫纳（Lachner）的歌剧《卡萨琳娜科尔纳多》，演员有莫瑞娜、劳尔瓦特尔、法因哈尔斯。舞台是美丽的文艺复兴风格。

6月12日：安静的日子。安静的日子里，内心有着更丰富的活动。

6月13日和14日：活动逐渐减少。14日，下午12点35分离开。

分离派展览上的几幅画留下了持久的印象：祖罗阿加（Zuloaga）的《斗牛士一家》，霍德勒的《说，四位女士的印象》。玻璃宫艺术馆则乏善可陈。

512.1903年6月。回到伯尔尼后，仅有的慰藉是来自维也纳的轻歌剧剧团。“维也纳的血”“贝尔维尔少女”“矿工”和“甜美少女”将我从完全的孤独中拯救出来。月底的时候我准备作版画，第一步是创作合适的素描。倒不是说我现在想专攻此业。只不过失败累累的油画创作呼唤着小小成功的安慰。如今我是一位非常疲倦的油画家，但是有着坚实的制图技巧。

513.1903年7月。画一个裸体男孩后，与路易斯·莫里耶特（Louis Moilliet）一同创作大自然习作，这保护我不在绘画上偏离正轨。另一方面，我必须不因畏惧自然视角而错过各种图画可能性的危险。

第一番尝试起码就技术而言是成功的。它是“女人和野兽”这个主题的第一个版本，或许只能在某个乡镇的抽屉里找到所有复印品残存。第二个版本还在。

男人体内的野兽追逐着女人，她对它并不是全然无动于衷。表现了女人对野兽的亲近，借此透露一点女性内心，承认一个人们喜欢掩饰的真相。

阅读黑贝尔的《讽刺诗》和《吉诺瓦维》。讽刺诗很棒。

514.画了“树中的处女”。多亏使用了浓度不一的线条，技巧上更加成熟。我先是蚀刻、雕刻了树的轮廓。然后塑造树的立体感刻身体的轮廓，接着做身体和一对鸟儿的模型。

画中的诗性内容骨子里与“女人和野兽”相似。

野兽（和鸟）自然并且成双。女士想依靠贞操成为某种稀罕人物，但是显得没有魅力。这是对资产阶级社会的批判。

515.关于黑贝尔的作品，我喜欢《朱迪斯》多于《吉诺瓦维》。此书假象强烈而富有创造力，就像在《小偷》里那样。

阅读陀思妥耶夫斯基的《白夜》。它更像是一个短篇故事，非常纯洁，描写迷人的小日子，与《少年维特的烦恼》有一定关联。

路易斯·莫里耶特开始懂我了。我们毕竟一起工作过。他目睹我如何屏蔽裸体画，又是如何将它运用到我的绘画中去。他看过我的少量版画，知道它们以多么不同寻常的方式与写生习作相关联。他并不早熟；当我们去寻欢作乐的时候，他还是显得幼稚。

517.作了新版画“丑角”的第一个版本。沉重、富有道德感的头上戴着怪诞的面具。我是一边读阿里斯托芬的喜剧一边创作它的。很遗憾，我忍不住将这部浮夸戏剧的布景用到了版画里。用曼特尼亚的风格处理了一列将教堂的物品转移到附近的博物馆的欢庆队伍，然而就算是作为一幅素描也彻底失败了，只有细节是成功的。面具是艺术品，在它后面的是人。

14日，莉莉将要拜访我，这次时间更久。

519.1903年9月。9月14日，我的四周空空如也，所有寒冷的、废弃的、肮脏的、被诅咒的东西都不再。然后我怒冲冲地工作起来，那远非这唯一的成果（版画“两个男人，设想对方的身份更高”）所能显示。我在这幅版画里为自己的社会地位寻求慰藉。第一次的时候，我因缺乏耐心而过早地蚀刻了草图。后来我回顾构图，做了相当大的改进。在蚀刻方面，我也比第一次更走运。

接着是一些绘画，更像是古老木刻的风格。比如说一个从正面看去的女人，呈坐姿上躯向左边转动，双臂皆在左边。她看上去简直像一座建筑雕塑。这类东西将会发展成什么呢?

520.新的市立剧场以一场《唐豪瑟》和《游吟诗人》的演出开幕。虽说只有古斯卡勒维兹小姐是位非常好的歌者，但她实在是出色极了。她的表演也光华夺目。

阅读黑伯尔的《戏剧之我见》和其他戏剧作品。

由于音乐协会拒绝提供我想要的免费门票，这个音乐季我不会参加管弦乐团了。我将为布罗苏的报纸撰写评论文章。如此一来我去看戏和听音乐的次数将比我想要的还多呢。

第一场交响音乐会上，来自巴黎的小提琴手卡佩拉奏得十分美妙。

521.1903年10月。阅读穆尔塔图（Multatuli）里的《马克思·哈弗拉尔》。扁桃体发炎，非常严重，发了四天高烧。洛特马扮演了我的内科医生。

我一好转，我们就组织了令人精疲力竭的弦乐四重奏狂欢。我担任第一声部提琴手，莫里耶特则是第二声部。洛特马拉中提琴，皮肤科医生勒瓦道斯基拉大提琴。

读托尔斯泰的《安娜·卡列尼娜》。

第二场交响音乐会全是舒曼的作品。

522.我从11月9日到11日待在山里。9日我甚至上了贝阿滕堡。

后一轮四重奏狂欢意义非凡，因为我们的提琴教授演奏中提琴。洛特马和我轮流担任第一声部和第二声部小提琴。我领衔F小调18号作品和95号作品。他领衔升F大调18号作品和59号作品，然后又回到18号。一场真正的贝多芬盛宴。但是老洛特马教授的任务最艰巨，因为他不得不听着这一切。

雷赫尔教授和高奇特教授也有他们的痛苦——我们多么渴望三重奏！于是我们组织了一场胡梅尔-莫扎特-贝多芬盛宴。雷赫尔是位法律专家，伯尔尼的前国家音乐总监的儿子。他们是自学的乐手，音乐中心位于身体最深处。

洛特罗（La Otero）现在正在伯尔尼！

523.1903年11月。重新作了“女人和野兽”，对这一次的结果更加满意。

527.温特图尔的收藏家莱因哈特请我送去几副版画。他的妻子寄回它们，评价是没能取悦他。我自认的第一次成功给了我说出伦理宣言的力量：“要光荣地死。”

536.1903年12月。当我学会理解意大利的建筑遗迹，我即刻获得了启示。尽管建筑是功能性的体系，建筑的艺术比其他艺术更能保持一贯纯粹。对我而言，它的空间有机体系是最值得致敬的学校；我是在纯粹形态的意义上这么说的，因为我正用严格意义上的专业词汇讲话。如要获得更大成就，成为专业人士是不可或缺的准备。由于单个设计元素之间的关系明显可以计算，建筑作品比照片或是“自然”为傻乎乎的新手提供更快的培训。一旦人们掌握了可测量性是如何与设计相互关联，对自然的学习便会更轻松，并能准确地前进。当然，因为自然的无穷复杂性，它远远更丰富、更令人满足。

我们面对自然起先感到困惑，是因为我们先是看到外围的小树枝，而未深入到主树干或是树根。但是一旦意识了这点，在哪怕是最外缘的树叶里也能感知整个法则的重演，并且将它好好利用。

第一个收获期被打断了。在1903年7月里提到的危险变得显而易见。自然将我引诱上了新的道路，它们与我最初几幅成功作品的简洁抽象不相容。这里包含着更进一步的作品的起源，那些作品眼下还无法被创造出来。自然已经变为一根我被迫使用太久的拐杖，可以说直到1911年我都依靠它的帮忙。接下来的版画作品由累积的、不再与最新实验相适的知识创造而来，因此已经包含了死亡的种子。在此之后是松弛时期和与印象派世界的接触（1908—1910年）。

538.努力净化与鼓励我身上的男性特质。不为婚姻做准备，而是把自己完全浓缩到孤身一人，准备迎接最巨大的孤独。厌恶繁殖（伦理上过于敏感）。

539.两座山峰之上有着明媚晴朗的天气，它们分别是野兽之山和天神之山。但是它们之间横着昏暗的人类之谷。如果有那么一个人碰巧向上凝视，便会被一种警示性的、无法抑制的渴望紧紧抓住：其他人要么知其所知，要么不知其所不知，只有他知其所不知。

540.施纳贝尔（Schnabel）在第三场交响音乐会上非常美妙地弹奏了贝多芬的C小调钢琴协奏曲和舒曼的快活而深奥的《狂欢节》。管弦乐团演奏了海顿、莫扎特、梅于尔（Mehul）。

合唱团在圣诞节音乐上先是演奏巴赫的61号康塔塔《来吧，异教徒的救世主》，这个作品基于某篇稀奇的文本：“来啊耶稣，来到你的教堂，赐予一个快乐的新年……有益的教诲……讲坛和圣坛。”需要真正伟大的音乐自主性才能给它谱曲。某首12世纪圣诞曲里的斯皮尔佛格（Spervogel）诗歌更加奇妙。罗伯特·福尔克曼（Robert Volkmann）出色地将它改编为无伴奏合唱版本。收官之作是布鲁克纳的感恩赞美诗。

［1904年］

546.正值理查·施特劳斯的交响诗演出，读了雷瑙（Lenau）的《唐璜》原作。在剧院看了马克思·哈伯尔（Max Halbe）的《河流》，一部来自安岑格鲁贝（Anzengruber）的瑞士戏剧。还有洪佩尔丁克（Humperdinck）的《汉塞尔与格雷特》——我们儿时在老剧院里听过这部歌剧，乔治·理查德·克鲁斯是指挥。当时，迷人至极的格雷特引起了极大轰动。整个熊苑（Barengraben）都爱上了她。一个本地人大喊："格雷特在那儿！"然而这次的格雷特不是什么迷人的波兰歌手，而是穿着破衣服和松垮袜子的平凡身躯；不是什么戏剧宠儿，而是一个真正的小乞丐。

第四场交响音乐会演奏以下作品：柴可夫斯基的幻想曲《罗密欧与朱丽叶》、夏布里埃（Chabrier）的《格温多琳》第三幕的序曲、理查·施特劳斯的《唐璜》。在此之间，大提琴手热拉尔迪以最甜美的音色演奏了圣桑的一支协奏曲和几支独奏曲。

548.目前为止我已完成三版"丑角"，最后一版刻在铜上。但是我总觉得锌产生的线条更美。这个问题现在解决了吗？就目前来说，应该是吧。

在雷切尔教授家举行了一场五重奏狂欢。曲子是教授自己写的。就一个法学专家来说，水平够好的了。我演奏第一小提琴手的部分，并且为了让他高兴而仔细练习过。

由于生活节奏的变化，我遭受了新一轮扁桃体炎的折磨，为期整整一周。这一次米肖（Michaud）充当了医生，嘱咐我在喉咙周围敷上热毛巾。我拒绝了。

550.我在剧院看了《白夫人》《霍夫曼的故事》和易卜生的

《海达高布乐》。

阅读《歌德谈话录》、博马舍（Beaumarchais）的《赛维利亚的理发师》和《费加罗婚礼》、拜伦的《恰尔德·哈罗尔德游记》。这诗真是不合我胃口啊！诗中说有时一滴泪水湿润了他的眼睛，然而骄傲将之变为冰，这当然是美的。

551.在歌剧院，与赫佐格夫人欣赏《温莎的风流娘们儿》和《唐璜》。还看了豪普特曼（Hauptmann）的《露丝伯尔恩德》。阅读《马贩子科尔哈斯》和其他短篇故事，以及克莱斯特（Kleist）的传记和《破罐子》。

在音乐会上听勃朗姆斯第四交响曲、门德尔松的赫布里底群岛序曲。一位叫作吉森的歌剧男高音献唱《女人心》的咏叹调和几支小曲子。波希米亚弦乐四重奏演奏一支海顿的四重奏，贝多芬升C小调131号作品和斯美塔那（Smetana）《我的生活》中的四重奏。后者演绎得极为动人。

对两幅新的版画作品不满意。一幅叫作《得知自身真相的女人》。这标题会行得通的。

553.3月底，洛特马来伯尔尼小住，我们立即组成一个弦乐四重奏团体。我是第一提琴手，V小姐、《伯尔尼人联盟》杂志专栏作家的侄女担任第二小提琴手，洛特马是中提琴手，高夏特（Gauchat）教授是大提琴手。我们顺利地演奏了3首莫扎特的四重奏曲。

第二天我又去洛特马的住处。那美丽的中提琴还在，于是我们奏起最温馨亲密的音乐，同时也做自己的最佳观众。曲目是莫扎特的小提琴与中提琴协奏曲，两首非凡的小品。

阅读格利尔帕策（Grillparzer）的《日记》。自传写作者可以把这种自我分析作为榜样。

555.进展？也许吧。但是前途暂时阻塞。这或许正是回望的好时候，也许甚至会给我勇气。

在慕尼黑学习的第三年，我开始认真地以绘画为志。然后是极其谦逊的罗马学徒生涯。那个时期之末，我开始以“漫画”形式对抗它。在伯尔尼，我尝试与我的天然本性进行更紧密的接触。但是意大利还是堵在我的消化道里，让我在好长一段时间里感到秘结不畅。对自然或有意或无意的模仿尤其阻碍我的解放。当我看出这种二元性，我至少可以画出一些纯正的、不直接学习自然的作品。每当我试图联结两者，产生的作品在风格上便更弱。我想直面困难，进一步地学习自然，甚至是解剖学。我何时能够跨越这横沟？

557.4月，合唱协会表演舒曼的《浮士德》，质量优秀。我们的弦乐四重奏组合在洛特马家进行了二度演奏，两首莫扎特和两首贝多芬18号作品，C小调和B大调。

阅读11出斯特林堡（Strindberg）的独幕剧和《瑞典经验》。戏剧中的人物不太像是真实的个体，而更像是自我或者作者的多重自我的象征。这种风格于我完全陌生。此后再读比较熟悉的作品，比如《沉落的钟声》，我必须承认它的某些部分略显俗艳。梅里美（Merimee）的《卡门》似乎是最上乘的故事。

我甚至读席勒的诗歌，因为刚刚收到周年纪念版本的第一卷。

558.4月将尽之时，我在奥伯霍芬的图恩湖待了三天，暂离我的素描桌好好休息一番。

月中与布罗苏和洛特马做的远足旅行有点过于劳累。我们穿过树林到劳彭（Laupen），然后是有着围墙的漂亮小镇穆尔滕（Murten）。

莉莉的礼物令我惊喜，其中有一本非常有趣的罗丹作品集。并非张张佳作，但是《卡莱市民》太棒了！

工作停滞了一阵。我画了一点油画，可以算作消遣娱乐。与此同时，我开始稍加整理日记中的材料。一些记录最好删掉，要知道我以前时不时喝得昏昏沉沉地回来，觉得自己是个诗人。不过我毕竟没有醉到作诗的程度。再说了，火车站餐馆的奴安堡葡萄酒真的味道好极了。（蜗牛也很棒，但那是另外一件事了。）

559.1904年5月，读果戈理的《钦差大人》、席勒的《人类敌人》和《唐·卡洛》、赫布尔的《尼伯龙根的悲剧》。

单调而灿烂的日子妨碍我的工作。有时我画下寥寥几条非常有表现力的线条。但是与此同时一丝恐惧感擒住我。进一步拓宽领域的时刻就要到来吗？

560.我与布罗苏再次深入美丽的乡村。我们乘坐火车到杜尔嫩（Thurnen），然后登上里奇堡（Riggisberg），如约与在这里成为风景画家的布拉克相会。下午，我们沿着绝美的小路前往毕雪列格（Butschelegg），度过一个绝妙的夜晚。我们在山下分别，布拉克回去画他未完成的风景画，我们花四小时走回伯尔尼。布罗苏正变成一个彻底的自由思考者，经常表达非常反宗教的观点。还好他的小神学家父亲不必再经受这一切。但是一条警觉的狗听到了一席过激言论后，咬了他的腿。他想砍下一段树枝防御又一次攻击，然而割伤了自己的手指。我将这解释为上天的惩罚。

561.读卡尔德隆（Calderon）的《神奇魔术师》和《萨拉梅亚的镇长》。洛特马怂恿我读了奥斯特瓦尔德（Wilhelm Ostwald）讨论绘画的书简，但是我不太喜欢。

我的绘画没有什么进展，仿佛我对自然的学习不知怎么荼毒了它。某幅叫作“淑女”的作品作为轮廓像有几分迷人之处，但是由于立体表现方面向现实主义妥协，所有的魅力荡然无存。实际上，我应该想出一套贯彻我的线条创造并且不丢失它们的原创特质的办法。如果金属版面的硬度不再是阻碍，铜版雕刻就不是问题了。在这一点上，罗丹的裸体人物速写是个好例子。我清楚地看到它，但是只要初期版画作品里的形式幻想对我依然有意义和潜力可言，我就无法如此断然地抛弃它。

562.“预言家”是由重压刻下的锌版画。它是典型的老式木刻画风格。我用手制作了一些复制品，但是它对压印而言刻得还不够深。不过我还是通过给复制品上色，把它们变得更加吸引人。总体来说是一件相当怪异的作品，更合猎奇者的口味。

563.1904年6月。我们经常为月底在此举行的瑞士音乐节进行排练。他们最终还是把我召回去了。目前我们正为某位来自巴塞尔的休伯先生写的交响乐忙碌。曲子难度很大。与此同时卢塞恩交响乐团也在进行自己的排练，暂时单独进行，稍后会加入我们。

564.我十分迫切地需要保持完全清醒的头脑，而今一首热情满溢的间奏曲从天而降。我一刻不停地四处游荡。一度突然发现自己站在阿勒河边。我晃去那儿的时候完全沉浸在自己的世界里，好像我的大脑已经燃尽。那是多美的景象啊——突然出现了急湍的翡翠色河流和灿阳金光下的河岸！我感到自己刚从狂野的梦境中醒来。我已有很长一段时间懒得去看风景。如今它正躺在那里，那么瑰丽，深深地打动了我。我曾错过它，不得不错过它，因为我想要错过它！直到今天为止，我过着思考的生活，坚定严峻，没有热血，我将继续过这样的日子，因为我想要这么做。喔，太阳啊，你是我的主！

奋斗和失败仍然交织为混乱一团，迎刃而解的时刻还没有到来。仍然有沼泽地，温热的水蒸气在我和天空之间升腾、聚集。一众弓箭对准了我。

565.所谓“瑞士”音乐的收成非常单薄。如果想要更严肃的新作品，交响曲（汉斯·休伯的31号作品，C大调“英雄主义”）也许可以算一个。某位凡·格兰克先生的钢琴管弦乐奇幻曲实在是幽默——一位叫作理查德的钢琴家展示了曲子的真正面貌，在这番精湛诠释之前我们多少感到困惑。而凡·格兰克先生的指挥并不是很有技巧。与之相反的是安德瑞（Andreae）的《交响狂想曲》，带着某种寻常的现代性。第二晚的室内乐专场完全一无是处。第三晚的合唱音乐会只有一首值得一提的作品，克罗斯（Klose）的D小调弥撒曲。仅此而已！瑞士公民劳伯、考瓦西尔、雷蒙德、梅尔、艾斯勒、帕恩克、沙雷、法斯班德、古斯塔夫韦伯、尼格里、汉泽、斯托布、杰斯、艾拉尔、卡明、穆辛格兄弟、克拉道夫、梅斯特、汉斯和黑加的努力全都白费了，唯一的例外是黑加指挥得可圈可点的《亚哈随鲁》（Ahasuerus），效果极佳。

我们无产阶级者不得不在史上最炎热的夏天之一演奏这一切。

566/567.6月/7月。6月末7月初，我在与斯托克峰山顶近在咫尺的地方待了几天。我和布拉克结伴去了图恩，然后乘邮车去了阿姆索尔丁根（Amsoldingen）和斯托肯（Stoken）。

我们从这儿沿着北山坡向上攀登，穿梭过松树林。在树带界限附近作第一次中途短憩时，我们身旁的一只巨鸟飞走了。那是一只岩石鹰。然后我们取道阿皮塔尔（Alpigtal）到巴赫马特（Bachmatt），我们在那里得到了充分休息。这之后的道路陡峭，直到我们走到面朝山的南面的地方。布拉克背着油画装备，走路十分小心。从转向开始，斯托克峰的小客栈不再遥不可及。我们入住“双床房”，后来的那个不得不睡在地板上。你可以在十分钟内登顶，尤其当你手腿并用时。

山峦令人心醉神迷。谷地的深渊里传来高高的巴赫阿尔卑（Bachalp）上的钟声和牛铃声。暴风雨一度席卷了图恩，我看到闪电出现在自己的脚下。有那么一阵，至多半小时，我梦见自己脱离往年劳苦。然后似乎有一个声音呼唤着：“回来，你还没有逃走的资格。”

亲爱而遥远的城镇们邀请我作短暂休息；然后，是的！我将回来。我想完成它，我不想逃走。我想要走文化路线，我要保持耕耘。

我选择南路下山，途径米斯克弗(Mieschfluh)附近的两条湖、相当丑陋的施泰格（Chrinde），到了西门塔（Simmental）。在艾伦巴赫（Erlenbach），我要了上好的火腿和沃州葡萄酒。只靠牛奶、面包和奶酪过活令我想念别的食物。

我又在奥伯霍芬度过了几天夏日假期。这个地方仍然满是对莉莉的快乐回忆。但是我一路过它们便闭上眼睛，从精美景致到敏感的心灵。

568.哈勒拜访了我。他赞扬了版画。在完全孤独地面对硬石拼命试验了这么久后，我无法对此提出异议。

他夸大其词的赞美像是迅速起了作用，我刻了《女性魅力》和《山之寓言》。

《女性魅力》即“女士揭下面纱”的精进版本，面部表情道尽一切。

我喜欢拜伦的长诗《恰尔德·哈罗德游记》的第四篇甚于先前

几篇（尤其是二十到二十四！）。但是我更享受读海涅。第二次读《应景诗集》和《冬天的故事》。还在读色诺芬的著作。柏拉图的《会饮》非常美。

570/572.由于佩斯维斯科小姐的疏忽，我拿到了一位日本绅士的信和诗。

I.1904年4月18日。“我亲爱的小姐，山谷的莉莉，山谷的百合！我亲爱的山谷百合！/你的艺术美丽纯洁，如无邪处女/雨，风，男人的手/企图将你从母亲的柔软胸膛扯开。/尽管如此你看上去如此快乐 / 全部命运抛到大自然之手。 /

山谷的莉莉，山谷的百合！ / 我最亲爱的朋友，你卡在了我大衣的纽扣洞里。/你的香味让我摆脱疲倦，精神焕发。/你的灵魂像小天使，进入我的梦境。

噢，亲爱的山谷的百合，希望你永远盛开！/ Sch博士敬上。”

II.6月25日。“我亲爱的小姐，我非常感激你的友好邀请。迄今为止，今天在你家是我在伯尔尼度过的最愉快、最宾至如归的一天。我为你我的手足之情畅饮，希望它会为我们开启新人生。我爱你，如果我胆敢这么说，狂热的爱情之洪愈来愈深地吞噬我，速度快得可怕。

但我总是害怕你是否真的可以爱我，这样做是否是对的。我是来自远东的绅士，也就是说与欧洲完全不同的种族。我并不确切明白此地习俗；我没有熟练掌握这里的语言。除此之外，我的肩上负有重任，即在这里做出辉煌的事业，那样我就能展示日照之国的子民的能力，与此同时在东京大学谋得一个好职位。

但是，我亲爱的小姐啊！你的样子让我的血液哭诉！噢我亲爱的海伦！我的灵魂里住着你的形象，你的吻让我快乐（尽管我没有享受过你的吻）。我不怀疑你今晚会出现在我的梦境里。

信的最后，我终于胆敢表达我燃烧的心愿：如果明天这个星期天的天气好，请你在晚餐后与我到古尔腾山，并在美妙的绿林中一起散步。

你亲爱的朋友Sch博士。”

III.6月27日。“非常尊敬的P小姐：我周六向你承诺我会在今晚拜访你。然而你不顾我们的约定，出乎意料地去了波兰学生协会。这是谁的错很明显。

我相信你至今为止对我是如此亲近，以至于我很难将它视作纯粹的友情。

我爱真相，我的心太过高尚，太过虔诚，无法被你白白欺哄。

你是一位高贵的小姐，我也是个绅士；我相信我们两个未婚人士会因亲密交往而招来不好的名声，因此我希望以此离开你。

永别了，我尊敬的小姐。Sch博士。”

573.我们的主——太阳——缺乏变通，它统治很严苛。自然演变终究把我们变成了北方人。生活的方式，工作的观念，事实上整个伦理系统，都不能忍受太多阳光。我靠忍从和警惕等待挽救了自己。我中途停歇。

我的生命机能被锁在保险箱的某处，保存完好。附耳倾听，便可听见脉搏的轻响。

574.伯尔尼有几例伤寒症。它们对我的准岳父来说非常及时，他得以坚决反对莉莉探访我的计划。这激发我们在伯尔尼、慕尼黑和布伦瑞克（Braunschweig）之间玩起小小阴谋，莉莉正与她的祖母住在布伦瑞克。两种方案吸引了我们：要么我去布伦瑞克，要么我们在奥伯霍芬的图恩湖上见。我们以此棋高那位老绅士一着，他不得不对后一种方案感到满意。

575.洛特马来了。他就要离开斯特拉斯堡。假期过后，他将担任萨赫里的助理。当然，我们不顾闷热的夏日天气，立即组织了一场音乐斗艺。莫扎特最美妙的作品之一《嬉游曲》和贝多芬的《小夜曲》，双双为弦乐三重奏而写，引起了轰动。我们的观众由专家组成——黑曼·路丝小姐和两条十分快活的布鲁塞尔格里芬犬。这些获奖的矮脚狗白天待在狗狗秀上。晚上狗妈妈带它们来。不过在白天，她也一刻不离开它们。她与来自巴伐利亚的蠢货侄子轮流坐在笼子前。

夏季剧院演出了高尔基的《夜间庇护所》，表现平平。我尤其喜欢“为什么？不知道。”

576.莉莉于8月中旬来访，她要我在某个周三到巴塞尔，我们在那里快乐相逢。从伯尔尼，“更确切地说”奥伯霍芬，我们开展了美妙的旅行，比如骑行去因特拉肯、劳特布伦嫩（Lauterbrunnen）、文根（Wengen）和文根山（Wengernalp）。我们在可以看见高耸山峰的地方吃午饭，饱览景色至心满意足，然后上至少女峰（Kleine Scheidegg）、下至哈林德尔瓦尔德（Grindelwald），并从那里登上了末班火车。

另一次我们乘火车去贝阿滕堡，我们在那里拜访了我亲爱的海伦，她表达过想要认识我的“新娘”的愿望。然后我们两个径直走下到贝亚图斯洞穴，又称“梯子”。我们看了看有着新家具的室内，然后经过蒸汽船，直接走回奥伯霍芬。那个时候洞穴附近还没有登陆处。你必须走到水湾。

第三次，我们从伯尔尼去日内瓦旅行，被那个美丽城市热闹的游客人流和欢快的街头音乐征服。我看见咖啡店小提琴手用拉大提琴的手法演奏他们的乐器，将右手大拇指压在指板和他们的头发之间。尽管如此，他们的声音格外洪亮。时隔多时，我又一次听一位意大利街头歌手唱起了我心爱的歌曲。

见识了这个法国风味的迷人地方之后，洛桑对我们来说没有什么吸引力，像是伯尔尼的私生子似的，非常乡土。蒙特勒起码拥有美丽醉人的风景。

艺术方面，也有很多看点。日内瓦的拉特博物馆有一组极其精美的柯罗（Corot）绘画。其中一张类似裸体人物的画作是较新近的油画中的最佳作品。在洛桑，我们参观了瑞士沙龙。阿密特（Amiet）的《一个女人》挂在那里，上面布着大大的苍白光斑。它看上去满是斑污。然而它还是一副相对而言的杰作！（我们在巴塞尔参观了最棒的瑞士画廊。）

我们在伯尔尼有各种访客，我以美好的音乐欢迎他们。我必须提及一个特别棒的下午：哈勒带卡尔·霍费尔（Karl Hofer）、布吕尔曼（Bruhlmann）、卡迪诺（Cardinaux）、布拉克以及他和霍费尔的赞助人的相当古怪的儿子汉斯·莱因哈德来我家。于是我们拥有了只能在同样狂热的画家里才能找到的听众，与往常的听众——洛特马的家里挂着的那些画中偶像——形成对比。

事实上我们在洛特马的家里也有过一次激动人心的演奏，因为教授带来了拍卖会上的一架美妙的贝希斯坦（Bechstein）钢琴。我们热情洋溢地奏起了钢琴奏鸣曲、三重奏、莫扎特的四重奏、五重奏（比如舒伯特的《鳟鱼》五重奏）。

577.阅读易卜生的《约翰·盖博吕尔·博克曼》和《小爱约夫》。莉莉为我朗读《我们死人再生时》。

歌剧院以《阿依达》开启新的演出季，但是这部歌剧对当地资源而言难度太大。另一方面，《隆瑞莫的马车夫》表现得非常不错。

在慕尼黑，我们被麦克斯·布拉克逗乐了。他的确有一定女人缘。我们认为他和某个巴瑞斯大街的老板女儿之间有暧昧之情，于是问他与她的情况如何。“唔！”他干巴巴地说，“我们只是一起咳嗽而已！”他的意思是墙壁之间的、一个房间与邻屋的非常初级的关系。一场慕尼黑爱乐乐团的音乐会后他出现了。他照例将大衣放去衣帽间后，非常兴奋地说：“噢，他们今天的气味真糟啊！（听上去十分恼火）尤其是某个老女人身上的！”

他和哈勒的关系非常随便，像男学生一样相处。他们时不时打架，半游戏半认真。但有一次，当我在场的时候，事态变得非常严肃。布拉克更强壮，从哈勒背后压制了他。然后他开始在手下败将身上开各种不可描述的玩笑。这个场面维持了相当一段时间，以哈勒耳朵上的一记响亮耳光告终。哈勒隐瞒他的所作所为，而布拉克暗自积怨。这是类似事件的根本原因。

据说他们曾在斯托克峰山顶打了起来。

578.9月，我陪莉莉返程回家，直至苏黎世。因为不久就会在慕尼黑见到对方，我们觉得告别不如往常痛苦。我们在苏黎世参观了昆斯特勒古特利（Kunstlerguetli）画廊，那里有几幅美丽的画作。

在此之间我阅读了莎士比亚的《罗密欧与朱丽叶》、莫里哀的《伪君子》、戈特弗里德·凯勒（Gottfried Keller）的《塞尔特维拉的人》。

10月15—25日，我在慕尼黑。我去博物馆印刷室参观了几次。瓦西里也夫在夏天短居伯尔尼的时候，激发了我对比尔利兹（Beardsley）的强烈兴趣。于是我去找他早期和晚期的作品。他的风格受到日本人启发，引人思考。它具有某种诱惑力，观者略微迟疑地跟随它。有人给了我一本关于布莱克（Blake）的英语书。卡尔霍夫尔盛赞过它。它更接近于我现在的观点。我认为戈雅的《罪恶》《随想曲》，尤其是“Desatros de la guerra”（战争的恶魔）极其引人入胜。这是我现在在绘画职业上期许的作品。它不是冲动而是某种必需，某种将我自己向新时代的标志敞开胸怀的意愿。可能因为我过于不谙世事了！

在宫廷歌剧院听了一些精彩演出。比如菲利克斯·莫特尔（Felix Mottl）指挥的《汉斯·梅林》，由法因·哈尔斯担纲。他还指挥了《特里斯坦和伊索尔德》（诺特和森格-贝塔克）和《魔鬼的角色》（劳尔·沃特尔和博塞蒂）。

在柏林音乐厅听了《室内合唱曲》和王尔德的《莎乐美》。（我在伯尔尼看过一场更动人的《莎乐美》，由富马加利和斯沃博达担纲。）

在格特纳歌剧院听了奥芬巴赫的《格罗什坦公爵夫人》。

德意志剧院的中国杂技演员尤其精彩。真正的亚洲人比厌倦欧洲的英国唯美主义者要强。萨哈勒特（Saharet）像一阵轻风般来去，留下她最后的、也许是唯一的印象——闭合幕布之间的一条摆着姿势的腿。

满载而归地回到我的单身汉小窝。

579.伯尔尼上演了一场《漂泊的荷兰人》，我作为布罗苏的报纸的评论员不得不听了一部分，痛苦不已。小小的管弦乐队粗糙刺耳得不堪忍受，好像能把最坚硬的耳朵都击成碎片。

我被一个叫作洛比的年幼小提琴学生折磨。我的油画女学生则画得很努力，并且安静得多。我赚到了零花钱，现在只需要从父亲那里得到睡床和餐饮。我保留了星期六下午与杨在安思奥斯大街（Amthausgasse）上的咖啡馆见面的习惯。管弦乐队在周二周三晚上排练。我现在签了合同，以固定酬劳在交响音乐会上演奏。只有周日、周一、周四和周五完全属于我自己。

580.冗长的中断无损我的工作。我还是时不时地稍稍想着布莱克。不过呢，以上帝的名义，我又一次完全是我自己了！我刻了"女人与野兽"的最终版本，"君主制主义者"和新作"珀尔修斯"。

因为马克斯·吉拉德（Max Girardet）走开了，我必须极耐心地对待压印。我觉得这些作品相对而言至关重要，我希望这不是我的幻觉！当我创作小版画"女性魅力"的时候，不由自主地想起那个波兰女人，说外貌不会欺哄人是无稽之谈吧。她现在在图卢兹（Toulouse）工作学习，据说受到肺炎折磨。山谷的莉莉，山谷的百合!

我在脑海里策划着一场版画展览，并且已经琢磨起它们的悬挂顺序。

581.我正在学习解读中提琴琴键，这样一来我就可以在弦乐四重奏里担任更多样的角色。

我们在第二场交响音乐会上演奏了亨德尔（Handel）的F大调大协奏曲，拉莫（Rameau）的《卡斯特与帕勒克》组曲，巴赫的G大调第三勃兰登堡协奏曲。

第三场音乐会只演奏贝多芬，分别是第二交响曲、《艾格蒙特》序曲和《斯蒂芬王》序曲。钢琴家德·格雷夫在一台绝妙的普莱耶尔（Pleyel）上演奏降E大调协奏曲。

在那之后，我们又去了纳沙泰尔。蒂博(Thibeaud)精彩地演奏了贝多芬的第二交响曲，李斯特的一首交响诗和莫扎特的E小调小提琴协奏曲。

读了易卜生的《魔鬼》《社会支柱》《野鸭子》《人民公敌》；莫里哀的《唐璜》，伏尔泰写了前言；雷蒙德（Raimund）的《败家子》。

582.1904年12月。终于印出来了，我感到满意。新的《珀尔修斯》给忧伤又无聊的怪物“不幸”致命一击，砍下它的脑袋。这一动作反映在男人的面貌上，他的脸为场景提供了镜像。基本的痛苦痕迹与笑声交织，后者最终占了上风。从另一个角度看，旁边的美杜莎的头部里，满载着近乎荒谬的纯粹苦难。面部表情相当愚蠢，头部已失去高贵和蛇冠，只留一些荒唐的遗迹。才智胜过了不幸（这是更精练的《丑角》续作）。

583.审视任何重要艺术作品的时候，记得更重要的一幅作品也许不得不被牺牲。

583a.12月底，卡斯蒂亚又一次现身。每一次，他都离彻底的忘我更近一步。在火车站，他请我们享用了鱼子酱、波玛和阿斯蒂，照常醉醺醺地登上火车。他不再跟我谈他新的宗教信仰：“否则你又要学我的样了！”他依然没有忘记在慕尼黑的托妮，“噢，我愿意用十年生命换取在那里重新开始的机会，因为那么美丽的生活一去不复返。”

我在洛特马教授的建议下阅读了奥斯卡·王尔德的《社会主义下人的灵魂》。

［伯尔尼，1905年］

584.在洛特马家，贾恩拉中提琴，我们演奏了贝多芬的竖琴四重奏和D大调18号作品，以及海顿的中提琴四重奏。计划1月7日排练《死亡与主显圣容节》的弦乐部分。8号，我和洛特马取道科尼兹（Koniz）在古腾托(Gurtental)享受了一次美好的散步。我们讨论了我的准岳父难以置信的提议——让他女儿付他住宿和餐饮费。但是你对这种事能说什么呢？我们在柯尔萨兹（Kehrsatz）停留，碰到了布拉克。

在1月24日的第四场交响音乐会上，我们演奏了勃朗姆斯的第二交响曲和大学庆典序曲。哈利尔演奏了贝多芬协奏曲。当管弦乐队的速度落在后头的时候，他就做起笨拙的小短歇。他一边在速度上作假一边想，这比长时间的排练强多了。他也演奏了施波尔（Spohr）的第九协奏曲的慢板和勃朗姆斯-乔基姆的两支匈牙利舞曲。后者生机勃勃。这个巨人用他低沉有力的嗓音问有没有供应皮尔森啤酒（Pilsner beer）的小酒馆。

585.1905年1月。创作《独翅英雄》，它的悲喜剧主角也许是古代的堂吉诃德式人物。作品的方法和诗意概念最初在1904年11月朦胧成形，如今终于取得进展，变得清晰。与神们相反、生来只有一只翅膀的男人，不断努力飞翔。这么做的时候，他弄断了自己的手臂和腿，但是在理念的旗帜下坚持不懈。尤其需要捕捉他雕塑般的严肃姿态和已然遍体鳞伤的状态之间的反差，这正是悲喜剧的标志。

阅读海因泽(Heinse)的《阿尔丁海洛与幸福岛》，黑贝尔的《日记》，奥斯卡·王尔德的《瑞丁监狱之歌》和《审美主义宣言》。

586.写了一个戏剧场景。地点：伯尔尼火车站前的广场；背景是有着三个入口的车站；左边是著名的开放角。

主角：布拉克（喝醉了）和两个朋友；德拉卡萨，和一个酒鬼。

布拉克（和他的朋友从中门出来，向前走；向朋友A喊）：你真可怕！（向朋友B）：你也是。你们都可怕！（停顿）下流胚！

（德拉卡萨和他的醉酒同伴从右边上台）

布拉克（没有认出他）：他们是谁？……我喜欢他们吗？不！我不喜欢他们！（走得更近，稍微轻柔一些）：但是我不会伤害他们的！我伤害谁呢？谁也不伤害！你是谁？（非常近）

德拉卡萨：我们吗？你又是谁？

布拉克（认出他）：啊，是德拉啊！你好德拉！

德拉卡萨（向他伸出手）：好得很，布拉克小子，这么晚了！

布拉克（嗅他）：你啊！

德拉卡萨（布拉克在他周围继续像条狗似的，慢悠悠地很舒服）：你看起来没变！

（朋友们和酒鬼大笑）

布拉克（点了火，指向红灯区的方向）：我还不想回家！

德拉卡萨（他刚从那里来）：你太晚了！它们刚刚关门了！

布拉克（踉跄）：那我就待在这里！（躺倒在地上，以证明此言非虚）（对德拉卡萨）帮我起来！

德拉卡萨：你就不能自己起来吗？

布拉克（恼火）：你是个无赖，是个卑鄙小人！（生气）一个下等无赖！

德拉卡萨（好脾气地伸出手）：我不会接受你这样的言论！

（拉）来，我会帮你！

布拉克（重新站了起来，冷静下来）：这就对了！

德拉卡萨：现在该说再见了！我得回家了！（离开）

布拉克（在他身后喊）：嘿，你啊，就不能再待一会儿吗？

德拉卡萨（在开放角里）：这里是我们的！

（酒鬼突然意识到他跟丢了向导，于是以最快速度追赶他）

德拉卡萨（从远处喊）：一会儿！（一句毫无意义地溜进所有地方的话。二十年后，我碰到了另一句类似的说法："总而言之。"）

布拉克（离开，向他的朋友们）：你们真可怕，你们这帮人！

（所有人离开。）

587.我放弃了那个橡皮般的生灵奋力向上的题材，因为它太过轶事化了，单薄到了瞄准他的箭无法击中他，至多只能轻擦过他的地步。

588.我在歌剧院听了勉强可以接受的《后宫诱逃》和《卡门》表演。另一方面，《魔笛》演得糟糕透顶。我记得我们是被宠坏的无知高中学生的时候是多么为巴巴吉娜和米凯拉的身材神魂颠倒！我们害怕卡门；那个时候，她对我们这些年轻人来说也显得过于衰颓。《胡格诺派》里长着女人般的精致双腿的书童正合我们的口味。事实上我们总是想象女人扮演这个角色。

589.我给我的主要工具，尖锐的铅笔和雕刻针起了这些美丽的名字：天狼座、弗兹哈特、克鲁特利、尼禄、犹大、利哥莱和魔鬼罗伯特。

590.当我在起居室里削尖铅笔时，一位心情不佳、容颜凋残的女人正沉浸在煽动性的讲话里。那并非针对我，但是反正打击了

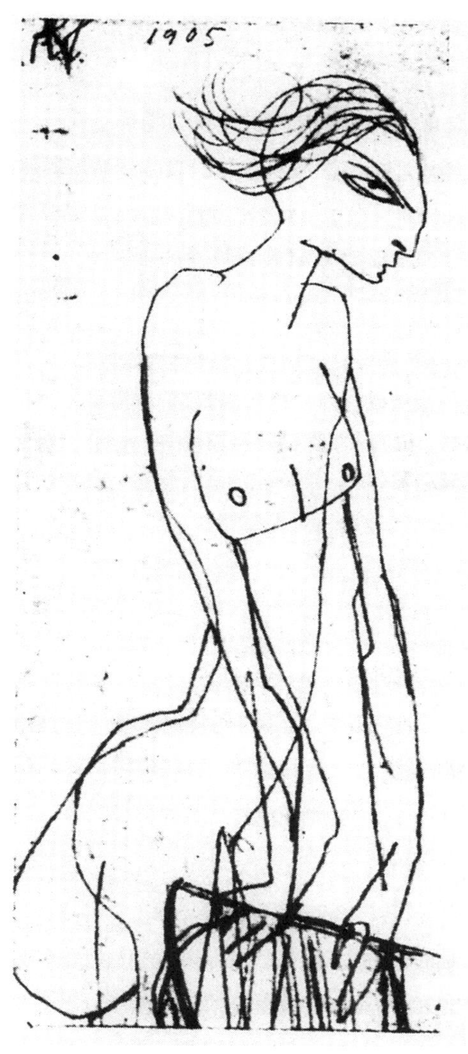

+ 靠着七弦琴的年轻人　1905 年

我。我在素描小本上留下的细小线条印到了垫在下面的报纸上。这转移了我的怒火，并给我时间思考该选择哪三个词语作为恰当反驳。在此过程中，我的身体轻微颤抖。

591.上周日，两条俄罗斯狩猎犬疯狂袭击了一条推着货车的本地狗。人们立即站到了为奶制品行业工作的狗的一方。我问自己，他们是为了反对外国人（奇怪的不三不四之徒），还是为了支持无产阶级者？这个问题不断占据我的思绪。莫里耶特不是真盟友，因为他说："让它们咬对方的屁股好了！"莫里耶特是个见多识广的人，并且日益如此。

592.我们的四重奏要在俄罗斯学生协会为陷入圣彼得堡街战的人组织的慈善活动上进行半公开表演。我们排练了贝多芬的C小调18号作品，舒伯特的变奏曲《死神与少女》，和作为安可曲目的海顿的小夜曲。由于我并无野心，就让弗里兹演奏第一小提琴并接下学习全曲的任务。我们的老师贾恩拉中提琴。洛特马浑身都是激情和热忱。如果这个家伙用此等不加控制的能量从事所有事情，他会过早地燃尽自己。他体内燃烧的激情与对这个项目的意义的思考一同燃烧。我视之为快乐的工作，但是他完全不明白这一点。

他是个别具一格的人，有着极大的天分，但是不优雅。充满才智。我开始意识到这是偏颇的。对身为创造艺术家的我来说，这会是一种阻碍。我的才智刚刚够用。

是的，那个拉第二小提琴的家伙对许多事情的理解很透彻。

592a."登台"以前，弗里兹处于暗自兴奋的状态。我们在后台调音之际，他撞到了小提琴的琴桥。贾恩极紧张地向空中高高一跃。幸运的是，音叉保持稳定。但是现在声调就危险了。楼上的人们都安静了下来，弗里兹以极大的能量拉奏。演出是一场真正的胜利。第二天他把乐器——凡西纳小姐借的一把加农炮（Guarneri del Gesu）——带到小提琴匠人那里，以确保它无恙。

派对上，普勒尼（Plehne）在一起刑事犯罪中受害的消息传来，阴影就此笼罩。

592b.如今我们这些四重奏演奏者鼓起新的勇气，尝试新的合作伙伴：一位摩尔霍夫小姐，柏柏尔的学生；一位来自伦兹堡的劳特堡教士。我担任第一小提琴手，演奏德沃夏克。

593.读了戈特弗里德·凯勒的《狄蒂根》和《失踪的女儿》；继续读黑波尔的《日记》。还有一个叫作多伊奇的家伙的非虚构作品《西伯利亚十六载》。

为做前期准备而创作了一幅作品“凤凰鸟”。画了一个紧握拳头作为鹿角的男人，和一个在激荡情绪之下长出野兽利牙的人。

合唱协会的音乐会上，勃朗姆斯为男子合唱团和男高音谱写的狂想曲是唯一值得一提的曲目。尼科蒂（Nicode）的《大海》表现差劲。

哈勒与我通信两次。第一次，他需要他的袋鼠，用于为瑞士奖学金持有者举行的竞赛展览。接着，他在一封公开的明信片上提出以下要求：

“罗马，弗拉米尼亚路110号。亲爱的朋友，我对你有一个特别请求。请立即用挂号信寄给我几根崖柏（约300克），用来泡茶。你可以从布拉克那里了解到关于此茶的信息。给你和别人最好的祝福，你的黑曼·哈勒先生。霍夫尔也送上祝福。”在明信片的地址处，是用铅笔写的谜一般的匿名字句：“fortuna, che ve l’ho rimandato io, e ricevete un grosso bono N.S.”

597.卡萨尔斯（Casals）在第五场交响音乐会上演出，真是史上

+ 猫　1905 年

最令人惊叹的音乐家之一啊！他的大提琴声响忧郁得撕心裂肺。他处理得高深莫测，时不时从深处上扬，时不时又降入深处。他演奏时闭着双眼，但是嘴巴在这平静之中轻轻嘟哝。

彩排期间，他深深威吓到了我们协会的指挥。卡萨尔斯迟到了约半个小时。指挥家拿手表欢迎他。不懂瑞士幽默的西班牙人被这个姿势惹恼了，很显然在想：我们会看看你有多棒的。海顿协奏曲的合奏开始了。（我们在付费听众面前进行主要排练。）我们的指挥家在选择拍子上向来不怎么样，自然做出了完全错误的选择。卡萨尔斯试图纠正他。当然是无功而返了！现在他开始了独奏，听起来像是天堂的大门被打开了。然而，由于他不是有着栩栩如生的魅力的哈利尔，他要求所有人保持适度。此时指挥家害怕起来，几番努力都没法让管弦乐队正确进入。西班牙人早已意识到指挥家的音乐感受力低下，现在开始怀疑他对乐谱的理解。他把合奏开头的每个音符都大声喊给他听，发出的声音尖锐至极，如同一节视唱练习课。

观众热切地想要知道钢琴家布伦（Brun）会在演奏波开里尼（Boccherini）奏鸣曲时有怎样的遭遇。然而西班牙人丢下“啊，这个管弦乐队真是可怕啊！”就离开了，拒绝再拉。布伦很高兴，后来和卡萨尔斯在家中排练，卡萨尔斯在那儿表示了满意。

音乐会上，卡萨尔斯坐在管弦乐队前，在乐队演奏开头几个小节时嘟囔着嘴。指挥家转过身来，傻乎乎地恳求他对节拍的意见。西班牙人只忍受了一拍，便加入了低音乐器。随着他用弓弦在乐器背上轻拍几下，他为演奏带来了井然的秩序。

我们不得不演奏莫扎特的G小调交响曲，一支斯蓬蒂尼（Spontini）的序曲和堪称一切精彩作品之最的《女人心》序曲。

除了伯开里尼，卡萨尔斯独奏了一曲巴赫的萨拉班德舞曲。

599.艺术家创造什么？形式和空间！他如何创造它们？以选择的一定比例。噢，讽刺文学，你这来自知识分子的折磨！

600.3月份的音乐会。演奏波希米亚弦乐四重奏，莫扎特的D小调，德沃夏克的F大调，贝多芬的E小调59号作品。我在纳沙泰尔参加了《马太受难曲》的表演，甚至把洛特马也召进乐团。考夫曼把男高音部分唱得非常好；来自乌得勒支（Utrecht）的奥尔特（Oort）唱的克里斯蒂也赢得了尊严。合唱团显然付出了很多努力，缺少的只是一股至高无上的力量。

在演奏四重奏时，洛特马和莱万多夫斯基接连发怒。过度热情的洛特马给他戴起了高帽子，莱万多夫斯基则将自己的表现与一位斯特拉斯堡音乐会大师的小提琴演奏相比。我拉中提琴，不用负什么责任。（贝多芬的G大调18号作品，莫扎特的C大调。）

读了海因泽的《阿尔丁海洛与幸福岛》，易卜生的《建筑大师》（它停留于概念而已，但是非常吸引人），奥维德的《变形记》（来自罗马的德国艺术家图书馆的古老双语版本）。

我顺序颠倒地做很多事情：在不知道《尼伯龙根的指环》的情况下听了《丑角》和《汉塞尔与葛雷特》；在看易卜生的戏剧前看了苏德曼（Sudermann），在看黑伯尔前看了易卜生；后来又发现，在看凡·高前看了阿密特。

3月11—13日，我因发烧、嗓子哑、咳嗽和感冒卧床不起。

602.3月20日。《年老的凤凰》不代表理想的形象；他真的500岁了，正如可以看到的那样，在那期间各种事情发生在了他的头上。这个现实和寓言的交叉产生了喜剧效果。它的表现不是没有悲剧成分，这个动物马上就要退化到单性生殖，这无法带来任何乐观前景。以500年为周期的失败循环论，是个崇高而滑稽的概念。

尽管奥维德并不适合写这只鸟，书里还是可以读到一些不错的内容（《变形记》第十五章，393 f.）。我情愿它不被残忍地烧死，在这一点上我同意奥维德。3月20日，周一，第一次把它印出来。

如今又出现了《威逼的头颅》。我几乎确信这是最后一幅严谨风格的印画，接下来会出现全新的东西。我将目光转向西班牙，戈雅在那里长大。

603.我们刚刚压印了《威逼的头颅》。结果够令人沮丧的。出于一些毁灭性的念头或是别的什么，极端消极的小恶魔位于无望的、逆来顺受的脸孔之上。

1905年三四月。由于麦克斯·吉拉德特被困在军队监狱里，印第二个版本的事情必须等一等。

604.D正沐浴爱河，当然是喜忧参半——他依然不知道自己的立场。如今他来咨询我。我能告诉他什么呢？她是个小职业小提琴手，相当有才华。但是关于她的一切都有点过于“金发碧眼”了、有点消瘦。她不再是在盛年，这与她孩童般的面部特征显得违和。她来自科隆。

勿忘我色的眸子又一次令可怜的D沦陷。毫无疑问，吞噬爱情是一件美丽又强烈的事情，但是她应该具有理性的性情。D也许感到相当不匹配，因此逃离真正热烈如火的女人。或者他想象不出自己值得她们的兴趣。也许这么想是对的。

每个人必须靠自己琢磨出这些，而不是向他人寻求可靠意见。但是我给了他勇气：首先她应该真正属于他，在此基础上再考虑长期而言她是否是他的正确选择。

605.我不适合扮演D那样的角色。但是我没有一点鄙夷的意思。我已经目睹哈勒经历那样强烈的激情。与这些人相反，我研发了一套狡猾而实际的策略。我准确无误地知道如何辨别所有危险；在我半熟不熟的年岁里，少数某些时刻让我稍纵即逝地瞥见这些地狱的样子，那就够受了。

从那以后，我眼中最私密的东西被神圣地锁起来。我指的不只是爱情——因为我谈论它很容易——而是它周围所有暴露的位置，

+ 克利父亲的画像　1906 年

命运以各种形式袭击它们，总有一种可能成功。

时间会证实这个策略是否不会引向某种不毛之地。我没有自主选择它，它早早在我体内生长。

可能是因为我作为创造性艺术家的直觉对我最重要。也可能是因为整件事情不应该得到多理性的诠释：也许某种永恒的哲学精灵在支配一切，它超越了这个世界，哪怕那意味着把我们带入荒野。

有一件事相当确凿：在创造的时刻，我得到了至福——感到彻底平静，在自我面前完全赤裸，不是某一天的自我而是自我的总和，完全是一件运作的工具。当自我被动摇和激变影响，它的风格便贬了值，戴着高帽子踏出框架。

人有时候想对一件“艺术作品”说：“你好，自我先生，你今天戴的是哪种领带呀？”

于是我武装好站立着，以防与一部2号作品不期而遇。

如果没有什么新事到来，我就再也无话可说。作为征兆，我与过去的所有东西断绝关系。

606.阅读蒂尔索·德·莫利纳（Tirso de Molina）的《唐璜》（有一些可圈可点的场景），果戈理的《死魂灵》，一部非常重要的作品。在剧院看了一部《钦差大人》，演得不够有俄罗斯风味；魏德金（Wedekind）的《希达拉》。歌剧《霍夫曼的故事》里，最后一幕中古斯卡拉维兹对安东尼亚的模仿展现了十分伟大的艺术。有那么几分钟，观众忘却了乡镇气息的舞台，忘却了整个舞台，戏开始栩栩如生。

合唱团演唱莫扎特的安魂曲，表演非常美妙。四位独唱者听起来也不错。在那之前是巴赫的一出清唱剧，“先生……黄昏时分”。真是杰作啊！

607.早在我之前，别人就诠释过“丑角”。比如果戈理的《死魂灵》的第一部第七章，“……有一种笑声配与更高的抒情情感并驾齐驱，与刻薄的寻欢作乐之人的咯咯发笑全然不同。”

他称他的小说是一个“有着看得见的欢笑和看不见的眼泪的世界……”

更有甚者，俄罗斯有这样的谚语：“带着纹在名牌上的含笑之泪。”

海因泽的说法较之略为平庸：“笑吧，好像死亡在用它的大镰刀挠我们痒一样。”

608.我曾听过一首美丽的瑞士歌曲：

为什么为自己而烦忧?

我从来不曾如此之好。

要成为此时此刻的我，

还需要花费一段时日。

610.1905年4月。《威逼的头颅》给这一组版画画上了阴郁的句号。它是比行动更具毁灭性的思想，作为魔鬼这一纯粹的对立面存在，脸部表情大致是顺从的。

611.向才智开战！我可以这么说，因为我已作战过。洛特马，我的朋友啊，你对我很好，我永远也无法表达对你的感谢，但是现在我们再次分道扬镳。我依然可以相当清楚地用裸眼看见你，就在那里。

我必须进一步奋斗，否则我会在这井然的秩序下变得更软弱无力。又或者，它会变成一首田园诗。

事物一旦被记录下，便死去了。长久来看，我一定不能定居在这样的环境里。否则我会迷失自己。

某个时候，我一定要在一处空无一物的地方跪下来，并被此举深深感动。

这关乎是否应该如是地苦笑就到此为止吧。

615.许多印象派画家的典型特征是碎片化，这是因为他们忠于灵感。灵感不见的时候，创作必须停止。于是，印象派画家实际上比纯粹的唯物主义者更人性化。无论如何，冷静实际的技艺这一概念不再站得住脚。

616.A和B为葡萄酒酒瓶争执已久，各执一词。当他们陷入酒醉后的多愁善感，就向对方的意见靠拢起来。两人各自发表了那么优美自如的言说，结果是B采取了A的态度，A采取了B的。他们一脸惊讶地握手言和。

618.《年老的凤凰》有类似荷马史诗的直喻性。一方面来说有相似性，但是它的形式是独创的。

关于“丑角”，还能补充说明一件事：面具代表艺术，人藏在它的后面。面具的形状是分析艺术作品的路径。艺术的世界和人的世界的二元性是固有的，就像巴赫的某部作品表现的那样。

回过头详细阐述自己的认识真是愉快啊。

在《女人与野兽》的早期版本们里，女人经受了太多苦难。后来，我给了她并不全然令人唾弃的面貌。

针对我画中人物的“丑陋”的意义，大可写出论文来。

621.我和父亲在奥伯霍芬的图恩湖度过了美妙的八天，几乎都在耶稣受难周（Karwoche）里。

“耶稣受难周”的“Kar”源自“chären”（原文为德语），是“哀悼”的意思。每当我们的猫米兹——一只高贵的灰色机灵鬼——喋喋不休，我们便说：“你是个chäri！”

我们到处闲逛。有次去了贡腾（Gunten）和梅里根（Merligen），然后沿着小道去了思格里斯维尔（Siegriswil），然后沿路去阿什伦（Aeschlen），取道施奥诺尔特利（Schonortli）回到奥伯霍芬。另一次乘船去图恩，穿过森林到赫里斯克文迪（Heiligschwendi）疗养院，沿着轨道回到奥伯霍芬。第三次，我们走去谢尔青根（Scherzligen），乘船读过阿勒湖，沿途经过格瓦特（Gwatt）、艾尼根（Einigen）和施皮茨（Spiez），乘汽船回到奥伯霍芬。这条湖在复活节时节格外迷人。

623.X的母亲还没死，但是已经熄灭了生命之火。她的身体活着，灵魂却已经不再，如同行尸走肉。X突然提到她，此时我已经多年没有听到她的消息。“我母亲正……”，听者震惊于听到了“正”这个词。“我母亲正身体抱恙，我不会去慕尼黑。以我母亲现在的状况，她不适合被探访。”

624.X和Y. Z. 订婚了。在纳沙泰尔的时候，我注意到Y有多么被他吸引。但是我们都错看了他，以为他无法进行到这一步。我曾对自己说，W那么崇拜美，比如艺术中的美，有一天也许会为他做出美的作品。如今呢，Z有一副美妙的头脑，充满个性，但是绝对不是什么美女。

W. X.，一个甚至对朋友而言都难以接近的人，一座一级戒备的堡垒，竟然被一个简单的俄罗斯学生攻克了。

我询问他说过的“阻碍婚约的内心障碍”是什么意思，他回答：“在过去的任何时刻，我只字不提母亲的疾病对我和父亲意味着什么，也只字不提对我意味着什么。如今，仅此一次地，我必须完完全全从自我中走出来，这令我深深烦恼。”

停顿过后，他显然努力说下去，但是说不出来。“不，我不能从头开始！”他大叫道，从椅子上跳起来，跑向门口。

奇怪的人啊，朋友一表达同情他便逃之夭夭。我担忧他的忧郁症会在将来的某天恶化。

4月24日到28日，我又一次卧病在床。总是同样的喉咙毛病。

626.单眼看画并且发现画中图像产生浮雕效果是件相当有意思的实验。为什么会是如此呢？实际上，单眼视野并不会让东西浮凸起来；尽管我们的大脑会调动已有经验以补偿不完美的视觉，我们依然会在单眼状态下完全错判物体的空间关系。于是我们无法确知一幅画的表面是什么样子，而这助长了我们对主体的形状的误判。它们就此更容易产生浮雕效果。

627.父亲基本上拥有最美好的品质，但是他的告别语不总是那么好接受。某次他对我表现得相当卑鄙：我在意大利之行前接种了天花疫苗，这导致我发着104华氏度的烧卧病在床。“唔，我说，舒服吧？”他嘲讽地说，好像我自己不知道一点也不舒服似的。我还知道他并不赞同我接种疫苗。直到那时，他不是还在想尽一切办法不让他的孩子们接种吗？他要是在我接种之前就说“我会憎恶你接种的！”至少符合逻辑。如果我接种后得了天花而他没有接种却健健康康地坐在我的床边，他才真的有资格雀跃。再说了，我现已成年，我的婚约令我不能冒任何个人风险。

但是除此之外，父亲相当棒。

628.某天我们坐在小酒馆里喝着皮尔森啤酒，一个咳嗽得很凶的男人走进来。他闷声说：“好家伙有重感冒！”另一天，我听到街坊里的高声喊叫：“那只狗怎么回事？瞧瞧它冲我女人嚷嚷的样子。喂，狗，控制好你自己。”

632.1905年6月。我对我的蚀刻版画比较满意，但是我不能朝着这条道路前进，因为我不是一个专家。尽管如此，眼下我不会完全放弃它，而是寻找一条合理的出路。不久前的一天，当我在弄黑的玻璃板上用针素描，我被某种希望诱惑。陶瓷上的一次闹着玩的实验给了我灵感。于是，工具不再是黑色的线条，而是白色的线条。背景不是光，而是黑夜。能量照亮事物，就像它在大自然中那样。这或许是从图像阶段到图画阶段的过渡。但是，出于谦逊和谨慎，我不会画油画！

于是现在的格言是“要有光”。我缓慢地滑入色调的新世界。

633.运用白色与在自然中作画相互呼应。如今我离开了黑色能量这一非常具体和纯粹图像化的领域，我很清楚自己正进入一个广阔天地，不可能马上就有明确的定位。这一未知领域着实神秘。

但是必须踏下前进的步伐。也许那如今亲近得多的大自然母亲之手，会帮助我渡过许多困难境地。

必须踏下前进的步伐，因为它在我的作品的许多方面蓄势已久。这些为数不多的版画远远无法代表我过去两年间的全部产出。我的大量速写并不像严格的抽象派风格那样肯定形式。它们等待着。

我踏下前进步伐的时机业已成熟。

我必然从混沌起步，这是最自然的开端。这么做令我感到放心，因为一开始我自己可能也是混沌的。这是母亲的手。相反，站在白色表面之前，我经常战栗，迟疑。但我马上故意给自己送上冲击，挤进线条表现法的狭窄边界里。由于我在那个领域有过刻苦又全面的训练，一切得以顺利进行下去。

拥有以混沌起步的权利真方便啊。

在这黑底上的光线初兆也不如白底上的黑色力量那样猛烈和咄

咄逼人。于是人们可以以更悠哉的方式继续。原本的黑色成了一股反力量，在自然停止之处接管。这效果像是日出时分的光线微微渗入山谷的两侧，光线伴着太阳的上升逐渐深入，最后剩下的那些黑暗角落不过是残留物。

这一切激发了关于木刻画与石版画技术的观念。也许苦尽甘来的时刻就要来了。

635.在贝多芬的音乐（尤其是后期作品）里，有的主题不容内在生命自然流露，而是把它谱为一支独立自主的曲子。演奏的时候，我们必须非常小心地判断这些心理内容涉及别的东西还是只为自己存在。我个人发现独白越来越有吸引力。

因为归根结底，我们在这个地球上是孤独的，就算身处爱情之中也是如此。

636.噢，永远不要让永恒的火花被规则和制度熄灭！小心！但是也不要完全舍弃这个世界。想象你已经死了：流亡数年之后，你获许向地球瞥上一眼。你看到一盏路灯，一条老狗正翘起一只腿倚在上面。你感动得忍不住痛哭。

637.在古罗马，催吐剂被放在桌上。如今，它们穿上燕尾服、打上白领带出现在椅子上，漂漂亮亮地被分发给客人。我在艺术圈看到过这个景象。

638.个体并不是一个要素，而是一个有机组织体。不同种类的要素共生于这个组织体，互不可分。打个比方，我自己就是一个戏剧性的集合体。这儿出现了先知。这儿野蛮的英雄在大喊大叫。这儿酒仙在和博学的教授辩论。这儿爸爸向前跨步，满嘴说教的抗议；宽容放任的舅舅加入进来；婶婶喋喋不休地吐着闲言碎语；少女淫荡地咯咯笑。我惊奇地看着这一切，左手握着我削尖的笔。一位怀孕的母亲想要凑热闹。我喊道："嘘！你不属于这里。你是可分割的。"她就此怏怏淡出。

639.我用针在一块13 cm×18 cm的黑色玻璃板上作画。然后我在暗房里把一块未曝光的感光片压在它上面，短暂曝光后得到一张底片。冲印品与原型惊人地相似。

640.越来越多音乐和版画之间的相似之处强烈地映入我脑海。但是我无法做出准确的剖析。显然两种艺术都是变化无常的，这一点可以轻松证明。克尼尔画室的人们准确地认为画的呈现完全是变化无常的，无论是画笔的运用还是效果的创生。

克尼尔画室的人们结下了友好情谊，气氛就此焕然一新。来自沃州的莫热洛特（Morerot）兴致昂扬，但是在11月那漫长多雾的日子里忧郁起来。"已经冷了三个礼拜了，没有出过太阳。我进房间点上灯，这样我就相信出了太阳！"他说。

641.一颗烦恼可怜的学童之心向我倾诉。他被拖离抄写本和蘸在墨池里的钢笔。他的眼睛想在室外驰骋，而现实是它们紧贴在玻璃窗上，前额顶得砰砰作响。正在下面玩耍的孩子是欢乐的，那个可爱的小姑娘艾琳的微笑是快乐的。他追随她的眼睛是快乐的。他烦恼可怜的心是快乐的。

但是树木心生嫉妒，藏匿了他眼中仅有的世俗之乐。它们还要困住艾琳多久啊！时间不断滴滴答答地流走，而钢笔已经蘸上墨汁。

他向我坦白他在镜子里看到自己的脸，充满爱，没有丑陋的粉刺。他知道他未来的命运会更好。他知道它在遥远的某处。火车头响起哨音。

巨大的幸福不仅仅存在于星星之上，也出现在地球这里。以后他会有女人的，在某个国家的某个地方。

他向这些女人祈祷。为了向女性表达敬意而建的庙宇伫立在那里。有人会来的，不仅是一个女人，而是全体女性。她会说："我带来艾琳的问候。"她的声音如音乐。

643.古代的殉道艺术家（拉奥孔，第二章，第三段）……好像希腊人不曾拥有他们的保松（Pauson）、他们的皮里鸠斯（Pyricus）。但是他们确实拥有过这两位艺术家，并且公正地给予严厉对待。品位低俗的保松乐于表现人类面貌最罪过、最丑陋的一面，生活穷困潦倒。皮里鸠斯以一个荷兰画家的热忱画着理发店、脏兮兮的工作坊、傻子等题材，好像这类东西在现实中真的富有魅力并且难得一见似的。尽管骄奢的富人用黄金买他的作品，他还是获得了"污秽画家"的绰号。当局认为应当将这位艺术家局限在真正属于他的范畴。著名的底比斯法律命令他把模特画得比本人漂亮，并对那些丑化的画像予以处罚。这条法律不是针对无知的蹩脚画匠，就像评论者通常以为的那样。它责难希腊的艺术斗士，责难他们靠突出模特的丑陋特征而求得形似的小花招，亦即"漫画"。

644.周三前夜，5月31日，我与莫里耶特和布罗苏乘火车去巴黎。我们上午十点半抵达，乘出租车去了我们的旅馆。然后我们第一次散步，熟悉周围环境。下午去了卢浮宫。晚上在中央市场（Les Halles）参加夜间舞会。

6月1日，耶稣升天节。看了惠特勒（Whistler）的回顾展。去了万神殿，穿过布伦园林到圣克卢。回到塞纳河上。晚上，去萨拉伯恩哈特剧院，看了意大利语版的《塞维利亚理发师》。

6月2日。在卢森堡博物馆看了罗丹、毕维、马奈、莫奈、雷诺阿。在卢浮宫看了委拉斯凯兹、戈雅、华托、弗拉戈纳尔

（Fragonard）、米勒。晚上去了林荫大道外部，取道中央市场返回（直到上午才回到住所）。

6月3日。参观太平间（The Morgue）。在市政厅看到了毕维·德·夏凡纳的糟糕壁画。下午去卢浮宫看了米勒和柯罗。晚上，在喜剧剧院看了马斯奈（Massenet）的歌剧《小天使》。

6月4日。星期天。去了卢森堡博物馆和沙龙。晚上在法兰西剧院看了《塔图》，和缪塞（Musset）的《慎勿轻誓》。

6月5日。由于下雨，没能去成凡尔赛。下午睡觉。晚上去了女神游乐音乐厅和林荫大道区。更安静的一天。

6月6日。去卢浮宫看古代雕塑馆藏。国立沙龙更棒。晚上欣赏了林荫大道外部和卡巴莱歌舞（Cabaret）。

6月7日。在卢浮宫看了古老的法国画家。下午，去了更棒的沙龙。晚上在大歌剧院看了格鲁克（Gluck）的《阿米尔德》。

6月8日。逛植物园。晚上，参加布利埃（Bullier）舞场的舞会。

6月9日。12点半吃午餐，开始新的一天。然后去卢浮宫看伦勃朗和哈尔斯。5点钟用茶。6点半，另两人第一次抛下我去看《特里斯坦》。

6月10日。卢森堡博物馆，再次看马奈等人的作品。去了索邦。乘电车到蒙特马特、圣心大教堂，欣赏了城市的全景。搭乘开往埃菲尔铁塔方向的电车。一场突如其来的降雨阻止我前进。乘出租车去剧院，第二次欣赏《阿米尔德》。

6月11日。圣灵降临节。参观万神殿，卡尔波（Carpeaux）的纪念喷泉，贝尔福狮像，蒙特纳斯火车站。坐公车沿圣米歇尔林荫道而行。晚上，去喜剧剧院看夏庞蒂埃（Charpentier）的《露易丝》。

6月12日。在凡尔赛度过上午。晚上回到巴黎，光顾了恶心的夜总会奥林匹亚酒馆。

6月13日。对卢浮宫进行道别参观。5点用茶。7点40分，出发回伯尔尼。

645/649.对卢森堡博物馆的主要印象：早期的霍德勒源于夏凡纳的《穷渔夫》，呈配色温和的灰调。马奈初学委拉斯凯兹和戈雅，逐步进入现代。莫奈风格多变，因为他一边不断向前推进，一边做多方面的保留。西斯莱真优美！雷诺阿轻松自如得近乎琐碎，却又那么有意思。毕沙罗则更加夺目。卡里埃尔（Carriere）的形式主义很诱人，是演练色调的极佳范例。

国立美术学会印象：祖罗阿加的《我家三姐妹》呈深色调，于是乎珠宝、牙齿等物烘托出了极好的效果。人物和风景搭配得当。

卢浮宫印象：看了普桑、洛兰（Lorrain），尤其华托，伟大的画家。弗拉戈纳尔水准参差不齐。夏登（Chardin）的小品绘画可谓不朽。

欣赏了米勒的《春天》，杰出的风景画；楼上一层还有重要的绘画，2892、2895、2993、2890（这幅最冷静）。

还有安格尔、柯罗、高尔培的作品。我不太理解德拉克洛瓦。

哈尔斯的作品保存得极好——与鲁本斯的相比，简直没有任何褪色。只有《笛卡尔肖像》已经严重泛黄。伦勃朗真棒啊，尤其是晚年的作品！

拉斐尔令我非常沉静。提香的大部分作品已经褪为一片黄色。丁列托列（Tintoretto）是一位伟大的画家，委罗内塞亦然。有一些达·芬奇的重要作品，保存状况也不尽完美，但是由于他并不像拉斐尔和提香那样偏好暖色调，他的冷色调在黄色光泽之下依旧有力。当然了，一切都太暗了，毕竟他是处理色调的先行者。

在这璀璨的群星之间，丢勒依然凭借书法风格的作品脱颖而出。委拉斯凯兹的人物满溢着骄傲和生机。我远远更为青睐戈雅，他由灰到黑的色彩过渡细腻微妙，迷人至极；在它们之间，肌肤的色调犹如娇柔的玫瑰。手法更具亲切感。

欣赏完达·芬奇的作品，你会认为这是一个职业画家所能达到的无法超越的巅峰。

650.奔跑中的报童喊道：“终于啊！还是和平了！”（举起手指）哈哈！

卡巴莱歌舞中的一段副歌：

莫里耶特是妓女们的宠儿，他俊俏的脸蛋和孩子气的表情可以勾走任何一个。他相当冷静，容她们与他说话，并且可以同样轻松自如地离她们而去。在此过程中他含糊地说了一堆漂亮话：“我对我们属于哪里不再有幻想……”和“在家里是这样的情况：只有我们的菲多思考，但是他不说话”。

在夜间舞场听到华尔兹。

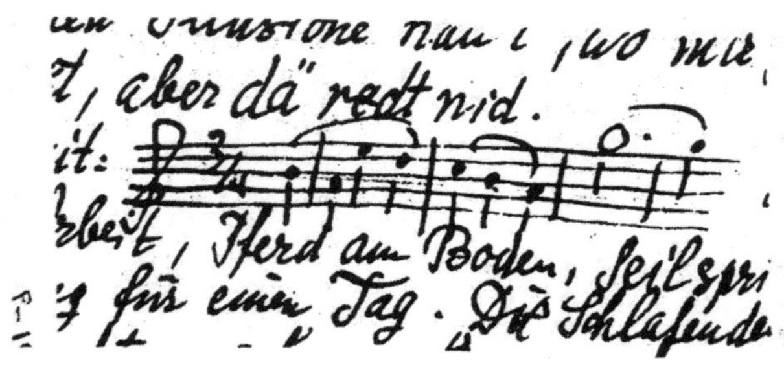

除此之外，周遭还有腐烂的鱼、灰尘、眼泪、劳作、躺在街上的马、跳绳的妓女、就要降下的雨水（正是一天的量）、沿墙睡觉的人们。

布罗苏不怎么吸引妓女。她们互相警告："这是个仆人而已！"我只是得到少许鬼脸。

651.《塞维利亚理发师》非常精彩。当阿玛维瓦伯爵最终表明真实身份时，他的嗓音犹如小提琴。小伯茨会用同样的腔调唱这一部分的！罗西娜（帕齐尼演唱）非常迷人，一点也不乏味，充满青春活力。声音技巧优秀。管弦乐队听起来不够熟练流畅。马斯奈的《小天使》，音乐精心雕琢，但是匠气过重。《露易丝》可谓最纯然的造作之作。两部作品在喜剧剧院的表演都很成功，这归功于技巧高超的合奏而非杰出的独奏者。我们听过两次的《阿米尔德》很棒。首先，格鲁克是个好音乐家。其次，歌剧的表演方式，每一部分都不费吹灰之力。不带任何手忙脚乱的实验，却自成风格。这可不是源于一个指挥家的个人意愿，而是整体的成就。美妙的芭蕾，一流的管弦乐。独奏者方面，有男高音阿弗勒（Affre），唱阿米尔德的布雷瓦尔小姐，男中音德尔马，等等。

喜剧剧院的《伪君子》演出也同样精彩。

对巴黎的最后印象：阳光明媚的午后，我们坐着马车沿林荫大道驶向火车站，车顶上是开着红色花朵的栗子树。

652.读了安德烈耶夫（Andreiev）的《红笑》、林科斯（Lynkeus）的《现实主义者的狂想》。我不喜欢这些书。买了本法语版本的《琉善》，要棒多了！柏林的凯勒和赖纳不愿展出我的版画。

660.7月。"纯"艺术没有教条宣称的那样简单。归根到底，一幅素描不再只是一幅素描而已，不管它是多么独立自洽。它是一个符号，刻画形象的线条与更高的维度接触得越深则越好。在这个意义上，我永远不会成为教条定义的纯艺术家。我们高等动物也是上帝机械制造出来的孩子，然而我们内部的智力和灵魂以完全不同的纬度运作。

奥斯卡·王尔德说过："一切艺术都既是表象的也是象征的。"

661.7月。我在版画在画框里的位置：（1），32×43：离顶端7.5 cm。（2），32×43：同上。（3），43×43：离顶端5.8cm。（4a），32×43：5，8cm。（4b），32×43：6.9cm。（5），离顶端10.4cm。（6），8.5cm。（7），7.5cm。（8），8.2cm。（9），6cm。（10），××cm。（11），8.2cm。悬挂顺序：1，2，8，5，11，10，6，3，4b，7，4a，9。

我纳闷自己现在是否有能力在版画里表现动态。在蚀刻过程中生怕让两条线条撞上对方，这种感觉很痛苦。或许我应该尝试凹铜版腐蚀制版法？

662.在奥伯霍芬待了几天，包括一个宁静的夜晚，一个真正的夜晚（见714）。

读巴尔扎克的《三十岁的女人》，莱蒙托夫（Lermontov）的《我们这一代的英雄》（那里面的"公主"啊！）

来自美国的小提琴马克斯·家莱歇尔（Max Reichel）到访，这驱使我们奏起了五重奏。由于他是职业演奏家，我担当了第二小提琴手。他对我们的法律学者作的曲子开起了小玩笑。我承认莫扎特的C大调五重奏写得更好。那真是行板的典范作品！

与一流职业演奏家、乐队首席菲斯西（Pescy）进行了另一次弦乐四重奏，他是位神经质的小提琴独奏家。我和洛特马互换，他拉第二小提琴，我拉中提琴。莱万道斯基（Lewandowsky）在大提琴上伪造出一派优雅。如果他这般耍弄单杠，早就弄断脖子了。

664.丢勒用书法般的线条将耳朵限制在了现实主义层面。马奈优雅地用画笔营造与光线变幻相呼应的图画价值。

玩笑般的练习：再现你自己，不靠镜子，不靠你通过镜子得到的验后结论。一五一十地再现你看到的自己，也就是说没有头，因为你看不见头。

670.题材自身是死寂的。重要的是题材给人的印象。色情题材不仅仅是在法国风头看涨，因为大家偏好那些特别容易激发感触的题材。

如此一来，外在形态变得极其可塑，随着万千种性情而变幻。可以说是随着食指的灵活程度变化。表现的技术手段也相应不同。

古典学派必然预见了这一天的到来。

673.大好人莱万道斯基给我送来了我的第一位顾客，他的同事弗兰克·舒尔茨博士(Frank Schulz)。他住在西柏林莫兹路54号一楼。

675.哈勒在埃尔费瑙（Elfenau）做风景画家。游泳的男孩子们趴着捉弄他。他一试图抓住他们，他们便跳入水中。哈勒很快就接受了这个局面，继续执着地调他的颜料。男孩子们又开始冲他起哄。哈勒偷偷地向最近的男孩飞快一瞥，以闪电般的速度转身，在他身上涂上满满一笔（此处原文为法语）。

如果我必须画一幅完全真实的自画像，我会画一个特殊的壳。壳是透明可见的，我坐在里面，犹如坚果里的果核。这部作品可以叫作《结壳的寓言》。

677.摄影术发明得正是时候，对唯物主义视觉发出警告。是的，我亲爱的亚历山大，你正炫耀的学识是多么滑稽啊。这里的“自然”意味着什么呢？真正的重点是“自然”赖以运作的法则和它如何被揭示给艺术家。

白痴如你无法理解这一点，而这还远远不是一切。人家因为不敢告诉你全部而只告诉你这么多，但是还是严重高估你了。（在其他方面，你相当不错。）

680.我把正适量的沥青涂在锌版上作为蚀底。随后我随心所欲地用针作画，无所顾忌，甚至用刀在背景部分上刻画。现在我像是赎罪似的在这技术之罪上洒下一层多孔底纲，一方面避免模糊，一方面将背景部分蚀得更深。

681.“支撑空间的法则”——这会适用于我日后的某幅画作的标题！

今天我还没有到达那一点；在此期间，对“你喜欢自然吗”这个问题，我回答：“是的，属于我自己的自然！”

人不会斥责与自己有距离的事物。我们嘲笑的缺点，至少有那么一点点属于我们自己。只有如此，作品才能成为我们血肉的一部分。花园里的杂草必须被除去。

685.7月。莱蒙托夫：卢梭的《忏悔录》从一开始就无效，因为他读给他的朋友们听。哪个自传作者能够认为这个指责不适用于自己？尽可能频繁地想起这句话吧，或许能稍微减轻谎言。

686.我喝醉了，很久以来第一次酩酊大醉。但是这次醉得很体面。只喝了香槟，海德希克牌的。付钱的不是我！光天化日之下，我穿着燕尾服，戴着布罗苏的高礼帽，微笑着闲荡回家。上了床，我再次感到非常非常舒服。没有一丝忧虑，万事井然有序。我能够毫无恐惧地翻身入睡！我唯一的小错误是出于老习惯试着去关灯。

“是白天，我不需要熄任何灯。”我用微弱低沉的声音说。

我还需要几天才能摆脱我的微笑，它模式化得像是属于芭蕾舞者。

689.8月。“我会摆脱它的！”我亲爱的、温和的父亲说，他是个理想主义者和音乐教师。他会摆脱什么呢？某位淑女（她其实并非什么淑女）的嗓音音色里的某样东西。

690.我是造物主吗？我在体内集聚了如此多伟大的东西！我因必须容载过剩的能量而头痛欲裂。你希望自己也生来如此吗（你配吗）？他们也不配为他们钉上十字架。

更现实的一幕：天才坐在一个无法打碎的玻璃房里构想观念。观念诞生后，天才疯了，将手伸向窗外第一个碰巧经过的人。恶魔的爪子疯扯，首先抓到的是铁。锯齿状的牙齿间发出嘲讽的声音：“你以前是个模特，现在对我而言是用来塑造的原材料。”我把你扔向玻璃墙，你和你的影子都粘在那里，动弹不得。然后艺术爱好者来了，站在玻璃房外，思考这个血淋淋的作品。然后是摄影师们。“新艺术。”第二天的报纸写道。学术期刊给了它一个以“主义”结尾的名字。

692.派西的演奏风格可以点燃香烟。

最低等的恶魔烦扰我，想要折磨我。他站在我身后，用一种怂恿的语气轻声说起格雷琴的邪魔：“你记得吗……”

你的作品一号已经完成很久了吗？为它正名吧，但是不靠言语。

“我是个老人，如果我没有成事。”你弄断了桥？现在该去哪里呢？你弄断了桥，但是没能突破你和你的才华的先天限制。”我伸手拿剑。

恶魔：自卫的努力，就像猫咪的一般徒劳……（停顿后）你能坚持下去，是因为你好奇自己能够走得多远，以及，噢，自传作家，人和艺术家之间的关系在未来会变得如何？（长久的停顿后：）你的杰作是自传？

（我转身面对他，但是幽灵已经消失。）

693.在我看来，我面前的版画是已完成的作品一号，更确切地说它们出现在我身后。因为它们对我来说已然显得奇怪，好像是从我的人生中截取的某个片段。现在我要靠做点什么向别人证明这一点，而不是向我自己。我有非常明确的感受，但是尚未将它们转化为艺术。于是乎，对别人来说，我是那个急速沉溺、就要跳开的老人。

于是我必须再次奋斗，主要是针对那些阻挡我运用原创天分的限制。它显然不自由，但是这没有给我低估它的权利。再说了，我还是奋斗得过于草率冒失；如果我能理性地追究这件事，我甚至不应该想到“奋斗”这种词汇。于是乎，愤怒和抑郁可怖地交替出现。

眼下这一过程中，是目击者的兴趣和自传式的兴趣令我存活和清醒。如果这本身变成了目的，就太可怖了。

697.隐约的嘲讽相当普遍。生活不严肃，艺术不欢愉，表现手法悬而未决。

也许我把事情弄得过于复杂了？昨天我还会拒绝《道林·格雷的画像》，今天我喜欢它。前天它可能就已经令我着迷。

698.莉莉去了以下地方旅游：

①施皮茨、蒙特勒、维勒纳沃、圣莫利斯。

②鲁克、洛伊克巴德、杰米、施瓦岑巴赫（莉莉骑马上山）。

③杰米、施瓦岑巴赫、坎德施泰格。

④奥斯科纳湖、奥斯科纳山、坎德施泰格。

⑤加斯特兰托、坎德施泰格、弗鲁蒂根、因特拉肯。

⑥布里恩茨-罗特杭-因特拉肯、伯尔尼。

699.9月。“亲爱的克利先生，艺术评论家名叫E.赫布特，在西柏林库弗斯坦128号；你想向之申请的女士，斯泰恩总监小姐（柏林）。最好的祝愿，你的菲利克斯·莱万道斯基。”

700.前文提到的恶魔又来扰乱人心了。你必须祈祷：让我的灵魂忘却它会犯错。（纳沙泰尔）

要是痛苦能将你——红色的笑声——变成暴跳如雷的野兽就好了。你这愚蠢的微笑着的、粉红色的笑。（林道）

702.我抄写了《道林·格雷的画像》的前言和奥斯卡·王尔德的其他思考。一方面是因为这对我显得新奇，但也许归根结底是真实的。这很可怕—— 一切艺术都是无用的。

又读了这些书：屠格涅夫的《春天的波浪》、梅里美的《高龙巴》、林科斯的《一个现实主义者的狂想》，不喜欢。还有黑波尔的《黑落德与玛丽安妮的故事》和《米开朗琪罗》，吕芬的《朱丽叶》，豪普特曼的《埃尔加》，王尔德的《自深深处》。我抄写了最后一本里关于哈姆雷特的段落。结尾太引人注目了。

707.10月。10月21号—30号期间我访问了慕尼黑，但是没有正式访问准岳父母，而是抓紧时间享受青春年华。也有一些其他原因。看了《魔鬼的角色》、《巴格达理发师》（莫特）、《霍夫曼的故事》和克洛泽的《伊莎贝尔》（莫特），亚当的《玩偶》和《蝙蝠》。克洛泽称自己的作品是一部包罗万象的戏剧交响乐。管弦乐队的表现精彩绝伦，基本听不到舞台上的人物的声响。

在柏林爱乐的一场音乐会上，斯内沃格特（Schneevogt）以优雅的活力指挥了李斯特的《浮士德交响曲》《瓦格纳》和《柏辽兹》（Berlioz）。男高音路德维格·汉斯表演了独唱。我在大排练里听到了巴赫的A小调弥撒曲的片段（莫特）。

Rops（恶魔）：斯芬克斯，罪恶中的幸福，le dessous des cartes d’une partie de whist，唐璜最美的爱情，还有其他很多东西！

709.（删节版）“亲爱的赫布特教授，柏林。感谢你给我写的措辞友好的信。也许以下的说明对眼下来说足够了。我25岁，出生于伯尔尼附近，长于伯尔尼（高中毕业，修人文学科）。在慕尼黑待了3年，师从克尼尔和斯托克。在罗马待了一个冬天。然后画了两年，没有任何东西可以展示。1903年夏天，做出了第一幅有价值的作品（版画）。自今年夏天的巴黎之行，我开启了一个新的时期。你在卡西尔（Cassirer）的期刊里刊登一幅版画的提议自然是再好不过，能登两幅就更棒了。无论如何，请登‘树上的处女’。最诚挚的敬意，保罗·克利。”

710.也许我倾向于毁灭并且不得超生，但是与此同时我总是倾向于快速自救。我不想让任何东西变得过于庞大，尽管我也许想体验它。我只是不想要它。我必须被解救。

711.音乐事件：巴黎人马奥（Mahaut）献上了一台具有特殊重要性的风琴音乐会。曲目全部来自塞萨尔·弗兰克：①主狂想曲；②E大调如歌；③房间里的英雄（！）；④天使之粮（歌曲）；⑤、⑥、⑦：C大调赞美诗、G小调赞美诗、F小调赞美诗；⑧赎罪。

在第二场交响音乐会上，我们勉强演奏完了舒伯特的C大调大交响曲和图伊勒（Thuille）的一支浪漫序曲。来自日内瓦的钢琴家雷伯格（Rehberg）演奏了赫尔曼·葛兹（Hermann Gotz）的钢琴协奏曲。

在圣米尔的一场普菲费尔先生的风琴独奏会上，我为了讨他欢心以独奏者身份出现，演奏了塔尔蒂尼的G小调奏鸣曲和莫扎特的A大调小提琴协奏曲，并为一首为人声谱写的曲子小提琴助奏。

我们与贾恩一起演奏四重奏；舒伯特的G大调和贝多芬的F小调；另一次，与第一单簧管乐手杨斯克（Jahnisch）一起演奏单簧管。

712.11月。我梦见自己在一个普通市民的葬礼上致辞。我大致复述当时说的话（用词斟酌，语调谦逊）：

这个已经死去的男人曾经沉浸于过度的希望，后来是过少的绝望，这已无法改变。反正他不过是出于习惯紧拽着生命，一个像他这样懒惰的人永远也无法亲自找到目标。他那只太人性化的耳朵欣然地将好心人们说的奉承话传递到他的心房。是的，尤其是女人们说的！他听着，忘记了他在十一年级时学到的格言：要么坚持，要么放弃。但是他履行了公民的义务，这足够成为你们这些哀悼者的榜样。安息。（上方响起无声的雷声。）

713/714.真正爱动物的行为是这样的：根据比它们高一等的生物是什么，将它们养到相同水准。

在奥伯霍芬的美妙一刻。没有才智，没有伦理。像是位于世界上方的旁观者，或者完整世界中的一个孩子。这是我人生中第一个不分裂的瞬间。

718.几年来我们城市的管弦乐队有所进步。一位优秀的指挥家可以将它变得真正有用武之地。我们的交响乐团里有12位第一小提琴手，12位第二小提琴手，6位中提琴手，6位大提琴手，5位低音提琴手，2位长笛手，2位双簧管手，2位竖笛手，2位巴松管手，2位小喇叭手，4位圆号手，2位鼓手，1位竖琴手—— 一位62位乐师。每当演奏的作品需要更大的编制时，我们便会从巴塞尔或者苏黎世招来生援。

721.住在楼下大堂对面的小资产阶级者说：“我将鸟挂在房间的后部。上面对它来说太暖了，所以它不叫。它太靠近阳光了。它在那里感觉不错，什么也不想地看着窗外。在房间后部，它一定会开始叫的。我明天要为它叫。”

722.一名机智的工人对在工地上搜集木头的女人说：“你把石头也捡起来吧，它们也能烧啊！”她：“此话当真？”他：“当然了！你只需让它们变干！”她：“此话当真？”他：“我在桑瓦（Sangwag）山上发现了这一点。”（两句话都完全准确。）

724.上次在慕尼黑的时候，发生了一段很有意思的插曲。当时我坐在餐厅里吃饭，比往常更强烈地热盼着莉莉的到来。就在那时，一个男人来到我的餐桌，试着求我给他去班贝堡（Bamberg）的路费。我告诉他：现在我手头的现金区区15芬尼，我正在盘算着万一不够的话靠谁白吃白喝。于是他一脸狐疑地走了，但是我说的是真话。

725.再见了，我目前在过的生活。你不能继续这样。你是显赫的，纯洁的，安静而孤独。一旦我进入社会，我就和我的荣誉感永别了。

726.12月。说一则真实的逸闻。畅饮后的舒尔茨博士和莱万道斯基正走回家。新近发生的地震使得他们双双爬行。他们礼貌地向对方道歉。

在处女集市上，我看见四个男人离开一家妓院，并且为表达欣赏之情唱起了一曲动人的人声四重奏。

莉莉不得不帮助一位年轻的女厨子写情书，她对自己糟糕的字感到羞愧。

在最尖锐的痛楚之中，长出野兽的利爪。

当一个人老了却依旧对某事感到兴奋，那一定是种灾难。

730.圣诞节，我拜访莉莉两周。我在苏黎世接上她，在奥伯霍芬待了一天。当我在那里钓鱼的时候，有些小淘气鬼叫我："傻瓜先生！鱼在池底！"

我们如饥似渴地演奏音乐，又一次在洛马特教授家中共聚，奏起了勃朗姆斯的A大调三重奏和贝多芬的作品70之2号三重奏。当我演奏莫扎特A大调协奏曲时，画家布拉克和卡迪诺（Cardinaux）、动物学家博士沃尔兹听着。我突然领悟了贝多芬的C小调小提琴钢琴奏鸣曲的意义。

729(sic).*我们在第三场交响音乐会上演奏贝多芬的第八交响曲、列奥诺拉序曲第一号，一位极其精湛的小提琴手演奏贝多芬的小提琴协奏曲和塔尔蒂尼的魔鬼奏鸣曲。

733.阅读梅耶-格拉夫的《鲍克凌事件、马奈及其圈子》和波德莱尔的诗集《恶之花》。在剧院里看了萧伯纳的喜剧《英雄们》，娱乐性很强。克里格（Klinger）的《绘画与素描》一书价值极其可疑，似乎只有美丽的题材才能被艺术接受！美或许与艺术密不可分，但是并不只与题材有关，而与图画的表现有关。这是艺术克服丑陋而又不回避它的唯一方法。

735.赫利布教授从柏林写信："亲爱的保罗·克利，我非常遗憾地不得不告诉你，基于你的作品的题材，我的出版人卡西尔的权宜之计是不在杂志上登载你的版画。

*sic：意为原文如此，常放在括号内。

“现在我想在一份名望极高的柏林报纸上写写你（这事没有发生）。我希望这会为你带来一些帮助，吸引某位画廊主请你让他展示你的版画作品。基于这个希望，我提议你将版画暂时放在我这里，省得可能会出现的来回运输。尊敬你的，E.赫利布。”1905年12月20日。

736.我违背准岳父的意愿，给他写了一封缓和的信：

“我亲爱的梅蒂兹纳拉特先生：我听莉莉说您因我们向朋友透露了订婚之事而光火。我知道您过去反对它，但是我不明白您为什么依然觉得现在有可能保密。所以我们最好还是宣布一下这个无法变更的事实吧。我们只后悔没有在公开之前先通知您。最美好的祝福，您真挚的，保罗·克利。”

如果我的措辞不是这么温和，受到指责的会是回到慕尼黑的莉莉。等到我们于下个夏天成婚，他将不得不咽下更苦的药丸。这一次他回复得相当客气，嘲讽地询问新家要如何维持生计。

737.今晚的月亮是颗珍珠，并且真的预言了眼泪的到来。在这狂风大作的天气里，也不足为奇。在某一刻，好像心静止了，头脑蒸发了。除了静止的心，什么念头也没有。自我，不要放弃！这世界可以与你一起粉身碎骨，贝多芬凭借你而活。

［1906年］

743.1月。莉莉与我们一同庆祝圣诞和新年，一直待到1月7日。我们的庆祝方式显然比倾囊过节的德国中产阶级家庭朴素，没有价值昂贵的礼物，而是一派温馨宁和。

在玻璃上素描与绘画带给我种种小乐趣。画完了一个胸部极其丰满、有小狗相伴的多愁善感的女士。

在剧院欣赏了一部非常杰出的《卡门》。盖小姐担当客串艺术家，我从没见过谁如此迷人地表现出这个独特角色原始直觉般的天性。相形之下，当地的小演员们像是乖乖听话的玩偶，只有唐豪瑟的演唱者在尾声处被这个美丽野兽般的女人带动得表现出了水准。《费加罗的婚礼》里，这些乡镇演员和半吊子舞者又得靠自己了，但是他们也无法完全毁掉这出非凡的作品。甚至图林斯（Thurlings）也喜欢它，只有序曲对他来说太快了。考虑到草草敷衍的演奏，我认同他的想法，但是如果不那么快的话就没法感受到轻喜剧的调性。我想听到一个更准确、更快的版本，这样结尾处管乐器的笑声听起来也许真的会像笑声……慕尼黑！！

说到演奏莫扎特，没有哪里比得上慕尼黑。我指的不仅仅是冯·波萨特先生。毕竟这位先生甚至可以巡演至伯尔尼，那是他开启职业生涯的地方。他也的确来伯尔尼了。关键是，整场交响音乐会受到慕尼黑的启发，比如浮士德序曲，维纳斯堡音乐，《火荒》里的爱情场景和理查·施特劳斯的《唐璜》，席林斯（Schilings）谱写的《女巫之歌》。老人家在排练时亲切得迷人，所有人都被他迷倒。“梅德尔达斯（Medardus）变得又老又弱。”他说起这话来可真是典型的波萨特风格啊！

我读了一本非凡的书：伏尔泰的《老实人》。给它三个惊叹号。又读了斯特林堡的11出独幕剧和他论述“茱莉亚小姐”及现代戏剧的文章。然后是丹纳（Taine）的《艺术哲学》。

744/745.没人需要讽刺我，我自己会这么做的。

我梦到我打死了一个男人，将奄奄一息的他称作猿人。男人为此愤恼：他不是在呼吸他最后一口气吗？更糟的是，我回答了；于是他的进化就此终结。

噢，过饱的资产阶级啊！

747.半文明的民主社会真心实意地珍视垃圾。艺术家的力量应当是精神性的，而大众的力量是物质的。两个世界的偶尔重合纯属巧合。

在瑞士，人们应当诚实，通过法律禁止艺术。毕竟最尊贵的市民也未曾达到这个层次。这些人是真正的半野蛮人。大众之所以相信乡间长老，是因为从未存在过一个可以吸引公众注意的真正的艺术家社群。999名垃圾创造者还是爱吃他们的赞助人的面包。

科学好一些。但是最糟糕的事情就是科学开始与艺术相关。永远离开瑞士的时候快要到来。

748.梦里，我飞回家，那里有我的起源。一切从沉思和咬手指开始。然后我闻到或是尝到了某些东西。这气味解放了我。我马上完全自由了，像一块糖那样在水中溶解、消失。

我的心也受到干扰。很长一段时间以来它的体积已变得过大，如今膨胀到了不合情理的尺寸，还是没有一丝缩小的迹象。它诞生于你不再寻求荒淫的地方。

如果现在有一个代表团来到我面前，郑重地鞠躬并且感激地指向我的作品，我不会多么惊讶。因为我就在起源之地，和我崇拜的多产夫人在一起。

749.医生们是聪明人。他们问，啊，萨利教授必须给他的肛门动手术吗？“绦虫博士必须被拉出来。”他们回答。

750.2月。基于一幅铅笔素描创作了玻璃上的新作品，“写作的女孩”。

在犹太主义学生协会上演奏了舒伯特的A小调弦乐四重奏，优秀的贾恩拉小提琴。

获得了一把1712年的泰斯托雷（Testore）小提琴，弃用老的、修缮迷人的米腾瓦尔德（Mittenwalder）。人会爱上小提琴。但是当它们被抛弃，它们不会自杀。这很方便。

我们在交响音乐会上演奏了赛萨尔·弗兰克精彩的交响曲、柏辽兹的切利尼序曲和李斯特的梅菲斯特圆舞曲。来自巴黎的男中音路易斯·弗罗利希唱得妙极了，尤其是《浮士德的天谴》里的梅菲斯特小夜曲。

这一次我光读世界文学。拉伯雷（Rabelais）的《巨人传》、莫里哀的《斯卡潘的诡计》和《无病呻吟》，霍夫曼的《侏儒查赫斯》和幻想小说集。

753.2月。杂交的花朵是美好婚姻的合适标志。

在伯尔尼的商场里不小心听到的俏皮话：“他的脑子里一定穿着一双新鞋，这解释了他为什么那么生硬地顶着它！”阿勒曼尼标牌上的阿勒曼尼熊不想落后于其他动物，绝对不!

756.1906年2月。自上批作品以来，我在实际操作上深入了许多。我在与自然的直接接触中成功保持了自己的风格。如今我的挣扎结束了。我可以进入生活。我说的是玻璃上的作品“小花园之画”那样的东西。

你的脑袋是一个装着透视镜的高塔，光线在上面舞蹈。

757.我在工作室里的创作会变得活泼生动得多。我成功地将“自然”直接移植到我的风格里。“习作”这个概念属于过去。一切都会是克利的，无论印象和表象是否被日夜或者时刻阻隔。

如果有一天我又无法空着肚子表达自己，我必须去狩猎，躺下来等待时机，以我所知道的最佳方式出击。此后的产出将会源源不断，永不停歇。自然地，一开始无法避免某种二元论。

我纳闷我会否在色彩领域走得一样远？无论如何，又一种限制被打破了，而那是艺术家所能面对的最沉重最艰难的限制。这一进展与我的婚姻计划完美吻合。住在一座大城市是件好事，让莉莉离开她父母的家也是件好事。我们两个都会专心工作。我不知道会工作多久。我只是拒绝被中产阶级标准衡量。

设置时限未免短视，解释为何最终失败同样如此。只要我工作，必然有心怀希望的权利。所以我会工作！

758.3月。对我这类构图来说，必须有平衡力将色调里的不和谐成分（鄙俗的难以估计的因素、缺陷或者粗糙）中和到平衡态势。重新获得的和谐不是脆弱的美，而是强大的。

完成一幅优质的玻璃版画“木偶戏”。木偶由黑色画成，绳子是紫色。

我们在第五场交响音乐会上主要演奏了鲍罗丁（Borodin）的第二交响曲。盲人钢琴家华波兹（Fabozzi）演奏了肖邦的协奏曲及几首独奏曲。

不久之后我们来到纳沙泰尔演奏同一交响曲和柏辽兹的塞利尼序曲。来自巴黎的杰出小提琴手喀彼（Capet）客串独奏，演奏了勃朗姆斯的小提琴协奏曲、瓦格纳的《纪念册的一页》、巴赫的独奏曲。

我从纳沙泰尔穿过侏罗山（Jura）到巴塞尔听乔基姆四重奏演出——莫扎特的C小调第18号作品和B大调第130号作品。一个幸运的巧合使得我看到了美妙的法国印象派绘画：西蒙，卡里埃尔，5幅雷诺阿，4幅莫奈，1幅德加，以及一整屋罗丹的作品。

威尔第的《奥赛罗》在伯尔尼上演（死亡清除了爱情里的嫉妒

成分——结尾的音乐把它表达得多么美丽啊！）；它震撼了我，因为我以前不知道这件作品。女花腔魏德金是《塞维利亚理发师》里的客串艺术家。她作为女演员不怎么吸引人，散发某种低俗气息。《伯尔尼日报》登了格里尔帕策的戏剧《俄诺涅》。人们为本土作家喝彩，而且谁也不能反对。这真是再正常不过了。可以肯定的是，如果他是一个预言家，本地的庙宇会在他眼前关门大吉。

759.3月。关于哈勒高中时期的一则逸闻仍在流传。为了惩罚某个老师，大家决定派某人于“日出之前”在他的门把手上拉屎。两个强壮的十二年级学生把弥穆举到了适当的高度。然而此时瑟森建议在一个更舒适的位置排泄，再将它移到指定位置更好操作。但是哈勒拒绝了，认为这么做太普通。他对那些十二年级学生可不开恩——他们理应在行动的神圣性的激发下体现足够的力量。

在我看来，只强调美的艺术就像只关注正数的数学。

760.我独创的玻璃版画技巧：一，在版上均匀涂抹蛋白，需要的话再加上稀薄的混合液；二，等它干燥后，用针把素描刻进去；三，固定它；四，背面用黑色或者其他颜色密封起来。

熟练的双手往往比头脑懂得更多。

构图上的和谐，被那些因不相调和而粗糙不完美的色调赋予了独特风格。这些色调在平衡作用下又恢复均匀状态。

761.噢，诗人啊！希望你形容坟墓的腐烂气息，却又不依赖写诗必需的灵感。那么买一块卡蒙贝尔奶酪（Camembert）吧：时不时闻闻它，你会成功的。

762.梦到我在一个魔术师的花园里拜访他。花园里有一只全由猩红色玫瑰搭成的长椅。他要我坐下，我假装如此。他眼皮也没抬就坐下了。我的坐姿很快变得痛苦。魔术师的女儿面朝我站在窗前，我不好意思地冲她微笑。她恼火地关上窗户，但是更加肆无忌惮地从窗帘后观察我。

在我们的梦境里，生活的某些时刻经常重现，带来惊讶和片刻的无助感。它们大多是琐碎的事情。处于自我控制下的那些深刻印象则与我们保持距离。

763.我和布罗苏搭乘诺伊堡火车到了因斯，然后乘电动的二号线路去苏西（Sugiez）。我们从那里去看乌力山（Mont Vuilly）；从山顶上可以看到穆尔腾湖、诺伊堡湖以及一部分比尔湖。在连天战火般的冰雹下，我们穿过葡萄园享受了一场美好的散步。那是阴郁的一天，刮着北风。蓝天上，下着雪的云有节奏地飘浮而过。我们在莫提尔吃午餐。然后穿过一片美丽至极、鲜花遍布的春野来到古蒙恩（Gummenen）这个宁静村庄，然后坐直达火车回家。相比阿尔卑斯地带，我对湖村更感亲切。

764.《女人与野兽》《独翅英雄》《树上的处女》《丑角》《女性的魅力》《两个男人》《君主制主义者》《新佩修斯》《老凤凰》《可怖的头部》——我准备把这十幅蚀刻版画装裱在同一个大画框里去参加慕尼黑的分离派展览会，否则评委们可能会挑开其中几张。莉莉从慕尼黑为我订购画框，如此便可省下运费。

我另整理了一本同批单张版画的合集给斯托克教授，这样一来他就有所准备，或许能为我说上几句好话——如果不能是在柏林，起码是在慕尼黑！我相信这是行得通的。

765.4月。柏林之行，取道卡塞尔（Kassel）、法兰克福、卡尔斯鲁厄（Karlsruhe）回家。

星期天，4月8日。布罗苏和我去了巴塞尔，在莫里耶特的连襟家吃饭。我们当夜取道法兰克福、富尔达（Fulda）、埃尔福特（Erfurt）、魏玛和哈里，于星期一（4月9日）下午2：40到达柏林。布罗苏求学期间的朋友乔纳斯·弗兰克尔在安哈尔特（Anhalter）站接我们。我们很快在附近的科林内尔街上找到一间私人房间，于是出去探勘环境。参观了波茨坦广场、莱比锡大街、费里德里希大街、菩提树、国王陛下宫殿、博物馆、勃兰登堡门和维尔特海姆。

4月10日，星期二。在腓特烈大帝博物馆一直待到下午3点钟。随便吃了马马虎虎的一餐。逛了菩提树、德国议会大厦、激动人心的俾斯麦纪念碑和更激动人心的凯旋大道。在蒂尔加滕公园，皇帝戏剧性地驶过。从蒂尔加滕公园乘地铁到波兹坦车站。突然决定去剧院，于是向一个车夫问路，跳上一辆公车。看了《费加罗的婚礼》。之后吃了晚餐，去了间咖啡馆。凌晨2点回到家。格雷戈尔（Gregor）《费加罗的婚礼》的舞美设计得非常精简。服装是革新后的风格。音乐部分不如慕尼黑。指挥在最后一幕中为了气氛采用夜莺的鸣唱，一度引起混乱。这次听到《天使宽恕我》的壮美内容后，我深受感动。这是最高层次的民族精神，只不过表现手法比《费德里奥》经济简练得多。

4月11日。去国家美术馆参观百年纪念展，尤其关注费尔巴哈、马瑞、莱博尔（Leibl）、特吕布纳（Trubner）、门采尔（Menzel）和利伯曼（Liebermann）。恩派尔（Empise）和毕德迈尔（Bmdermeier）并不真正合我口味。下午1点吃午餐，之后参观佩加蒙博物馆，里面闷热难熬。口渴驱使我们进入一家店喝茶。然后一年中的第一场暴风雨爆发了。在波兹坦车站上，一只黑鸟理想主义的歌声动人心弦。我们对喜歌剧院的印象不错，以至于我们又去看了多尼采蒂（Donizetti）的《唐巴斯奎尔》，演得甚至比昨晚的节

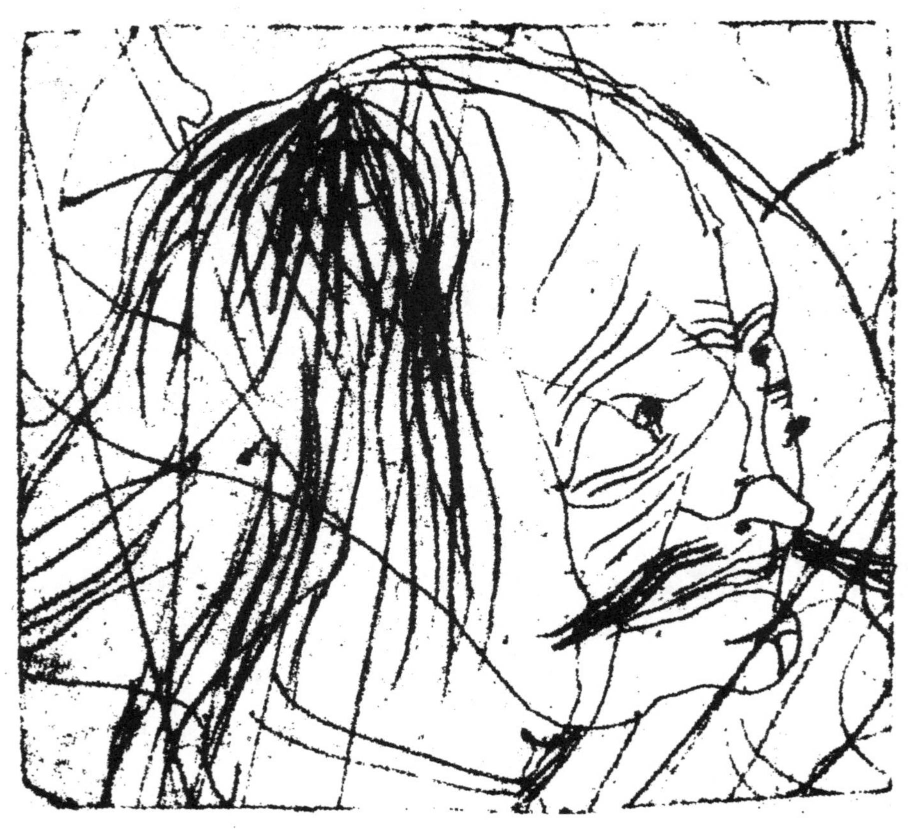

+ 男子头像，吉卜赛式　1906 年

+ 艺术学校的裸体画练习课

目更加优秀。我们在慕尼黑的剧院里熟识的弗兰契欧·考夫曼小姐（Francillo Kaufmann）在剧中显得太可爱了，更何况导演还教会了她如何演戏。

4月12日，星期四。二度参观腓特烈大帝博物馆。晚上去新剧院，那里正在上演莱因哈特（Reinhardt）执导的《仲夏夜之梦》。随后，莫里耶特的一个师从汉柏丁克学习音乐的朋友带我们去吃了一顿绝佳菜肴，又驾车夜游蒂尔加滕公园。我们一直玩到凌晨四点。

4月13日，星期五。受难节。安静的一天，冗长的午睡。下午5点，我拜访了赫利布教授，希望这能促使他信守承诺。他是个令人愉快的男人，鼻子有一点缺陷。他非常有同理心，赞同我搬到大城市的决定。给了我一本漂亮的戈雅传记，里面有很多洛加（Loga）画的插画，算是某种担保物吧。如果他食言了——他只有好消息可告诉我的时候才会寄回那些版画——我就会拥有这本漂亮的传记。7点钟，我去我的第一个买主舒尔茨先生家吃饭。他的家很舒适。他的妻子怀着身孕，他也是——也就是说他们都是病人。

4月14日，星期五。早上逛动物园，下午参观民族博物馆。夜里去莱辛剧院，那里正在演易卜生的《罗斯马庄》，由特瑞斯克、雷切尔和巴瑟尔曼出演。

4月15日，星期天。早上去看游行。晚上去德国剧院看莱因哈特导演的《威尼斯商人》。索玛（Sorma）演波西娅，辛德克劳特（Schildkraut）演夏洛克。科林斯（Corinth）设计了舞台布景。这是我在德国看到的最棒的戏剧表演之一。奇怪的是柏林观众们没怎么喝彩。

4月16日，星期一。我离开这个国家的首都，连同它的剧院、1

马克的菜肴（面包和芥末酱免费）、臭虫和没什么乐子可找的友善人民。为什么人们向来只听到对柏林的谩骂呢？这其实是个非常令人愉快的城市呀！

火车于上午8:35出发，途径波兹坦、布兰登堡（在湖上）、马哥德堡等。下午1:46，我和莉莉欢欢喜喜地在克莱安森见了面。4点钟的时候我们到达卡塞尔。

布罗苏想在柏林多待一小会儿，稍后再加入我们。

766.卡塞尔。4月17日，星期二。早上待在精彩非凡的博物馆里。午饭后，我们休息到了5点。夜里参观了威廉山。

4月18日，星期三。一大早，布罗苏在我们喝咖啡时出现了。他连夜跋涉，“有个战士挤在我胸口”，看上去就是舟车劳顿的样子。我们又一次参观博物馆，那里有一系列杰出的伦勃朗画作。午饭后，我们在整洁干净的城里闲逛。

4月19日，星期四。我和莉莉于早上9:40离开去玛堡（Marburg），莉莉在那里参观了希万里（Schwanallee）区域。我身处这个兄弟会学生据点则感到心情不佳。天逐渐下起大雨。

下午5点，我们抵达法兰克福。

4月20日，星期五。上午逛施塔德尔画廊。布罗苏加入我们，再度参观了麦尼埃（Meunier）的回顾展。之后我们照常去逛棕榈园。

4月21日，星期六。又去了施塔德尔画廊，然后去动物园。晚上去歌剧院，那里正上演《狄多的仁慈》，水准太过一般。

4月22日，星期天。我们远足到威斯巴登，接着散步到风景优美的内奥山。

4月23日，星期一。我们参观歌德故居，开始惆怅地想到就要被迫分离。

4月24日，星期二。我们早上6:20分别。莉莉去慕尼黑的火车6:30开。

我于上午9点钟抵达卡尔斯鲁厄。在一个没什么意思的地方吃了早饭后，出发去艺术馆。我在这里看到了著名的格吕内瓦尔德（Grunewald）的作品，它令我恐惧，费尔巴哈的《最后的晚餐》也令我有些不寒而栗。中午搭火车去巴塞尔。我下午4点到达，在记不起名字的地方饱餐了一顿瑞士佳肴。我在6:22的时候已经回到火车上，晚上9点抵达伯尔尼。

767.伯尔尼的音乐会。第六场交响音乐会上表演了海顿的C大调交响曲和格鲁克的《阿尔西斯特》序曲。路德维格·海斯唱了《唐璜》里的男高音咏叹调和许多歌曲，其中包括舒伯特的《拥抱你》，他演绎得很迷人。

合唱协会表演了博西（Bossi）的《失落天堂》，这是一部相当歌剧化的清唱剧。女低音卡劳斯·奥斯本小姐唱得甚是美妙动听。我们乐师约有80人。在剧院，一位男高音担当客串艺术家，他的嗓子不幸完全哑了。两位小市民评论说：

①“那个家伙需要熊粪。”②“哟，那么他来对了地方！”

我的最佳读物当然是洛加的戈雅传记，赫利布教授那么天真地把它给了我。

768.5月。我狂热地写生，有时是在花园里，好像我急于证明我的旅行有益处。当然了，时运所致，一堆困难冒了出来。就这样，这个月不知不觉地过去了。戈雅在我周围盘踞不散，这也许是主要的问题，但是我必须克服它。我又一次读起了我最喜欢的书《堂吉诃德》，还有一点易卜生、信件和契诃夫。契诃夫那种略带野蛮的才智并不特别吸引我。

770.在我们的花园里，我虔诚地关注着我从罗马带回、重新种植的佛山柑，并让强壮的一根树枝单独生长。这一过程也提供了毛细管作用领域的灵巧实验。

772.伯尔尼的人民有点迟钝；他们也许想得比说得多，否则当高空绳子上的“克尼”发表以下朴素演讲时他们总该喊点什么：“表演会持续一个半小时。由于这是段艰难的工作，我们不得不要求至少20~30分的费用。每一种工作都必须得到报偿，而且我知道你们没有人会为30分工作一个半小时。”

“现在上最高的绳子！针对这个，我们必须要求额外的10~20分。我肯定你们谁也不会做这么危险的工作！”

（德国的小丑可远远没有这么聪明。）

773.6月。不顾高温和非常闷热的天气，我工作得近乎狂热。在慕尼黑展出的版画的所谓古典风格和印象派画家表现的某种自由松

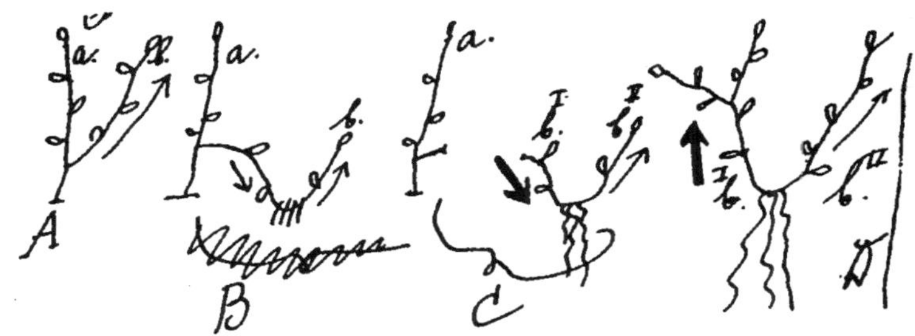

+ A. 有两根树枝 a 与 b 的植物
+ B. 树枝 b 弯曲，中间部分缚在地上
+ C. 中间部分扎根后，它与树根 a 分离
+ D. 新的植物 bI 和 bII 各自独立生长；从此开始，树液逆循环。

散的风格之间游离。

月初在图恩待了几天。某次洛特马来了，我们从施皮茨走去莱西根。我在伯尔尼同奥尔加·赛力格（Olga Selig）参观了施安兹利（Schanzli）。当然是在周六，我唯一的社交日（更确切地说是社交午后）。他由“杨”咖啡馆开始；某次他与冯·西那小姐去了因格瑞德。

我结识了哈勒介绍的恩斯特·松德瑞格（Ernst Sonderegger），他一个非常好的人，有着羞怯内向的微笑。他时不时用余光对我投来热烈而谨慎的一瞥，难以察觉却又如同红外线。他来自达沃斯（Davos），对我的讽刺家气息感到亲近。他自白式地解释他的讽刺家倾向，说这部分是源于他幼年时期忍受的恶劣待遇。我的玻璃板讽刺画让他想到帕斯金（Pascin），但是他认为讽刺更多来自我自己。在一定程度上，他似乎很懂我。与他进行关乎人的交谈不无益处。

775.当我想将松脂稀释加热，结果变成过于厚重的沥青底，但它以最迷人的方式大理石化，成为一种新的凹铜版底。人就是这样通过愚蠢行为得到新的发现。

776.水，水上是浪，浪上是船，船上是女人，女人上是男人。在1904年夏天就有了这个构思。结构不稳定。

777.浪漫情怀的一时兴起？想象力的驰骋？梦幻曲？高堆的云雾？疾走的闪电？（戏剧性地）：法则变得混乱了！喔！

9月个人新闻：伯尔尼艺术家恩斯特·保罗·克利，与卡洛琳·斯顿夫、路维希·斯顿夫医生之女订婚。

*) Famil[illegible]nachrichten. Als Verlobte sind vom Standesamte aufgeboten: der Handelskammersekretär Dr. Ferdinand Knoblauch hier mit der Hofsporermeisterstochter Fräulein Josepha Mayer hier; der Kunstmaler Ernst Paul Klee in Bern mit Fräulein Karoline Stumpf, Tochter des Medizinalrates Dr. Ludwig Stumpf hier. — Vermählt haben sich: der Leutnant im 2. Chevauleger-Regiment Ludwig Freiherr v. Hacke, zur Zeit kommandiert zur Equitationsanstalt, mit Fräulein Emma Meyn, Tochter des Gutsbesitzers Charles Meyn in Cuxhaven; der Amtsrichter Dr. Michael Maduschka hier mit Fräulein Hildegard Roth, Tochter des Rentiers Anton Roth hier.

+ 私人新闻；订婚名单与结婚名单　1906 年 9 月

译注

卡尔德隆·德拉巴尔卡（Calderon de la Barca，1600—1681）西班牙剧作家、诗人，以宗教戏剧为主。

威廉·奥斯特瓦尔德（Wilhelm Ostwald，1853—1932）德国化学家、哲学家，是物理化学奠基人之一。

爱德华·格雷格（Edvard Greig，1843—1907），挪威作曲家、钢琴家。

爱德华·里斯勒（Eduard Risler，1873—1929），法国钢琴家。

朱塞佩·多梅尼科·斯卡拉蒂（Gluseppe Domenico Scarlatti，1685—1757），意大利作曲家。

贝尔代托·马尔切洛（Benedetto Marcello，1686—1739），意大利作曲家。

卡尔·戈德马克（Karl Goldmark，1830—1915），匈牙利作曲家、小提琴家。

路易·施波尔（Louis Spohr，1784—1859），德国小提琴家、作曲家、指挥家。

尤金·艾尔伯特（Eugen d’Albert，1864—1932），法裔英国钢琴家、作曲家。

尼基施·阿图尔（Nikisch Artúr），1855—1920），匈牙利指挥家。

海因里希·冯·克莱斯特（Heinrich von Kleist，1777—1811），德国诗人、戏剧家、短篇小说家和记者。

法鲁西奥·布索尼（Ferruccio Busoni，1866—1924），意大利作曲家、钢琴家、指挥家、编辑、作家和老师。作为钢琴家在欧洲和美国巡演。

C.M.冯·韦伯（C. M. von Weber，1786—1826），德国作曲家、指挥家、钢琴家。

爱德华·劳（Edward Lowe，1610? —1682），英国作曲家、演奏家。

安东·布鲁克纳（Anton Bruckner，1824—1896），奥地利作曲家、管风琴家。

费迪南德·霍德勒（Ferdinand Hodler，1853—1918），19世纪最负盛名的瑞士画家之一。

卡尔·里耐克（Carl Reineke，1824—1910），德国作曲家、指挥家、钢琴家。

塞萨尔·弗朗克（Cesar Franck，1922—1980），比利时出生，巴黎生活的作曲家、钢琴家、管风琴家。

赫尔曼·楚姆佩（Hermann Zumpe，1850—1903），德国指挥家。

查尔斯·古诺（Charles Gounod，1818—1893），法国作曲家。

弗朗茨·拉赫纳（Franz Lachner，1803—1890），德国作曲家、指挥家。

伊格纳西奥·祖罗阿加（Ignacio Zuloaga，1870—1945），西班牙画家。

穆尔塔图（Multatuli，1820—1887），荷兰小说家、散文家。

洛特罗（La Otero，1868—1965），西班牙女演员、舞者、交际花。

阿图尔·施纳贝尔（Artur Schnabel，1882—1951），出生在奥地利（现属波兰）的钢琴家、作曲家。

艾蒂安·尼古拉斯·梅于尔（Etienne-Nicolas Mehul，1767—1817），法国作曲家。

斯皮尔佛格（Spervogel）又称Herger，约1190年时期的巴伐利亚诗人。

尼古拉斯·雷瑙（Nikolaus Lenau，1802—1850），奥地利诗人。

马克思·哈伯尔（Max Halbe，1865—1944），德国小说家、戏剧家。

路德维希·安岑格鲁贝（Ludwig Anzengruber，1839—1889），奥地利戏剧家、小说家。

伊曼纽尔·夏布里埃（Emmanuel Chabrier，1841—1894），法国作曲家、钢琴家。

沃尔克·安德瑞（Volkmar Andreae，1879—1962）瑞士指挥

家、作曲家。

弗里德里希·克罗斯（Friedrich Klose，1862—1942），德国作曲家。

让·巴蒂斯特·卡米耶·柯罗（Jean-Baptiste-Camille Corot，1976—1875），法国画家。

库诺·阿密特（Cuno Amiet，1868—1961），瑞士画家、插画家、雕塑家。瑞士的现代艺术代表人物，将新印象主义从法国引入瑞士。

卡尔·霍费尔（Karl Hofer，1878—1955），德国画家。

雅克·蒂博（Jacques Thibeaud，1880—1953），法国小提琴家。

戈特弗里德·凯勒（Gottfried Keller，1819—1890），瑞士小说家、诗人。

海因里希·诺特（Heinrich Knote，1870—1953），德国男高音。

卡塔琳娜·森格-贝塔克（Katharina Senger-Bettaque，1862—1927），德国女高音。

奥芬巴赫（Offenbach，1819—1880），德籍法国作曲家。

萨哈勒特（Saharet，1896—1917），澳大利亚出生的舞蹈家，在百老汇和欧洲演出。

弗迪南德·雷蒙德（Ferdinand Raimund，1790—1836），奥地利演员、剧作家。

约翰·雅各布·威廉·海因泽（Johann Jakob Wilhelm Heinse，1746—1803），德国作家。

帕布罗·卡萨尔斯（Pablo Casals，1876—1973），西班牙大提

琴家。

弗里兹·布伦（Fritz Brun，1878—1959），瑞士指挥家、作曲家。

加斯帕雷·斯蓬蒂尼（Gaspare Spontini，1774—1851，意大利作曲家、指挥家。

蒂尔索·德·莫利纳（Tirso de Molina，1571—1648），西班牙剧作家。

弗兰克·魏德金（Frank Wedekind，1864—1918），德国剧作家。

詹姆斯·惠特勒（James Whistler，1834—1903），美国印象派画家。

让·奥诺雷·弗拉戈纳尔（Jean Honore Fragonard，1732—1806），法国画家、版画家。

朱尔斯·马斯奈（Jules Massenet，1842—1912），法国作曲家，擅长喜剧歌剧。

A. 德·缪塞（A.de Musset，1810—1857），小说家、诗人、剧作家。

克里斯托弗·威利巴尔德·格鲁克（Christoph Willibald Gluck，1714—1787），生于德国，创作意大利语和法语歌剧。

让-巴蒂斯·卡尔波（Jean-Baptiste Carpeaux，1827—1875），法国雕塑家。

古斯塔夫·夏庞蒂埃（Gustav Charpentier，1860—1956），法国作曲家，师从马斯奈。

尤金·卡里埃尔（Eugene Carriere，1849—1906），法国印象派画家。

克洛德·洛兰（Claude Lorrain，1600—1682），法国风景画家、版画家。

西蒙·夏登（Simeon Chardin，1699—1779），法国画家，擅长静物。

雅各布·罗布斯提·丁列托列（Jacopo Robusti Tintoretto，1518—1594），意大利画家，威尼斯画派。

阿古斯塔莱·阿弗勒（Agustarello Affre，1858—1931），法国歌剧男高音，1890—1911年间活跃于巴黎。

米哈伊尔·莱蒙托夫（Mikhail Lermontov，1814—1841），俄国诗人、剧作家、小说家。

艾克托尔·路易·柏辽兹（Hector Louis Berlioz，1803—1869），法国作曲家，法国浪漫乐派代表人物。

恩斯特·卡西尔（Ernst Cassirer，1874—1945），德国哲学家。

路德维格·图伊勒（Ludwig Thuille，1861—1907），奥地利作曲家、老师。

马克斯·冯·席林斯（Max von Schilings，1868—1933），德国作曲家、指挥家。

梅德尔达斯（Medardus），德国作家霍夫曼的《魔鬼的长生不老药》的主人公。

丹纳（Taine，1828—1893），法国历史学家、批评家。

亚历山大·鲍罗丁（Alexander Borodin，1833—1887），俄国作曲家、化学家。

威廉·莱博尔（Wilhelm Leibl，1844—1900），德国肖像画家。

威廉·特吕布纳（Wilhelm Trubner，1851—1917），德国风景画家、肖像画家。

阿道夫·冯·门采尔（Adolf von Menzel，1815—1905），德国历史画家、石版画家、插画家。

马克斯·利伯曼（Max Liebermann，1847—1935），德国画家、版画家。

马克斯·莱因哈特（Max Reinhardt，1873—1943），出生于奥地利戏剧演员、戏剧导演、电影导演，20世纪初期德语戏剧的代表人物之一。

康斯坦丁·麦尼埃（Constantin Meunier，1831—1905），比利时画家、雕刻家。

马蒂亚斯·格吕内瓦尔德（Matthias Grunewald，1470—1528），德国宗教画画家，哥特派艺术代表人物。

朱尔斯·帕斯金（Jules Pascin，1885—1930），保加利亚画家，以画女人闻名。

一、慕尼黑

778.10月。如今我有合法配偶了，因为我在市长办公室穿过了那扇标着“已婚”的大门。汉齐先生从一大束花的后面向我们施以崇高的劝诫，他的话语有时绕向左有时绕向右，一会儿对我说，一会儿对我的新娘说。教堂广场前的市场已经开始营业了，当我们走过肉摊时，屠夫们笑了起来。他们的灵魂就是如此淳朴。

慕尼黑人的个性便不一样了。慕尼黑没有那么友善，当你住在王子街上的一间小公寓里尤其会有这种感觉。另一方面，这里的人相当快活。我惊奇地看着那些千篇一律、熏得黑黑的楼房外墙，我将要在里面成为一个好公民。

但是它也有诱惑力——音乐、歌剧、便宜的画框。即使是从长远角度来看，它也显然是宜居的。

工作依旧不理想，依旧工作。我们住在安米勒街32号一栋房子的二楼靠右边，俯视花园。

有了一张用来造形的塑料桌子。为什么是它呢？就是买了！

听了莫托尔指挥的《魔弹射手》，迪-艾伯特的长笛独奏，和施特劳斯不甚动听的《火荒》。还有《赛门和黛利拉》，里面有表现苍白的普鲁斯-马策瑙尔（Preuse-Matzenauer）。在格特纳剧院听了奥芬巴赫的诙谐的《俄耳浦斯》。麦克斯保尔的钢琴独奏会曲目包括英雄伴奏曲、勃朗姆斯降F小调奏鸣曲、弹奏得极其美妙的李斯特作品。慕尼黑爱乐乐团的指挥施内沃格特（Schneevoigt）装出一副大师的样子，但是其实肚子里没有什么货。上了岁数的莉莉·莱曼（Lily Lehmann）唱得极好——《唐璜》里的《啊，残忍？》、瓦格纳的五首歌和罗伯特·弗朗茨（Robert Franz）的许多歌。读

+ 占卜者的交谈　1906 年

了一些有趣的书，比如施尼兹勒的《阿纳托尔》。黑波尔的《宝箱》更棒。尽管我努力尝试，还是没能对拜伦产生任何联系（看了《唐璜》）。

779.11月。尽管不无一丝隐忧，但无法否认感到某种安适。有了一间用于工作的美好温暖的房间。莉莉的祖母给了我们一座布尔乔亚帝国风格的梳妆镜柜，大且华丽，我得以将工作物件有序地安放在它的各个抽屉里。

在伯尔尼，我受委托为巴塞尔的药剂师阿尔伯切特-莫里埃特(Albrecht-Moilliet)画一幅玻璃板上的彩色素描《一个孩子的肖像》，并且立即完成了任务。价格是200法郎，这是友情价。

马上，冯-西那小姐也想要一幅玻璃板上肖像。为了不让她焦急太久，我正敬业地画着。

除此之外，我以最大的热忱在玻璃这种最光滑的平面上精简地画着，除去上面的杂粒，直到它们几乎或完全不见。

我腋下夹着一份友好的介绍信和作品集去拜访“同步画派”（Simplicissimus）的吉希普（Geheep）博士，办公间在大街上一个非常脏的地方。我想既然帕斯金在这里备受尊敬，我可能也会被接纳。然而吉希普与同事交流后，很客气地询问是否还有更适合“同步画派”的作品。我绝不是也从不想成为艺术大师，于是我遗憾地被迫放弃这个成为“同步画派”的插画家的想法。甚至帕斯金的创作都似乎让那些绅士们轻声叹气。

11月/12月。有很多场音乐会，我听得心满意足。布索尼（Busoni）将肖邦的《离别曲》25号作品弹奏得卓越非凡。然后又是麦克斯保尔，这一次他向我们展示了门德尔松的特质。伟大的梅斯克艾特（Meschaert）以极深的音乐性和完美的雄辩家式的控制力演唱歌曲与民谣；玛托（Marteau）演奏勃朗姆斯小提琴协奏曲。

在剧院听了莫托尔指挥的柏辽兹的《特洛伊人》，这些信息已经足以说明有多棒。然而，另一方面，12月18日看了一场品位低下得可怕的《伪君子》。

780.12月。在这个拥有五千位画家的城市，如今的我完全独来独往，完全为自己而活。我想起了克尼尔的学生利希滕伯格，发现他又倦怠又幻灭。这对我毫无用处。

一个人在人群中的生活相当单调。在索尔恩（Solln），我重温了与弗雷达·费歇尔（Frieda Fischer）夫人的旧日友谊。随后莉莉从前的老师霍夫曼-曼歇尔夫人邀请我们去听勃朗姆斯奏鸣曲第100号作品。莉莉教的小学童有次来我们家里练琴，真是令人愉快的变化。

现在的工作主要是将已有的画题转化为新的舒散风格。我轻松随意地这么做着，以至于有时候几乎误认为自己已经达到了某种纯熟的地步。

781/782.回顾起来，我认为在分离派画廊展出版画作品最为重要；在法兰克福的瓦森多弗画廊的展览不太重要，而且也没引起什么关注。在巴塞尔画的“一个孩子的肖像”给我带来200法郎，伯尔尼的“冯-西那小姐的肖像”则是600法郎。

年末，我听了莫托尔指挥的施特劳斯的《莎乐美》，表演者有克诺特、普鲁斯-马策瑙尔、拉森、法因哈尔斯等；莫托尔指挥的《魔笛》，表演者有班德尔、波塞蒂、克诺特、齐默尔曼和布罗德森。莫托尔的指挥不同凡响！他是那样的张弛有度，每当他不时强调某个段落，效果是多么好啊！最后听了克诺特参与演出的《斯特拉德拉》（Stradella）作品，主要是为了一次性听他的美妙嗓音听到心满意足。

从心理学的角度来看，弗里兹·科克尔（Fritz Kocher）的文章有些意思。但是拜伦啊拜伦，无论如何我也无法理解你。

［1907年］

783.1月。莉莉的朋友们邀请我们去看他们，我可不觉得这对我们有任何好处！但是我不想低估那些真正友好的人们，再说他们不会像我那深深受伤的岳父那样发出哀叹。毕竟，就他们的资产阶级背景来说，这种邀请显示出一定的慷慨大方。

除了创作欲枯竭的利希滕伯格，重新出现的旧相识中有华西琉（Wassilliew）。她的变化之一是显而易见的孕肚（要是哈勒能看到就好了！），我想这会消失的。她现在姓伊利亚伯格（Eliasberg），因为她嫁给了一位该姓的德俄犹太文士。总体来说，那是一个愉悦有趣的夜晚，有各种事物可听可看（比如比亚兹莱为《莎乐美》创作的插图）可“学”，因为这位文士所知甚广，就算只是略懂皮毛而已。

784.我再次投身纸本创作。我用印度墨画了一些有色调的素描，有时候靠喷洒墨水。色调开始对我有一定意义，而在过去我几乎完全不理会它。

既然赫利布已被免去了《艺术与艺术家》的编辑职务，伊利亚伯格想再在这本杂志上试试运气。接替赫利布的人叫作卡尔·舍弗勒（Karl Scheffler）。我寄去了玻璃版画和画在玻璃上的作品，比如《父亲》《棕色衣服的一对》《逝去的光荣》《素描：我父亲的肖像》，他将最后这幅作品称为《先知伊利亚》。

我向将在春天举行的分离派展览的评审提交了这些玻璃上的画作——《喜剧》、《抒情沉没》、《女人与野兽》（绿色与红色的那幅）。

785.保守的海那曼画廊率先展出法国印象派画作，其中最吸引我的是马奈的杰作《喝苦艾酒的人》，极大地帮助我理解色调。然后是渐渐转向色彩主义的一系列作品，从《好啤酒》到《撑阳伞的女人》。要么《喝苦艾酒的人》真的是这批作品里的翘楚，要么就是我此时此刻特别中意它。还有莫奈的巴黎及近郊风景画，那林荫道的场景多棒啊！代表库尔贝的是他的杰作《扭斗者》。

在分离派画廊看到一组乌德（Uhde）的作品。它们的水准很可敬，但是与法国人比起来略显苍白，只在某些细节上显现出印象主义的真传。霍尔泽（Holzl）有着惊人的进步，但是实质内容不如进步本身有意思。希拉姆（Schramm）先生是个糟糕得可怕的画家。

785a.莫托尔指挥了柏辽兹的一部迷人戏剧《班尼迪克和贝阿翠斯》。法斯宾德（Fassbender）小姐真是个伟大的艺术家。

另一方面，洪佩尔丁克的《不情愿的婚姻》简直太糟糕！

听了一流钢琴家赖泽瑙尔的演奏——不能说他弹的是钢琴，因为听起来完全不像钢琴。他弹了贝多芬的降A大调第110号作品，舒伯特的《瞬想曲》和《即兴曲》。然后是许多首肖邦、一首菲尔德（Field）、几首李斯特！多么非凡的体验。

迪-艾伯特吹得可不轻松，我保持冷静，钢琴嘎嘎作响。长着一对小小的猪眼睛的脸显出怒色，但这也没能成功把局面扭转过来。我从心底保持绝对冷静。

施塔文哈根-柏柏尔-基弗一同演奏，如此而已。波希米亚弦乐四重奏还是很棒，尽管换了小提琴手。

莫托尔又回来了，献上一些新的体验。这一次是《英雄交响曲》啊！！在它之前是赫布里底群岛序曲和《波希米亚的森林与草原》。

786.2月/3月。一家之主和准父亲这个新头衔驱使我着手进行一项实在荒谬的计划：为分离派夏季展览画一幅无人委托的肖像画！

要不是真正的作品刚刚遭遇惨败，我才不会允许自己做这样的事情。更有甚者，舍弗勒拒绝了我，提交给分离派春季展览的作品也没入选。他写了两三页信给伊利亚伯格，承认我有天赋，但是侦查出太多错误。他说库宾（Kubin）也不行，但是至少有想象力。现在我看起来就像一头驴，正如慕尼黑的人们说的那样。

我要做爸爸了——事情就是如此。我不能说我喜悦，但是现在绝对好过以后，毕竟莉莉30岁了。

787.4月。为展览着手创作的肖像令我激动。玻璃板是那么美丽纯洁，为什么要用刷子乱涂、用针乱刺呢？还有那该死的截止日期。

伯尔尼的人民想要一本幽默杂志，处于《简单》和《青年》之间的堕落读物。毫无疑问，这注定会夭折。但是艺术家们趁着还有利可图赶紧做了起来。值得注意的是，我是他们试图吸纳的最后一个人。不过埃米利乌斯·卡蒂诺克斯（Aemilius Cardinaux）的确记得我，这一点还是要承认的。毕竟他完全可以直到破产才想起我来。

老瑞士传来其他烦忧的声音。我的“冯-西那小姐肖像”引起了颇大的骚动。弗里茨·洛特马不得不为我辩护！……他人可真好呀。

788.莫托尔对喜歌剧的偏好令人愉悦，这令我们有机会听到多尼采蒂（Donizetti）的《爱之甘醇》，表演者包括博塞蒂。盖斯先生表现生动，但是并不激情洋溢，而是相当无趣又滑稽。这是最近上演的。

然后我又看了几出莎士比亚戏剧。卢兹恩克岑先生演的《理查三世》不算太糟，不过我们身旁观众中的一位女人上演了一出更好的戏。她疯狂地憎恶理查。“他又出现了，那个混蛋。”她在马蒂厄（Mathieu）入场时嘶声说。这真是好笑得难以置信。

听了亨德尔的清唱剧《扫罗》，非常精彩。菲利克斯·冯·克劳斯展现了美妙的诠释力，并且一人唱完了与塞缪尔的对唱。男高音汉斯先生唱得毫无技巧可言，对作品的理解略显造作。

看了一大批图卢兹-罗特列克（Toulouse-Lautrec）的作品，他的版画尤其卓越！而特吕布勒的手法如此冷峻，我简直要打寒战。

读米开朗琪罗的书简。魏德金的《春之苏醒》写得很棒。

790.回溯一下我目前为止取得的成功。我把版画发给柏林的克勒和雷纳尔。不行。然后给了同在柏林的赫利布。他询问卡西尔，卡西尔说：不行！作为“斯托克的学生”，我得以在1906年于慕尼黑举行的分离派展览上展出它们。对这个于我而言毕竟具有一定意义的活动，批评家们一言不发——唯一的例外是某个黑森林领区的小报，它狠狠地摇着头，这姿势在我们这里明确无误地代表了“不行”。

我继续谨慎发展，并在赫利布被解雇后自信地转投卡尔·舍弗勒，后者数次大喊“不行！”从分离派在国王广场的房间（春日的太阳于它们上方发光）传来回音：不行！“同步画派”总是悄声说“不行”，高分贝的回声则出现在霍恩佐尔尼大街的德施兹（Debschitz）学院里。“不行——是绿色的。”斯默尔先生想过将他放弃的位子给我，但是他没能对付房东，冯·埃森韦特真是好朋友。的确，那些委托我画肖像的瑞士赞助人们支付给我约定的款额，但是我以不可思议的速度把它们花光了。作为补偿，我如今接到早衰模样的格林·海因里希（Green Heinrich）的拜访，他邀请我去那些贪婪的苏黎世/伯尔尼/巴塞尔艺术家吃剩下的盛大宴会。“行？”

791.5月。读易卜生的《我们死人再生时》。听莫托尔在宫廷剧院指挥的《唐璜》。5月11日，听乔基姆四重奏。

如今人们演奏海顿时极其注重主观诠释。

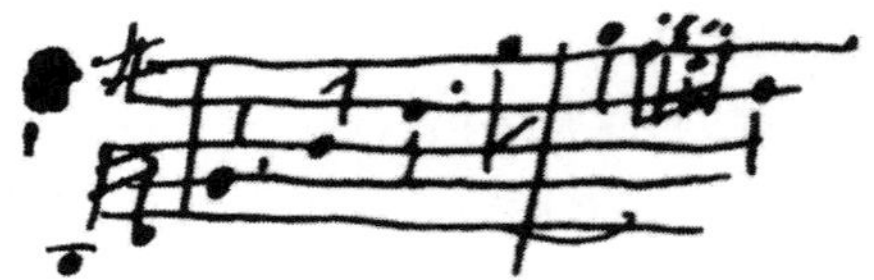

贝多芬降E大调第127号作品。舒曼A小调。5月13日：莫扎特的D。

勃朗姆斯：B大调，最不怎么样的作品。贝多芬的C大调第59号作品。

5月17日。行？行！寄给格林·海因里希几幅素描。

792.我们受到一位略显造作的女主顾B和她已退休的丈夫（一个猪头猪脑的海斯人）的邀请，去往基姆湖畔普林（Prien am Chiemsee），一个广阔而潮湿的乡村。后来整伙人被一个叫作齐默尔曼的庸俗画家邀请过去，享受了上好雪茄、马车兜风和葡萄酒。

B家的食物油腻。此行最棒的部分是乘船游湖和我们独自散步。

沃尔兹博士在一场非洲旅行中身亡。这个善良勇敢的人牵扯进了利比里亚的法国人之间的一场打斗。就在这之前，他曾告诉我："也许非洲旅行会杀死我，如果它没有，我会结婚。"我仍然能够看见他出现在我眼前，在奈德克商场。弗里茨总是拖他去听音乐。"到最后，他开始喜欢听。"

793.6月。我为色调着魔。我痉挛性地斜视（要是有老师建议我这么做就好了！）如今我也明白了为什么有人用木炭作画。如今诸如科林特(Corinth)的"安索奇肖像"这样的画也对我有了一些意义。

7月。听了《众神的黄昏》《费德里奥》和《女人心》，均由莫托尔指挥。6月底，我结识了艾伯特·韦尔蒂（Albert Welti）。

7月，父亲从伯尔尼来看我。我们带他参观慕尼黑。他或许本该带我们回伯尔尼，但是他以家里需要他为由提前走了。或者是他不习惯我们家的素食菜谱？胡萝卜和青豆令他改变了主意？随便了。到了7月底，我们步他后尘回伯尔尼。

794.8月和9月，我们在伯尔尼待了两个月。布罗苏从罗马、弗里茨和奥尔加·洛特马从柏林、哈勒从芬兰而来。我们沉浸在音乐里。莱万道斯基担当了大提琴手，风格活泼跳跃。德沃夏克的杜姆卡三重奏很适合它，因为不那么一丝不苟。但我表演这首吉卜赛风格的曲目出了许多差错。

一位牧师加入我们演奏四重奏。音乐抚慰人心！演奏C大调59号作品时我拉中提琴。我在不甚重要的小段落里犯过两个显而易见的错误，问题出在低音弦上。在其他方面，我的白贡齐（Bergonzi）

提琴细腻优美。

我们在试验。我们试验着名字。A：朱利安、费利克斯、亚历山大、乔基姆、弗兰兹。B：苏珊娜、海琳娜、亨莉埃特、弗兰兹斯卡、夏洛特、伊娃。

795.在伯尔尼期间也完成了一些作品。在室外创作，多用木炭，有时候上淡彩。在一个起雾的秋日上午，我将大而潮湿的安格尔制图纸铺在花园的碎石上，与哈勒一同检阅我的先锋部队。将军给了好评，随后用温和的口吻表扬他自己："我总是想画艰深的东西，直到我可以画成。我东试西试，你懂的！然后我总是撒手放弃。但是，就艺术来说，事情不会进行得那么快。你必须坚持，可能是永远。"

他轻描淡写地为他与艺术的关系正名，说得毫不动情。我重新发觉奥斯特蒙迪根的采石场的美。若非如此，相识们就必须坐在花园里给我当模特了。

796.莱西根。9月里我们在莱西根待了一阵，以淡季的价格租了一间小小的带家具的公寓。我们没能捕到多少鱼。来自巴塞尔的资产阶级相当烦人。我的妻子变得很胖。这里的食物是伯尔尼乡村风格。在斯坦博克（Steinbock）吃到豆子和培根，味道相当好。晚上我们自己做饭。

木柴堆边有足够多的苍蝇可做鱼饵，但是鱼要少得多。到处可以看到蒸汽船。胡桃树美丽芬芳。对面便是贝阿滕堡。是的，是的。

传来乔基姆的死讯。我在C大调赋格里察觉到类似的事情会发生。

798.慕尼黑。名为"身为人父"的人生阶段逐渐拉开序幕。又一次到达我的目的地，想到即将到来的一切，充满不祥预感。在兵役局和税务局的杂事为期待氛围添上某种辛辣滋味。

得到一个令人愉快的消息：松德瑞格要在慕尼黑定居。他的太太是个歌者，她从一开始就对我们态度友好。他是个善良的好男人。

我如钟摆般在对色调的严谨把握和恩索尔（Ensor）的梦幻特质间摇摆不定。我带着速写簿和画框走遍郊野，通过画写生习作继续追求色调。梦幻并不总是廉价，也不总是文学性的。是松德瑞格将恩索尔推荐给我。那一类型的艺术必须存在。他还推荐了杜米埃（Daumier）！！继而是对我影响没那么大的德葛洛斯（De Groux）及加瓦尔尼（Gavarni）。这位松德瑞格真是个十足的巴黎人。要不是他的妻子一心在这里追求音乐事业，他一定更想住在巴黎。

听了柏辽兹的《特洛伊人》，法斯本德扮演狄多，莫托尔指挥。就音乐来说，是一场无与伦比的演出。

拉蒙德（Lamond）是个温暖的人，不是赖泽瑙尔那样的钢琴家。他只是弹奏钢琴而已：整体演出散发着人性特质，而声音单独由钢琴传来。赖泽瑙尔演奏的时候，人们听到的不是钢琴，而是魔法。

总的来说，我们如饿狼一般倾听音乐，但不总是听到最好的作品。

800.11月。出于必要，我给我的岳父斯顿夫写了一封直白的长信。我告诉他我单独读了他的来信。尽管我对医学一窍不通，还是决定不让我怀孕的妻子看为好。但是我的妻子知道我在回信，也知道我如何回信。她首肯了。

针对来自汉森叔叔（即威悉河上的霍尔茨明登的施利教授）的

无礼至极的来信，我写下我们要说的话：就算没有这封信，莉莉也迟早会从霍尔斯收到的邮件里看到岳父对叔叔抱有的想法，从而知晓施利教授正企图骗到一份遗产。

另外，岳父斯顿夫在9月底给我们的一封信里说，当下的情形令他认为有可能存在财产骗局。

我想问：梅蒂兹纳拉特先生本人可能以友好的态度面对这样的指责吗?

我敢说，在某种意义上他在童言无忌地有话直说。

自然地，我甚至没有在这封信里告诉岳父斯顿夫我经常去慕尼黑——既然他不欢迎我成为莉莉的丈夫，我当然是秘密地来。但是我嘲讽地提到，他以为他抓住了我的那次，我有一个绝佳的不在场证据：我当时正在法国首都的林荫大道上散步。

接着我采取了更严肃的口吻，说如今道德不再永远不证自明。“秩序意味着生活”是个不错的词组，那封信只有一处地方我差点更喜欢——当梅蒂兹纳拉特先生屈尊提到我，说“我一直是一个好榜样。”然而我说，自岳父先生邀请我更深入地观察他灵魂深处的那天起，我记得我只看到过敌意、对他人的侮辱、自我吹捧，诸如此类。

我总结说，未来已经到来——这些旧日争吵不再与我们有关。我们能做的最好的事情，便是从中学到我们必须为孩子提供一个更好的家，并且我认为将如此无能之人的虔诚心愿抛到九霄云外没有什么不对。

这大致便是我写的内容，既然过去已变得如此微不足道，并且我们很快就要被我们的孩子而非爸爸妈妈教育。我在信的结尾写道“希望未来不要来往”，在下面签上了我的全名。是的，的确如此！1907年11月1日。

801.杳无音讯，直到11月14日。如今，处境堪忧的后母以她能达到的最佳口吻回了信。除非我们两人中年长的那个成熟、因衰老而健忘、变得痴呆，这件事都会是无望的。在那一天到来之前，我们必须工作，演奏音乐，喝茶。

安娜·松德瑞格显然拥有敏感度和一定的诠释天分。但是在我看来，嗓音似乎有点问题。

我可以时不时地从马克西米大街的齐默尔曼艺术画廊汇集一种印象。帕斯金如今正在那里展出一些作品。它们最强有力的东西是堕落的气息和某种法式审美文化，混杂着巴黎和巴尔干地区的特点。总的来说，不相调和并且柔弱无力。

我试着将我从炭笔写生素描上学到的东西移到自由构图中。除此之外我做蚀刻版画，用的是负片平版印刷法。

莉莉也渴慕着音乐，又或者她想生出一个音乐家？不管怎么说，我们听了极多音乐：

①霍夫乐团管乐声部的周年纪念音乐会。②柴可夫斯基的三重奏《怀念一位伟大的艺术家》，玛里那三重奏的演绎堪称典范。③圣诞节清唱剧（前三首清唱）。④塞萨尔·弗兰克的D小调交响曲和查理施特劳斯的《堂吉诃德》，由普费茨纳（Pfitzner）指挥。⑤来自巴黎的乐器协会献上的迷人音乐会。音乐会没过多久，分娩阵痛开始了。

802.费利克斯·克利于1907年11月30日出生。

负责接生的是辛格小姐、绍德教授和阿什顿博士。整个过程花了30个小时。我一直待在家里，头脑处于混乱状态的特雷莎·沙兹尽全力帮忙。

大部分时间里，绍德和辛格小姐对胎位和一切问题意见相左。最终证明辛格小姐是对的。

很长一段时间没用手术钳。我妻子本应顺产，但是她变得越来越虚弱。为了刺激她，他们给她泡了个澡。没有效果。

阿什顿博士的到来促进了产程。有趣的是我不再去想婴儿，而是只想着我那不得不承受这痛楚的妻子。

除了手术和恶心的感觉，我对其他一切毫无知觉。因为昏迷状态不深，我帮忙在口罩上洒水，而两名医生和一名接生婆都应接不暇。

当——“一个男孩”——降临，我又一次震惊于所有人并没有安静解散，而是形成了一个新的注意力中心。从此以后，我每过一小时便完完全全地体会到那是怎样的一个中心。

最先离开的是医生。我和辛格小姐坐在床上，对苦难的终结感到相当满意。孩子被安全地包裹起来，睡着觉。然后接生婆（竟是个年轻女子，完全不似传统类型）也走了，只剩我们这个真正的小家庭。

也许这听起来像是部田园风味的小说，但它是个扰人心绪的时刻。的确，我在感性世界的边缘徘徊，然后又回到现实得令人恶心的东西，比如婴儿的连连叫声刺入我的沉睡，使我不得不从死亡般的状态复活过来，加热一些水，加一些牛奶，把瓶子挤压在我眼睛上，然后塞入张开的嘴巴！那家伙大吃大喝的样子哟！不过接着他就又太平起来。

803.第二日有访客——我们谢绝了，但是收下了他们带来的鸡。如果它们全部存活下来，我们便会拥有一间大大的禽类农场，余生都有鸡蛋吃。

我破例允许三组客人入门：伊利亚伯格夫妇、松德瑞格夫妇和弗里茨·洛特马。洛特马从柏林而来，想将自己推销给克拉佩林。

804.松德瑞格拿他最心爱的菜肴来喂我：杜米埃与恩索尔、凡·高书信、波德莱尔著作及爱伦·坡。

在艺术学院听了一场未被包括在系列联票音乐会之内的场次。莫托尔指挥了第九交响曲，在那之前是格鲁克的《阿尔西斯特》序曲。乐器或许编排得太过火了。格鲁克听起来和在巴黎时全然不同，显得极度精神性，管乐主导着弦乐。

第九交响曲的第一乐章特别激动人心，或许诙谐曲也是如此，它不该被演奏得太重。莫托尔将慢板指挥得极慢，以至于乐手们几乎无法拉他们的乐器。我不喜欢听最后一个乐章，宁愿想象它。真的，声调总会出问题。

［1908年］

年末回望，比以往稍加严肃的心情油然而生。把孩子带到这个世界上可不是什么琐碎小事！它们像是满布地平线之上的片状闪电，呈淡蓝色，闪着磷光。

我是圈子核心的演员：“不要管那闪电！”然而这姿态没能持续多久。单单一天时间就足以把我们变得大一点，下一次也可以变得小一点。

《圣经》中的木匠约瑟身上的精神，属于任何一位谦虚的一家之主。紧闭的门后，隐蔽着高贵、冒险、奇异与神圣。

凡·高书信里的“文森特”与我意气相投。或许自然真的有其价值。归根结底，无须谈论泥土的气息，它有着太特殊的味道。我的意思是，我们用来讨论泥土的词语有着太特殊的味道。

真遗憾啊，早期的凡·高是那么好的人，却是平平的画家；后来的他是个卓越的艺术家和醒目的人。应该由这四点得出一个平均值来。啊，那么人便希望成为这个平均值那样的人。

实际上，我真想一本正经地走到雪地里，立在那里冻得僵硬，执笔绘画。与周遭大自然之丰盛相比，我的成就很渺小；但是，与布尔乔亚小农舍的贫瘠简朴相比，我的果实又算硕大。

有时候色彩的调和缠住我，但是我未能迅速地捉住它们。我没有装备好。

807.2月。来自克尼斯托（Konigstal）的女人可以见鬼去了。小家庭在这一点上意见一致！1908年2月1号。再说了，我不认识这个女人，也没有任何必要和亲戚贸易往来，因此没什么顾虑。

809.如今我将试着不带任何投机心理地画画，不带自身的任何精神生活。我会以收敛的、略带布尔乔亚的风格在小范围尝试。我以我的第四人格——瑞士的那一面——去尝试它。

像一个乖男孩那样去上学，向梅耶-格拉夫（Meier-Gräfe）老师或者卡尔·舍弗勒老师学习我必须做什么才能成为优秀艺术家。

甚至在高中时代，我就痴迷于素描写生。

不再有完全摒弃个性的必要，摆脱对个性的过度专注（老师举起了食指）才是关键，才是我们必须反对的地方！在我这个年龄的人有个性；无论如何，就艺术来说，如今的我不正是较优秀的青年男人中的一员吗?

如果大自然本身不遵从任何个性和中心意志，如果关乎它的一切都只是习惯、环境和调节，那么只会更好。

但是如果存在上帝呢？（嘘！！！）

老师宣称："你为什么要纠结于上帝是否存在：看看他的花床之一，那就够了。"

"噢，老师，我想做个好艺术家！"

"再说了，对你而言，在户外生活工作有益处。那里没有不济的才智！你会是蜜蜂和蝴蝶之间的一只忙碌的小蚂蚁。"

"老师，我能在画画之外偶尔演奏音乐吗？"

"艺术的多样性？只管去做，你可以这么做，你必须这么做！艺术的多样性是好的，只要它不是通往综合艺术作品。"

811.向色彩主义者学习如何识别色调的变化（单色或多色）。开窍了！

812.与艾伯特·韦尔蒂和克莱多夫（Kreidolf）就我申请加入版画艺术家协会（玻璃宫艺术馆）一事通信。克莱多夫出乎意料地向我提出这个建议。

我感谢克莱多夫的好意和友谊，并说他做展览的地方对我来说不错，我对克莱多夫先生评价很高。尽管如此，我可能比较偏印象派，至少从我现阶段的作品来看（老师的话正开始坐实）。

我说我重视利伯曼和乌德，但是还是更欣赏法国画家。

在此情况下，如果还是没有反对意见，我会接受下周五的投票表决。

我对瑞士政府的委托写下祝贺。我为他搬去伯尔尼感到遗憾，但是期望我和妻子会在暑假期间为他在梅森布维格（Melchenbuhlweg）演奏小提琴和钢琴。

克莱多夫回信通知我落选了。真是可怕的赦免书啊。信末的地址是罗伦街17号。

813.与和蔼可亲但是醉得厉害的普瑞兹比茨维斯基

（Przybyszewski）私人会面后，我读了他的书《论灵魂之路》（又名《古斯塔夫-维格兰》）。事实上，我试着读它，但是很快发现自己跟作者一般思绪混乱，如今已然不记得任何内容。

我至今可以理解维德金的《音乐》。除此之外，我忙于阅读薄伽丘的《十日谈》和巴尔扎克的《都兰趣话》。于是我想到这么一个问题：将来的某天我是否也会为一本美妙的书画插图？还读了《小艾欧夫》。

音乐方面，在艺术学院听了舒伯特短小而纯真的C大调6号交响曲，里特的《驶向好音乐之坟》，和理查·施特劳斯的《唐璜》。还有一个新的慕尼黑弦乐四重奏（哎呀！演奏得勤勉而平庸。）

然后是技艺精湛的指挥大师甘泽纳（Ganzner），带来最受欢迎的那些流行曲目——切利尼序曲、前奏曲和“Love Death”，还有必备的柴可夫斯基的《悲怆》（由凯姆乐团演出）。

艺术学院的第八场音乐会最棒，极为出色地演绎了《田园》交响曲。第一乐章开阔、强劲、淳朴，诙谐曲节奏相当快，第三乐章“闪电”夸张得不可思议，最后的快板非常快！一位古怪而无神的小提琴手阿纳（Ahner）拉奏了一曲新近发现的所谓莫扎特第七小提琴协奏曲，与他配合的管弦乐队过于庞大了。然而，说实话，我感受到了不明不白的快感。

813a.3月。创作了玻璃板上的绘画“阳台”。这个月里我再度当了一阵护士，用人弃我们于危机之时。于是，我被迫不能完全做到“无一日不懈怠”。谁知这产生了一幅成功的作品，它展现了特别清新的形式。我已在两天前看到了我要画的画面，自然是从我的厨房阳台上，那是我仅有的精神出路。我能够从这个“自然”片段中的一切偶发线条或色调解脱出来，而只通过精心构思、正儿八经的起源处理“意象”。我真的已走出丛林了吗？这厨房阳台、空地、霍亨左勒街。囚徒的多方位景观。

814.韦尔蒂和克莱多夫前来看我的作品。可以说，我展示了我的一切。克莱多夫有着真正的直觉，马上冲向了“阳台”。韦尔蒂带着孩童般的微笑，对一切保持开放态度（或者，更准确地说，拒绝一切新东西）。针对“怀孕”，他说“大体上，我们会看见一些画上那样的胖女人。”他以前在吉拉尔（Girardet）处看到我的版刻画复制图时，就已经喜欢我的版画作品了。

3月15日。不久后，我们去索尔恩拜访了他。但是小小的房间里有太多人，比如整个弗雷达·费歇尔夫人沙龙，集合了一堆乌合之众。热诚要为这般不合时宜负责任。男孩们也在那里，尤其是五岁的无可比拟的鲁埃迪，活像一头小野兽，令人惊叹。他哥哥正处于青春期，耳朵时不时挨上他父亲善意的一拳。

克莱多夫是个单身汉，有点忧郁，沉静，并且不乏男子味。活动进行到一半时，上了一瓶巨型罐子装的牛奶和一些大大的圆形蛋糕。

816.分离派春季展览真的尽全力了。如今可以看到来自巴黎的最新艺术作品，它们正印证了梅耶-格拉夫先生的观点。伯纳尔（Bonnard）无疑训练有素，但是格局狭小而局促，显得非常薄浅。不过，他选择色调的精简手法值得学习。他是如此严谨克制，使得明亮的笔触在静谧中散发昂扬的气味。维亚尔（Vuillard）努力达到某种凌驾于欧洲风味的格调，但依然逊色。鲁塞尔（Roussel）展出一幅美丽的花朵静物画。

瓦洛通（Vallotton）最为强烈，但是他的绘画态度十分令人不快——我指的不是绘画本身，而是对绘画的欲望。但是，不管怎么说，他确实是个人物。

还有一大批利伯曼的素描作品。“哪个利伯曼啊？”索尔恩的人们这样问。对那里的人来说，有两个利伯曼。还展出了利伯曼的蚀刻版画，熟悉已久、便于理解的作品！

我独自站在厨房阳台上，幸运地搜寻到了孩童们嬉戏的身影。

另看了两个相当重要的展览：布拉柯画廊的凡·高展和马克西米安大街上的齐默尔曼画廊的凡·高展。布拉柯带来了一大批作品，而齐默尔曼展出的数张作品非常出名，比如《阿尔女子》。我对他的悲怆感到陌生（尤其以我目前的状态），但是他无疑是个天才。感伤到了病态的地步，这个危险人物可以将无法看透他的人置于危险境地。这颗头脑被星星之火燃烧，却又在大难临头之前于它的作品中自我解放。这里上演着一出最深重的悲剧——真实的悲剧，天然的悲剧，典型的悲剧。

容许我感到惊惧！

817.4月1日，在歌剧院看了李斯特的《圣丽莎传奇》。2日，部队集会令人愉快，可惜人和兵营的气味混杂在一起，形成恶心的组合。3日，弗里茨和奥尔加到了。那晚我们去了派柏（Piper）家。派柏相当有个性，并且怀有音乐热情，不过他热爱的马勒和布鲁克纳不合我的胃口。音乐一定不能走他们的路子，至多是一会儿！一位叫作埃斯魏因的平民在那里扮演某个角色，在不被我们打扰的时候大声朗读。莉莉不得不加入某个砰砰作响的四手联弹，震耳欲聋。房东在楼下发出威胁和诅咒的声音。离开“沙龙”之际，客人们在楼梯上遭到辱骂。通过对出版社感兴趣的伊利亚斯伯格的调停，整桩活动充满了高雅氛围。但是，出于公开的敌对，我毫无收获。我公然表现自己的无聊之情。

818.斯默尔向艾森沃斯做的推荐奏效了，德施兹委派我去他的学校指导裸体素描晚课，为期一个月。我自然是欣然前往。

然后哈勒曼底来访，比上次更喜欢我的作品。他几乎要买下《阳台》，并且喜欢《工地上的孩子》。

我再度送了一些作品给分离派。《阳台》《工地上的孩子》和《怀孕》被拒，我给它们标价200马克和150马克。《有马车的街道》《有墓地的郊野》和《树下的街道》则入选了，每幅100马克。原来起决定作用的是售价。媚俗协会就开在那国王广场上！

在此期间，再次推迟了去科赫尔（Kochel）、凯塞尔伯格（Kesselberg）和瓦尔兴湖（Walchensee）的短途旅行。我们两人过耶稣受难日。

819.5月。我在德施兹学校的导师工作延长到了6月底。那儿的人们勤勉地作画，但是与此同时甚是平庸。我怀疑自己在那里并无上好表现，但是并非没有乐趣。布施（Busch）的遗作展显示这位艺术家不仅是一位专家，更是一位成功的画家，尽管难免有些局限。他是一个经过稀释和修整的哈尔斯，但是的确保留了哈尔斯的某些风味。不是什么低廉的画匠，而是一位得体的欧洲人。某间画廊收藏了他的几张红夹克少年画像，它们可真棒。

820.5月14日。看了莫托尔指挥的《塞维利亚的理发师》，博塞蒂扮演罗西娜，本德尔扮演巴西利奥，盖斯扮演巴尔托洛。5月15日，在皇宫剧院看了莫托尔指挥的《费加罗的婚礼》，费因哈斯扮演伯爵，博塞蒂扮演苏珊娜，西格利茨扮演巴尔托洛，瓦尔特扮演巴西利奥，盖斯扮演安东尼奥。5月16日，分离派展览开幕。5月24日，来自苏黎世的画家托曼拜访我，邀请我加入“Walze”。我接受了。

821.6月16日，与松德瑞格夫妇和克莱多夫同在索尔恩的费歇尔女士家。6月23日，在艺术家剧院看《浮士德》，这是一场宫廷表演。弗里茨·厄勒尔（Fritz Erler）担任舞台设计。洛森出演的格雷琴颇为出色。

822.一件作品如此而来：

①一五一十地依照大自然作画，有可能的话用上望远镜。

②把①倒过来，凭你的感觉加重主要线条。

③将画纸恢复原位，将①（自然）和②（图画）达成和谐。

823.当尸食性苍蝇在瓦德玛尔先生手上发光的时候，他说："我要再次请求一点耐心！"

824.油画一。

我将在更深层意义上画人体写生，把人体分为两个时期，分别独立对待。

第一种状态（不完美）：画空间和环境。这一背景必须得到干燥。

第二种状态，行动开始（完美，过时的定义，不定过去时）：画人物本身。因为，在大自然里，运动加入和发生的时候环境也已经全然就绪。从一开始第一种就要求精简，这样第二种才可能自然而然地奏效。

除此之外，还有第三种状态：检验第一、二的共同效果。绘画就此完成（用调色刀上色，因为刷子总是立刻就形成污迹）。

油画二。

①用粗阔的笔触涂上颜色，一个区域接一个区域。

②通过描画光与影塑型。绘画又完成了。

825.当他无法以别的方式创作，无法做别的事情时，他便找到了他的风格。通往风格之路：了解你自己。

826.6月和7月里读了各类书、看了各类演出。普瑞兹比茨维斯基的《智人》第一卷和第二卷简直是头脑平庸而疯癫的怪物，我不喜欢。

看了魏德金的《地精》和《潘多拉的盒子》、希克和勃克林的《埃克曼》。

柏林室内乐乐手献上了客串演出（雷恩哈特）。《地精》里，舍恩由施泰因鲁克扮演，露露由埃左尔特扮演，希戈尔齐由希尔德克劳特扮演。堪称同类风格戏剧的最佳演出。看了萧伯纳的《华伦夫人的职业》，这是部好玩的戏。温格尔扮演华伦夫人，施泰因鲁克扮演她的同伴，希尔德克劳特扮演牧师！！（他谢幕的样子哟！）等等。还看了哈尔特列本（Hartleben）的《安吉拉》和许多别的剧目，给我的印象不那么深刻。

827.又画了一幅油画。

①自由地有感而发，画下一组组色块，作为作品不可磨灭、本质性的核心。

②在这“空无一物”中看到一件物体（我舅舅的餐厅的大理石桌面），将它显现出来，并用光影手法使之明朗。已经涂抹好的底色调如今零零散散地呈现在整个表面上。画作完成。

828.我带上双眼望远镜，到城外郊野上猎取题材。这是欺瞒你的模特儿们的最好方法。他们毫无怀疑，姿态和面部都松弛自然。

829.托曼写信说一篇关于“Walze”的文章将出现在评论刊物《瑞士》上，我的蚀刻版画《丑角》会被复制。

随后，为《瑞士》撰写该篇文章的朗恩（Willg Lang）写信给我，说看了我的蚀刻版画后有意安排在评论期刊《希佩里翁》

（*Hyperion*）里刊载一幅或多幅复制作品，请求我考虑他的提议。

这个朗恩再次写信，告诉我他跟布莱（Blei）谈过了，布莱想要一张底片，我应该去他在胡伯特大街13号的家拜访他，带上尽可能多的作品供他挑选。他偷偷要我别要价太低（那些绅士们花得起钱），而是要个200到300马克，这样一来我通过这些作品成名的可能性就更大了。以上内容来自“非常真挚的朗恩”。

于是我去了宁芬堡，按响13号的门铃，被接到室内。布莱正坐在他的桌旁，背对着我，正陷于深思。我伫立不动，等待片刻。然后一张戴着巨大牛角框眼镜的清瘦脸庞向我转了过来，谨慎而精明。所以这就是那个发掘最新的慕尼黑“天才”迈尔霍费尔（Mayershofer）的人了。他以最虚假的那种自然腔调与我交谈，说他从1906年的分离派展览起就知道我的蚀刻版画了，但是那时候没能确定我的地址。

他因尺寸关系选择了《独翅英雄》，这样一来可以完全按照原版大小印刷。但是他说他必须征求共编者的意见。哈，共编者。无论如何，我索价300马克。

830.7月2日，看《地精》。7月5日，与莉莉和费利克斯在阳台上拍照。7月7日，看《华伦夫人的职业》。7月12日，与洛特马前往费歇尔女士家。7月19日，瓦尔特·洛特马出生。

831.线条！我1906—1907年的线条是我最个人化的产物。然而我不得不中断它们，它们受到某种痉挛的威胁，甚至有可能最终成为装饰性的线条。简而言之，我害怕地停下了，尽管它们深深嵌入我的情感。问题在于我就是无法将它们呼引出来。我也无法在周遭看到它们的身影，内外一致的状态难以企及。

这番改头换面是彻底的：1907年夏天，我全身心致力于自然外貌，并在这些习作的基础上创作了1907—1908年的玻璃板上黑白风景画。

我刚达到那个境界，就又立即对自然感到无趣。透视法让我直打瞌睡。如今我应该扭曲它吗（我已经以机械的方式尝试过扭曲手法）？我要如何最自由地在内外之间架构一座桥梁呢？

噢，横跨这座桥梁的线条是多么迷人——总有那么一天的吧！

在伯尔尼，那两只美丽非凡的安奇拉猫努奇和美雪去世了。

832.让动态成为例外，而非准则。动态是不定过去时，它必须与静态形成对比。如果我要动态明亮，静态必须以暗色为底；如果我要动态昏暗，静态必须以亮色为底。当动态的密度大而占据的空间小，它动态的效果就更显著；与此同时静态的密度要小而延展性要大，永远不要忽视静态要素那至关重要的延展性！在中性色调的静态背景上，双重动态是可能实现的，根据你视它为亮色还是暗色。

有些日子活像一场充斥血腥味的战役。如今对别人、对那些察觉不到战役的傻瓜来说已是深夜，而对我来说并非如此。他们奏起音乐，一些简单、粗鄙的歌谣。然后他们躺下。

我睡不着。在我体内，火焰仍然在发光，在各处燃烧。为寻一口新鲜空气，我来到窗边，看见外面所有的灯已熄灭。只在很遥远的地方，有一扇小窗户依然亮着光。是不是有另一个我坐在那里呢？一定有一个我不是全然孤身的地方！现在，我听到了老钢琴奏出的一段音乐，那是另一个受伤者的呻吟。

834.应该做减法！人想比自然说得更多，并且想以比她更多而非更少的手法去说。这是不可理喻的错误。光线与形态纠缠扭斗，光线使它们产生运动，把笔直的变弯，令平行线变成椭圆，将圆圈植入空隙，让空隙活跃起来。于是乎千变万化，无穷无尽。

835.11点15分，与费利克斯和特雷莎出发去伯尔尼。到达伯尔尼。8月11日，全家合影。8月12日，看了魏兰特的《新阿玛迪斯》。8月21日，莉莉和我动身去贝阿滕堡。8月23日，瓦尔德布兰德、安尼斯布尔。8月24日，低伯格费戴普、哈本勒吉。8月25日，根门纳普峰、尼德峰。8月26日，瓦尔德布兰德。8月27日，乘木齿铁轮火车到布莱泽罗特峰。夜间从因特拉肯徒步到贝阿滕堡。8月29日，坏天气驱使我们回到伯尔尼。

836.从自身心理出发，选择在哪些地方强调光线作用。在精神需要之处打上高光，而非自然中最明亮的部分。

837.魔法。远离你，/前方立即升起一条小径，/但歧路横生，淹没了小径的去向。/突然消失的小径/穿过夜与日，温柔地醒来。

你是无情的狂喜/你是人群的喧哗/你是一大堆问题的碾压/引起的刺耳噪声。

疑虑谁会挤过那里前进呢？/“谁会通过那扇门？”/大门正在前方，/笔直向前。

左边没有路。/右边是一块围篱，/由娇柔的花朵织成。

要怎么办呢？/谁也不能来，/肥胖的上帝和好心的园丁/都如此要求：/谁也不能来。

然而还是有一个人来了。/是的，还是有一个人！

可以听到大笑声：/听从建议，/行动的男人！/上了天国的人/明白是怎么一回事！

他不作任何猜测，/他过来，/跺过三朵紫罗兰，/即刻舒舒服服地来到另一边。

低能儿们目瞪口呆，/尾随着他的背影，/他后面跟着人类。

我们之间是何其光彩何其神奇！/那是怎样的盛宴啊！/看那些

裸体像，/端着杯子的朋友，/手持扇子的女士，/还有这个举止如此眼熟的花哨公子哥。

低能儿们目眩神迷。/他们也想离开，/前往那允诺的土地。

雷声大作，/大门变戏法一般生出一堵墙，/将微光和战栗分开。/一排老虎站在那里，/怒发如火，/须髯相贴。

黄昏静待。/声音消散，/只余野兽的轻吼/穿过黑夜。

直到/那些模糊的身影/毫无牢骚地悄然离开。

838.9月8日。与莉莉从蓝泽豪森恩远足到格拉斯堡，然后是施瓦岑堡、格吉斯堡，再返回施瓦岑堡。9号，在路易斯·莫里耶特家。13号，在花园里素描。15号，和莉莉、布罗苏和洛特马徒步去赖兴巴赫。27号，莉莉返回慕尼黑。29号，在白色油墨上作画，湿底上湿色。

839.10月1日。和我父亲去比尔，再徒步去诺因施塔特。在这儿搭乘去埃拉赫的小汽船，在湖上的美丽景点度过了一个钟头；在那儿闲逛和垂钓。2号，爸爸去了慕尼黑。17号，莉莉回来接我们。18号，离开威尔提一家，收到三幅版画作为礼物。19号，到达慕尼黑。31号，我们有了一位新的大提琴手：弗里兹·斯特里西（Fritz Strich）博士。

840.正如人类，图画有自己的骨骼、肌肉和皮肤。你可以谈论专属图画的解剖学。一张代表“一个裸体者”的画并非根据人体解剖学的法则而创作，而是根据构图解剖学。首先，你造一具要在上面构建整个画面的支架。从支架出发走得多远因人而异；可以由此产生一种艺术效果，它比仅仅来自表面的效果更深刻。

我摈弃书本或是空洞的誓言（即冠冕堂皇的谎言），珍视觉醒鲜活的词语。我自然需要能够听到它们的人们。它们之中必然包括——至少是潜伏着——许多的间隙。书本由分裂的词语与字母组成，分裂到足够之多。只有专业记者有这等时间。一位崇高的作家努力精简他的词语，而不是使其繁衍。

在图画的构成要素以外，我通过一层层添加稀释过的黑色水彩颜料学习自然的色调。每一层都必须完全干了再接着上下一层。如此便得到了如数学般精准的明暗度。眯眼可以使我们在自然中感知这一现象。

841.11月10日。斯坦巴克指挥了勃朗姆斯的小夜曲、第一交响曲和学院序曲。11号，送了6幅素描到柏林的分离派。13号，听了莫托尔指挥的贝多芬第五交响曲。25号，魏德金朗读了一幕《指责》《死亡之舞》和几首诗。

842.我不时回溯自然派绘画，以求透彻的理解和训练。这种绘画的主要缺陷是，它没有让我施展线条处理能力的空间。事实上，自然主义绘画里不存在这样的线条；它们只是划分不同调子或颜色的区域的界线。只用一片片色彩或是调子，便可以最简单的方式，鲜活而即时地捕捉每一种自然印象。

只有摈弃颜色时，这样的线条才能出现在极其严格的自然派绘画里，即色调绘画里。确切地说，即线条取代了色调一致而颜色不同的两块区域之间的色彩。

正如凡·高的素描和油画、恩索尔的版画所展现的那样，在线条作为独立绘画因素出现的瞬间，一件艺术品便超越自然主义的范畴。在恩索尔的版画构图里，线条的并列值得注意。

事实上，我开始看到一条为我的线条提供一席之地的道路。我终于要走出装饰的死胡同了，我于1907年的某一天陷入其中！

带着从自然派习作中汲取的新能量，我敢于再次进入即兴创作这一最初领域。与自然印象仅仅有着非常间接的关系，我将再次敢于具体描画荷压灵魂之物，记录那些即使在最黑暗的夜里也可以把自己转化为线性构图的经历。在这里，一种新的创造潜能等候我已久，过往岁月中妨碍它的仅仅是源于孤绝的挫败感。以这种方式工作，我真正的个性将会展现，并自我解放至最大程度的自由。

843.12月8日。搬进一个小工作室：费利兹克大街3/4。11号，听了莫托尔指挥的哈罗德交响曲。22号到27号，得了扁桃体炎，高烧达104华氏度。29号，离开病榻。31号，伊利亚伯格夫妇、松德瑞格夫妇、洛特马夫妇和伯尔尼的洛特马教授与我们庆祝圣诞节。在桌上放了顶假发，堪称这个小房间里的构图之举。

844.构图完美的绘画以其全然的和谐打动我们。但是外行相信这种整体和谐来源于每个单独部分的和谐，这是错误的结论。每个单独部分的和谐的效果只能是微弱的，因为一旦第一部分和第二部分被处理得互相和谐，它就不再需要第三部分。只有当两者互相冲突，第三部分才变得必要，并就此将冲突转化为和谐。这一新的三部分和谐具有强烈得多的说服力。

845.最先占据我们注意力的是形式，它是我们努力的对象，在我们的工作对象中占首要地位。但是不能就此断言形式蕴含的内容是次要的。

我送了以下6幅玻璃板上的黑色水彩画到柏林分离派的白描部门进行展出：《怀孕》《有中庭的街道》《阳台》《树下的街道》《工地上的孩童》《音乐茶会》。

多可怕啊。/直到老年，/他是一个/无论多痒都不打喷嚏的人。/然后到了最后，/他的号角/像大炮一样炸开了。/那就是一个行政官员/的结局。

[慕尼黑，1909年]

847.1月。3号，看了马莱在分离派的展览，别开生面。听了麦克斯·保尔钢琴独奏会。20号，带印度墨素描去布莱家。24号，带印度墨素描去梅耶-格拉夫家。听了德彪西的《利佩亚斯和梅丽桑德》，自瓦格纳去世后最美妙的歌剧。31号，听了莫托尔指挥的《西格弗里德》，乐手有诺特、范-罗伊、法斯本德。

848.随艺术发展而来的深层乐趣，某天或许会被恰当地形容为一种活力的显示，只因这种解放有时冠着荆棘。安宁和骚动是图画讨论的变化要素。

849.每当一位为画廊着迷的慕尼黑艺术家或者通俗画匠初临此城遭遇情色危机，必勾画一幅《女性颂歌》。你可以在此画上看到一个裸露女子、女招待或是女售货员，而跪在她面前的画家先生也是裸露的。然而最杰出的色情画挂在美术馆里——那是鲁本斯的《新娘》，新娘戴着附有羽毛装饰的天鹅绒帽子、手套和珍珠项链（比真正的珍珠更美）。这是高贵化的女人肖像。并且，不必实际上跟萨利或是苏西斯混在一起，画家也时常有机会把人物处理得如此天真无邪。

850.一幅好画在最后一笔完成之前显得不完整。

851.在新工作室里，我有机会画大量的油画。我做各种各样的实验，总是强烈地倾向于色调。时不时地拥有一刻自由，比如在“穿皮毛的男孩”里。

862.2月。9号，参加农夫舞会。11号，莫托尔美妙地指挥海顿的F大调交响曲，合作者是一支更小的管弦乐团：①急板，②慢板，③小步舞曲，④极快板，中间夹杂着一个缓慢的、小步舞曲般

+ 两位阿姨，戴头饰的裸体　1908 年

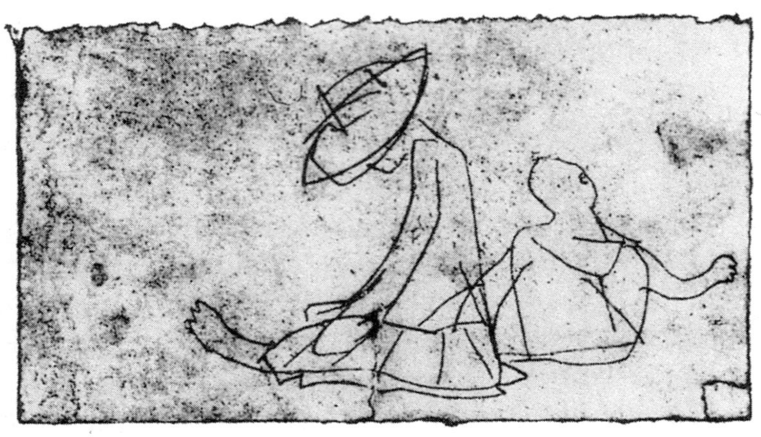

+ 坐在地板上的女孩与小男孩　轮廓线条画　1908 年

的乐章。17号，参加俄罗斯假面舞会。20号，参加左勒家的舞会。

853.1月底，我带着印度墨素描画的作品集去见为马莱展览来到此地的梅耶-格拉夫。他想先瞧瞧我会如何进展，请我记得与他联络，“也许会有什么成果！”

布莱向他推荐过我。布莱十分喜欢同一批素描。他想从中挑选三幅代替版画刊载在《希佩里翁》上。只不过他说要稍后才行。

而此时本地的分离派春季展悉数拒绝我的五幅素描。

854.（这里附有保罗·克利为他儿子费利克斯做的体温变化表，从1909年5月1日到8日，每天更新，内容详细。——原版编辑注）

855.费利克斯这场疾病中断了先前那些线条会带来的一切事

物。我完全负责照顾这孩子，仅仅在最严重的时期由一位护士代劳。奥尔加·洛玛特时常提供专家的帮助，她毕竟是个医生。主治医生特鲁普（Trumpp）相当优异，尤其是对非手术的初期病况。他曾一次请耳科专家纳多雷兹尼（Nadoleczny）、两次请范得勒教授（Pfaundler）前来会诊。但是，3月底发现喉头肿起时，特鲁普便开始误断了，不顾只有一边耳朵出现此病征就宣称那是结核性疾病。他固执己见，直到不得不开刀时才罢休。

最后证明外科医生吉尔默（Gilmer）的诊断是正确的，他救了我孩子的命。

首次极度危险期出现在3月12日到14日。

856.（病例和“费利克斯日历”里的体温变化表。）

857.自然可以处处挥霍，艺术家则必须凡事节制到极点。

自然多嘴到了令人困惑的地步。让艺术家真正寡言吧。

另外，若要成功，就永远不要朝着一个事先完全想好的概念作画。相反，你必须完全听任那个未画部分的发展。整体印象于是扎根在精简原则中：通过寥寥几个步骤，获得整体效果。

意志和训练是一切。训练考虑作品整体，意志考虑局部。意志力和技巧在这里紧密相连：一个不能调动手的人，也就不能调动意志。接着，凭借训练牵引整体，作品由这些局部中自我成形。

如果我的作品有时给人某种原始的印象，那么这“原始感”源自我的训练，即将一切简化到少数几步。精简就是我的全部训练内容，它也是终极的职业意识，真正的原始感的反义词。

我还在分离派展览上看到八幅塞尚的画作。在我看来他是最优秀的老师，比凡·高更似老师。

858.我在6月和10月之间待在伯尔尼，以求孩子更快康复。

+ 自画像　木刻画　1909 年

手术切口仍需治疗并加以灼烧，于是我带他搭电车到巴兰格雷奔（Barengraben），转绿列特（Villette），然后把他扛在肩上走到因瑟尔披托（Inselspital）。在这里，斯图斯（Stooss）教授为他进行术后治疗。

我记录他的牙牙学语，不过主要阶段已经结束。如今他说的话开始像是德语了。“bite bite”（“请，请”）这样的例子越来越频繁，学习并且重复过的词语出现得越来越多。有意思的是孩子在语言模仿里的错误成分，比如把“kuh”说成“ko”，把“Gritli”说成“ti-ti”，还有“gaga”以及后来的“ge-ge”。对顺序的颠倒也很有趣，比如把“Schuh”说成“usch”。

两度旅居贝阿滕堡，一次带着孩子。然而这对他只有部分好处。他睡得很糟。

美丽的短途旅行，行至韦伦、弗莱斯韦尔胡伯、阿尔堡、根门纳普峰或是锡格里斯维尔、贾斯蒂斯、圣贝阿滕堡。

859.1909年夏秋的作品。

①我于整幅画布上四处画下不同的点，作为色彩和谐的部分（色调）。部分凭借轮廓线，将这些点集成人形。

②以蜜蜂般的热忱从自然中搜集形式和视角。部分用某种书法-线条的风格处理，部分靠表现最浅和最深的标记。不动它们之间的中调。

861.不管探究凡·高或是恩索尔的问题是多么引人入胜，我们对艺术的传记成分的关注都过度了。这是作家的责任，毕竟他们忍不住要搞创作。至少现在，我想知道的是作为一项偶然实验的具体作品的调子。我想知道我是否正看着一幅好画，以及它究竟好在哪里。我不想审视一系列作品的共同特征或是两批作品之间的差异，这种历史探求不合我口味。我想思考这幅画本身，以及一幅好作品是否仅是一个碰巧走了好运的个案罢了，就像最近发生在我两三幅“油画”头上的那样。

我之所以不能经常画出优秀作品，正是因为我不懂究竟是什么构成了一幅好的作品。

每十个人里就有一个人清楚地知道鲁本斯和伦勃朗在传记意义上有何区别。但是没人知道两位大师之一的某幅具体画作是如何成为你所看见的样子。

862.我很熟悉风弦琴自鸣的曲调。我很熟悉这个球体的思潮。

我也很熟悉音乐的情绪领域，能轻易地构想出与之类似的图画。

但目前两者对我来说都不需要。相反，我应该简单如一支民谣小调，我应该直率而诉诸感官，如一只睁开的眼睛。让思潮在远方等待，不必着急。让感伤被克服。何必把自己从此时此地的欢愉存在猛烈抽离呢?

难点在于如何追赶上已经落在身后的发展，然而“那必须做到！”

863.你这掩在深处的门，自行打开吧！

地窖把我释放了，因为我感知到光。

一双明亮的手进来抓紧我，高兴地说出友善话语：

你这美丽的图画、狂热的野兽，起来吧，跳出你的牢笼，

尽管它的手指会温柔地滑过闪耀的皮毛。

一旦到了伊甸园，一切化为一体：

日与夜，太阳与星辰的光辉。

（在为诗歌而颤抖之人的乐园。）

864.《希佩里翁》行事古怪。最初，是乱象，和向梅耶-格拉夫推荐我。然后，他们十有八九在幕后听取了他的意见。然后梅耶-格拉夫无法完全做出决断，并且或许说出了一句神谕，那是轻蔑的行话：“唔，也许将来的某天会有什么成果。”

这是我的猜测，因为当我去这个沉睡的出版公司拿回我的作品时，他们以柏林人的行事风格非常乐意地将一切返还于我。

那么，这个布莱，这个地位崇高的傻瓜，算是哪门子的头儿?他不是在不久之前发觉了当地天才迈尔霍费尔吗！来自吉森的最新进的傻瓜，足有四层楼那么高的烘焙小伙！很显然没有问过什么梅

耶格拉夫的意见。叫这个名字的家伙毕竟是有一些本事的，永远不可能那么轻易地被迈尔霍费尔蒙骗。又或者，会不会梅耶格拉夫实际上对我的未来抱有乐观态度，只不过自负的布莱想做那个唯一有天赋的新人才发掘者？这个谜题永远都不会解开，所以让我把整件事抹得一干二净好了。

865.插画计划：伏尔泰的《老实人》，它浓缩的丰富内容为我提供无数创作插画的灵感。松德瑞格更喜欢《感伤的旅程》，我因此读了这本书，显然获得了极大的愉悦。更少的为之画插画的冲动，并不能弥补我在这部作品里认识到的粗糙——我是以我想通过实验成为的插画家的口吻这么说的。《老实人》吸引我的是某种更高级的东西：这个法国人行文中优雅、精简、准确的表达。

866.12月。我快30岁了，这让我有一点害怕。“你有过你的过去、你的梦、你的幻想。现在真正重要的是成为你可以成为的人。面对现实吧，从此以后不要再有造作的高度梦幻了！”

但是流浪的性子依旧无可救药，毫无疑问！

此次柏林分离派并非干干脆脆接受我的作品，但是起码接受了最好的几幅，而不是像这里的分离派评审那样挑出最差的。入选作品是以费利克斯为模特的《强调明暗法的肖像速写》和用木炭和水彩画的《穿家常服的女人漫画》。

867.为了帮助修复某对E姓夫妇的破裂婚姻，我写了一篇极差的、乱糟糟的东西：“Z自行决定回到你身边，因为她相信可以重建新的生活。我希望你能够在此信念下让Z变得有力量，并且向她展示如今的你变成了多么强大的男人。就连她都认为在这样的变动之时抛弃你是不公平的。把她带回你身边的不是怜悯之心，而是高尚品格。通过给她必要的证明，重新赢得她吧。”（人出于好心肠写出来的东西啊！）

费利克斯说话，“Nic”，其实是说“kin（d）”，也就是“孩子”；简单地说，他将发音倒置。将“纸”说成“Pipar”，将“鞋子”说成能够“usch”。

他说的第一句话是“那是爸爸”。第二个月说了“那是脚”“那是光”“她在哪里？”“那—是！”当他听见孩童的声音，便冲向窗户，尖叫：“nic！”

读摩根斯坦（Morgenstern）的《绞刑架之歌》，结束了这一年。

［1910年］

869.1月。伸缩绘图器，A系统。

这个伸缩绘图器的作用是增大或者缩小一幅画的尺寸。若要增大：将针放置在1号位置上，引导点会将其在2号位置放大，将想要制造放大效果的铅笔放在3号位置上。（若要缩小：针放在1号，引导点在3号，铅笔放在2号。）通过均匀地放置螺丝5和螺丝6，决定复制品的尺寸。（若是不放大复制品：针放在2号，引导点和铅笔分别放在1号和3号或是3号和1号。）

B系统

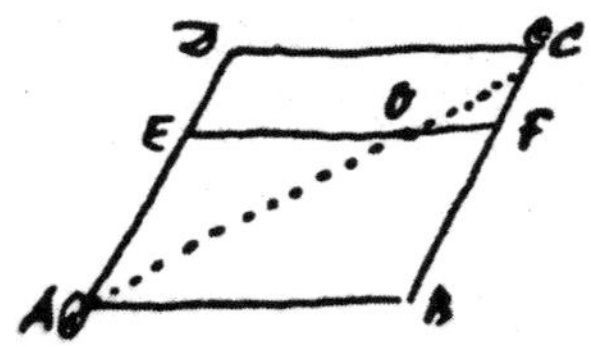

让尺EF平行于CD和AB。在对角线AC和EF相接的O点，将针作为固定轴心植入。点连着A，铅笔连着C。

A和O的尺寸比例是一致的。

AO比OC等于AE比ED，并且可以通过放置尺EF达到想要的变化。

871.混合粉状颜料和掺入胶水的水，把它涂到画面上作为底色。在这上面画画，从一开始就可以区别出明暗色调。比如渣滓。在白色的衬托下，任何明亮的元素最初都显得昏暗，等到你将白色减弱时，整个画面已经不对劲了。一切色调都是相对的！

这就是为什么我对我创造的黑色水彩画如此满意。上第一层色彩时，我把主要亮点空白下来。这层极淡的灰色层与空白处相比显得相当深暗，于是旋即产生一种非常持久的效果。但是当我忽略次要亮点而把第二层颜色涂到已干的第一层上时，我大大地丰富了画面，创造出更进一步的发展。自然地，先前阶段中空白的部分在后续过程中保持空白。以此方法，我一步步地向最厚重的色感进发，并认为这种讲究时效的技巧是处理色调的基础。

美是相对的，正如明暗度一样。所以，不存在美丽的女人，一个也没有，因为你永远无法确定一个更美的女人是否会出现，并且让你之前假设的美女彻底蒙羞。

872.在忏悔星期二，大部分冬日已经安然度过，适合做个快速回顾。

我不能说这次的审视令我高兴。因为我还是不会画油画，即使我对色调有敏锐观察，并有正确判断明暗度过渡的聪明方法。

即使有挥发油！无法很成功地将讲究时效的技巧移植到油画上，如今我试着在中间色调的背景上同时营造亮色和暗色的动态，并通过中间色调轻柔和缓的质地来烘托这些活跃因素。也许会取得什么成绩吧。

+ 克利姐姐的侧面画像　1909 年

873.3月。如今有一个完全革命性的发现：使自己顺应颜料盒的内容，这比自然和写生更加重要。将来的某天我必将罗列一排排水彩杯子，在这色彩的键盘上随心所欲地即兴创作。

874.研究明亮形式。我指的是明暗面的转换，其原理是明亮区域在同等大小的暗色区域的对比下显得更大。以前我靠焦距不准的目测法观察到了这一点（眯眼则是用来目测明暗对照法），现在则靠透镜进行更透彻的观察。

这个放大镜同时使自然现象的色彩要素映入眼帘，而完全除去了所有细节。

这一过程中，意志的态度是这样的：不要让形式被光的扩散消解，而是重新抓住这些动态，勾勒它们的轮廓，把它们紧密团结在一起。我可以想象这种光学现象出现在石头上。新造型主义吗？谁知道呢！

875.4月。向油画堡垒发动新攻势。首先，以亚麻籽油稀释过的白色颜料做基本底色。然后，将各种大片颜色淡淡地刷满整个表面，让它们汇入彼此，但不留下任何明暗渐次变化的痕迹。随后，用突显的素描取代不明确的色调。最后，为了避免松软，加一些比较低沉的色调，但又不是太黝黯的颜色。

这是连接素描和色彩领域的风格，这样我的素描才能移植到油画领域。

876.培养表现手法的纯粹属性：或用明暗的配比，或用线条代替被省略的明暗变化（作为不同明暗度的界线），或用色彩的反差。

因为在艺术里，一切最好以最简单的方式一次性表现出来。

听了普契尼的歌剧《蝴蝶夫人》——恋情动人，有几段优美音乐。《波希米亚人》更佳。

877.5月。在培养出纯粹状态的风格之前，杂交的恶魔已经再次显露。我必须中断奋斗，回到“笔触自身”的最初局面吗？笔触至多会显得有些紊乱，但是绝对不会给人一团糟的印象。

878.有限的调色盘：白色、黑色、那不勒斯黄、渣滓色，也许还有永远的绿色和深蓝色。需要留心灰色！暖调的灰是那不勒斯黄混黑色。冷调的灰是白色混黑色。

879.6月。将精准的明暗法转移到色彩领域，使得每一种色调（将色调的数量减至严格意义上的最低值）各与一个颜色相呼应。换言之，不能加上白色使一个颜色变亮或加上黑色使之变暗，而是永远有一个颜色代表一个色调。下一个色调，就用下一种颜色。黄土色、英格兰红、渣滓色、暗茜草色逐一而来。

又及，合理的是阴影像，不合理的是色彩像。也许两者无法融为一致，但是至少应该试试！

听了格鲁克的《在陶里斯的伊菲格尼亚》，莫托尔指挥。法斯本德出演伊菲格尼亚，费因哈斯出演俄瑞斯忒斯。动人心弦的演出。

魏德金在《凯斯侯爵》一书中以主角身份出现，看他如何在自己的作品中浪费生命真是一件古怪的事情。这样的阅读经历对我来说很陌生，但是很刺激！

880.7月。我将在瑞士举办我的首次个展，因为我期望在那里卖得更好，也因为“机缘”让我已经在那里拥有一定知名度。8月，我将从伯尔尼的艺术博物馆开始。然后是10月的苏黎世艺术馆，也许跟着温特杜尔的一家画廊。一共56件作品，都装裱漂亮。最后，我将在1911年1月1日在巴塞尔艺术馆展出。

①1909年，有橡树的风景　100马克

②1909年，五棵橡树　100马克

③1909年，贝尔普堡　100马克

④1909年，贝尔普溪-灌木丛之上的树　100马克

⑤1910年，年轻女子-明亮形式　100马克

⑥1909年，贝阿滕堡-拜仁佛路　80马克

⑦1909年，贝阿滕堡-酒店花园　100马克

⑧1909年，贝阿滕堡-从下方看到的酒店　80马克

⑨1910年，升起后的伊萨尔　100马克

⑩1910年，新的巷子-军事大街　50马克

⑪1909年，奥斯特蒙迪根附近的码头，从上方看　100马克

⑫1909年，嬉戏的孩子们-圆形　50马克

⑬1909年，奥斯特蒙迪根附近的码头，从下方看　100马克

⑭1910年，慕尼黑附近的果园——小　50马克

⑮1910年，果园——农夫和树　100马克

⑯1909年，喝东西的男子　100马克

⑰1910年，嬉戏的女孩子们（乱涂）　50马克

⑱1909年，树叶繁茂的森林-艾格霍兹　100马克

⑲1907年，穿梭森林的路径——炭笔画　100马克

⑳1909年，鸟笼（铅笔）　50马克

㉑1909年，头部习作——莉莉（铅笔）　100马克

㉒1910年，蚀刻版画　50马克

㉓1908年，繁忙的广场——阳台　200马克

㉔1907年，码头（木炭和水彩）　150马克

㉕1909年，奥斯特斯（水彩）　200马克

㉖ 1910年，花园（水彩，湿底上湿色） 200马克

㉗ 1909年，慕尼黑附近（钢笔，刷子轻涂） 120马克

㉘ 1909年，折椅上的孩子（黑色调，大） 150马克

㉙ 1909年，折椅上的孩子（小） 100马克

㉚ 1909年，在我父亲之后（不卖）

㉛ 1910年，紫罗兰色 120马克

㉜ 1910年，摆桌子 100马克

㉝ 1909年，水果碗 100马克

㉞ 1909年，女人头部（玻璃） 100马克

㉟ 1909年，窗边的奥斯特斯 120马克

㊱ 1907年，贝蒂（彩色粉笔） 100马克

㊲ 1910年，雨中人行桥（水彩） 300马克

㊳ 1910年，慕尼黑附近的花园（水彩—平庸） 150马克

㊴ 1910年，苏西—蒸汽船（水彩） 150马克

㊵ 1910年，苏西—运河，湖附近（更像是素描） 150马克

㊶ 1910年，苏西—运河，向北（已卖出） 200马克

㊷ 碎浪

㊸ 1909年，孩童素描（六幅钢笔素描） 50马克

㊹ 1910年，慕尼黑附近（通过伸缩绘图器缩小） 100马克

㊺ 1910年，慕尼黑附近—军事采砺坑和房屋（游戏之作） 100马克

㊻ 1909年，奥贝维森菲尔德；军事采砺坑附近的房屋 100马克

㊼ 1909年，施里斯海姆—城堡正面 100马克

㊽ 1909年，女裁缝和女人（钢笔素描） 50马克

㊾ 1909年，贾斯蒂斯（钢笔画） 100马克
㊿ 1910年，伯尔尼I（素描钢笔，比例失调） 80马克
51 1909年，伯尔尼和大教堂（画刷轻拍） 100马克
52 1909年，伯尔尼——有着校舍的草地（画刷轻拍）80马克
53 1909年，为木刻而作的素描 100马克
54 1909年，舞者 100马克
55 1910年，通往施瓦宾之路 50马克
56 1910年，景观（钢笔） 100马克

881.8月到9月，在伯尔尼度过夏天。在洒了水的湿纸上画水彩画。轻巧、紧凑，带有独特回响的笔触四处泼洒于整个画面上。

同样地，我在洒了水、布满稚气轮廓的纸上画钢笔素描。我用画刷在轮廓线上一会儿由内而外，一会儿由外而内地画上随意的点。

我两度前往穆尔登（Murten）地区一日游，每次都旋即产生几件作品。第一次去时正值可爱的夏日，我穿过巨大的沼泽，离开通往凯尔泽斯（Kerzers）和孟歇米尔（Muntschemier）的道路前往苏西。这不是一条多么平顺的路，我灵巧地跃过许多水沟。碰到最大的一个水沟时，我靠把我的画具先扔了过去给自己打气；然后，我就必须跟上了。我在跳跃之前足足跑了十码！当你孤身一人、不用参考任何人的意见而是自己安排所有事情的时候，这样的旅行是不错的。夏天的闷热天气令沼泽的植物勃勃生长。途中我遇到一些外国劳工，他们不懂我说的任何一门语言，这在瑞士真是非常奇怪。他们来自哪个国家？波兰。然后出现了一个大型牧马农场，叫作“好狩猎”（Belle Chasse）。两个小时的艰辛徒步后，我停下来，

+ 躺在床上阅读　1910 年

在苏西的布洛耶河（Broye）桥下搭帐篷。由此，我开始到处闲逛，躺着静候小蒸汽船，任由纳沙泰尔的开汽车的人们挖苦我。最重要的是我还射击了一会儿！

10月。第二次去时已是秋天，我拉着父亲同行。上午在布洛耶河钓鱼，下午爬上宏伟的维伊利（Vuilly）山，画眉鸟们正在这儿呢。我在这里迅速记录下几处景色。晚上，蒸汽船把我们带到穆尔登，我们在黄昏之际心神陶醉地抵达目的地。收尾乏善可陈——我们等了又等，笨火车终于来了。

其他几次旅行将我和莉莉带到贝尔普堡地区的兰肯堡。我们在贝阿滕堡待了几天，已经很晚，天气不是太理想。

11月。我终于沿着古尔贝河（Gurbe）左岸发起了一次狩猎旅行，穿过小得多的贝尔普溪区域。在这极其孤绝的地方，奇异的动物匆忙穿过河岸。一抵达此地，我便听到压抑的、可疑的笑声。于是，当一群印第安人带着战时咆哮突然出现在我面前时，我并不是很害怕。一人的面部完全被红色手帕遮住。在嘎吱作响的枪火中，他们围着我这个受害者舞蹈。这伙人很快安静下来，因为他们看到我除了初时的惊吓竟然无动于衷。

夜间，他们让我乏善可陈的归途——从柯萨兹（Kehrsatz）到瓦伯恩（Wabern）的满是灰尘的路——变得有滋有味。他们疲倦了、温驯了，放过了我，短暂而机械地咆哮了几声，一起在某好心农夫让他们乘坐的四轮马车上伸展开来。

那是个美丽的夏天。莉莉甚至很愿意继续待在瑞士。

但是我“按兵不动”。

882.12月。回到慕尼黑之后，我在施瓦宾区发现了一柱实在令人欢愉的阴谋。由于我碰巧也住在施瓦宾区，我可能也间接地与之有牵连。

年初，E的妻子Z似乎在洛特·普利策尔（Lotte Pritzel）——一位给许多男人做情妇的女人家里看到了一些蜡玩偶。这些蜡玩偶深深打动了她。

（除此之外：看到社群为这种鸡毛蒜皮之事兴奋真是好笑。）

出于震惊，她复制了这些玩偶，唯一的不同是她的人像缺少铁丝做的支架，身体是连贯地塑造出来的，于是固定在原地而无法移动。总而言之，它们是蜡雕塑。

如今E，那位丈夫，试着掩盖这个故事。这位拉大提琴的绅士，同时也是洛特某个情人的兄弟，向我抱怨这一事实。艺术评论家米歇尔据说在惊呼“好奇怪，我不久前刚刚看到过类似的玩偶”后才被洛特告知真相。但是艺术评论家不仅是人还是情人，这也许

+ 一件家具的漫画　1910 年

导致大家以为洛特是在撒谎。

甚至我的朋友欧内斯特似乎也参演了施瓦宾区这出好戏，因为他认为有必要悄悄告诉洛特：“你的玩偶们正在被复制！”后来他带来了这个指控的书面证据，即丈夫E的一封信的复本。信中，E吐露心声，表示一想到如果Z的玩偶率先公之于众，那些小普利策尔们该有多恼火，就高兴不已！

于是欧内斯特开完了他的玩笑——他在这件事上无法完全较真，毕竟他还是和E处得很好，画他的素描，给他写友好的题词。于是乎E对欧内斯特较起真来，他不仅自己否认了传说中的段落，还要求欧内斯特也发表一份书面否认。

与此同时洛特找到E并且给他看欧内斯特开玩笑地传给她的信件段落复本。

然而欧内斯特拒不承认他撒了谎，快活地继续着玩笑。他终于将E要求书面否认的信件原稿放到了洛特的手里。（洛特的手据说很可爱）。

对此E大喊：“该死的，一切都完了。”

883.库宾写信给Z：“北奥地利威恩斯坦旅馆，1910年11月22日。尊敬的夫人：回顾我的到访，我想提出一个你或许能帮我实现的请求。我想获得一幅克利的小素描，请求你将这个愿望传达给他，并且捎上我的祝福。我最希望他能发给我几件作品以供挑选——如果可以的话定价优惠一些，既然我们同为艺术家。他那神奇的最新进展——有一幅正挂在您家中，在那幅假的恩索尔（这是恩斯特画的）下面——尤其令我感兴趣，但是也请让他附上几件旧作。寄来的作品，我将以航空挂号件寄回。阿弗德·库宾。”

总而言之，是来自施瓦宾区以外的认可之举。我对这一事实感到受宠若惊，寄去了作品。他花40马克选了《运河上的宿所》（其实画的是慕尼黑附近的冰工厂），一幅画于1910年深秋的素描，通过将点画在线上、湿底上湿色得到明快的形式。他写信给我：“亲爱的克利先生，你寄来的美妙作品（我留存一件）给我带来了美妙的享受。我最想做的当然是将它们悉数保存，但是你知道个中缘由吧！我认为你的进步真是令人崇拜。我碰到与我自己的创作类似的精彩尝试时总是备受鼓励。我们不是双双从抽象开始，如今又对现实世界怀有更多共鸣吗？我会在1月初来慕尼黑几天，届时前来拜访你。我希望你在家。我明天将你的作品寄回。附了一件自己的小作品，以感谢你对我的亲切行为，请你接受。最好的祝愿，你诚挚的阿弗德·库宾。1910年12月16日。”

884.小插曲。温特杜尔，1910年11月21日，致克利先生，伯尔尼的画家：

“你的作品从11月15日开始在我们画廊展出。然而，我们不得不告知你，绝大多数观众对你的作品表达了非常不利的意见，数位受到尊敬的知名人士请我们不再展出它们。因此，我们请求你立即告诉我们应该怎么做。也许你可以发来对作品的解释，这样我们可以把它们分发给画廊观众。期待你的回信，我们依然是充满敬意的，高屋艺术画廊。”

我如此回复：“你的窘境无疑令人感到遗憾。但是作为一名艺术鉴赏家，你肯定时不时地听说优秀艺术家与大众发生冲突。我并不想将自己与任何人做比较，只需提到霍得勒这个熟悉的名字——尽管支持他的人起先有摩擦，如今经营得很是兴旺。一个为作品提供注脚的艺术家一定对自己的艺术信心不足。这是评论家的工作，请参考特洛格（Trog）在1910年10月30日发表的《苏黎世新闻》上的评论文章。到了我们约定的展期结束时间，麻烦你把作品送到巴塞尔的艺术厅。尊敬的，克利。”

885.由素描者的立场考虑光。

用光的要素表现光是老把戏。把光作为色彩活动要新颖一些。

如今我试着把光当作展露的能量来处理。当我在白色表面上处理黑色能量，我应该会再次成功。

我由此想到光在胶卷负片上引发的完全合乎情理的黑色。

此外，更小的事情总被标上特殊记号，于是我想到通过线条突出白色表面上的明亮部分。

为了这些亮处，堆积出不计其数的能量线条！那会是真正的负片！

1910年7月附录

886.“亲爱的布莱博士：

既然你一度对我的作品表达过强烈兴趣，你也许会有兴趣知道《希佩里翁》后来如何对待它：保持沉默，沉默，沉默。另外，我有一个请求：两年前我将《独翅英雄》发给你，当时你在考虑要不要接受它。既然出版社对这件作品也保持沉默，如果你可以尽快告知我，我会非常感激。真诚的，克利。”

（又及：他会注意到我将他和出版社分开来，这样便能够告诉“出版社”真相。）

887.与一家出版社做了另一次愉快交流。这家叫作“光与影”（Light and Shadow）。在不记得具体是哪位的要求下，我送去了：

（1）“工地”，钢笔素描，1910年，

（2）“汉娜，侧面”，钢笔和画刷，1910年，

（3）“运河上的蒸汽船”，钢笔和画刷，

（4）“沙砾”，钢笔和画刷，

（5）“图恩湖上”（胡恩格附近的房屋和船只），钢笔和画刷，

（6）“去往市场路上的手推车”，钢笔和画刷，

（7）“伯尔尼”，钢笔和画刷，

（8）“汉娜的头，正面视角”，钢笔和画刷。

附记：三个季度后，它们遭到拒绝。

［1911年］

888.1月。我的恩人库宾来了。他表现得那么热情，简直把我迷倒。我们真的神魂颠倒地坐在我的素描前！真的相当神魂颠倒！深度神魂颠倒！

那晚他回来听我们的音乐表演，卡尔·卡斯帕和玛丽亚·卡斯帕夫妇也在场。他热情得甚至无视这样两个冷静的人物。

“说到进展，你是他们之中最领先的一个！这是多么……（说到这里他插了一句）我相信你也对我的进展有一些希冀？”说这话的时候，他成功地让自己的声音听起来真诚无比。他无疑是个令人着迷的人物，无与伦比的喜剧演员！

他懂音乐吗？他声称音乐让他过于兴奋，这听起来可疑。

那对施瓦宾的夫妇无声地赏玩这一切。夫人是第一次看到我的素描，快活得像只云雀，难说它们给她留下了多深的印象。先生更精准，谈到了巴洛克哥特风格，库宾对这种热门标签报以强烈赞许。

我可不想知道什么巴洛克哥特风格！我想在这些事上一无所知。在专业部分聪明就好，其他交由上帝吧！

889.Z带来了艺术评论家威廉·米歇尔（Wilhelm Michel）。1910年春天他已看过某些作品，但是不喜欢。如今，我猜想一些事情改变了他。毕竟那时候他还没有Z。

噢，甜蜜的施瓦宾啊。他立即建议我们着手一起做点什么，于是带着一整叠素描出发了。首个目标是柯希（Koch）先生，从前的墙纸推销员、现在的议员和《艺术与装饰》出版人。他不喜欢我的作品，并且推测我将来会采取一种新颖温情的画风。随后对汤豪森（Thannhauser）先生发起进攻，这位前裁缝如今拥有阿尔科宫（Arco Palace）里的现代画廊。我以前私自与这位重要人物打交道时，他将我的作品原封不动地退还；如今他看在“有影响力的新闻界人士”的情面上，表示同意。

半年的时间里，新闻界人士被爱情改变，画廊主被恐惧改变。

新闻界人士非常讨人喜欢，不怎么发表长篇大论，举止谦逊，并且开始以叔叔的态度对待费利克斯。但是我们到底都是人，人情世故各地皆然，尤其是在施瓦宾！

890.2月。我开始为我剩下的全部作品做一个精确目录。

892.继续实验为明亮度-能量做的黑暗标记法。我的演绎起到胶片负片的效果，可以在白色背景上得到完全正面的图画效果。

除此之外，我试着在保存秩序的条件下得到某种节奏扭曲的构图。研究这个问题时，我谋求机械仪器的帮助。理论上，伸缩绘图器会被错误地设置，但是得到的扭曲图片经常是出乎意料的。

为了规避这个缺陷，我想到了以下办法：我在玻璃板上画一幅普通的、正确的素描。然后我把房间调暗、点上一根蜡烛（不过最好是用汽油灯，因为火焰大小可以轻松调节。）我将玻璃板以某个角度放在光源和平躺在桌子上的新纸张之间。

结果：在“正确”画面里，我们可以看到AB，BC，CD，而投射/扭曲画面展现了它们的反面，A1B1，B1C1，C1D1。

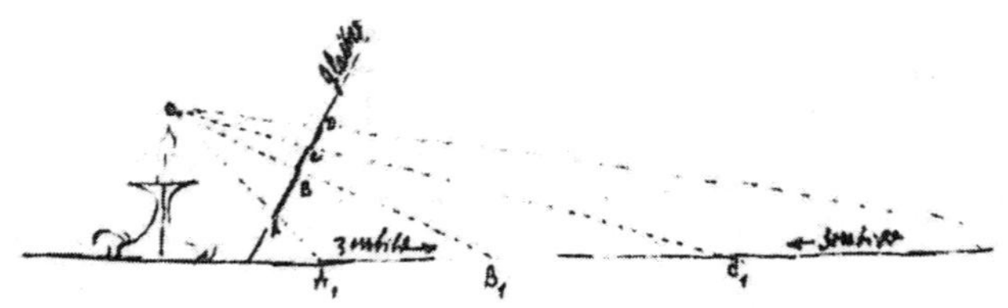

每一次，我都做最多变的实验：不断改变玻璃板倾斜角，直到撞得我最满意的画面变体。但是，因为比例失调遵循某种规律，每种变体似乎都可自圆其说。

好几次，我以那句伪印象派基本教条完成构图：“凡是我不喜欢的，我用剪刀剪掉。”

893.简化图画的两种自由方法：突出风格显著的小部分。比如，在有着许多许多雪的雪景中，少数没有雪的部分作为黑色能量被标识出来（在自然中是黑色，在这幅作品中也是黑色）。或者，在有着寥寥灯火的黝黯风景中，这些灯火也被标识为黑色能量（在自然中是白色）。

你甚至可以想象两个例子结合在同一个画面中。

894.如今我再度需要轮廓，是它聚集和抓获了那些四处乱飞的印象。让它成为掌控自然的神灵吧。

+ 休息中的年轻男子，自画像　1911 年

895.一位艺术家必须是诗人、自然的探索者、哲学家！如今我又变成了一个官僚，因为我在为童年以来的所有艺术作品编辑一份庞大精细的目录。我只省略了诸如学校素描和裸体习作的东西，因为它们缺乏独创性。

896.尽管有爱情和恐惧两股推动力量，我的个展并不像开始设想的那样轻易实现。两个犹太人布拉柯和汤豪森发现无法从我的个人首秀中获利。如果你无畏到了鹤立鸡群的地步，你必须至少先有名声。但是如何不做展览就变得有名，正是两位先生无法提供建议的点。新闻界人士被爱情冲昏了头，以至于无法将影响力充分施展到恰当之处。在当今这个时代，任何有这么多孩子的人都容易变得神经质。在巴赫的时代，可不是这样。

简洁直率地说吧，汤豪森先生提供展画的走廊有一点冒犯人。结果，我必须先试试布拉柯先生。他措辞十分友好地回信了：

“在这些作品里……有一些相当不寻常的东西，因此我会为在我的画廊里展出这些版画而感到遗憾。人们来我的画廊主要是为了看油画，尤其是令人尊敬的艺术家协会会员的作品，而对具有风格、极端现代的版画艺术家完全不感兴趣。（实际上我永远也无法卖出那样的创作——我可以听见他用他的男低音嗓音这么说。）介于你着实非凡的才华，介于我乐于为米歇尔先生效劳，我该答应的，但是看在……的立场。”

最后，这个戴着月桂花环的混蛋把我的作品送去了利陶尔（Littauer）、施泰尼克（Steinicke）、贝切尔（Bertsch）、普策（Putze）等那儿。

+ 餐厅中的一景　1911 年

“请不要把这项拒绝看得太严重，请不要因此敌视敬爱你的布拉柯。”

于是乎我们伤心地回到汤豪森这个选项，满足于走廊和仅仅展示30幅作品。展览会在6月初举行。新闻界人士安慰说：“你会有很多很多展览的，这次不以最有利的条件开始也无妨。”

897.由于外部的“成功”，即有力地自我振作，我走出了一场咄咄逼人地吞噬我的抑郁情绪。我必须振作，因为我没有《自深深处》里那哀声哭泣、净化心灵的器官。

我的精神导师伏尔泰对此感到欣慰，因为他也从不痛苦呻吟，并且召唤了我。我不由分说就到了那里，立即开始为《老实人》画插图。跟从他的指引，我发现身上的许多压力被卸去，它们对我的平衡似乎曾是不可或缺的。也许我正是从这一刻开始恢复了真正的自我，尽管直到今天我也不确定这一点。

与此同时，我尝试创作与外部世界相调和的作品，诸如1911/41，1911/42，43等，但是这些技巧受到牵制，而为《老实人》画插画一事除了努力再努力暂时毫无动静。终于，在美丽的5月，春意也开始在这里苏醒。有了心心念念的平衡之后，工作开始取得进展。

我真的很想说更多漂亮话，但是我永远都会固执地反对浮夸把戏。

898.约翰内斯·麦斯卡（Johannes Mescaert）歌唱。这个男人同时具备瓦格（Vogl）、古拉（Gura）、乔基姆（Joachim）和卡塞尔斯（Casals）之风。他唱了舒伯特的《美丽的磨坊少女》和《诗人之爱》，并在安可时唱了舒曼的《月夜》《我听到小溪在沙沙作响》和又一首舒曼的歌。

看了萧伯纳充满机智的戏剧《恺撒和埃及艳后》。施泰因鲁克和特温等人演得极好。

899.我的创作朝着一个特定方向前进得越久，就越不轻快。但是就在此时新的事件似乎降临到这溪流头上，它正拓宽成为湖泊。我希望它不会缺乏与之相应的深度。我曾是一部分艺术史的忠实影像。我向印象主义进发，并且越过它。我不想说我是从它生长出来的，我希望并非如此。我的缩影并不是由半吊子知识塑成的，而是谦逊：我想了解这一切事情，以免因为无知而错过任何东西，并且从将要放弃的每一个领域同化一些部分，无论它们多渺小。

如今，我开始理解关于凡·高的许多事情。我对他越来越有信心，部分因为读了他的书信选。他能够极深、极深地触及自己的内心。

事实上，让任何人从这么一个艺术标杆边匆匆而过都不是一件容易的事情，因为相比艺术史的静思，历史的钟声在当下摆动得更加刺耳。但是这时钟永不停摆，它只是在多雾的日子里显得静止。

或许他没有说尽他要说的话，于是少数别的艺术家还可以被唤来完成这项揭示？

以历史回溯的眼光看待凡·高尤其动人——他由印象主义一路走来，却又做到了创新。

他的路线既新颖又非常古老，非常可喜的是不属于纯粹的欧洲模式。相比革命，它更关乎改善。

意识到存在一种既受益于印象主义又同时支配它的路线，对我的影响真是有如电击。“源于印象主义又取得进步的路线是存在的！”

让我拥挤的潦草乱涂和严谨的轮廓线和谐共处的可能性于我体内成熟。这会为我孕育又一枚果实：吞噬和消化乱涂乱画的线条。同化作用。空间看起来仍然有一点空虚，但是不会再空虚多久了！

在这豁然开朗的时刻，如今我能清楚地看到过去十二年里自我内心的历史。首先是狭隘的自我，那个戴着大眼罩的自我，然后大型眼罩和自我都消失了，而今渐渐出现了一个不戴眼罩的自我。

未能事先知晓这条轨迹是好事一桩。

夏天

900.我们在瑞士度夏。这个夏天很热，非常之热；我记得一些炎热的夏天，但是没有一个热成这样。尽管它们也极其热，但是比这凉爽很多。这个热得多的夏天甚至烧着了我的眉毛（显然是透过

+ 坦诚，第七章　1911 年

天花板）。大体是真正的南方、原汁原味的南方。只有老埃尔河的河水是清凉的，像冰川一样，像原始冰川一样。

暑气已经攻入了慕尼黑，于是我们每天去乌姆湖里泡着，日复一日地去。那儿的野玫瑰盛放着，我们从野玫瑰旁边游过，野玫瑰从我们旁边游过。

我们伤心地浸了最后一次水，与盛放的野玫瑰告别……你再也不会在这热得多得多的夏日里浸泡了，你会忘记你掌握的那一点儿游泳技巧，你将破碎，直到化为汗水和灰尘。

伯尔尼的灰尘是白色的，白如面粉。水是纯粹的消融的冰。即使是在火车上，我可以看到伯尔尼街道的粉白线条和下方闪着寒光的原始冰川之水。

火车上的某人说："我认识某个会在天黑之前跳入埃尔河的人。"尽管我濒临绝望、身处高热，我依然成功地对这位英雄燃起了崇拜之情，满满的崇拜之情！

随着这出格的热度持续下去，另一位英雄诞生。我跋涉去"布贝尔"（Buber），就像许多英雄那样每天去那里，原始冰川的水在那里激荡。

"噢！今天真热啊！120华氏度！"甚至洛特马教授也成了英雄，像一头海狮那样游着（我对我太太这样写道）。

后来她也来了，也跻身英雄行列。在图恩和比尔的湖边，日常的例行公事有了变化（反复出现的英雄主义）。离经叛道者也是英雄，儿子的教父"莫利叶"（又称"路易"叔叔）也是英雄。英雄与我们同在。

在岛上待一天一点也不糟糕。我们还是多多少少可以在"上午的凉意"下从比尔走到托斯切兹（Tuscherz）。然后一行人里较为年长的成员开始罢工，戴上眼镜，直接在等待室里浏览列车时刻表。

我一向反对列车时刻表，因为我在表上看的火车压根从来也不运行。我妻子对我抛来严厉的眼神。

与此同时，一列火车偷偷驶进站台，正是我们需要的那一列。然而，他们还没在列车时刻表上找到它。他们不相信这辆全黑的列车是对的，他们想看到列车时刻表显示的黑黄两色的列车。介于我登上了车，更介于两声尖利的汽笛声，他们匆忙行动起来。

这比我们抵达比尔时没有汽船更加令人惊心动魄。

未来的读者，你知道列车时刻表上的"仅限周日"（Sundays Only）符号吗？于是所有乘着列车的人驶向了丽格兹。

我念十二年级的时候，曾与一个牧师待在丽格兹。我们喝了湖区的葡萄酒，我在热情的驱动下犹如天才般演奏教堂管风琴。不过教堂位于有些高的地方。牧师凝视彩色玻璃窗。我献上听觉盛宴。

那差不多就是我如何在不久之后通过了毕业考试。牧师人很好，活生生的力量之塔。但是“希德勒教授”甚至更好。

这一次，我不再是毕业考试考生，而是已婚男子。电动船将我们载去了小岛。我妻子在爬上爬下时不得不表演体操。一份点心嘉奖了我们的全部努力，然后我们挖虫子（说得比做起来快）。爸爸钓鱼，就此不用我们照顾。

我和妻子双双投身大自然的碧波。一顿美味佳肴嘉奖了我们的全部努力。然后我们采取了一项新的安排：两个男人都钓鱼，她不得不经受在一边旁观的苦修。

反过来，她与我第二度一起戏水，直到天黑。美好的时光，美极了！

然后是熟悉的旅程，通往比尔那个不提供中转的城市。我们看到贝尔的人们沿着大街闲逛，非常像罗马的人们沿着科尔索路闲逛的风格。

终于上了火车；明兴布赫塞疾飞而过，那里诞生过后来享有大名的人们。飞驰，飞驰！

901.在美丽的贝阿滕堡待了两周。一位技艺高超的法国人在这里担任厨师，他以前为暹罗国王做饭。

就算身处这样的海拔高度，我们对水的欲望也没有退却，它经常驱使我们下到图恩湖。在那样的情形下，1 900英尺的下坡路有什么关系呢？还可以取道斯格瑞斯维尔冲去迈林根、桑德劳嫩（Sundlauenen）和贡滕。我在桑德劳嫩游了最后一次。我在那里的水边、水上和水里度过了疯狂的一天后，染上了极重的感冒。

我先是在“路易叔叔”在贡滕的船屋游泳，然后划着他的船去往施皮茨。在施皮茨和法伦湖之中、悬崖间的一处非常具有勃克林（Arnold Boecklin）气息的景致第二次游泳。然后在青草和小树林间野餐，那地方诱人之极。柯特和萨沙·冯·西那也参加了。返途穿湖时遭遇了大风。在贡滕的岸边，我因划桨而感到燥热，因此游了第三次。终于取道斯格瑞斯维尔、穿过贾斯特托走路回贝阿滕堡，最后一部分路完全是在黑暗里行进的。我已经提到的桑德劳嫩坠水一事，为这个季节与水有关的部分画上了句号。

久旱之后，下雨直至9月中旬。莉莉的祖母过世了，这件事浇灭了我们共有的勃勃朝气。

那以后，我孤身再次登高，来到了我孩提时代第一次与山峦亲密接触的地方，沿着熟悉的路径取道沃萨斯（Vorsass）和沃萨斯皮茨（Vorsasspitz）通往尼德峰（Niederhorn）。回程中，我重新发现了已被忘却的、通往北伯格菲尔德的木屋的路。此时，一场大雨逼迫我停留于一间彻底被废弃的房间。我完全如男孩子那样写下诗意的问候放在桌上，过了一会儿继续返家，穿过南伯格菲尔德和熟悉的卡泽里（Kanzeli）回到我的酒店，回到妻儿的身边。

首先，旅途美妙动人。在山上的时候，我亲眼看见坏天气袭来。风吹起了复调的曲子，我惊扰了各式各样的动物，包括翠鸟——我儿时觉得它们多么像精灵啊。

再者，这对我的健康好，因为我可以实实在在地感受到感冒从鼻腔和耳朵处离我而去，像一个作法的妖怪。

回伯尔尼的路上我们再次在“路易叔叔”处歇脚，并在此碰到奥古斯都·马格（August Macke）和他的妻子。午后，我们划船、扬帆。费利克斯看起来心情愉悦，并且非常乖，这一点值得一提。我冒险最后一次戏水，湖水如今非常冷。费利克斯坐在船板上，表情沉重地看着我游来游去。我们晚间离开贡滕时，天色已经全黑。费利克斯提着灯笼。他在图恩到伯尔尼的火车上安静下来，睡意抓住他柔软的衣领，猛烈地裹住了他。多么可怕又可怜的小家伙。

秋天

902.这个夏天，慕尼黑的一帮年轻艺术家组成一个协会，起名“符号”（Sema）。我是创始人之一，也许是通过作家米歇尔的安排。其他参与者是一些画家、雕塑家和诗人。我猜测目前占少数的诗人出现在那里主要是为了做宣传。还有艺术评论家米歇尔和罗伊（Rohe），艺术家库宾、欧本海默（Oppenheimet）、夏尔夫（Scharff）、贾尼（Genin）和卡斯巴。

我们在一家舒适的小俱乐部里见过几次面，对格列柯（Greco）看法相同，也一致承认我们都没钱。

此次聚会，我们决定出版一本原创版画作品集。我们要收集至少100个订阅者，现已找到30个。接着，汤豪森先生同意组织首次展览。卡斯巴对此满怀乐观。我呢？唔，这至少标志着我终究不再继续与外部隔绝，标志着我加入别人的腼腆的初步尝试。我不觉得它和内部世界之间有多大的关联。但是，正如俗话所说，值得一试。

903.“路易叔叔”和我们一起住了几天。他心情不好，马格的妻子把他的帽子挂到了某顶公共场所的吊灯上。他离开自己的住所，搬进了我们空着的女仆房。

我过去常常提到、现在就住在隔壁的康定斯基，即路易错误地记为“克拉宾斯基”的人，继续强烈地吸引着他。路易经常去拜访他，有时候捎上我的作品，带回这个俄罗斯人无主题的非具象绘画。这些画非常奇异。

康定斯基想组织一个新的艺术家团体。私交令我对他怀有更多信心。他是个人物，并且有着格外优美、清澄的心灵。

我们在镇上的一间咖啡馆首次见面，艾米特夫妇也在场（他们正途径慕尼黑）。接着，在载我们回家的电车上，我们约定更频繁地相聚。随后，在冬天间，我加入了他创立的“青骑士”（Blaue Reiter）。

霍德勒

904.1908年和1909年之交，梅耶-格拉夫主办的大型马莱展览在汤豪森的画廊举行。如今，同一画廊在做霍德勒的展览。我对霍德勒并非全盘欣赏，然而他的这些作品是非常刺激的。他的重要性不在于纯图画性上，这正是我越来越努力的方面。他熟知如何刻画动作中的人物，这一点我认可他。但是我为所有这些人物似乎永不得安宁的样子而忧心。霍德勒只对精神过度紧张的人有兴趣，更确切地说，只对这样的人的意象感兴趣。精神过度紧张的绘画被忽略了，而非加以利用。这些东西变得令人厌烦，尤其当多幅一同出现，更是扰乱观众的神经。

这就是我否定他的地方。然而，无数人因为在他身上找不到现代意味而否定他，这是荒谬的。

［1912年］

905.我在为瑞士读者撰写的慕尼黑艺术书简中这样写道："诸多私立画廊中，汤豪森画廊以某个新组织的第三次展览和这个组织的分支'青骑士'再度吸引我的注意。现就作品概念做论述，而不涉及一批具体作品的暂时性、偶然性和表面，我想请那些无法在这些作品和他们心爱的博物馆收藏画作（就算是一副格列柯）之间找到联系的人们安心。因为这些作品是艺术的原始开端，就像人们通常在人种学馆或是育儿室里看到的那样。读者，不要笑！孩童也有艺术天赋，其中自有智慧！他们越是无助，他们为我们提供的例子就更具有指导性。他们必须从早期便受到保护免于污染。精神类疾病患者的作品有着类似的意义。此处，孩子气的行为或者疯癫一反常态，都并非侮辱性词汇。事关改良今日之艺术时，所有这些都应得到非常认真的对待，比所有的公共画廊得到更认真的对待。如果如我所相信的那样，昨昔艺术传统之浪已经死在了沙滩上，而所谓的无畏先锋们面子上鲜活健康，底子上从长远历史来看却是枯竭的绝对化身，那么一个伟大的时刻已经到来。我向那些为即将到来的改革而努力的人们致敬。"

他们中最大胆的是康定斯基，他同时尝试动用文字的力量。（著有《艺术中的精神》，由派珀出版。）

906.2月。温厚的贾恩，我们挚爱的音乐导师，刚刚在伯尔尼去世。他是一位有才干、认真、高尚的绅士，一位杰出的小提琴教师。以上没有任何一点是夸大其词。他在基础指导的最开端便设定崇高的目标。他自己仍在不断努力，并且知道如何教学生勤奋，因为在他看来勤奋比天赋更重要。作为艺术家，他有一点过于知性。

当局在试着为他减轻负担（也许当时也是替换他）时，一定犯下过重大失误。在几个场合里，他与耻辱为伍。

然而，我相信这些失误不过是形式上的失误。因为悲剧本身就一直存在。贾恩一直缺乏大师脾性，这在他老去后变成了他不再能应对的矛盾。作为老师，他一直是最杰出的。

他因一场突如其来的中风瘫痪，并在几天后去世。

907.哎，分离派人士！就算有人可以向他们证明他们已经不再有用处，他们也不会相信。不管一个征兆看起来多么可疑，他们也不会相信。比如现在，论战的舞台越来越转移到地方上。当地人以巴伐利亚皇家风格安闲地住在最美丽的宫殿里。

可怜的大众必将习惯于某样新事物，因为时间（再一次）成熟。法国人还会再度凭借这样新事物取得艺术首都的地位，而那会比你敢想象的更快。

我指的是“青骑士”。这个冬天，开拓进取的“编辑”康定斯基和马克（Marc）已在高尔兹（Goltz）开办的书店二楼组织了第二场展览，主题是版画。这位画商是城中第一位敢于在橱窗里展出立体派艺术作品的人，一些傻子将它称为典型的施瓦宾创造品。把毕加索、德朗（Derain）、布拉克（Braque）说成施瓦宾的密友，真是巧思呢！

908.4月。感谢这些新的施瓦宾密友及其作品，再度瞧瞧巴黎事物的念头变得非常吸引人。我妻子也想同往，于是我们勇敢地决定了。显然，儿子必须托付给伯尔尼的双亲，于是我绕道而行，而妻子直接前往，并比我早几个钟头抵达（4月2日）。

909.我在蓬塔利叶（Pontalier）搭上普通火车，由此可以非常悠闲地凝视侏罗山的峰头。许多士兵在那里上车。他们仍穿着红色长

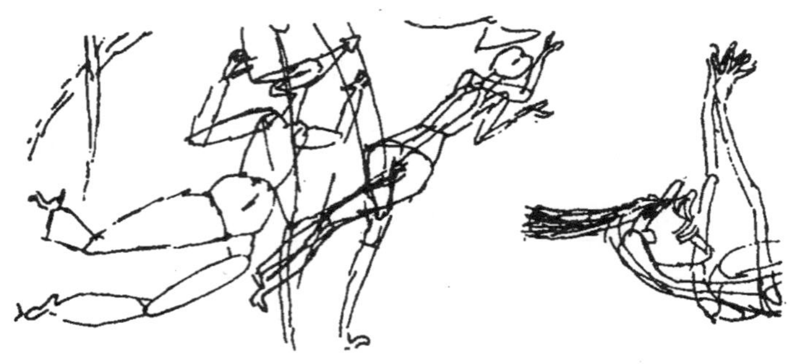

+ 丑角戏　1912 年

裤，转弄香烟，既兴高采烈又没到扰民的地步。铁路员工衣衫相当邋遢，帽子上写着“P.L.M”。

这辆大火车每站都停。衣服被雨雪浸湿的女人们提着篮子上了车，一股不可描述的人味四散。就这么一路来到第戎（Dijon）。

迟到了好一阵以后，一辆直达火车准备就绪了，感谢上帝！如今车厢里的气味也变好了，闻起来相当不错。第戎附近的景色很迷人，山丘嶙峋，而这些石头之间是极其丰美的树木。石群之间的寥寥绿意。颇有南国风味，我指的是法国这个被冰墙阻隔却融合南北两地的地方。

景色渐渐失去它的异国风情，变得嫩绿、柔软、微亮。安静的小溪流出现了，吃草的马零星出现在远处。

在某些地方，我们不得不让两辆特速火车超过我们。“哎，什么直达火车！”一个妇人嚷着，发着抖。“唔唔唔！”怪物之一从我们一侧飞驰而过。十分钟后，“唔”的一声，第二个怪物也过去了。真如爆炸似的！

910.4月2号，比原计划更晚抵达巴黎里昂车站。见到了松德瑞格和莉莉，她已经欣喜若狂。入住圣米歇尔大街上的米娜酒店。然后去霍夫处，预约会面。

4月3号。游览林荫大道，塞纳河，巴黎圣母院，巴黎大道，歌剧院，卢浮宫。下午去了卢森堡博物馆，欣赏德加、马奈、“阳台”等，并逛了卢森堡公园。

4月4日。去了皇宫花园，杜勒丽公园，协和广场，香榭丽舍大街。去了霍夫的工作室。下午去了独立沙龙，晚上则是煎饼磨坊。

4月5日。上午去先贤祠。下午去卢浮宫看艾列柯和德拉克罗瓦。晚上去了万神殿酒吧。

4月6日。去了蒙马特尔、圣心大教堂、蒙马特尔公墓（为了莉莉！），晚上去盖特蒙帕尔纳斯酒店，喜剧演员康邦表演“本小姐的家”（Polu chez les cocottes）。

4月7日。复活节。去了凡尔赛宫。晚上，待在和平咖啡馆。

4月8日。去了巴黎圣母院和圣礼拜堂。晚上在霍夫家。

4月9日。逛植物园和圣日耳曼奥赛尔教堂。在卢浮宫欣赏马奈（《奥林匹亚》）、安格尔、德拉克洛瓦、杜米埃（Daumier）的伊特鲁里亚收藏。下午在哈勒家喝茶。再去万神殿酒吧。

4月10日。逛克鲁尼博物馆、外林荫大道、旧城墙、克利希门广场、穹顶咖啡馆（环境有施瓦宾之风）。

4月11日。上午，我在德劳内（Delaunay）的工作室拜访了他。下午去卢浮宫看马奈的《草地上的午餐》、德拉克罗瓦、盖伊斯（Guys）。晚上听布利尔音乐会。

4月12日。登上巴黎圣母院塔楼。下午，去乌德画廊看卢梭、毕加索和勃拉克的作品。到塞纳河大街。晚上，在霍夫的推荐下在

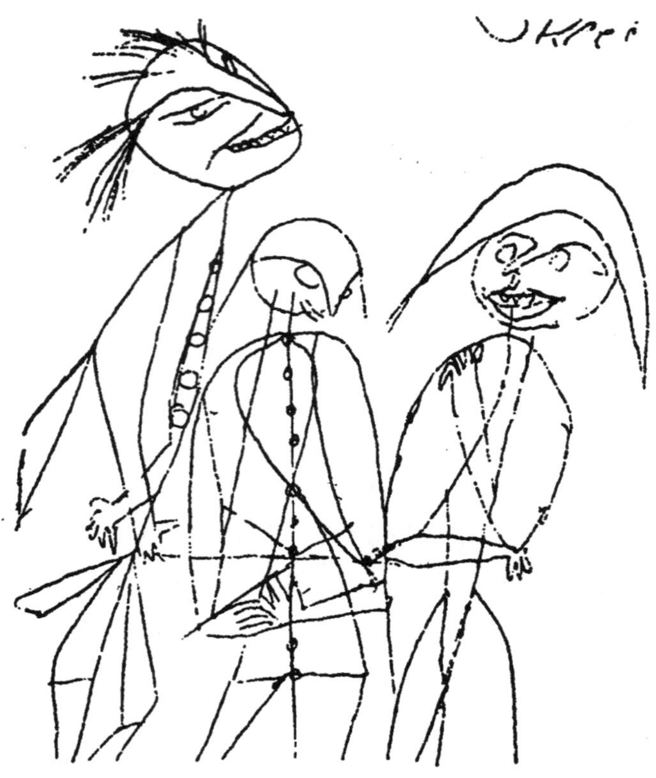
1913 84. gute Unterhaltung

+ 愉悦的交谈　1913 年

彩色电影院（英格兰滑稽动作！）看了印度皇帝的加冕仪式。

4月13日。参观卡那瓦雷博物馆。然后去了康威勒画廊，欣赏弗拉明克、德郎和毕加索。下午去了青年旅社。晚上乘船游塞纳河，远至奥图，然后返回。万神殿酒吧。

4月14日。去了拉雪兹公墓。下午，在布洛涅森林和香榭丽舍大道享受宜人的出租马车兜风。再次拜访哈勒，并见了他的妻子。晚上去金圆环梅德拉诺。

4月15日。塞纳河游船至圣克卢，在那里闲逛。晚上去歌剧院看《弄臣》和芭蕾。

4月16日。上午应康定斯基的要求去巴比赞格斯画廊。下午去了杜兰德-鲁埃尔（Durand-Ruel）的公寓，然后去伯尔尼汉姆画廊看马蒂斯和戈雅。晚上去塔巴兰夜总会。

4月17日。在巴黎东站该死的海关署。然后去德鲁特画廊。在救主教堂附近观察了日全食。晚上签了一百张平版印刷画。莉莉离开巴黎。

4月18日。上午去索贝克先生家拜访，下午碰到跟在妹妹身后跑的哈勒并给他留下深刻印象。晚上10点出发去伯尔尼。

在那里待了5天，然后回慕尼黑。

911.我们发现E.X.是位一流的巴黎向导，尽管大体上仅就老巴黎而言。他狐疑地看待任何新近的东西，但是能告诉我们怎么去。他的第二任妻子，来自本登（Bünden）的一位远方亲戚，活泼地陪同我们。她帽子前端的白色羽毛像信号般点着头，有时候远远地点着，因为她走路风格很活泼。然而，一看到极其诱人的商店橱窗，她的速度就猛然加快。这桩婚姻导致我们的朋友E变得有一点小资产阶级，但是从经济上来说也宽裕了一点。

在他内心，也许事态有时候没那么喜人。我们不得不完成一项不快的任务，把他第一任妻子的最后时日告诉他并且将她不是那么快乐的日记和“遗嘱”带给他。

这位F出生、离异收场的第一任妻子最近服毒死去。我和妻子曾旁观这个年仅三十岁、被毁掉的人变得完全支离破碎。她几乎搬进我们的家，但是我们认为这不会有什么好事，就把她安置在施瓦宾的一间小公寓里。她每天都来我们的房子并和我们一起吃饭，如果你能把那么一丁点食物叫做饭的话。长久以往，我们难以忍受这个令人极度痛苦的景象，于是我对自己说这个崩溃的人有权利死去。

于是她被允许按意愿行事。她被再次送去医院（由弗里茨·洛特马看诊），再次表达她可怕的成见。我妻子陪她去听舒伯特的《冬之旅》，那种恐惧是一支真正可怕的天鹅之曲才能引发的。

然后她理所当然地交给我诗歌，当然是用来发表的，以及为她的E写的一些东西。最后一次见面时，她轻抚一件我们在她家庭破裂时从她那儿得来的一件家具，说晚安时几乎轻抚了我，然后离开。自然，那是她生日之夜。

夜里，她吞了几种小剂量的毒药。与一阵子以前的自杀行为相反，这次她顺利死去。早上她被发现已经死去，我被一张便条召唤前去处理一切事务。官方调查正在进行中，一位新闻勘探员也在那里。他在报纸上刊载了我认为必须为这起自杀做出的寥寥解释。如今必须去远处和各地唤来亲戚们，比如柏林，H城，等等。这一切都耗钱耗神，但是跟她最后时日留下的影响相比不算什么。

X的第二段婚姻看起来是牢固的，哈勒的婚姻似乎逊色。他在她的胸膛前说：“喂，她要是内心也像外表这么美丽就好了！”关于过世的前X夫人，他说："她把她的推车装得太满了。"

912.两位画家去世，布吕尔曼（Bruhlmann）和韦尔蒂。韦尔蒂作品中较为怡人的部分正是他本人的投射—— 一位善良、年迈的手工艺家以纯真之心创作出的东西。我依稀记得去年秋天他为突然去世的妻子善后时的模样。我们带着痛苦的不安接待他，而这位有心脏病的老人竟以听任命运的淳朴且富有人情味的态度消除了我们的忧虑。那情景超越一般的、没有意义的丧礼场面，仿佛我们正在诵读一则老故事。可是老故事也有刺耳之音；我们根本不是老故事里走出来的人物。转译到画中，这老祖先的景象经过一再稀释后再度变得伤感。他的确将它转译成画——他蚀刻了送葬行列，自己在画中和"艾伯特和鲁奥迪"尾随棺木而行，并在下方写上多愁善感的箴言，完成一副感伤作品。

布吕尔曼过度赞同梅耶-格拉夫的观点。他能允许自己对勃克林的崇拜之情被强制剥离。这对梅耶而言并非轻松的胜利，而看布吕尔曼投降也不是什么美事。后来，类似的事情再也没有发生在他头上。这位非幻想性的艺术家依然遵循"新轨迹"。自然地，马莱式和塞尚式的作品跟着出现。听着，布吕尔曼成了一名学徒！他以此风格画出了自画像。没有直接的光亮来自这个男人身上，只有投影。然而他依然奋力取得"不朽性"。当然，不朽永不可能如此获得。因为一个人要么不朽要么毁灭。比如哈勒和霍夫，他们总想不朽，可是只是为过去的包袱所累。但是这些绅士们没有失望并且永不会失望。可怜的快乐的家伙们。

913.再次在瑞士度夏。住在伯尔尼，并在希尔特芬根待了一阵，我尚在世的小姨妈在这里拥有三个房间。与1911年相反，天气凉爽多雨。秋天的微笑略微更加友善。

我们三个在贡滕的路易叔叔家待了三天。在伯尔尼，阿尔普（Arp）来访。他发起了现代瑞士表现派联盟，并且投身其中。他是一个相当活泼的家伙。为了回访他，我取道卢塞恩—魏吉斯—苏黎世。我们已经在去伯尔尼的路上看了苏黎世美术馆展览，并且借此机会兜风四周之湖并上行至安德马特（Andermatt）。在魏吉斯有色情画画家卢西，画得略微含蓄和注重装饰，有来自萨克森的小裁缝、赫尔比希和只会说“毕卡索”的施普伦格。他们都做出勇敢的努力，一位阿尔萨斯的文人以一定的优雅风度为他们叫好。对我的欢迎热烈得像我已然成为伟人。一切都是多么相对啊！

914.只身先返慕尼黑，孩子未同行，因而比之前多了一点自由。我可以不必征得儿子的许可便出门。而且这阵子真的忙碌起来了。

高尔兹就快成为一名画商，将在音乐厅广场开一个小巧而迷人的画廊。我甚至参与了筹备。

然后绰号“软软”（Softy）的阿尔弗雷德·迈耶（Alfred Mayer）来找我看我的画。他强烈爱上《老实人》插图，和我一同去缪勒（Mulleer）主持的出版社，商量在此基础上签约。但是缪勒拿不定主意，含糊地说没有先例。我提到史泰恩（Stern）的《感伤的旅程》，说查多维奇（Chodowiecki）的铜版插画本已经出版。我还能想出另一个例子，《狐狸雷纳德》。他问我能否考虑一下并递交素描？这约等于客气的回绝，迈耶几乎伤心起来。

德劳纳来信并附上一篇他自我论述的文章。接着，马克自科隆写了数封信描述他的巴黎印象、谈论瓦尔登（Walden）及其“狂飙社”（Sturm）、介绍科隆的格农画廊。我应该挑选自己的一批佳作送到科隆和柏林展览，它们可能进一步巡回。

库宾出现了，在蒙特处碰到沃尔夫凯（Wolfskehl）。马克亲自来了，有一天带上了瓦尔登。瓦尔登始终非常安静，对他来说我是个地道的二流画家。但是由于马克的关系，他开恩将一两张素描塞进口袋里带去狂飙画廊。

马克意识到《老实人》插图的价值，把它们包起来带给派珀。

次日，瘦小的瓦尔登又出现在汤豪森画廊的未来派展览揭幕典礼上，不停抽烟、下命令、吩咐差使，像位策略家；他是个人物，但是欠缺某些东西。他根本算不上喜爱绘画！只是用他敏感的嗅觉器官嗅一嗅它们罢了。卡拉（Carra）、波丘尼（Boccioni）、塞弗里尼（Severini）是好画家，非常之好；鲁索洛（Russolo）则更典型。瓦尔登对我说："这些画现在不出售；它们太过著名，它们的主人根本画不出足够的数量。"我听进去了。

［1913年］

915.我也造势。伯尔尼的布罗苏偶尔在他编辑的一份小报里发表我的短文，例如："凭借私营的高尔兹画廊的开张，慕尼黑为我们带来了小惊喜。画廊致力于新艺术，并且位于所能想象的最佳地段，即音乐厅广场。新艺术就此获得了一个真正的家，在此之前皆是依靠并不真正志同道合的组织者们的好意（这包含一些让步）。

如今在高尔兹画廊，除了当地的青骑士和新协会，是勇敢的瑞士现代联盟和我们来自柏林巴黎的盟友。画廊美观大方的空间正好足以在第一场大型展示中展出每位参与者的三到四幅作品。对那些对'新潮流'持友好态度的人们来说，许多内容依然是模糊晦涩的，但是随后会举办个展。"

916.俄罗斯皇家芭蕾舞团带来数场客串演出，以尼金斯基（Nijinsky）和卡萨维娜（Karsavina）为独舞者，给歌剧的千篇一律带来难得的新奇。我不说新生，因为这涉及一项古老的，也许垂死的艺术。消失已久的时光幸存在芭蕾里。现代元素的偶尔加入并不改变这一事实。你可以感性地看到什么正在消失、一去不返。尼金斯基尤其出色，他同时在空中和地上起舞。我忘不了他跳跃的一瞬，和他年轻有力的身体的优美旋转。

令人惊讶的是，观众对他们的反应有些冷淡。这里的人们为时代新风的开端而尖声叫好，尤其是那些至少以杰出才华刺激我们的未来派艺术家，但是对浮现于眼前的美好旧时光无动于衷。他们究竟想要什么呢？还是只想要瓦格纳、克诺特和费因哈斯吗？幸运的是，慕尼黑最近成为一个展示许多东西的地方，不管慕尼黑的人民要不要。

说起未来派艺术家的杰出才华，我想到的是卡拉。你不必跨过新门槛去旅行便可旋即进入丁托列托或是德拉克罗瓦的国度。他的色彩之响亮，甚至创作精神，都与他们密切相关。波丘尼和赛弗里尼与古代大师之间显然没有这么强的关联。比方，“未来派画家宣言”里这么说：“当你打开一扇窗户，街道上的一切噪音、事物的动作和质量便突然侵入房间。”或者“街道的力量，城市里可见的生命、骄傲和恐惧，噪音产生的压迫感。”事实上，这些东西都被逼真地呈现在画面上。（神圣的拉奥孔！）

由此，新作品滋养了这个领域。热血青年们的狂热也不该被误解，他们在宣言里的大肆发声，部分是为恫吓别人，部分是为骄傲光荣地建立存在感。汤豪森先生的现代画廊为未来派艺术家敞开展览室的大门，但是声称“不负责任”（在开幕时看到那些寻常的、

+ 姐妹　1913 年

非常正经的“现代画家”来了又去是件好笑的事情）。真正的组织者是“狂飙”的英雄瓦尔登。

从侧面配合这个“不负责任”的正面攻击的，是高尔兹和另一个“施密-迪左沙龙”，后者正在英格兰花园的可爱小溪的附近举行诺尔德（Nolde）个展，幸而离“无辜者”有一定距离，而是理所当然地朝着施瓦宾。

热闹还没结束呢！甚至勋伯格（Schonberg）的作品也上演了，那疯狂的歌剧《彼得-鲁内尔》！

爆发吧，你这菲利斯坦人，我认为你的时机已经到来！

917.冬天间，取得了各种新的小进展。甚至卖出了一些画，买主有柏林的柯勒（此时我妻子正身染重流感）、索洛图恩（Solothurn）附近的比伯里斯特（Biberist）的米勒等。

阿尔普离开了魏吉斯。他父亲的工厂破产了。现代联盟的事务也运转得不顺利。但是我更在意的是，阿尔普正在为我努力，或者说为正当理由努力。他将我介绍给一家新出版社“白书”，阿尔萨斯诗人奥托·弗雷克（Atto Flake）是股东之一。据说我的作品赢得了这位好人的青睐，计划发行一版我插画的《老实人》。就算他要退出（这仍然可能发生），也不会影响这一计划。

918.6月。派珀计划出版一本表现派艺术家作品集，希望我提供画。这算是一个征兆吗？在这以前，这位出版人非常坚定不移地回避我。瓦尔登正在柏林筹备秋季沙龙，库宾和我将拥有一个专门展示我俩的素描和版画作品的房间！除此之外，马克透露柯勒将出资让他举办个展。当他散布这个消息时，他天鹅绒般温柔的眼睛发着光。

919.可怜的E，他的婚姻问题已经几度牵连到我，最近更是完全发疯了。他妻子的一封情信把我们拖进了风流事，于是E现在与我们断绝关系。这是个病态的家伙，越来越矛盾，把任何与自己相左的意见看作背叛，不可能是个长久的好伙伴。他几度在使命感的驱使下试图帮助我，当然无功而返，但是是否成功毕竟不是关键。但是现在，正当我的事业明显好转、机会开始不请自来，他认为我堕入糟糕的交际圈，并且憎恶我加入青骑士。此外，他憎恶我没有与他和X的破裂婚姻里的失败方站在同一阵线（他受伤地认为他在自己的婚姻问题中与前X夫人处于同样境遇），并且就这么任由前X夫人死去。

他自我隔离并且愈发自我封闭是件可惜的事情，但是既然这件事有可能引发无法忍受的战争般局面，让关系就此断绝只会是好事。

这是万幸，而且他令我可以轻松地断绝。Z想继续与我们见面。让她这么做好了。但是这不会有什么结果的，因为她也终于有了一股苦兮兮的味道。

920.“悲伤，即我在归时的压力下，独自置身其中，而深处是鬼鬼祟祟的懦夫。”（我相信这是幅好素描。）

“老喜鹊的死亡解放了一只极小的灵魂，它带着消息逃脱了。”（另一幅素描。）

一幅伯尔尼的田园风格画作必须显示以下东西：

（1）报时布谷鸟，唱着“叫你我的父……”

（2）醉醺醺的歌手四人组，他们为这只鸟唱小夜曲。

（3）两个喘着橡胶鞋的警察，沉思着他们最终会打败还是屈服于四人组。

（4）伯尔尼的拱廊，拱悬于画面之上。

“夜空中划过一道闪电，白天在睡梦中尖声惊叫。快一点，卡宁先生，你会在小姐的晚餐约会上迟到，你可是被菲勒小姐邀请去吃大餐的。”我现在可以以一定的精确性表达类似事情，并且简直是理所当然地单单靠线条这绝对的精神性，而不借任何分析性辅助品。

921.把小面积的对比有系统地联合起来，也这么对大面积的对比。例如：使混乱与秩序相对，那样互不相关的两个团体在处于对方旁边或者上方的时候就产生了关联。他们进入了对比关系，如此一来双方的特质都得到加强。

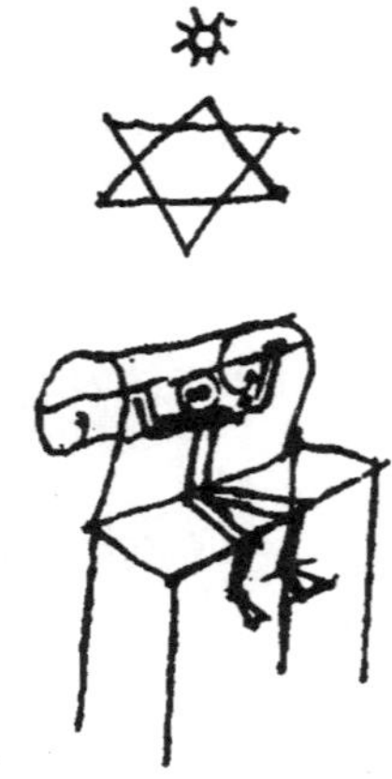

+ 痛苦的警察　1913 年

+ 飞驰逃难的警察　1913 年

我能否实现这样的处理呢？肯定的答案听来可疑；遗憾的是，否定的答案更加可疑。但是内在动力就在那里。时间会让技巧趋于成熟。

922.有时候，我在长时间里不做挣扎。然后我的画风“满是无知”，呈现出一种天真的风格。意志处于麻痹状态。

最新作品是热爱艺术的真正宣言。抽离这个世界更像是一场游戏，而不是对现世失败的反馈。它处于两者之间的某处。恋爱中的人不再吃喝。

923.1913年12月，去伯尔尼做圣诞节之旅。我对这个点子毫不热心。为什么要庆祝两次圣诞节？唔，因为难以找到任何反对理由。毕竟知道在父母家过圣诞节的确曾是美丽幸福的，并且仍然是美丽幸福的。

但是某些不祥预感提出反对意见。童年难受刺目的画面不断出现在我眼前。

新年后没多久，费利克斯因流感病倒。我很快也因为一场恶性感冒倒下了，它发展成一起极其古怪的静脉窦感染。出色的专科医生林特教授为我出诊。我直到1月底才能回慕尼黑，在那里仍然受到慢性支气管炎的折磨。终于它也结束了，我痊愈。

［1914年］

924.塞尔维亚人密里诺维（Mitrinovic）来到慕尼黑，以新艺术和康定斯基等为题发表演讲。他也接近了我，请我拿一些作品让他好好看看。是个好人，长着一张农夫的脸。

他经常来我们的音乐活动，发表过这么一句经典言论："是的，巴赫知道怎么写，你知道怎么演奏，我知道怎么欣赏。"

派珀对我素描的态度软化下来，用书与我交换。《肚子和衣袖》《酸的那个》，显然没有听说过的作品。

博格（Burger）博士也表示了兴趣。

在一次音乐晚会上，与大提琴家巴罕斯基（Barjansky）一起表演。我曾经与他和钢琴家萨克尼夫（Sapellnikoff）共同演奏舒伯特的B大调三重奏。和这样的人合奏比和学者们轻松多了。我以前一直是与什么样的音乐搭档扯在一起啊！理想主义者以歌颂为代价与美人共饮，优雅的骗子以诚实为代价变着戏法。是啊，是啊！

925.必须创立包括普兹（Putz）和康定斯基的伟大阵容。豪森斯坦（Hausenstein）和维斯格柏（Weisgerber）有意做领导。谁是维斯格柏啊？我不曾也永远不会明白这一点。而豪森斯坦，可不是嘛！他机智，并且不画平庸作品，因为他压根就不画。

但是他们没能完全实现计划。普兹不肯接受大多数会员。康定斯基和马克拒绝，主要是通过马克。于是这个阵容将从毕特奈（Puttner）延展到克里，以卡斯巴为中心。前锋力量被削弱真是遗憾。阵容被命名为"新分离派"（Neue Sezession）。

译注

罗伯特·弗朗茨（Robert Franz，1815—1892），德国作曲家。

阿尔图尔·施尼兹勒（Arthur Schnitzler，1862—1931），奥地利剧作家、小说家。因对性的表现与探讨而广受争议。

《斯特拉德拉》，弗洛托歌剧，讲述了意大利作曲家亚历山德罗·斯特拉德拉（Alessandro Stradella，1639—1682）被谋杀的经过。

弗里茨·冯·乌德（Fritz von Uhde，1845—1911），德国风俗和宗教画家。

J.菲尔德（J.Field，1782—1837），爱尔兰著名钢琴家、作曲家，钢琴史上第一个浪漫派音乐家。

阿尔弗雷德·库宾（Alfred Kubin，1877—1959），生于捷克的画家、插画家。

亨利·德·图卢兹-罗特列克（Henri de Toulouse-Lautrec，1864—1901），法国后印象派画家、石版画家，以记录巴黎声色犬马的生活闻名，极大地影响近代海报设计。

洛维斯·科林特(Lovis Corinth，1858—1925)，德国画家、作家，画作结合了印象主义和表现主义。

艾伯特·韦尔蒂（Albert Welti，1862—1912），瑞士画家、蚀刻版画家，擅长描画梦境。

詹姆斯·恩索尔（James Ensor,1860—1949)，比利时画家、蚀刻版画家。

奥诺雷·杜米埃（Honore Daumier，1808—1879），法国讽刺画家。

亨利·德葛洛斯（Henry De Groux，1866—1930），比利时象征

主义画家、雕塑家。

加瓦尔尼（Gavarni，1808—1866），法国插画家、漫画家。

弗雷德里克·拉蒙德（Frederic Lamond，1868—1948），苏格兰钢琴家、作曲家，李斯特学生。

汉斯·普费茨纳（Hans Pfitzner，1869—1949），德国作曲家。

梅耶-格拉夫（Meier-Grafe，1867—1935），德国艺术评论家、小说家。

恩斯特·克莱多夫（Ernst Kreidolf，1863—1956），出生在德国的瑞士画家、诗人，代表作是为花仙主题的儿童书创作的插画。

普瑞兹比茨维斯基（Przybyszewski，1868—1927），波兰诗人、作家、剧作家，戏剧与象征主义运动相关。

古斯塔夫·乌维格兰（Gustav Vigeland，1869—1943），挪威雕塑家，以想象力和多产文明。设计了诺贝尔奖奖牌。

弗雷达·费歇尔（Frieda Fischer，1874—1945），艺术收藏家，与丈夫阿道夫·费歇尔（Adolf Fischer）一起创立了科隆东亚艺术博物馆。

皮埃尔·伯纳尔（Pierre Bonnard，1867—1947），法国画家、版画家，以梦幻色彩著称。

爱德华·维亚尔（Edouard Vuillard，1868—1940），法国画家、装饰画家。

克尔-泽维尔·鲁塞尔（Ker-Xavier Roussel，1867—1944），法国画家，以法国风景画闻名。

威廉·布施（Wilhelm Busch，1832—1908），德国诗人、幽默插画家。

弗里茨·厄尔勒（Fritz Erler，1868—1940），德国画家、图形

设计师、舞美设计师。

奥托·埃里希·哈尔特列本（Otto Erich Hartleben，1864—1905），德国诗人、剧作家、翻译家，并且参与出版《青年》周刊。

弗朗茨·布莱（Franz Blei，1871—1942），奥地利作家。

麦克斯·保尔（Max Pauer，1866—1945），奥地利钢琴家。

克里斯蒂安·摩根斯坦（Christian Morgenstern，1871—1914），德国家喻户晓的作家、诗人、翻译家。

奥古斯特·马格（August Macke，1887—1914），德国表现主义画家，亦加入“青骑士”团体。

阿尔·格列柯（Al Greco，1541—1614），西班牙文艺复兴时期的画家、雕塑家、建筑家。

安德烈·德朗（Andre Derain，1880—1954），法国画家、戏剧舞台设计师、雕塑家。20世纪初期巴黎前卫艺术运动的重要人物。

布拉克（Braque，1882—1963），法国画家、版画家、设计师。

罗伯特·德劳内（Robert Delaunay，1885—1941），法国抽象画家。

康斯坦丁·盖伊斯（Constantin Guys，1802—1892），荷兰出生的战地记者、水彩画家和插画家。

保罗·杜兰德-鲁埃尔（Paul Durand-Ruel，1831—1922），法国画商。是首批资助画家办个展的现代画商之一。

汉斯·阿尔普（Hans Arp，1887—1966），德国艺术家，达达派创始人，后加入超现实派。

乔治·缪勒（Georg Mulleer，1850—1934），德国心理学家。

丹尼尔·查多维奇（Daniel Chodowiecki，1726—1801），波兰

裔德国画家。

赫沃斯·瓦尔登（Herwarth Walden，1878—1941），德国作家、评论家、钢琴作曲家，成立狂飙社和狂飙画廊。

卡尔·沃尔夫凯（Karl Wolfskehl，1869—1948），德国诗人、作家、知识分子。

卡洛·卡拉（Carlo Carra，1881—1966），意大利画家，未来派转向超现实派。

翁贝托·波丘尼（Umberto Boccioni，1882—1916），意大利画家、雕刻家。

吉诺·塞弗里尼（Gino Severini，1883—1966），意大利画家，未来派转古典风格。

路易吉·鲁索洛（Luigi Russolo，1885—1947），意大利未来派画家、音乐家、实验乐器制作者。

埃米尔·诺尔德（Emil Nolde，1867—1956），德国/丹麦表现派画家、插画家。

勋伯格（Schonberg，1874—1951），奥地利作曲家。

巴罕斯基（Barjansky，1883—1946），俄罗斯大提琴大师级演奏家。

利奥·普兹（Leo Putz，1869—1940），德国画家，经常参与分离派的年度展览。

威廉·豪森斯坦（Wilhelm Hausenstein，1882—1957），德国政治家、作家、艺术评论家。

阿尔伯特·维斯格柏（Albert Weisgerber，1878—1915），德国画家，与克利同为斯托克的绘画学生，由自然主义转向宗教题材。入伍后死在战场。

二、突尼斯之旅

926.1914年4月。这趟旅行是这么发生的：我们的瑞士伯爵路易斯·莫利耶特曾受住在突尼斯的伯尔尼医生杰吉（Jaggi）的邀请，去过一次（当然啦）。

现在我这位伯爵朋友不仅厚颜地利用自己的好运气，还把它与他喜欢的人们分享。

而他喜欢两个人，分别是马格和我本人（他也喜欢很多年轻姑娘）。

马格近来在图恩湖有个住处，去年12月我们三个发誓说要成行。莫利耶特认为我有资格享受这个待遇，会预支我钱，以后我用画偿还。马格可以自费，他的作品卖得相当好。

伯尔尼的药师伯纳德答应替我支付交通费，而杰吉医生为我们提供住宿。这趟旅行就这么发生了。

926a.4月3日，周五。去伯尔尼，先把费利克斯交给他的祖父母，然后拿钱。

926b.4月4日，周六。伯尔尼。买了法币，一口袋的漂亮金块，一共500法郎。我在某种直觉下选择了硬币，尽管比纸币贵一点。自然又正确，尽管也许并不需要。

926c.4月5日，周日。凌晨2点钟，乘一辆舒适的瑞士列车途径日内瓦和里昂来到马赛。火车在里昂停了好一会儿。这是个美丽的城镇，房屋像巴黎的样子。隆河（Rhone）两岸的码头非常典型。在日内瓦，一群傻乎乎的年轻人（法国人或者法瑞混血）上了车，在过道里跳舞，用法语方言唱“小玩偶”（Puppchen）和其他柏林的舶来歌曲。在里昂，他们成群结队地在大街上大步前进，也许是

+ 向东飞的鸟群　1913 年

知道什么地方有好餐馆吧。我们不知道。但是我们已经受够了他们的陪伴，没有跟随。这些大学生不合我们的脾性。于是我们找了又找，终于在巷子里找到一家店，吃了条鱼。味道很好，但是有一点小，就让我们叫它婴儿鱼好了。中午12点15分，火车继续前行。我相信我们最初经过的乡村是多菲内省，接着是普罗旺斯省。可爱的南国。日内瓦附近的隆河乡村已经非常令人称奇，火车在那里穿过隆河桥转向艾克斯盆地。那实在是壮美的风景。然后开满红色花朵的小树出现了，屋顶变成橙色陶瓦，非常迷人，完全是我最喜欢的那种橙色。

普罗旺斯的小妇人们身穿黑色衣服，周日的人群没有令人不悦的气味。这魅力令路易斯伯爵敏锐的眼睛追随不止。过了上帝在法国的家亚维农、阿尔和其他那些名声赫赫的城镇后，地势终于平坦起来。铁轨边的树木为它抵挡风或者其他危险。瑞士的火车有点过轻，车厢摇晃得令人想吐。

快到马赛时，巨货正在运输中。火车站很气派。伯尔尼湖是条大湖，看起来像海。

下午5点，我们抵达第一个目的地。和莫利耶特登上一辆小而有意思的出租马车，在这南部巴黎行驶（不如说蹦跳）了好些时候，经常是下坡路。让车夫挑旅馆吧。不贵，但是那么美。美得足以让你想留下来。

黄昏时分沿着港湾闲逛，寻找我们的船。强烈的食欲袭来。在老码头上寻找马格，终于找到了他。他正顶着他的娃娃脸，在那儿像个小王子般吃吃喝喝，没看见我们。那是一家路边餐厅，周围有藩篱。我们蹲在藩篱后，这样他就只能看见我们的脑袋。

如今他看见我们了，微微红了脸，马上调转视线，装作什么也没看见。然后他开心地问候我们。他对马赛和周遭充满热忱，还去看过一场斗牛，那简直让他犯恶心。

还有时间去看一场轻松歌舞剧。扮演提洛尔女孩的年轻喜剧演员是唯一一位有好品位的。

926d.4月6日，周一。上午在马赛四处闲逛，远至城门之外。我们觉得自己将会在这个地方大有收获。这乡间景色极好，颜色新奇。但是路易斯伯爵对在此停留这个主意微微一笑，因为他知道还有什么等着我们！一位年轻的土耳其人听见我们在电车上说德语，于是前来寒暄。他说他曾在桑德尔斯（Sanders）手下。不管真假，他的德语相当不错。

中午我们上船。那是横渡大西洋公司的一艘精美大船，叫作“迦太基号”。船舱干净宜人。用来装呕吐物的小容器漂亮又实用。绕港口航行是一次奇妙的经历。防波堤上，最后一批送别者还在挥手。现在船开始真正滚波前行。里昂湾以浪大著称，然而现在天气好。姑且这么相信吧。我服下蒙特先生的药，另两人则吃了大大的紫红色和绿色药丸，对我和我的蒙特药方报以微笑。我一个方子也不信，这也是为什么我开始感到很是恶心，尽管船行得足够缓慢。马格画了一幅小速写，显示我非常不舒服的时候是什么样子（他对蒙特不抱信心）。于是我让他给我几粒他的紫红色和绿色药丸。没想到啊！我感到好些了，一会儿之后点燃了烟斗。马格真的就这么成了我的朋友。直到那之前他都把我看作一个完美的怪物，而我现在正悠哉地抽着烟。他无法抵抗这其中的魅力。

这使我们情绪高昂，但是甲板还是像天花板一样倾斜，一切都开始滑落，无论是男人、女人还是甲板椅。栏杆周围也同样混乱。这连续不断的一会儿左倾一会儿右倾带来了后果：甲板上的旅客变少了。但是我们三个还是兴高采烈，无忧无虑，一味开心。食欲和倦意包裹了我们，我们比原定时间早半个小时冲向餐厅。也许食物并不特别，但是它对我们来说简直是国王的菜肴。然后，我们睡得多沉啊！

926e.4月7日，周二。一觉醒来，萨丁尼亚（Sardinia）的海岸映入眼帘。今天的海水和空气的颜色比昨天的更强烈。船的前部（我经常去三等舱）可以观察到最斑斓的景致。法国殖民地的士兵与这一切非常相配。下午，非洲的海岸出现了。之后，第一个阿拉伯城镇清晰可见，西迪布榭（Sidi-Bou-Said）的房屋极其规律地建在山脊上。一个童话故事成真了；虽然遥不可及，但是已经非常清楚。我们雄赳赳的汽船离开了无际海面。突尼斯的港口和城市就在我们身后，微微被遮隐。首先，我们驶进一条长长的河道。在离我们非常近的岸上，站着我们平生看到的第一批阿拉伯人。落日充满力量。河岸上的多彩和清朗则充满希望。马格也感受到了它。我们都知道我们会在这里有所建树。

船在这朴素暗淡的港口入坞的情景令人难忘。我们首次近距离见到的东方人是那些在河道两岸的。但是后来，尽管船还在动，不可思议的人们已沿绳梯爬上船。在下方，是接待我们的杰吉医生和他的妻女，还有他的车。

我们终于登陆，接受最后一项考验，在震耳欲聋的噪声中挤过海关检查。乘汽车去杰吉医生家，然后去用餐。一切继续摇晃。

在他的指引下，我们夜游阿拉伯城。现实和梦幻并存，而我独立于两者之外，在这里感到全然自在。在这里会很好的。

杰吉医生滑稽、枯燥、沉着，给人疏离感。只对天气和金钱有感觉，渴望瑞士，对我而言比我碰到的第一个阿拉伯乞丐更奇怪。“那里有一家小旅店和一座教堂，就像回到了瑞士一样。”我们不得不评价他低价收进的两副小提琴；以我们的热情状态来说，这再容易不过。我们先开了几则关于史特拉底瓦里琴（Stradivari）的玩笑，然后拿起琴，即兴拉奏起最美妙的阿拉伯音乐。路易斯和我跑调地拉着小提琴，马格在钢琴上砰然敲出旋律，并且用鼻子哼唱出一只长长的、单调的歌曲。我真的觉得我们演奏得不错。我们的小提琴试音赢得了所有人的赞许。

926f.4月8日，周三。我的脑中充满昨晚的夜游印象。艺术——自然——自我。立即动身工作，在阿拉伯区用水彩作画。开始结合城市建筑和绘画建筑。还不纯粹，但是相当迷人，因为饱含旅游热情而显得有点太过倚重情绪，也就是自我。毫无疑问，等到这陶醉状态消退一点，以后的作品会变得更客观。在店里买了一些东西。马格赞美花钱的醉人感受。

在城市附近驾车兜风，没有驾照的杰吉做起了司机。来自撒哈拉的大风，云朵，颜色极尽微妙淡雅，而非像在家乡那样呈令人难受的亮色。背后有条大湖，据说夏天会干涸。微微有一点沙漠的感觉袭来。在我们的气候里，这么闷热的天气会带来阵雨。不幸的是这里不一样，杰吉说。自从12月以来，一滴雨也没有下过。我们走了一点路。先是进了一个有着非常奇特的绘画的公园。看到绿色和黄色的陶瓦，它们的明亮给我深深的震动，并将长存于我的心中，尽管我并没有当场作画。然后我们碰到了一场葬礼。从远处便可以听见妇人的哀悼声。路易斯的双腿抽搐，跑向前去。马格说："自从老戈巴特（Gobat）去世，他就有了葬礼狂热。"亲爱的马格，这么说有一点无耻！应该是像讣告写的那样，说"神圣的戈巴特"（此处原文为德语）。"但是，亲爱的马格，这场葬礼在我看来不乏趣味！"于是我们跟着去了，马格有点不情愿，但也来了！棺材被涂成蓝色和金色。六匹驴子拖着马车。路易斯声称那是当地的省长（Bey）。没有下雨，天气晚上放晴。

回家路上，杰吉告诉我们他参与的一项不动产投资，将在这公园里建一座酒店。我们是否可以画一张吸引人的海报呢？马格：当然啦！杰吉医生认为我们可以赚些钱做旅费。想得好，答应得快，至于完成作品？当然永远不会！

杰吉家的餐食很丰盛。一位黑人负责做饭，一位来自阿尔高（Aargau）的板着面孔的女人打扫房间。我们的胃因为负荷过重而燃烧。马格咽下裹在糯米纸里的重碳酸盐粉末。“有一件事阿尔高女孩做得棒极了，”路易斯替她说话，“那就是准备洗澡水！她干得完美！”

926g.4月9日，周四。天气又完全放晴，但是多风。到港口画图，煤灰沾染我的眼睛和水彩画，但是那又如何，继续工作！一艘法国鱼雷艇上的人认出我们是德国人，用他蹩脚的德语嘲笑我们。马格表现出一丝让步的神色，建议我们尽可能若无其事地溜走。有时候他害怕得夸张。晚上我们参加阿拉伯音乐会，有点单调，有点观光意味，但反正对我们而言是新鲜的。欣赏了非常曼妙的肚皮舞，这可是不可能在家看到的表演。音乐方面不乏新奇，比如那极尽忧郁的曲调！

926h.4月10日，耶稣受难节，去往突尼斯及附近的圣耶尔曼（St.Germain）。早上陪医生一起去考他的驾照。整桩事情非常好笑。医生坐在方向盘前，旁边坐着让他完成各种任务的考官。路易斯和我坐在车里。杰吉医生，这个通常会按喇叭的人，因为热心于长距离驾驶而忘记了。考官指示他驶上背面的一座大山，他在执行中转向驶上了人行道。当他受命飞速前往城镇郊区时，他令许多心不在焉的当地人害怕地大叫。但这一切不过是表演的普通部分。考官将这考试和私人访客混为一谈，让我们在草地上等他。杰吉满脸愁容，倒不是担心考试结果——他有把握一定过关——而是因为别的事情。很多动过手术的病人在家里和私人诊所里等着他。时间紧迫，而考官优哉游哉。午饭后，医生想把我们连同行李带去他雅致宁静的乡村宅子。这是趟冒险的车程，汽车超载前行。黑人厨师哈密德（Hamed）骑了一辆脚踏车，像一条灰狗般追上我们。他背驮一个篮子，里面是食品。乡村宅子美妙地坐落在海滩附近，建在沙

+ 批评家　1914 年

上。沙土花园里种植着洋蓟等植物，小女儿的小驴子在咬食它们。小女儿大喜过望，骑在它身上绕圈。地窖里有酒，辛辣强劲，上面贴着“自家酿制，杰吉医生的骄傲！”

白天非常炎热，晚上凉爽有风。洗好的衣服不必挂在绳杆上，而是摊在灌木丛上，安定的风稳妥地撑住它们。在花园里发现一只变色龙，瘦扁得像一只空钱袋，上下颚裂开，此时你能做的唯一有效的事情就是往里面灌些水。

926i.4月11日，周六，在圣耶尔曼。在海滩上和露台上绘制水彩画。海滩水彩画依然没有脱离欧洲调调，和在马赛画的并无二致。第二张才首度邂逅非洲，它后来被豪森斯坦复印刊载在《甘尼梅德》（*Ganymed*）杂志上。头上的热气可能帮了忙。中午，第一次跳入海中游泳。在楼上脱衣，穿着外套下楼。把外套忘在了海滩上。没关系。下午，主人开车带我们巡视乡村的一部分。酷热逼人。晚上，为孩子们绘制复活节彩蛋。马格创作了精美的图案。然后画餐厅的一面灰泥墙面。马格面对这样的大画幅，立即自如起来，画出一个包括驴子和主人等物的完整景象。我自得其乐地在角落里画着两幅小画，并且完成了。

926k.复活节，周日，4月12日。在圣耶尔曼。马格略显抑郁地坐在床上。这个孩子气的男人在思念自己的儿子，说他们本该来这里游泳的。我独自出去写生。小女孩正玩弄彩蛋，遗憾的是我们没有固定颜色的材料，于是那些漂亮的图案在她的小手间剥落。早间空气潮湿，飘着三色旗的圣耶尔曼，长着青葱棕榈树的圣耶尔曼！马格不来游泳，估计是害怕传说中的鲨鱼？我才不放弃这种福利呢！正日当空，这里太过炎热。小女孩穿着又大又沉的外套站在岸边。水上的景致美得超乎寻常，却又不过分。一切都充满庄严。

夜晚难以形容，尤其是升在海上的满月。莫利耶特怂恿我画下来，我说那至多是习作。一般来说我对此类自然景象没有绘画兴趣，但是我比之前所知更多。我明了我的能力与自然之间的不一致性，这种内在转化足够我忙上好几年。现在我毫不烦恼。当你追求的东西如此多，慌张便没有任何意义。

这个夜晚将永远深潜于我。无数个金黄的北国月升将如静默的倒影般柔声提醒我，一次又一次。它将是我的新娘，我的至交，我发掘自己的诱因。我便是南国的月升。

926l.4月13日，复活节，周一。从圣耶尔曼到突尼斯。中午绘画游泳。一只圣甲虫在我眼前做着活，因此我也将工作，不管它如何滚动、移转、发生度量变化，我都会接二连三地试验，直到它最终成功。但是我会像它一样驮着我的球倒着走吗？我的意思是，倒着走向目标？

但是不用一直做这样的比喻。读一点荷马的作品可以带来慰藉。

乘车去突尼斯吃午饭后，开往我们从船上看到的第一个城镇西迪布榭，一口气开到山上。杰吉医生下车抬起汽车后部，调转方向。马格看出不帮忙有失礼貌，但是没有进一步的行为。我试着帮手，但被阻止了。汗水湿透了杰吉的帽子。某些路过的意大利人帮了忙。这样一来我们可以良心安稳地进行一些探险了。山城优美地远眺海洋，海的深呼吸伴着我们向上爬。一扇花园大门横在眼前，于是我开始画它的水彩速写。大海啊！（此处原为希腊语）然后回到小镇，杰吉正在一幢喜庆的清真寺前喝咖啡，就像在瑞士时那样。

我们很快便可清楚地看到罗马人把迦太基驯服得多么彻底。再度乘车下山到迦太基区。这里的地理环境比突尼斯的更美，或者说是符合人们普遍认为的更美：更面对海洋，景致更开阔。然而我们看到一个新的意大利小型聚集区，一大群人在其中嬉闹，管乐队吹着沙哑又走调得离谱的曲子。这么一来，欧洲战胜非洲的意义显得可疑了。几个浓妆艳抹的美人坐在村口的干粪堆上，这视觉效果跟那音乐很相配。这些有西西里血统的姑娘其实一点也不漂亮，是些粗糙的混血儿。对法国殖民的轻蔑是有一定理由的，而法国人与意大利之间的紧张气氛则出于不一样的原因。若论在突尼斯的人数，阿拉伯人第一，意大利人第二，法国人只是第三。但法国人的作风俨然他们就是主人。

+ 傍晚咖啡馆中的盲人歌手与击鼓的小男孩所表演的乐曲

在这个节日里，杰吉医生招待我们去一家法国餐厅吃晚饭。那儿的侍者有些傲慢，这种摩擦什么国家都有。哈密德把我们喂得过肥。杰吉医生也加入了我们。回程没什么可说，世界各地的黑暗没有区别。我们讨论以后的旅程，就此结束这丰富的一天。

926m.4月14日，周二，从突尼斯到哈玛梅特（Hammamet）。跟马格约好早晨6点在火车站集合。卖票处前排着一条短短的队伍。一个老男人“巴拉巴拉”地喊着，那么自然地给自己占到了位置。在家的时候，我们听孩子发出这样的声音。我心情很好，事实上欢欣雀跃。我把队伍里的某人错认为马格，装作要抢劫似的蹑手蹑脚走上前去。我在偷他钱包之前意识到自己错了。旅途美妙，森林郁郁葱葱，甚至有一点阴郁感。马格说：“艾菲尔国家公园也很美。”铁路设施非常陈旧，因此进程缓慢，但是有什么关系呢？我们又没有生意往来。抵达哈玛梅特，但是这里离镇上还有一点路。多么神奇的一天！每一道树篱里都有鸟儿在歌唱。我们凝视着花园里的一只骆驼，它正在水槽边做活。简直是圣经故事，至少背景完全没变。你可以看这骆驼看上几个钟头，看它怎么在小女孩的牵引下不悦地举蹄落蹄，完成放低、拖拉、吊起和清空皮桶的工作。如果我孤身一人，我会在那里久久停留。但是莫利耶特声称可看的还有很多很多。

壮丽的城市倚着大海，满布海湾和岬角，我时不时可以看见壁垒！街上的妇女比突尼斯的多，小女孩像在家里那样未戴面纱。这里也允许外人进入墓园，有一处海边墓地极是灿丽，几只动物在里面吃草。这真美妙，我试着画油画。芦苇和灌木为画面点缀了几分美丽韵味。

附近的花园棒极了，巨大的仙人掌从墙缝间生长出来，布满小径。

画了许多东西，并且到处游荡。晚上在咖啡店里听盲人歌手唱歌，他的儿子击鼓伴奏。那旋律将永远与我同在。

在一卑鄙法国婆子经营的客栈过夜。莫利耶特和马格穿着睡衣打枕头仗。那女人送来难以消化的牛肝和茶。杰吉家的伙食可要棒多了！

不过通往“酒店”的小阳台还不错。我画了一张水彩，有很多位移，但是完全忠实自然。很快，卡尔·沃夫凯尔（Karl Walfekehl）购得此画。

高亢的双簧管声和铃鼓声诱使我们前去观赏蛇舞者和吃蝎者的街头表演。驴子也来看热闹。

926n.4月15日，周三。今天的目标是前往肯罗安（Kairouan），原则是避免搭乘太久火车。结果决定步行一段距离，远至毕布雷巴（Bir-bou-rekba）车站。我们与周围环境极不搭调的欧洲人外貌，不经意间令沿途的乡野景致活泼起来。昨天已经搭车领略的乡野独特得超越时光，穿着我们的20世纪初期装束闯入它就太可耻了。

但是我们即将推出真正怪异的一幕。对扮演丑角的我们和至少是扮演悲喜剧角色的盲人歌手们这两伙人来说，都是一项绝对的耻辱。

首先，乡野道路是沙质的，厚而干燥，令人举步维艰。于是我们理所当然地迟到了，因为我们都把手表揣在兜里。然后邂逅了上述提到的流浪班子，他们的求乞令我们陷入窘境。我们在干沙中每走一步都又滑又往下陷落，这滑稽慌张的窘态早早就被流浪班中视力正常的人看在眼里，他们下定决心不让我们好过。

在这件事上路易斯和马格比我幸运。流浪者牢牢地抓住我，我掏出口袋里的一切，可是他们似乎还不满足。意识到我们已经迟到，我感到自己实在受够了，挣脱而逃。

他们全部追了上来，再次抓住我。在此过程中，胖胖的盲人被那个击铃鼓的男孩掠过，以最滑稽的姿势跃入空中。我终于逃脱得胜，可是不再觉得新鲜。

终于我们沿着铁轨行走，在稍微硬些的沙质道路（如果“道路”不是夸张说法）上更自如地前行。火车站已经进入视野，但是还非常小。

我们还是比那严重误点的火车早到，售票员却责备我们比时刻表晚到10分钟，为我们的历险带来一个新的喜剧转折。这简直是对开本的法国式说教。又过了10分钟，火车才咻咻入站。

精彩的旅程经过越来越像沙漠的村子。我们在卡拉斯里瑞（Kalaasrira）换车，在某个“铁路客栈”吃午饭。这里的老板是个莫名兴奋的人儿，一位并不干净但是专业的黑人做饭上菜。

我们大笑这个堂吉诃德式的店家的旅馆。瞧那些鸡啊，任何一只鸡！如果你用显微镜看它们，你会觉得它们变形成了暴躁的马儿，会害怕被它们撞翻、践踏。堂吉诃德那些长着羽毛的怪兽即使不用显微镜看也着实吓人。要是它们至少是他的鸡也就罢了，但是实际上正如我们现在所知它们是邻居的鸡。它们没有权利来到他的旅馆内！他不能容忍它们或是邻居的行为。它们不能吃他的食物又破坏这里的用餐气氛。

起初我们笑话这出喜剧而又不至于触怒老板。可是不久我们的笑声令人心痒，这位老人家越来越觉得受辱。他发出嘘嘘声以打断它，但是每当他不得不回到房子里照看工作，他的努力就白费了。

也许他一度打官司输给邻居？此刻他真是一个相当悲剧性的人物。普通人会放过他的，然而喜剧没有怜悯心。“嘘！嘘！”那将驱使他走向毁灭。一个乖巧的东方男孩附和着：“嘘！嘘！”我们本来同情这倒霉者的愤怒，此时却再次有了截然相反的态度。

附近的一些客人免费观看这精彩戏剧并大笑。这意味着对抗这个可怜的堂吉诃德的理智群众数量骤增。

路易斯和马格变得大胆起来，偷偷揉面包球，小鸡的数目就此加倍，许多只鸡兴致勃勃地跑来，几乎摔断了腿。堂吉诃德的近视给了我们勇气。但此时马格炮制的一个大面包球悠悠滚到鸡群中，似乎引起了他的怀疑。

莫利耶特暗地里抓了几只小鸡，任其在桌上鼓翅飞跳。堂吉诃德看不太清，于是责备小鸡。一个赖账的阿拉伯客人已经忍了很久，这时候终于大笑得浑身发颤。每个人都笑得手舞足蹈。每当老人家一回到后房去看我们点的咖啡煮得如何，吵闹声就变得如暴风般巨大。此时马格扔给小鸡们一块奶酪，但是被返回的店主抓了个正着。“不该扔给它们面包的！”马格：“先生，抱歉，那是干酪！”“但不是故意的！不是故意的！”老店主精疲力竭地坐下

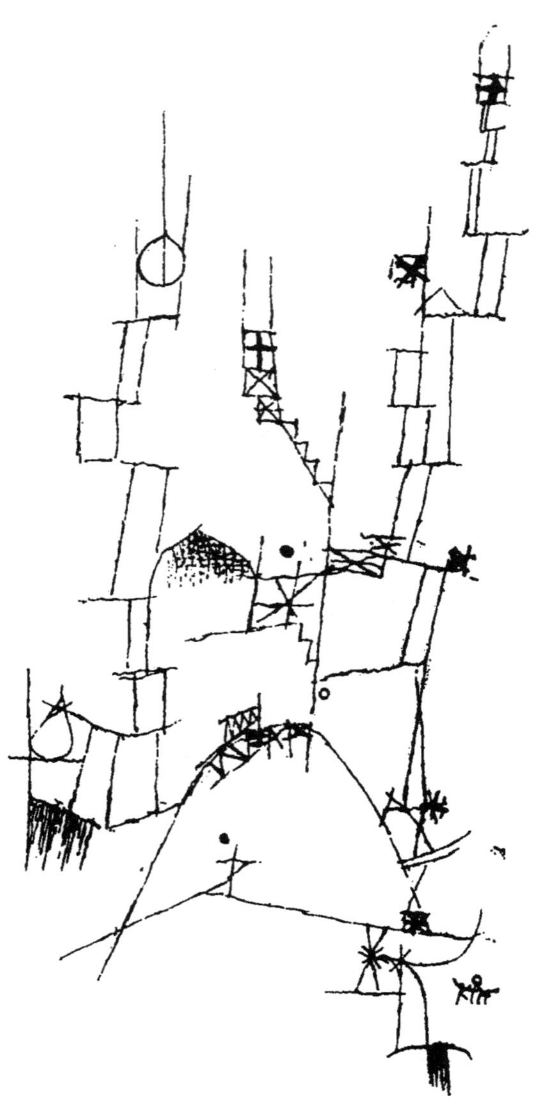

+ 耶路撒冷，我最高的福祉　1914 年

来，这就是他的结局了。

他走运了，因为此时我们的火车就要开动。他最后的话语是“咖啡3法郎”。我们付给黑人适量小费后动身离开。

这个插曲本该足以给火车旅线上的至少22个站提供难忘之事，但是新看到的壮丽疆域又把我们迷住了。我们把那片奶酪命名为“奶酪-块”，然后便是一片寂静。

神话般的小镇阿佳达（Akouda）短暂而诱人地向我们打着招呼，这个也许会持续一生的意象匆匆飞过。2点抵达法国人的小镇肯罗安，这里有两家酒店。我们喝了许多茶，这样便可以好好一探这个神奇的肯罗安。

首先，是排山倒海的噪音，那晚以“阿拉伯婚礼”达到高潮。不是单一时间，而是整体效果。而且那是怎样的整体效果啊！它具有“一千零一夜”的精髓，其中99%是真实内容。那是怎样的氛围，多么深刻，多么令人迷醉，同时又净化人心。它是养分，是最实在丰盛的菜肴和最美味的饮料。食物和迷梦。香木燃烧着。谁还会想起家?

926o.周四，4月16日。早上到城外作画；和煦的阳光洒下来，温柔明朗。没有雾。然后在城里画速写。一个傻乎乎的向导贡献了滑稽插曲。马格教他德语单词，但那都是些什么词啊。下午他带我们去清真寺。太阳直射得多厉害啊！我们骑了一会儿驴。

晚间穿过街巷，来到一间装饰着美丽水彩画的咖啡馆。我们仔细观看画作并购买。街头，围绕一只老鼠发生了骚动，终于有人用一只鞋子打死了它。我们来到一家街边咖啡馆。夜间的色彩柔和清澈。捕捉色彩变幻的各种能手。欢畅的时辰。路易斯发现了精美的色彩片段，让我画下来，因为我精通此道。

如今我听任作品自行发展，它幽深而轻巧地钻入我的躯体，我感受到它，并因此不费力地得到自信。色彩占有我。我不需要追寻它。我知道它会永远占有我。这就是这个快乐时辰的意义：颜色和我合二为一。我是一名画家。

926p.4月17日，周五。早晨再度出城，在靠近城墙的一个沙丘上作画。然后独自散步，因为我是如此充实。通过立着几株十分稀有的树木的大门，走近发现是一个小公园。水塘里充满水生植物、青蛙和乌龟。

归程途经尘土飞扬的花园，站着画出最后一幅水彩。酒店附近，屋顶上的人们。下方，一个兴奋的女子。一群人。她啜泣着保护自己，背上驮着孩子。路易斯可怜她。我收拾了我的少量行李。我的火车于上午11点开动。其他两位将于明天下午赶来。今天我必须独处，我所经历的事物产生了过于强大的力量。我必须离开，以恢复我的意识。

然而他们两位终究跟我一起上路了；似乎他们遭遇了与我类似的经历。他们是好小伙，非常有天分。马格轻率明朗，莫利耶特恍恍惚惚。他们在火车里又扭打起来，让本地人震惊了。一个浑身浸着油味的卖油人面朝我们，散发刺激性的恶臭。路易斯缩着鼻子移开，我目不转睛。

在卡拉斯里瑞，又一次在唐吉诃德那儿吃饭。今天他的情绪是哀伤的，相当放松温和。也许他刚刚从一次发作中恢复过来。鸡也不在，也许被关起来了，也许都被下了毒？死了吗？无从知晓。

突尼斯

抵达突尼斯时，医生夫妇正要出门并且请我们也来。据说官员的妻子会为我们的到访而高兴，并为我们煎些鸡蛋，“蛋黄面朝上”。我拒绝了。今天我想以节日风格用餐，也就是独自一人。路易斯尊重礼仪，接受了邀请。我让保姆准备了一个好好的澡（她在这方面是行家），有热气腾腾的毛巾。然后去了最好的意大利馆子“基安蒂”。美餐一顿，配基安蒂，它像巴贝拉葡萄酒一样刺舌。然后马格来了，对我的秘密堕落报以温和的微笑，并为挥霍钱财唱了一首小小的赞美诗。

926q.周六，4月18日。突尼斯。莫利耶特要买东西带给他妻子，我想起我也该做类似采购。我们走过一家家漂亮店铺。他努力为一条琥珀项链讲价。交易完成后，身边有位行家宣称：“这不是琥珀。”（原文为法语）。可是他不愿我们根据这个忠告去找商家理论，毕竟那也是琥珀，只不过是琥珀粉而不是完整的琥珀块。于是我开始对这些东方人存有戒心。这些珠宝商与香水商的确是极高雅的绅士，然而……

我买了一把漂亮小刀、两个皮垫子，还有一个别致的护身符、戒指及一枚古币。

细雨轻轻下了一个小时，这是“去年秋天以来第一场雨”。杰吉的小女儿举着伞在院子里兴奋玩耍，这把伞是她的圣诞礼物，直到此刻才派上用场。

路易斯又买了一样美丽的东西：意大利人卖的色情照片。他看着它们，快乐地微笑着。

杰吉对下雨感到高兴："今晚，我们的黑人伙计肯定会喝醉！"他必须去圣耶尔曼看看他的花园。我们心情愉悦地上了他的车，开了出去。他还需要拿葡萄酒。

我们在无趣的车程后抵达那里，他发现我们只彩绘了部分墙壁时"嘿"了一声。

他在地窖里又"嘿"了一声，因为马格摔了他的一瓶酒。"多可惜啊，这么好的酒！"我们诡异地笑着，这酒对我们来说太烈了。我们飞赶回家，医生晚上会有文学界人士相伴，部分是因为我们在这里。

这次聚会上出现了另一滑稽场景。欧洲人在"好葡萄酒"的作用下有点兴奋，于是谈话内容变得有点辛辣重口。我悄声让路易斯传阅他的色情照片。马格听到了，马上爆发出一阵狂野大笑。这个混蛋感染了我们，于是我们三个笑得发疯，久久无法平复。每当某个官员的妻子求我们告诉她为什么笑得这么厉害，我们就倍加狂野地又一次发作起来。

926r.4月19日，周日。离开突尼斯。首先，为离开做准备。画了许多水彩画和各种其他作品。大部分东西处于我内心非常深邃的地方，但是我装得太满了，它们不断喷涌出来。

尽责地去了一次"博物馆"。有许多罗马艺术。这是伽太基之衰亡的结果。

晚上5点登上船。马格和莫里耶特要再待几天。我感到有些不安，我的推车超负荷，我必须着手工作。大狩猎已结束。现在我必须解开猎物。

上了"培瑞尔船长号"，非常中规中矩的一条船。我的联票里包括的"混合航海号"不再开了。我不能在那里拿到退款，而只能是在我购票的地方。结果是，我必须为远至巴勒莫（Palermo）的航程买单。为了省钱，我买了三等舱。好在就我一个乘客，而男子船舱很大。立即可以闻出点的是油灯。

船下立着漂亮的黑色汽车，陪我来的是不喜欢被别人感谢的杰吉，他的小女儿，还有马格和莫利耶特。

如今我站在船上，其他人在下方。他们问三等舱如何。我说“不错”，但是没有真的信服。马格不断做珍贵的鬼脸。他一点也没被我们的分别打动。他把剃过须的脸颊凑得很近让我亲吻，装出悲伤的样子。事实上他只是把这个作为闹剧，但是我当真地亲吻了他孩子气的脸。我不是一直都以“你”来称呼他，一点也不正式吗？他说着一口非常烂的瑞士德语，让人没法把他当回事。当我们说高地德语的时候，我就从来没法称他“你”。

我必须大喊才能让下方的人听清我的话。于是我没有再说很多话。毕竟我们本是日夜在一起。噢，这经历很美，我们是好伙伴。我们的心是那样轻快，已婚身份没有妨碍我们乐于做充满青春气息的越轨行为。如果是那样的话，我是其中最年长的。

有一次，马格对阳台上搔首弄姿的女人投去深情的目光。马上，她打了个手势，消失于屋内，下一刻便出现在楼下。我给了他俩逃跑的信号，他们两个便真的跟着我跑掉了。于是这成了个永远的笑话。

一个额外殷勤的向导把我们带到一处花街柳巷。那里上演了伟大的一幕，因为路易斯伯爵忍不住冲着一个身穿短款童裙的法国胖女孩发笑。她以与婴孩般外貌形成古怪反差的爽快声音冲向导发怒道：“人贩子，肮脏的猪，竟到我门口来撒野！”（原文为法语）

向导用自己的法语作答，像一只快要扑向猎物的猛兽那样颤抖。路易斯将手指指向这家伙的双腿。它们真值得一看，而这都是因为一个最适合士兵不过的老妓女！

仅有一次，我们看了一个阿拉伯小美人。她与马格妻子相似得不可思议。莫利耶特也这么评价，毕竟他没法憋住任何话。于是我又一次为我们三个站在那里如此观察她而感到痛苦。

碰巧有两位妓女，但是第二个不怎么迷人。不幸的是，随你对这些人儿做什么，偏偏拍照不行。你花费很长时间往往只能拍到一张。他们一看到相机就逃走。

于是我们也走了。但是妓女们又出现了，在我们身后喊着什么。路易斯用伯尔尼方言回复了一些极端的话。我最后看到的是那个美丽女孩不太文雅的姿势和粗野的大笑，与她漂亮精致的外观极不相称。所以甚至这里也有粗野。（然而当然只是因为受到欧洲影响啦。）

于是，部分是因为我的努力，部分是因为外部因素，马格和莫利耶特这两个快活、轻率又色眯眯的年轻家伙成功远离越轨行为。他们永远止步于马格的口头禅："嘿，我们去吧！"

现在，让这两个人想做什么就做什么。很快我就会漂向意大利，只剩他们自己。谁知道呢。据说特拉帕尼（Trappani）的山羊长得美，也许他们在那里会有相应尝试。

此时我听到，这船不会停靠特拉帕尼。那么再见了，我的两位画家朋友。噪音变大。我们用更大的嗓门朝对方最后喊了几句无关紧要的话，它们被风刮走。事实上，三等舱相当糟糕。我说它好，只是因为我不想让他们取笑我的节俭。事实上，我的心早就离开了。也许他们也已经不再想着我，而只是想看船离开。

不过，从巴勒莫到那不勒斯，我会再次以雅致风格出行！如果我还是唯一的乘客，那会是挺好的事情。我不喜欢三等舱。但是我一定不能忘掉那狡猾的乘务员。他会端来我的餐食，也许装在给晕船之人的痰盂里。也许他比看起来要好。他应该为“大国家”（此处原文为法语）唱一首赞美诗，那会多怪诞啊！

我不脱衣服，就算第二天我的一些毛发又会粘在刷子里。我……不过现在船要开了，我又一次出去，朝那些向上看的滑稽脸庞投上最后一眼。（在卡拉斯瑞拉与我分享自由大笑的旅伴，不要打扰我！我现在横跨在非洲和欧洲之间！不要跟我说那里的风景相当立体派！！）

路易斯鲨鱼般的眼睛似乎在寻找受害者。他端详得那么专注！看船离开的这许多人中，受害者会在哪里呢。以我所在的位置来看，他们不过是黑压压一片人。当我们第二次见到堂吉诃德，也就是他非常温和并且不巧正感惆怅的那次，我们不该不点咖啡的。因为第一次“咖啡3法郎”，而第二次我们没点咖啡，“请支付3法郎”。

在海上。船有点摇晃。胃里有点东西会比较好。如今我真的孤身一人了，像孤儿一样！食物一般般，碗没有我害怕的那么糟糕。葡萄酒强劲，淡蓝色的液体起着泡沫。所有东西都是一起煮出来的。没有盘子，摆在我面前的只有那个锡碗，一副刀叉，和“好胃口”。乘务员也比我预想的好。但是至于睡觉嘛，为时尚早。

我在甲板某处躺下，夜间气温温和。在这里我经历了船上的梦……

当我终于开始感到有点冷（尽管我穿了冬季皮大衣），我进入室内，爬上我的床位。抛开各种因素，我酣睡起来。我不需要摇篮来使我晃动。

4月20日，周一。到达巴勒莫。早早起来，发现已经置身西西里海岸。山景清新。有时候我们紧挨海岸线航行，人们可能会不禁将之与四森林州湖（Lac Des Quatre Cantons）做比较。显然，西迪布榭一带的宏伟已然不在。我在甲板上走来走去，两个水手正在洗刷那里。过了一会儿，另一名乘客上甲板来走来走去（就像我做二等舱乘客时那样到处游荡）。我希望他不会同我交谈。我回避了他一会儿，然后他就消失了。

在那儿的黝黯群山上，一辆火车咻咻开过。多么滑稽。它在那上面干什么？几乎什么村落也看不见！但是有好多美丽的港湾！海洋几乎是平滑的。

我们很快到了巴勒莫，但是现在不可能想象出一个城市，尤其是大城市：它要如何铺展开呢，是否会爬上山并完全包裹它？终于，它就在眼前。这里便是那知名城镇！看上去不大。有一个与热那亚和马赛相比中等大小的港口，但是就像所有港口一样美丽。那里的红山无疑有着强有力的个性！

我们没在码头靠岸，而是坐小摩托船上岸。船上的水手们自然如惯例那样互相争吵。码头有一种奇特的尿臭味。阿拉伯比这里干净。

建筑外观非常具有原创性。现在我该拿我的行李怎么办呢？尽管这非我本意，我必须将它委托给某人。有人看出了我的想法，向我保证说物品存放处是非常正规的机构。那么行李是处在上帝的保护之下了，希望我能再见到你们！我去罗马路，租了一间开往那不勒斯的夜间汽船上的舱位。在脑中记下码头广场上的一家茶室，下午要来。四处闲逛了几个小时，在此期间我已经做好准备永远吃不上午饭，最后终于找到了这个大城市里唯一一家饭店。我又倦又饿，天气炎热。还是吃得很好。这里的菠菜生长得像德国南部萨克森的漂亮姑娘一样。这里叫作“罗马饭店”，两个当地人也正在吃午饭。除了我们三个，也许所有巴勒莫人都是已婚中产人士。饭后坐着睡了一个短暂而无忧无虑的午觉。

然后又在港口闲逛。我不再饿了，但是因此更感口渴。把我灰尘遍布的鞋子伸向擦鞋艺术家，瞬间就光洁可鉴。脚上，我相当光鲜；脑中，我只想着那间茶室，疯狂地渴望喝点什么。

结果茶室很不错，且味道可口。气氛非常文雅，摆有古典家具和绘画。女主人能说一点瑞士话。茶水很快就准备就绪，但是对我来说那简直是永恒。味道太棒了，糕点也是如此。如果糕点能只出现2秒钟便消失就好了，就像大教堂附近那些牵引我心的美丽裸体照片一样，这样就不会转化为一种未能倾泻的快感。我经受了这场道德考验，朝那狡猾的裸体照片小贩大笑，没有购买。然而，此刻没有什么比喝茶更紧要！这儿的人所说的爱（amore）同时指代最放荡的爱和最美丽的爱，令我震惊，可是与喝茶相比便显得没那么紧要。

补充能量后焕然一新，我继续闲逛，经过早前把我的鞋子擦得耀眼的擦鞋男孩。走向那壮观的船，但是暂时不能登船。

我以“意大利式躺姿”躺下，保持这个动作直到暮光出现。如今终于可以登船。我迅速走去寄放行李的储存屋。什么也没丢。

后来我发现至少少了一件小东西：我放名牌的皮箱。

我被带入一间令我满意的船舱。我惊讶地问：“这是二等舱？”回答类似于“不，先生，头等舱！”“我没异议！”

现在，我再度来到一个理想的观看点，看准备起锚的情景。

真美啊，美得神奇。船渐渐载满乘客，码头上的观众也越来越多。此时夜色开始降临。当船于8点30分启航，人们是那样温暖地互相喊着可爱动人的话语。在这里，现实与诗歌之间只有短短一步。亲爱的、富有表现力的人们！合唱团与独唱歌手！

唯一的例外是我——没有人从下方对我喊话。这个念头在我体内激起了强烈的情感。告别的最后乐句听起来更遥远，喊话者无法跟上船的速度，只有那些及时移到防波堤的人喊出了最后几句清晰可闻的话。

我的体内有东西在大喊，想要对他们喊出回复，但是无法喊出来，就是无法喊出来。然而我整个人用哽咽的声音叫嚷出来，那声音来自我的深处。

很快一个年轻的意大利女人与我对视。她也许观察过我。我转移目光，看向漆黑的一处。的确，这样的眼睛是具有某种效果的。

稍后我去吃饭。

关于这顿饭，可以写一整本书。没错，要花四个里拉，而不像法国的横渡大西洋旅船那样将餐饮包含在船费里。我从一开始就设想会有很多吃的，但是没有大胆到预测出十道菜肴。我一开吃便踩刹车，但是力度远远不够。意大利面太美味了，我猛吃了那道菜。我渐渐发现难以应付松针烤猪肉和糖水煮水果。但是我把游戏玩到底。这是一次艰难的胜利，艰难到刚吃完无法站立起来。我将微弯的吃饭姿态保持了一阵，以免在拉伸中伤到自己。

我提到这一点，因为我从来不是一个暴饮暴食的人。我认为这是一种牺牲，是为味觉之神献上的祭祀。我从一登船就怀着不同寻常的心情，这件事注定要发生。

我坐了很久，直到可以走去吸烟室。在这里抽上一只上好的荷兰烟斗，说什么也不再站起身了！

我终于在我的皮椅上沉沉睡去。当我醒来，几乎所有人都已经走了。鼓起勇气去睡觉。我的邻居，一位老去的绅士，已在床上进入甜蜜梦乡。我以最快的速度爬上我的床。

美妙凉爽的亚麻床单，白得刺目，对热如火炉的我来说正好。

926t.那不勒斯。罗马。4月21日，周二。上午被我室友刷牙和冲洗牙齿的声音弄醒，但是没有全醒。他离开船舱后，床铺的感觉是那么好，我又回到梦乡。睡了这么一场回笼觉后，我才能走到窗前。船正在卡普里（Capri）岛背后，这令我兴奋。天堂一般的海湾!

那不勒斯出现了。它曾令我着迷，那是十二年前的事情了吧。它从薄纱笼罩似的大气中升起，最清晰的是波西利波，然后是房屋堆叠成的梯田。多壮观的城市啊！它靠近得太过迅速，然后我必须继续前行。毕竟我不是在做意大利旅行，我绝对不能忘记这一点！我曾在东方，现在我必须留在那里。那音乐不得与其他东西混杂。这里的影响太危险了！就这样，前进，前进。停泊充满威胁，一贯如此。沿着轻梯爬下去。在一个关键点，一位灵巧的水手帮助我们。下方，抢客的船夫简直又要拿桨敲击对方的脑袋。但是这争斗总是不会带来血光之灾，而像孩子们吵架那样。我跳上一辆出租马车，问了价，是一个半里拉。但是我忘了火车站就在附近。马车车夫这个无赖带着过分客气的微笑（我想那是背信弃义的微笑）让我在那里下车，找给我20分钱，而不是50分。我很快就注意到了，做手势恐吓他。他又一次以文雅的姿态举起帽子，以轻快的步伐扬长而去。街头风光太精彩了！两个罗马女人坐在我对面，我可以凭借她们的悠闲语调、冷漠举止和发音方式下此判断。两个人都在读小说，并且不时互相报告读了多少页。

坎帕尼亚一派绿意！罗马周遭的风景粗犷，而远远出现在下方的罗马是一张明亮的网，大教堂清晰地凸显出来！

罗马。漫步到科隆那广场。好像我昨天才去过那里似的！午饭吃了羊内脏等。这是一顿真正的享受！然后通过我心爱的老街走去特瑞维喷泉，然后因为时间关系搭电车到火车站。

下午2点40分，向佛罗伦萨进发。翁布里亚（Umbria）是阴沉的地区。随后渐渐进入快活气息的托斯卡。这里的人们也更加轻松活泼，有些人面红如葡萄酒。身材矮小，近似瑞士沃洲的人。我认为我们还经过了特拉西门诺湖（Trasimeno），光线轻柔昏暗。晚上8点半抵达佛罗伦萨时天色已黑，于是我径直去了米兰。

926u.周三，4月22日。早上6点抵达米兰，逗留2小时。在火车站用早餐。欧洲无疑是从这里开始，人们勤勉且富有商业气息，严肃的脸孔后什么也没有。8点15分，搭上勒奇堡线（Lötschberg）火车。在马焦雷湖（Maggiore）频繁停车，不过不无趣味。我与这风光做了一次愉快交谈。在我下方，车轮轰轰滚动，我可以听到哈玛梅特为盲人歌手伴奏的咚咚鼓声，那旋律不可抗拒！

除此之外还有玩偶一般的岛屿，像是水盆里的玩具。但是实在漂亮极了！小房子和小树沐浴其中。接着我们驶往另一条小湖，蓝色湖水搭配红色湖岸线，真是不错！之后的风景变得有点像阿尔卑斯山的风貌，略显阴郁。多莫多索拉（Domodossola）之后是辛普朗（Simplon）、布里格、勒奇堡、康德泰格（Kanderstag）、施皮茨。图恩湖温柔如一枝忘忧草。下午3点到达伯尔尼。

4月25日，周六。出发去慕尼黑。

928.在我的创作活动中，每一种风格总是超越其起源阶段成长，等我快要达到目标时，其强度消失得非常快，我必须再度寻找新的方式，这也正是多产的缘由。生成比存在更重要。

素描和版画是握笔之手的表达活动，从根本上与处理色调和色彩不同。你可以在阴暗中，甚至是在最漆黑的夜晚里运用这种技巧。另一方面，色调（由亮到暗的活动）预先设定一定光线，色彩预先设定大量光线。

929.如果我是众人祈祷之神，我一定很是窘迫，因为恳求者的声调可能使我动摇。一个稍好的发音，不管多么轻柔，都会让我立刻点头，说“以我的一滴露水赐予善者活力”。如此我会且只会施恩于一小部分人，因为虽然我明知善者应该优先得到支持，善没法脱离恶而独存。因此，在每一种特定情况下，我都派遣比重相当的两组不同成分，让事情在一定程度上被接纳。我无法忍受革命，但是会在合适时机让自己成为革命者。从这点来看，我还不是神。

我还容易受骗上当。我小心防范。我迅速答应祈祷者，简短而感人的话语足以让我应允。

然后，我立刻能/举止诡异，变成怪物，/埋伏等待/因中毒已深而/哭泣的全家。

我欲上演一出出历史剧，松懈其所属纪元的时光结点。那将制造可笑的混乱。但是许多人会因此高兴（比如，若我曾在田野邂逅一位游侠，我会大喜过望！）

我将愚弄亲爱的草民，/我将在他们的粮草里放霉、/在配偶间放痛苦、/在啤酒中放酸。/我铸造一枚勋章，/在它的标志上/摆设一滴欢欣起舞的泪珠。

930.你为何如此依恋黄昏？/“东方正在露白！/可是当它捶打出惊人光芒，/可是当它支离破碎，/你便知道你有一颗心。/随后其正燃的欲望上了灵车，/那只不过是吹破牛皮的/巧舌之言。”

（应答者死去。）

931.我全副武装，我不在此地，/我远离，我在深渊，/我在遥远的地方，我在死者中发光……

932.创生力栖在作品的浅显表皮之下。所有聪明人都在事后才看到它，只有创造者事先看到它，即未来。

933.创作一首必须由数百童声演唱的神秘曲子。凡是知其窍门者，不再需要做出孜孜努力。从长远来看，许多小作品自将汇引成它。

934.痛苦。/没有束缚的土地，新的土地，/没有回忆的温暖栖息，/却载着陌生炉灶的烟火。/自由！/没有母亲的子宫承载我。

934和935之间，战争爆发了。

935.大型动物忧伤地围坐桌旁，饿着肚子。机灵的小苍蝇爬上面包之山，住在黄油之都。

936.只有一件事是真切的：我体内有重量、一块小石头。

937.一只眼睛观看，另一只感觉。

938.人类动物，即血做的时钟。

939.从一座教堂塔楼眺望，广场上的活动显得滑稽。从我站立的地方看，更滑稽得多！

940.火车站里的月亮：/许多灯泡中的一个。/森林里的月亮：胡子里的一滴。/山上的月亮：让我们期望它不会滚下来！/仙人掌不会刺穿它！/你不会因大打喷嚏扯裂膀胱。

941.据说安格尔曾静态指挥，我要超越悲怆并支配动态（新浪漫主义）。

942.A：祖父在胡椒磨坊里坐旋转木马。B：是贼吗？快，让狗儿发威！C：你要什么？一个玻璃球！多大？也许是满月尺寸！

（双双会心微笑）D：并非每人都会如此猜测；否则，该伤心的是我，我会遭到背叛。

943.形象的创生，是一件作品里至关重要的活动。/最初产生东西，灌注活力、精液。/根本的女性要素从物质意义上塑造外形，根本的男性要素决定形象。/我的素描属于男性领域。

944.塑造形象的活力弱于决定形象。两种塑形的最终结局都是形象。由方法到目标，由行为到成果，由真实的活体到客观体。

起初男性要素激发活力，然后肉体生长自卵而始。或者这么说：先看到明晃的闪电，再见到落雨的云朵。

精神何时达到至纯境界？一开始。

此时作品成为二元一体，彼时作品自成一体。

945.我水晶般清澈的灵魂有时被蒸汽模糊，/我的塔楼有时遭云朵包围。/爱情安抚痛苦；/如果没有渴望，/我活不长也活不短。

946.梦境：我找到我的房子，空空如也，酒水干竭，河流改道，肉体遭盗，碑文被拭。白上之白。

947.远方传来声响。清晨在山后的一位友人，吹响翡翠色的号角。

欢迎的思绪呼唤我，它应允亲吻那些互相有所预感的灵魂。

一颗将我们系在一起的星星，用眼睛找到我们这两个因为内容而非形式而一致的实体。昨天的圣石今天不再是谜，有了意义：“清晨在山后的一位友人。”

948.某种静固朝着底部发光。/来自未知的某物发着光，/不是来自这里，/不是来自我，而是来自上帝。/来自上帝！就算那只是回声，/就算那只是上帝的镜子，/它还是临近上帝。/深邃的水滴自成光亮。/任何睡觉并且喘过气的人：/他……/在一开始找到了最后

+ 中古风的城市　1914 年

的归宿。

949.费利克斯写道：“亲爱的科帕普（Kopap）他送了我一本图画书。我和你、磨坊、母牛。×××23号（其实是32号）。费利兹·克利。”（原文为小孩子的错误拼写）

950.1915年。为这个世界而跳动的心在我体内严重负伤。好像只有记忆将我与“这些”事物联结一样……我在转变为水晶风格吗?

多数情况下，莫扎特寻求庇护于欢快的一面（与此同时并不忽略他的地狱！）不了解这一点的人，可能把他和水晶风格混为一谈。

951.你离开此时此刻之地，把你的活动转移到那片土地，在那个领域有可能得到全盘肯定。

抽象。

这流派从不曾是不具悲怆性的、冷静的浪漫主义。

这世界越恐怖（正如今日之境），我们的艺术便越抽象，而一个快乐的世界会诞生关乎此时此地的艺术。

今日由昨日过渡而来。形象的巨大矿场里躺着碎片，我们仍然紧紧依附着它们中的一些。它们为抽象提供了素材。它们是一垃圾场的假冒材料，用于制作不纯的水晶。

今天就是如此。

但是，完整的水晶球曾经流血。我以为我要死了，战争和死亡。我这水晶球怎能死?

我即水晶球。

952.这场战争早已在我内心进行。所以在心里，它对我毫无意义。

为了走出我的废墟，我必须飞。我的确飞了。我只在回忆中停留于这个毁废的世界，就像人们偶尔做回顾一样。

因此，我的抽象夹杂回忆。

953.在某些结晶体的衬托之下，可怜的熔岩毫无招架之力。

954.梦境：我只要日本艺妓演奏一点音乐，喝一些“为世界上所有日本艺妓做多重替补的茶”。

在最轻微的引诱下，我听到一声轻轻的敲击声。我顺着声音看到一个小妖精向我伸出他的手，轻轻引我上至他的领域。

在那里，东西往上掉，而非往下。早餐简单，包括诱人的置于

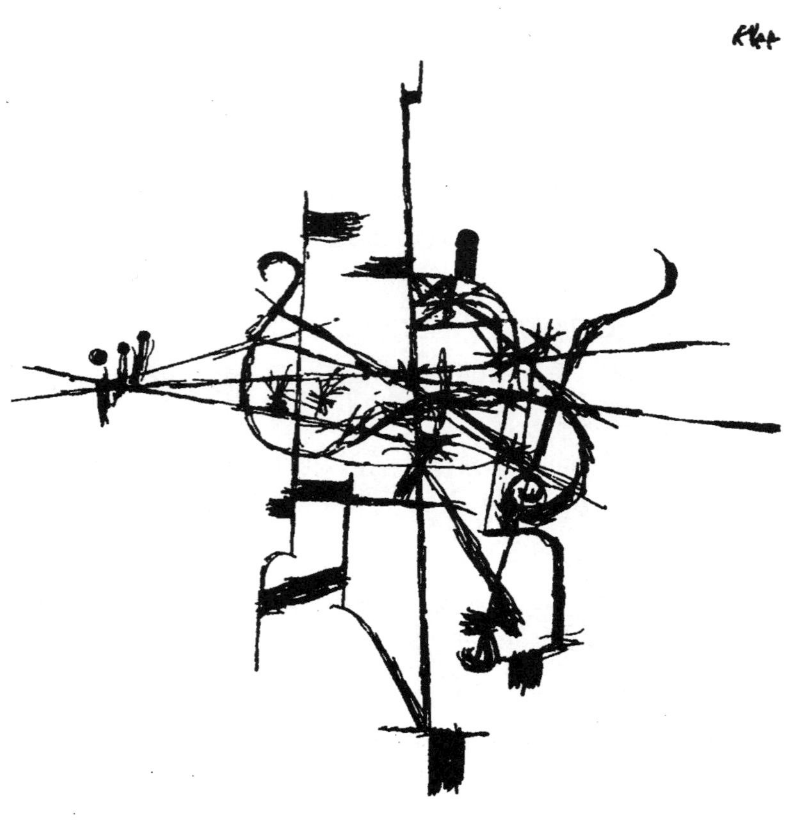

+ 新乐曲的组合件　1914 年

天花板的鸡蛋。

955.魁梧肥胖的多布勒（Däubler）向我伸出他柔软的手："你的气质属于德国未来派。未来主义与传统文化相连。我也是一位未来主义者，只不过我还在用韵。"（他依然用韵，这也许是件不幸的事？）

956.起初，世界大战对我而言的主要意义关乎生理：附近流淌着鲜血。人自身的肉体陷于危险，而没有肉体就没有灵魂！慕尼黑的后备军人傻乎乎地唱着歌。被套上花环的遇难者。袖子卷到胳膊，上面别着安全针。一条裹在巴伐利亚蓝裤子里的长腿在两支拐杖间大踏步行走。历史书上的文字变成现实。古图籍里的画页复活。虽然如此却不见拿破仑，只有许许多多小拿破仑。整桩事情好似鞋跟上的一团粪。

957.科学就无法走出缺少创新而仅仅善于接受的困境吗?

比如我和洛特马之间有一道厚篱。为什么我几乎看不到他的脚，也许是通过某个薄弱点?

某个遥远的声音在变化之前以一种可怜的方式呻吟：内心是一位高雅、正直的人。

告别不总是非常轻松。

多么沉重的命运啊：做这一方和另一方的纽带，做昨日和今日之界限的纽带。

958.一位艺术家外在的生存状态可以透露许多关于其作品本质的信息。

我的童年朋友哈勒异常热爱生命，用实际行动猎求破坏性的情感经验，什么也不愿遗漏。这种世俗的驱动力对他的艺术只有短期益处，只能促进他造出模仿式小雕塑。它们有一定魅力，但是然后怎样呢?

一旦在此之外还有一种本身需要巨人体质的生活方式压在他肩头，譬如现在，他将如何达到积极的精神发展？我一度过着一种不安的生活模式，直到我获得一个能使我放弃那模式的自然根基。（人靠既不给“胃”过多或过少来拒绝它，因为两种情况都刺激它。）

我们两个都已结婚，他强调“美”而忽略其他更重要的事情。结果他的婚姻开始出现问题。他又不愿意放弃追求破坏性情感经历。这对他的艺术活动只能产生消极影响。

因此，他的肉体未老先衰，与他原始的心理状态相斥。如果他心理老成而肉体年轻，情况会好一些。

相反，我成为某种僧侣，这类僧侣拥有宽厚的自然根基，一切自然功能在这个根基上各得其所。我把婚姻视为一种性治疗。我以性神秘来喂养自己的浪漫倾向。我发现性神秘与一夫一妻制紧密结合，这就够了。

在这里，我也挣脱深入精髓的记忆。

库宾是第三类情况。他逃离这个世界，因为在生理上再也无法忍受。他仍然卡在半路，渴望结晶，但是无法与外部世界的泥泞分离。他的艺术将这个世界阐释为毒药和崩塌。他比四分之一活着的哈勒要进一步，只有一半活着，活在毁灭性的环境里。

959.赫尔曼·普罗布斯特（Herman Probst）医生藏有我的几张水彩画，似乎很是喜欢。在他的鼓动下，我选了一些作品寄给里尔克（Rilke），之后诗人亲自携来还我。这次访问让我欣喜非凡。一位美丽如画的跛脚女士随他而来。

1915.

"Das Herz welches für diese Welt schlug ist in mir wie zu Tode getroffen. Als ob mich mit diesen "Dingen" nur noch Erinnerungen verbänden ... Ob nun der Kristallinische Typ aus mir wird? 950.

Mozart rettete sich (ohne sein Inferno zu übersehn!) im Grossen Ganzen in die freudige Hälfte hinüber. Wer das nicht ganz begreift, könnte ihn mit dem Kristallinischen Typ verwechseln.

*

Man verlässt die diesseitige Gegend und baut dafür hinüber in eine jenseitige, die ganz ja sein darf. 951.

Abstraction.

Die kühle Romantik dieses Stils ohne Pathos ist unerhört.

Je schreckensvoller diese Welt (wie gerade heute) desto abstracter die Kunst, während eine glückliche Welt eine diesseitige Kunst hervorbringt.

*

Heute ist der gestrig-heutige Übergang. In der grossen Formgrube liegen Trümmer, an denen man noch teilweise hängt. Sie liefern den Stoff zur Abstraction.

Ein Bruchfeld von unechten Elementen, zur Bildung unreiner Kristalle.

So ist es heute.

*

Aber dann: Einst blutete die Druse. Ich meinte zu sterben, Krieg und Tod. Kann ich denn sterben, ich Kristall?

ich Kristall

*

Ich habe diesen Krieg in mir längst gehabt. Daher geht er mich innerlich nichts an. 952

Um mich aus meinen Trümmern herauszuarbeiten musste ich fliegen. Und ich flog.

In jener zertrümmerten Welt weile ich nur noch in der Erinnerung, wie man zuweilen zurückdenkt.

Somit bin ich "abstract mit Erinnerungen".

我立即读他的《形象诗集》和《马尔泰手记》中的段落。他的感性非常接近我，但我开始逼向中心，而他好像只为表层深度做了准备。他依然是个印象派艺术家，而我在这方面只余回忆。他不太注重版画，而我在这领域的造诣最为精深，胜过仍在发展中的色彩领域。

他的外表完美优雅，于我如谜。这是如何造就的呢?

960.我想把我的《老实人》插画拿回来。它们在白色图书出版社（Verlag der Weissen Bücher）那里，甚至在战前就古怪地推迟出版。如今，如果我现阶段的版画作品先成书出版，就再好不过了!

961.我被迫写信给身处前线的马克，比原本所盼的写得更长、更严肃。我对与他妻子就艺术理论争吵一事表达了遗憾。我说这次争吵源于我想帮助他那丢失平衡（也许只是表象）并且在艺术上处处反对他的妻子。后一点也显然只是表象，因为她显然看到了他更好的一面。对我来说，就此进行理论争辩是不明智的，在此领域精确表达自己的难度导致“被表达”的意义遭到曲解。

我强调已完成的作品，甚至提也没提即将完成的那些。马克夫人还开始反对康定斯基，于是我感谢马克对他的作品钟爱如初。

我又强烈抗议理论这个观念本身，并且责难谈到“被误用的理论”的一段信文。

接着我为自我辩护，区分自己追寻得来的自我和上天赐予的自我。

我解释说，这个自我是整个艺术创作中唯一可靠的要素，而我对他人的信任落在两个自我的共同领域上。为了说明这一点，我画了两个相接的圆：

“在我看来，你和我的两个圈有相当大的共同领域。我盲目地

+ 战场上的死亡场景　1914 年

依赖这个事实，因为我害怕绝对孤独。我的信念一度动摇，但是如今我又完全确定。”

这类毫无意义的插曲为何要发生？是为不能作画的前线画家担忧吗？还是他太太的软弱，因为她依然无法独立；又或是卡明斯基（Kaminski）的影响，他是在那片地区传教的伪先知？

962.其后不久，马克休假，看上去疲倦并且明显消瘦，不停歇地叙述他的经历。持续的压力和自由的丧失无疑令他十分痛苦。如今，我开始憎恨那该死的、不合身的军服，腰边悬着的带穗的军刀。

为了等他恢复常态以进行更加严肃的交谈，我去他家拜访他。

晾在室外的草灰色制服像是空洞的内脏。他身穿运动裤和彩色

+ 自私的自我与超凡的自我之间有一部分的交集，这交集的部分是创作的真实元素，也是我平常的信念所在。

夹克。这才像样，然而这模样是维持不了多久的。

当他不得不结束假期，他太太陪他来到慕尼黑，并到我家吃饭。我做了一道意大利炖饭，他带来一些生火腿。我们聊得高兴，离别于他似乎没有那么难以忍受。他答应每当有危险掠空袭来，他会勤于躲避……

这家伙应该再执笔作画，唯有如此，他那安静的微笑才会浮现，那微笑简直就是他的一部分，简单而且把一切简单化。他远不能适应他正置身的炽烈烦扰，因为他的通风孔不被准许运作。

他理应痛恨士兵游戏，或者更好的是，士兵游戏本该对他无关痛痒。

963.夏天在伯尔尼。着和平时期制服、蓄乱须的区主管从镜片后严厉地瞪着我："我准你走，可是你得答应必归。"我清楚自己会遵守诺言，毕竟除了德国，我以后又能住在哪儿？我刚在这里开拓了一条庄严的未来道路。

伯尔尼没什么变化，一切照旧，依然是漂亮的中产阶级调调，永远正常。我将一味过我的内在生活吗？至于外在，我将永远谨慎中庸地过下去吗？

+ 军港　1915 年

一些远足带来运动的幻觉。某个周日我们去了肯塔尔（Kiental），洛特马和他的家人在那里度假。

然后我们与一位兴奋的年轻女士在弗里堡待了几天，我们在那里见到了我们的俄罗斯同伴雅弗林斯基（Jawlensky）和威若肯（Werefkin），他们从圣普莱（St.Prex）而来。荷兰怪物叫作L.H.小姐。

俄罗斯人一如既往天资卓越。我们必须演奏音乐，把巴赫的曲目拖入一个魏德金风格的环境。莫利耶特也很快被召唤来，因为关于这位画家的些许轶事让我们这位热情女士直流口水。他来了。我们一演奏完G小调协奏曲，我便去了隔壁房间，看见胖乎乎的露露骑在L夫人的背上，而路易斯被她的手紧抓，重压在地上。要不是我走进来，她会掐死他的。即便如此，他的喉咙不太对劲，需要就医。他生气了，尽快离开此城，并且因此对L的离婚事宜有了客观意见。

房中另一客人是一位日内瓦画家的孱弱儿子，他似乎在占L便宜。他的好母亲对他的一切行为不动声色，埋首于针线活。她与丈夫一起演奏了许多“莫萨”（莫扎特）的小提琴奏鸣曲。她不懂德语。

我们第三次旅居斯托克峰。第一天，我们从艾兰巴赫（Erlenbach）往上爬，夜宿峰头下的一间客栈。别的夜晚，我们在上边湖畔的牧羊人木屋里过夜，睡在温暖的草上。多么美妙的夜晚。最后，我们悠闲地走下山。又在艾兰巴赫吃肉，喝了一顿让我们差点没赶上火车的美酒。正当我们气喘吁吁地坐下，一场轻柔雨水开始徐徐落下。

之后我们莫利耶特在古藤共度几天。他的太太有孕在身，并且因为他正自得其乐而不快。

总体来说，伯尔尼的社交生活非常勤勉也非常单调。音乐活动过多，我们只得到物质回报。有一次我去图恩，被诱入一个牧师四人奏，甚至不得不演奏其中一位绅士谱写的曲子初稿。洛特马认为秋季攻势期间只应该演奏重要作曲家的音乐。我内心深处对战争无动于衷，然而伯尔尼这番易生温柔乡错觉的环境也于我无益。我已在活生生的脑袋的陪伴下喋血。陶布勒应该再次神气活现地出现在我门口，磷火般的伍尔凯夫应该再度飘然舞过我的陋室，康定斯基起码应该隔墙问候，纤敏的里尔克应该向我们诉说突尼斯，追寻者豪斯曼最好也在场。

964.11月，马克以中尉身份回家休假。这一次他看上去不错，作为军官可以好好打理仪表，并且也有了军官的气派。他的新装束很适合他，我简直想表示遗憾。我不确定他还是以前那个马克。我身边有雅弗林斯基的一组画，但是简直不敢给他看。

最后一个与我们共度的晚上，他未携太太，独自前来。她病了，他已与之告别。他散发出深沉的严肃，寡言少语。

我们演奏巴赫，那组画躺在他面前的地板上。这正是他看画听音乐的方式。过去，他经常一边听音乐一边在速写本里作画。

詹楞斯基的画作似乎对他具有一些意义。他仔细观察显然被雅弗林斯基舍弃的一页的背面。

［1916年］

965.决定性的一年。1月底，莫里耶特的妻子在生第一个孩子——一个男孩时死亡。3月4日，我的朋友马克死于凡尔登战场。3月11日，我以35岁的年纪入伍。

自马克上次离去以后，我们之间没有通信。他已渐渐知道我不喜欢理论化。这一非常时期应该先结束，尤其因为我不得不放弃颜料和画笔的一天也有可能到来。

我愿意交流想法，但是仅限于来自实例的健康想法。我愿意与他一起探求原因，但不能沉湎于寻找假设性的基本前提。

我在这种等待和期望的状态下接到了宣告他死讯的电报，深受打击。电报来自他在伯恩的妻子，她正与马格的寡妇住在一起。噩兆驱使她跋涉至该地，呼吸同一空气。

电报召唤我去法兰克福；马克夫人就要无人陪伴，她无法忍受孤身一人。同一天里，我收到红条子，通知我3月11日报到。那天晚上我决定稍微整理一下东西，清空了几个抽屉，扰乱了妻子的睡眠。最后我顾及她上了床，然后门铃响了，尖锐而漫长，正是紧急电报在夜间抵达的信号。我带着灾难临头之感，不知怎么走去花园大门，悲剧就此发生。

第二天早上，我出发去法兰克福。马克夫人已经在车站等我。她与一户姓赫希菲尔德的人家住在一起。我们坐夜间火车回来，早上9点到家。

接下来的几天中，前线传来更多细节信息和马克最后两封给妻子的信。除此之外，人们不断出入我们的公寓，吊慰寡妇。

我便在这种情形下打理行李准备妥当，于3月11日向本区主管报到。

如今我的生命里有了新头衔：我是步兵后备军人克利，我的地址是盖贝伯格霍区兰茨胡特新兵补给站。

注释

雅弗林斯基（Jawlensky，1864—1941）活跃于德国的俄罗斯表现主义画家，“青骑士”的重要一员。

史特拉底瓦里琴（Stradivari），意大利提琴制造世家史特底瓦里出品的提琴，尤其在17—18世纪享有盛名。

夏尔莱·阿尔贝特·戈巴特（Charles Albert Gobat，1843—1914），瑞士律师、政治家。

卡尔·沃夫凯尔（Karl Walfekehl，1869—1948），德国作家，写诗歌、散文和戏剧，并且勤于翻译。

西奥多·多布勒（Theodor Daubler，1876—1934），德国诗人、艺术评论家。

玛丽安·凡·威若肯（Marianne von Werefkin，1860—1938），出生于俄罗斯、活跃于德国和瑞士的表现主义画家，后加入“青骑士”。曾为雅弗林斯基长期伴侣，放弃绘画长达10年支持他的工作和起居。

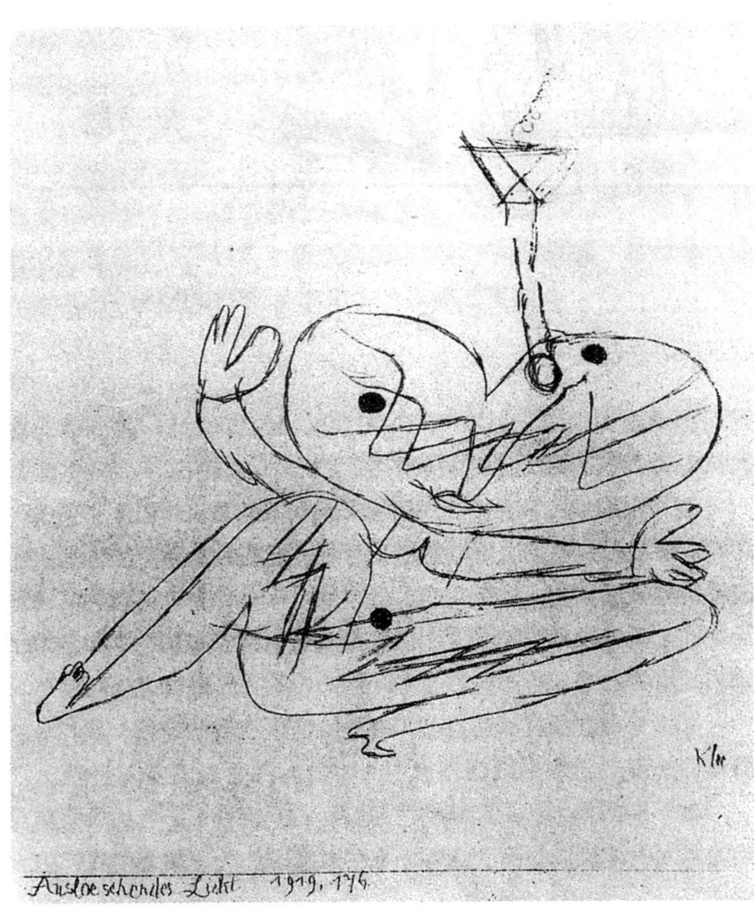

+ 消失的光　石版画　16 cm × 13 cm　1919 年

卷四

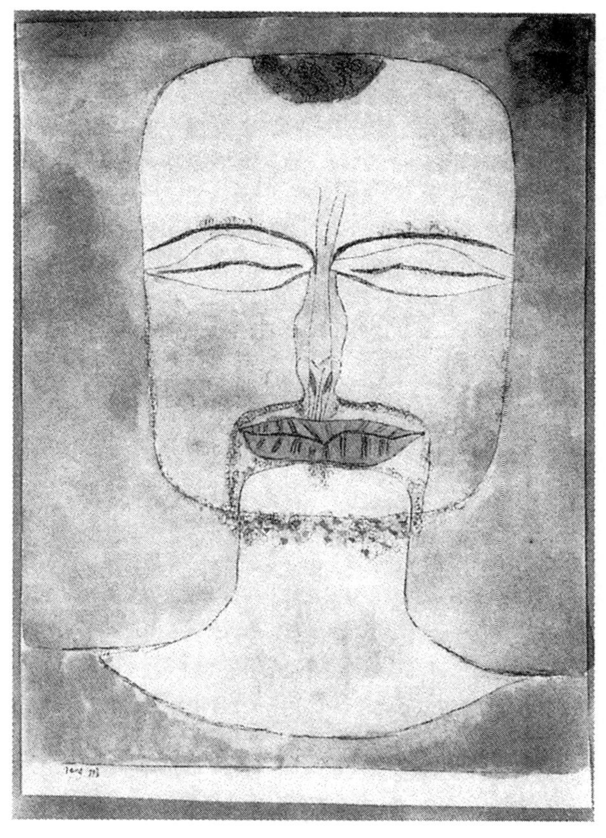

当兵日记

［1916年3月—1918年12月］

［兰茨胡特，1916年］

966.步兵后备军人克利，我的地址是盖贝伯格霍区，兰茨胡特新兵补给站。

3月11日清晨，我提着行李箱去了区司令部营房（慕尼黑1号区司令部）。至少天气好极了。我们根据黑板上写的指示集合，然后不得不站着等待好一会儿。一位友善的陆军少校祝我们旅途好运。我们被告知将前往兰茨胡特。然而我曾试着得到许可留在慕尼黑。我觉得这很丢人（这一天之后，我在很长一段时间里都不能对任何事情持有个人意见）。

下午1点左右，一些士官持枪前来，护送我们去火车站。人们在路线两侧的街头庆祝。至亲，女儿，眼泪，玩笑。站头有一辆特殊列车。旅途中，我蹦出几句安慰人的话，比如，"你们应该为来到我们的城镇感到幸运。再也没有更好的地方啦"。

约4：30抵达兰茨胡特。接着每四人一行前行。我们被吩咐在人行道上行进。从窗边，可以听到一个校舍传来的童子军中队的嘲讽笑声。在海斯花园稍做停顿。在那里，数次进行点名。我们的护照被拿走，并被编好组。长着一个好脑袋的军士负责我们。快要抵达营房时我们站在街头，根据身高被分为五队。当我们终于进入营房时夜色已至，这是一家旅店里的一个大房间，有一条保龄球道。下士用复杂的语言就简陋的营房说些抱歉的话。一间阴暗的马厩里是一排排草袋，每只上面摆着一条面包、两个盘子和刀叉。草铺间是狭窄的通道。我饿极了。没有真正的晚餐，士官企图给我们打气，说过几天我们便会得到许可睡在镇上。

这个旅店之夜在烟雾、长时间持续的头痛、香肠与啤酒间度过。真是最为感慨万千的一晚。早上被一声严厉的“立正！”唤醒，开启此生最难忘的一个周日。

周日，3月12日，6点醒来。只睡着了一小会儿，悲伤是主因。排队去吃早餐，乍见欲呕。然后四人一行列队穿行过老镇，很威武也很僵硬地到了普朗特花园。在别的场合下，这个小城必然自有魅力。我们在广场上配备行头。看着这些布条与肩章、半军半民的东西，再次感到恶心。身躯被沉重的道具拖累，艰难地驮着油腻的零件、靴子、不知名的皮具，尽是些遭受严酷攻击时得在泥泞中拖行的行头。满足了周日的街头行人的好奇心后，整队行军回营。在营中练习配备功夫，以保证来日有上好演出。

然后享用入伍后真正的第一餐。食物充足，弥补了早餐的不济，金黄肥美的烤猪与咖啡非常可喜。关于我们那不可理喻的靴子的一道命令传到营房——沐浴，交换靴子。徒劳的动作！最后陷入囚犯的深深忧郁。沉闷的周日下午。

967.周一，3月13日。今天进行操练，如果穿自己的鞋子会感觉不错。然而，现实是，酸痛的脚令我饱受忧郁折磨。至于今晚，很遗憾，没有收到家信。我纳闷他们没有我感觉如何。他们担心吗?

我从来没有如此无忧无虑。按照命令行事一点也不难。这儿的伙食不是什么法国料理，但是吃起来还不错，并且分量充足。这种饥渴是多么新奇啊。毫无顾忌地灌下一夸脱啤酒！

968.周二，3月14日。家里终于来信了！这么迟，这意味着什么呢？只是口气太过冷静。费利克斯称赞索菲亚的厨艺，莉莉想方设法让我调回慕尼黑。而我想要留在兰茨胡特，幸好被派到这里。我们是年纪最大的一批征兵，在慕尼黑则可能是同年轻人编在一起。此地节奏较为缓和，毕竟我们不过是残留品和二手货。不久便可转移到镇上，每逢周日有机会乘火车去慕尼黑。但这个周日不一定能成行，因为草灰色军服短缺。

969.3月15日。收到一批来自慕尼黑的信。叫作格奈的士官问我，我的太太是否感到非常寂寞。今天被编派了一位新军士布尔（Buhl）。他性情活泼，看上去亲切随和，主要对应征期一年的人发表讲话。他的措辞很幽默。上尉叫作容维尔特（Jungwirt）。他将这个军营夸为最佳之一。在火车上，护送我们队的士兵也以同样的评价让我们镇定下来。简而言之，我是被迫身处如今这个局面，但是除此之外并无抱怨。

970.3月16日。今天我们在行进时带上步枪。第一次不那么容易。但是经历了几次露天操演后，确实变得越来越轻松。唯有靴子真是无底深渊。脚跟惨遭磨损。我换上自己的鞋子，走第一步的时候差点摔倒。我感觉我的脚不见了，取而代之的是铅做的脑袋。某个叫作科斯塔的人据说有幸被分到慕尼黑的新兵补给站。这也许会让我看在莉莉的分上有所考虑。但是那里更严格刻板，被送去前线的可能性也更大。而这里是得到休息疗法的好地方。

有时候脑海中出现马克的名字，我就此被击中，看见有东西坍塌。

独自度过第一个休假的夜晚。非常警惕碰到什么等级更高的人。不幸的是，我们下周日不能去慕尼黑。现阶段，我建议我妻子来兰茨胡特。我脏兮兮的制服是原因之一。

971.周五，3月17日。我发现周六的徒步有其乐趣，真是无可比拟的治疗方式，足以松弛长久以来的心理紧张。

我一开始便展现自己有合作精神，这样才不会落人把柄，气氛也不会太快破灭。

格奈士官开玩笑说我和太太通信频繁，他要求我在明信片使用军阶称谓。“克利先生，你太太来电，说你必须回家一趟。”我回答：“先生，抱歉，我不知如何使用这里的电话。”于是我知晓他读我的信卡。

我以每周5马克的价格在军营隔壁租了一个房间。优雅，明亮，视野理想，有瓦斯等。我着实不必为我那寥寥几小时的自由安排一个好房间，但是家人来访时它可以派上用场。

972.3月18日。首次休假并不是因为什么诡计而取消，草灰色制服之短缺实在可耻。虽然我身穿这服装活像一个囚徒，我还是要家人这个星期天来。我要莉莉把我的平民服装带来，那么我们便可如往常一般共度四五个快乐时辰，泡茶吃蛋糕。今天下午进行大扫除，然后一队队地拍照。

3月19日。周日。穿着这身囚服去教堂。下午，莉莉和费利克斯来了。悦人的时光。

973.来自达豪（Dachau）的黝黑家伙在这个塞满慕尼黑无赖的集体里有些孤立，于是黏着我。当我转向他问他一些问题，他的眼睛发亮。他被迫远离他从事的农场工作，前来当兵。他的妻子，一位清洁女工和战时寡妇，因此身处非常悲惨的境地。她会请求他被送回去。如今他站在这里，双膝绷紧，手贴两侧。

974.3月20日。从7：30操练到11点。太阳灼热。第一位军士用真正的巴伐利亚腔致辞。永远是一样的爱国主义套路。那种只要你反复听过几遍便也可以发表的演说。

975.3月21日。接受总司令V.D.坦的检阅。我们步行了相当长的距离（穿着靴子啊！）5点起床。5点半，吃了点早餐。然后马上抓取我们的步枪。在漫长的等待后去海斯花园，然后回到我们的营房，在那里等待。然后回到海斯花园。检查装备，听取关于检阅期间如何行事和（如有可能）说话的指示。7：30终于开始前进，9点出城。做预备练习，布尔扮演了总司令一角。表演过后是轻松演练。我的肘上弄了两处淤青和擦伤。一个英雄。小雨洒在我们身上和蒙灰的地上。

我请家人把我的水彩盒寄来……小小的希望，甚至是幻想……

976.3月22日。天气转凉，我们不再呼吸尘埃。接种天花疫苗，没有反应。布罗苏想来慕尼黑看我。高尔兹来信索要我的黑白画，他何时能卖出第一幅呢?

练习射击术，阅读步兵手册。每天都有一些新鲜项目。脚踩在这些冒充靴子的洞里行军是唯一的问题，其他的命令不必特别卖力便可完成。

977.上尉坐在一匹灵巧的马上，像艘船一般穿过雾霭而行。工人之一，一位有着无赖大笑的典型流浪汉，向我表示想要照看我的房间。我们以50芬尼成交。

我几度让达豪的男人吃些面包，于是他不问我便帮我清洁靴子。这是个有风度的人，即使穿着小丑戏服。被拖离土地。

978.3月23日，填写周六周日的通行证。上周一得的重感冒很快就好了，但是部分卡在了我的喉咙里。夜间轻烧。

979.3月24日。入伍期一年的人们今天中午收到灰色制服。其他人被不知廉耻地允许身穿不可描述的士兵服前去慕尼黑。很多年以来，我受的学术教育第一次对我有点用处。不幸的是，我发了烧，口腔感染。但是我不去看医生，那样的话我就得卧床休息，而不是休假。结果是我一边发烧一边执行职责。今天是地形操练，也就是说雨中步行。天气放晴以后，去兰茨胡特南面的山区。郊野风光迷人，可以瞥见可爱的城镇。

980.3月27日。“我亲爱的小男孩，我现在过得轻松。医生注意到我发烧了，于是我获准待在盖贝伯格路12号2室的好房间里。我只在吃饭时间露面，大家都报以理解。但是周四的时候病情又变得严重。我希望早日康复。再见，先做你的功课，然后你可以高高兴兴地玩耍。”

981.3月27日。轻烧（100华氏度）迫使医生给我三天病假。他对这类感染一点也不感兴趣，最初想象病因是我的牙齿。我相当激烈地抗议，因为这样的话他可能会让我去看牙医。整件就医之事是新的感觉。首先，在我们的营房集合，因为还是3月所以要穿上大衣。然后闲站着，直到由一个一等士兵领到海斯花园，病人应要求从那里拿回咖啡桶。后来发现其中一个病人发烧至104华氏度。然后一队来自单独营房的人在海斯花园集合，这意味着很久的闲站，其中夹杂着一些敬礼。各种谈话，各种命令，直到我们在卫生团的士兵的引领下每四个一行行军前进。为了避开一个例行行军的分队，我们（包括104华氏度高烧的人）执行了右转弯策略，在人行道上走了一会儿。我们终于抵达目的地马丁学校，然后去医务室量体温。多么棒的医务室啊！那空气！新鲜的空气只经一块玻璃板进来，因为它碎了，也可能是为了让病人可以跟站在院子里的人交流？我们三个三个脱下裤子，躺下来量体温。104度的家伙被发现了，留在这里。104度以下的人们必须再次出去，站到走廊上，三个三个排队。我们在等医生；我们自7点就站着，而医生9点才开始在医务室里一一视察。实际上这花不了多少时间。发高烧的人与医生进咨询室，率先得到检查。很快，他们被带去医疗室吸一会那里的闷热空气。严厉惩罚也不会比这更糟。我有理由感到知足：我得到三天假卧床休息。我回到营地（这说起来比做起来容易，因为需要走各种程序），每天只两度将我的两只碗留给他们。我继续领我的薪水……这就叫作看医生。有教育性，令人印象深刻，有时候有报酬。

982.3月28日。我时不时演奏小提琴。恐惧使我远离画画。读史特林堡的《到大马士革》，还是他惯有的调调。昨晚睡得比较酣甜，这是恢复健康的信号吗?

3月29日。瓦尔登的画廊以260马克卖掉我的一幅画。昨晚体温又升高了一点，夹杂某种病愈的迹象，疲倦自然而然地降临。有人来通知允许我归队。有趣，有趣!

983.3月30日。生病以来第一个不发烧的晚上。无畏地演奏音乐，琴艺未失。明天便要结束病假，回到例行工作。不过，即使在这里也情愿身体健康啊。

984.3月31日。清晨落雪，一周以来首次不觉得寒冻。我挺了过来，嘴里的肿痛在好转。今天参加夜间操练，听起来似乎很不妙，但后来证明的确无害。请假休养是值得的，我的精力全部复原。下午，第一次把我的步枪拆开。这也是必要的。

这是一个真正的士兵的苦难。真的很作呕。夜间操练时，兵士上演了一出小小喜剧，让我们在铁轨上被射中。但是没人倒下。

我将参加本地合唱团所属乐队，演奏海顿剧目《创造天地》。

队上发给每人一顶头盔，加强了我们的战斗面貌。这是什么样的头盔啊！从死人头上摘下、压在我们头上，但血迹已被清除！我们会渐渐习惯这一点的。

4月3日。接种天花疫苗。军队里不时发生一些事情，但是只是在没完没了的胡扯以后。有的是时间，有的是钱。没有烦恼。只有平民才急急忙忙。

985.4月5日。第一次戴着头盔出去操练。脑袋沉重。为了补偿这份痛苦，新组建的乐队在我们队列的一头演奏。全体兰茨胡特人出来看我们，像是一场向公众开放的庆典。

986.4月6日。进行野站演习——我们要侦察远方的敌方狙击手。我们接到的命令是分散、肚子着地平卧、开火。上尉用他的剑尖从我背后戳我："你正瞄着哪里，我的朋友？"他对我说出正确答案很惊讶，不好意思地走开。

987.唱歌指示不再来自某个嗓音清澈的士官，而是布鲁克纳下士。这是位衣着整洁的男人，轻微的斜视看起来不糟。我们先是一起读文本，然后他唱第一章，跑调得那么可怕，我们的耳朵都吓得蜷缩起来。然后轮到我们唱。今天我们学了一支可怕的垃圾曲目《旗之歌》，是那种音乐厅演唱的玩意。

我正与猿人一起生活。我眼瞧他们如此严肃对待这种百分百垃圾之歌时意识到了这一点。然而，我们都是兄弟。每个人都想回家。甚至是军官。

威第下士是如何嘲笑胖乎乎、面色红润的卡尔森啊，因为终于有一位富人被抓来当兵了。

4月7日。因为一次远程行军，我宣布我会缺席《创造天地》乐队排练。

988.4月10日。周一的氛围。还是半在慕尼黑的状态。上午，在军营稍微清理了一下我的装备。我们必须在行军前一个小时到达那里。直到那时，我们都规避了这个愚蠢的规矩。然而我们没能一劳永逸地逃脱。我主要想着即将到来的复活节假期。而在棕树节我们必须待在这里，参加宣誓仪式。

今天进行步枪练习，在那期间我们必须一动不动，而上午真是冷啊！肚子贴着地面卧倒将近一个小时，然后又露天站立和蹲立了半个小时。进行快速瞄准操练（三角靶），然后是空膛打三枪。

989.4月11日。天气灿烂，在太阳下站着，接受武器训练和其他愚蠢的玩意。晚上，行军直到夜色笼罩。到什么地方？多远？

给库宾写信，商量处理马克遗作的事情。到邮局去取5马克，沿途敬礼数百次。在古镇上穿过拱廊漫步一段，它们正如伯尔尼的拱廊。

990.4月12日。天气突然变糟。操练地上有一股冰冷的气流，我冻得要命。舒斯特下士代替告假的卡斯帕。这是个心不在焉、懒洋洋的男人，而我们站着，像白杨树叶那样颤抖。休息时间，我们像快要被喂食的动物那样四处跑动。之后，马戏团乐队来接我们。对我们刚刚忍受的一切来说，这是微不足道的慰藉。

991.4月13日。在利风冰雨下向萨兹多夫（Salzdorf）方向行军一小时。湿透彻骨的伙伴们在树林里排成火线，像山椒鱼一般匍匐穿过泥沼。等一场罕见的滂沱大雨过后，再出发巡视一处战壕。士官仔细观察、批评并解释说明。风岂止是令人干爽，简直可以冻死我们。太阳猛然一瞥，又下起阵雨。黄色土壤做成了百磅重的拖鞋。

本是安娜学校数学老师的普里泽麦尔（Pritzlmeier）士官，经常以聪明又不失趣味的方式讲述他的前线经验。可是下一刻他又会变得非常严厉。

992.4月14日。很久以来第一次在听从指令的时候不必与睡意做抗争。矮小的胡伯下士教授的课程讲解枪法和军事指挥。哪怕是最聪明的兵士的讲话跟这些朴素的论述比起来又算什么呀？除此之外，还有这个小个子家伙狡猾的耗子脸。高潮是他力劝我们不要在更高头衔的人们面前表现腼腆局促："他们也是血肉做的，他们都是血肉做的！"

一个精致、金发的小个男人代替卡斯帕训练我们。他一定在前线遭受过最可怕的经历。每当他出神，就忘记中尉或是副士官下的命令。他似乎永远在做梦，一边梦游战场，一边提起前线故事。我们欣然倾听，但什么也没学到。在此之前，没有任何人怀疑这位金发小伙在操练场上会显得多么无能。他不知如何走出真实的战场来应付这一绿草地上的游戏。他的名字是舒斯特。

兄弟们今天淋湿了，明天是演练射击术的日子。

4月15日。我先射了15点，然后少些。躺倒的时候瞄准，150米。

993.4月16日。庄重的宣誓舞会。听了有音乐伴奏的美妙弥撒。莉莉和费利克斯前来探访。最后一刻我换了房间，现住克洛兹穆勒大街16号。莉莉对房间不满意，有点恼火——她太淑女了。

994.4月17日。第二次射击术演练，躺在200米，手上空空。我先射11点，然后是8点。中午被召去行政局。看了看一年应征栏。

照旧跳奴隶之舞，还要继续清洁枪支、在野地上步履维艰、唱歌几天，然后是一周的幸福（复活节休假）。然后呢？就算是世界大战也会结束的。

4月18日。据说你不该射击得太好。我应该把特别景点也拖上吗，就像可怜的射击手们被迫做的那样？

周四上午我们早早乘特别列车离开。6点在海斯花园集合。

995.我以好心情开启复活节假期。6点钟，我们从海斯花园行军到火车站。爬上摆有一行行长凳的运畜拖车。没有门，而是横杆。非常简陋。好处是，不需要付钱。除此之外，我们每天得到1.5马克的零用钱。我们也继续收到我们的常规薪水，每天33芬尼。

在慕尼黑待了几天。参加韦斯格伯（Weisgerber）画展的开幕派对。然后去维塞湖玩了几天，吃睡俱佳。但是，我仍然不在正常状态。无可奈何，但是毕竟不算太糟。结束假期归队是件相当痛苦的事情，因为你已再次尝到自由的滋味。

995a.4月19日。刚从风雨交加的夜间操练回来。6点钟，我们向莫斯堡（Moosburg）的敌人方向行军，并在一个地理位置优越的农舍建起我们的营地。我们在离那不远之处放哨。舒斯特下士牙疼，这让他有时候有点严厉。但是当他在宽敞的柴房里找到受保护的庇护所后，我们的关系又好了起来，聊着天。他照例谈了很多前线的事情。我们监视着兵士（这永远是放哨点的主要工作），马上派两位守卫出去站在风中。然后我们被巡逻兵拜访，这两个像树一样高的家伙来自第一团，嫉妒地欣赏我们的好营房。之后，又来了两个巡逻兵，为我们带来兵士的命令，“若非接到明确的与之相反的指令”于8点10分回到野地位置。我们从那里唱着歌回到基地。

上午，室外的泥汤里凛冽刺骨。下午，我们在一个小时内学习了光荣歌曲《当战士们行军穿过城镇》。

4月24日。周六下午接种疫苗。我也许会错过5：14的夜班火车，但是一定会赶上8：22的快车或者8：36的普通车。那么我们晚上前都见不到对方。

995b.4月27日。不错的旅途，睡得好。做了一些操练，实际上更像柔软体操。沿着桥墩爬上去，又从另一端下来。医疗检查。

指示。

995c.5月1日。今天我们必须背上包。

5月2日。如今我们的工作被温暖的天气和装备的重量弄得困难了一点。这个下午我们会背着新行头长途行军。我们走着瞧。

5月3日。昨天，我们满载步行了17公里。那是多么可怖的考验啊！我们这列里有12个人倒下了。我看到他们中的一位躺在路边，心脏病突发。这个上午，在山丘上步行不到一个小时，然后就着这美妙的天气在树林里四处躺着，花了不到一个小时回来。我猜一切会没问题的。

995d.5月4日。昨天和几个精选的伙伴坐在附近一家名叫“新世界”的旅馆。那里有一座华丽的花园，还有机会吃到两只鸡蛋和一些蛋糕卷。今天下午我们行军到最远的操练场，满载足足走了一个小时又一刻钟。在那里进行上尉主持的激烈操练，然后行军回营！这烈日下的功课现在结束了。我必须说我安然无恙，但是实在辛苦，实在辛苦！

一旦发现损伤的迹象，我就会退出这个游戏。而就现实来说，它可能其实会对我的身体有益。

5月5日。今天的日子轻松了点，因为天气变凉爽了。我们在树林第一次羞手羞脚地尝试挖战壕。海利根布卢特（Heiligenblut）后的风光棒极了，今天的一切看起来都好像是巫师掉落在那儿似的。又行军了约7公里。

5月8日。天气更凉爽了，很快就会下雨。于是乎过得不那么痛苦了。上午，尽职在宏伟的森林里待了四个半小时。不幸的是不能摆脱我的背包。但是它其实不在话下。

5月9日。射击术比赛。轻松点儿：这一次，我根本没打到靶。

在400码之外，我的轻度近视开始显现。我成功找到借口不再射击，并被允许不必用力拖拉任何东西。我们终于在3点钟进食。我在步枪靶场上同施奈雷（Schinnerer）谈了许多话。他给了我一只苹果，平息我饥饿的胃。

5月11日。早上5点，我们必须行军去骑兵操练场。我们在那里各就各位，这是我们迎接司令到来和检阅的位置。别的部门在我们之前轮流做了这项准备，而我们的仪容得到了一些额外修饰。然后我们不得不做一些姿势训练，进行得还不错。其他操练则一团糟。灿烂美妙、不闷不热的五月天也有一份功劳。下午没有行军。明天晚上有夜间练习。

5月12日。明天上午11点接种疫苗，那样我们也许可以坐1点的火车去慕尼黑。但是如果我不得不乘5：14的火车走（这不太可能），我将不能用主出口，而必须在拜尔大街附近出去，并在疯狂的熙熙攘攘后出现在司令部附近的大越境走廊。

5月15日。安全抵达。雨停了。这个上午，在操练时间做了一些基础训练，因为天气好而不需要太费工夫。回想起来，我还是对歌剧感到愉快，很想时不时再去看。

5月18日。《创造天地》的最后一次排练在周六下午5：30举行，演出于周日下午5点在道明会教堂举行（我在乐队里拉小提琴）。

5月19日。瓦尔登来信，通知已经将我要的水彩画寄回。他卖掉了《维纳斯之解剖》，净赚160马克，并请求我送些新作品去卖。新分离派要求我告假前去，可是上尉在5月31日前不批准任何假条，因为我们即将举行所有人必到的大演习。

昨日一整天的操练非常轻松。晚上行军至克劳森堡

（Klausenberg），身上没背东西，愉快地走过黄昏时分的森林。

5月23日。这个上午，被倾盆大雨吵醒，半欢喜半警觉。很快天气又放晴，变得很是闷热。至少讨厌的灰尘不见了。外面的步兵操练场上进行着日常训练，然后是旗帜指挥下的攻击。现在卧床休息近2个小时。非常饥渴，但是有吃有喝。

996.5月25日。从6点到12点，经历了一场长距离行军的折磨。1点到3点，我在床上睡了个好觉。天气不闷，但是非常炎热。我们在森林里休息半个小时，那是最幸福的时刻。

5月26日。……你抱怨，头痛，面色苍白。我拖着自己在灿烂阳光下负重行走了数小时，但是我早已忘记这些微恙是什么感觉。安全地从第一场格斗练习中存活下来。说“安全地”，是因为练习结束了。野地餐厅是一幅非常好笑的景象，就跟在幼儿园里似的。

997.5月30日。在步兵操练场例行操练。不幸的是，我身上的酸痛点史无前例之多，这都是因为过去几天的古怪姿势。然后是连队组建。上尉想知道展览开幕日会是什么样子。他准许我从1号到4号晚上的假。5号到8号，我必须再回来。9号到13号，我们会放圣灵降临节假期。

然后我们会被分为中队，一批新兵会到达。升了一个级别。我将会在31号晚上或1号到家。

998.休假。上尉主动签了一张5日至8日的假条给我，于是我揣测9日至13日的圣灵降临节假期自动延期。我以平民心理认为不必于8日晚上回营、再于9日跟护卫队一起休假。到了9号，准假条未到，我急得像个新兵，发电报询问。回复来了：“立即归队。”

999.6月9日。兰茨胡特。这悲哀的一团乱麻是多么滑稽啊。我离兰茨胡特越近，就觉得越开心。当我走下火车，心情愉悦，充满了战斗精神。沿着熟悉的路径进城。

在海斯花园，我有机会跟一个行政区的战士私下说话，他正在那里除尘。这家伙认为不会有麻烦的。整个军营的确于今天早上6点人间蒸发各自回家。于是我这个例外是不可辩驳的论据（平民的论据），我期望能在明天9：30说服中士。毕竟他已经通过让我跳上火车回来玩够了。那么让我们不要激动！如果我真的幸运，我会乘10：40的快车；如果不，乘下午1：21的。如果是那样，我会拍电报。

1000.代理上尉对我大发雷霆，或者说至少尝试大发雷霆，但是因我优美流利的辩护词和对容维尔特上尉的上诉而蒙羞。他没处罚我，而是把这事交给了一位常规上尉。我暂时的处罚就是损失了一天假期。他制出我的圣灵降临节通行证，让我走了。上尉递发未经申请的通行证真是不可思议的现象！

1000a.半天过去了。周六我们再次休息。我们没和新兵混合在一起，而是各属于同一时间训练的组。只有人数少的组（第四、第五区）被送去米特维尔（Mitterwehr）。这些乳臭未干的小子身上有些非常不雅的气息。我们的排如今看上去非常有条有理。士官为我保存了步枪，我的其他东西整齐地挂在一起。普里泽麦尔医生留了下来。一位中尉管理我们。今天的中队操练由一位非常讨人喜欢且能干的少尉费（Feh）指挥。我的区领导叫作维默尔（Wimmer）。差不多三百人出现在中队操练中，相当好笑。

30芬尼一份的碎猪肉冻值得一提。

1001.在150尺的距离，射击圆形靶18分钟。晚上，背负沙袋行军。地狱般悲惨的步兵生涯中的终极考验。申请周四用的通行证。

6月23日。上交两张通行证，一旧一新。与两位有文化修养的

“绅士”共度了一次美好旅行。之后，和格鲁伯、医生、一位我不认识的中队兵士一起喝啤酒、吃碎猪肉冻。12点上床。公事：接受形影不离地跟着上尉的中尉的检阅，直到挥汗。

1002.6月27日。没有准假，我期待于周三晚上见到我的家人。更不幸的是，安排了夜间训练，也就是说我没法接他们。维德穆勒夫人给他们泡茶，莉莉把费利克斯哄睡觉，当我回去的时候她已经安顿得舒适妥当。

1003.7月1日。没有休假，因为我得首次站岗。莉莉和费利克斯必须周六晚上来。直到周日中午我都会没事。然后在营房睡觉（马丁学校现在是医院）。

1004.7月4日。普罗布斯特的信令我愉快。处理和派柏的邮件往来。

从我的哨亭向莉莉送上诚挚问候。今天在射击课上射中6点、12点、11点。下午是清扫和缝补的时候。6点出发长途行军，很有趣味。站岗之后我上床沉睡，直到被闹钟叫醒——这还是生平头一次！

+ 无题　1916 年

这站岗和换岗的差事哟！但我还是好好地挺了过来。为旧有的例行公事增添了一种新的单调。可惜莉莉不曾打开医院大门，我在那之后站了一整天岗。晚上我肩扛步枪，在人行道上来来回回地走，倾听每隔15分钟响一次的钟声。我感觉战争正进入最后阶段。

1004a.今天，宜人的天气令长距离行军变得多少简单了些。晚上和夜间行军更令人疲倦。下午，我们3点才出发。通常，除了洗澡便不离开这个地方。我感觉变动就要来了（转移）。一项紧急训练应于25日在弗赖辛（Freising）开始，我作为“一年期者”会去那里。也许将来某天，我会把这里度过的时光看作一段玫瑰色的愉快日子。

1005.7月20日。转移到慕尼黑。火车旅行，等待，士尔肯学校，等待，转移典礼，一位自负的中尉，讲话。然后去格罗斯维特旅馆，麦克斯古典高中。第二后备军，第七团，第一替补（野战）中队。达标后才能获许睡在家里。

［慕尼黑，1916年］

1006.7月20日。“我最亲爱的莉莉。我们在慕尼黑了。暂时待在麦克斯高中，第二后备军步兵团，第一替补中队。其他人驻扎在格罗斯维特，我们在麦克斯高中的旅店里。由于等来等去，现在已经4：30，正非常缓慢地派发着制服。我的兰茨胡特破布换成了灰色的半破布。因此，可能过很久才轮到我。所以我今天不太可能见到你们两个。只有向中队指挥官申请，才能获得外宿的特权。请耐心地等待我来！我的营房便利又宽敞。等待，等待，等待。问所有人好。”

1007.报告。任务并不比在兰茨胡特更严苛。长途行军稍微难一点。胡乱射击变得更准确。严肃的格斗演习。然而依旧极其混乱，一如既往。兵士弗瑞格（Feueregger）起先傲慢得好笑，渐渐表现出友善亲切的一面。阿贝纳（Ableitner）少校是个荒唐古怪的家伙，满嘴浮夸的调子："你们该为没有像农民那样中断工作无所事事，而是来这里操练和学习而高兴！"之后，我频繁地站岗，而不是进行夜间训练和长途行军。

1008.我在军用品补给站前站岗时，有那么一次，产生了关于马克和其艺术的万千思绪。绕着弹药库打圈时最容易陷入沉思。在白日，瑰丽的仲夏植物周遭异样斑斓，深夜至黎明前，我面前出现一片穹弯，将我的灵魂引诱到无垠天地。

当我诉说马克是什么样的人，我应该承认我同时也在诉说自己是什么样的人，因为我所参与的大部分东西也属于他。

他更富人情味，他的爱更有暖意，个性更坦率。他把动物当作人类一样对待，将它们提升到他自己的层次。他并不是自我消解，为了将自己置身于与植物、岩石和动物相同的层次、变成整体的一部分而已。马克与地球的联系凌驾于他与宇宙的联系。（这并不意味着他不可能朝后者的方向发展，然而如果是那样的话，他怎会死去？）

他体内有浮士德的成分，不救赎的特质，永远在发问：那是真的吗？用"异端"这个字眼。可是缺乏冷静信念。在其生命末期，我时常恐惧有一天他会变成全然不同的人。

变化的时代压迫他，他要别人跟着时代改变。但他自己仍是人类，内在矛盾的残存牵引他。中产阶级的王国是最后一个福祉仍然为多数人所享的例子，似乎是值得他欣羡的。

我只试图与上帝取得和谐关系，如果我做到了，我认为我的同胞不至于与我发生冲突。可是那毕竟是他们的事了。

马克的特征之一是将宝藏与所有人分享，这是一种女性化动力。结果并非人人跟随他的脚步，这让他对自己的道路充满忧虑。我常常焦虑地推测，一旦眼下的动乱过去，他便会返璞归真。他不会为了促成一个光辉的世界回来，而是完全出自人性冲动。

我的精神之火比较像已逝者或者未生者的。难怪他能找到更多爱。他高贵温暖的感官吸引了许多人。他仍是人类真正的一员，而非中立生物。每当我审视地球上的一些东西，我便想起他的微笑。

艺术一如创世：最后一天像第一天一样美好。

我的艺术或许缺乏强烈的人性。我不喜欢动物和任何带有世俗温情的生物。我不屈就，也不提升它们来迁就我。我偏向与全体生物融为一体，然后与邻居、与所有尘世之物处于兄弟立场。我拥有。我的地球观念屈服于宇宙观念。我的爱遥远而富有宗教意味。

于我，一切浮士德式的事物都是陌生的。我居于一个遥远的创作起点，我在这里为人类、动植物、岩石，为土、水、风、火，为所有续生力量做重要宣言。上千问题沉淀，好似已被解决。无所谓正统或是异端。可能性无穷无尽，我体内唯一具有创造力的生命便

是对这可能性的信念。

我散发温暖吗？冷酷吗？当你超越白热，并无此等说法。由于没有多少人达到这状态，受我感动的也就寥寥无几。我自己和众人之间没有感官关系，哪怕是最高贵的感官关系。在我的作品中，我不属于这一物种，而是身为宇宙性的参照物。我的肉眼太过远视，看穿并且越过最美丽之物。“啊，他甚至看不到那些最美丽之物。”于是人们这么评论我。

艺术模仿创世。上帝也并不为眼下的偶发事件特别费神。

1009.我们的中队上尉是一位叫作德尔（Deyerl）的士官，这是一位严肃但是稍爱说教的男人。我依靠直觉的开枪方式尤其令他心烦意乱。他的血液里含有太多操练成分。他对我为何能做到某次射击如此优秀下一次却完全脱靶感到惊讶。他不让我安安静静地开枪，而是对我怎样肩持步枪、如何摆姿势大惊小怪一番。每个士兵都意识到卧倒开火时头盔会造成麻烦，但是军官永远意识不到。

1010.当我申请在家过夜的许可，他说我只有在证明自己后（或许需要两周）才能得到这个“恩惠”。一个受过教育的人这么对别人说话是不可原谅的。

1011.另一位士官、来自伦敦的英俊商人不是很严肃，反而很好玩。我觉得农民们喜欢他。

我一点也不急于在射击术上取得进步。直觉让我宿命论地对待它。

1012.我渐渐在军士间知名起来。宿舍士官认出我是个狂野、“厉害”的艺术家。他是艺术家协会的一员。如今我意识到我不再待在被上帝遗忘、荒郊野岭的兰茨胡特。营房长也很友好。中队士官的嘲弄（尽管是善意的）也渐渐消失。中队的总书记与我发展了亲密的友情。只要计划中出现长途行军或是夜间操练，我就被派站岗。从我的卑微地位来看，我得出了我正受到特别照顾的观感。

自此我已长久在家过夜，开始享受我的新岗位。正当我在操练场上做格斗训练（不计其数的同类训练中的一次）后短暂休息，我的名字突然被唤。“到！”要我马上向士官报到，然后到营区医官报到。我立即意识到事关重大。士官的心情极好。“你不想飞行吗？”“谁，我吗？”“是啊，你没申请进入空军吗？”“不好意思，先生，我不知情！”“唔，那么你现在就明白是怎么回事了，我们帮你提出了申请。现在去找医生，看看你是否合格。”在医生办公室，还有几个人在等候。其中一个问我是不是克利，介绍自己是温德曼（Wildermann）。先进来的是医生助理，问我有什么想说的吗。没有！然后是医官，问我是否准备好放弃一年雇佣期？作为回复，我问：空军里就没有一年雇佣期吗？他微微耸了一下肩膀。

当我回到士官处，我已经被调任。他恭喜我：“为离开可怜兮兮的步兵队感到高兴吧。现在赶紧去吃饭，然后做好准备。这里是你的文件。你会在士尔肯学校得到进一步指示。”他握住我的手。“再见，克利，照顾好你自己！”其他军士也在咧着嘴笑。书记与我握手时面带微笑。

［史莱兹罕姆，1916年］

1013.于是我不再是一名步兵。接下来是什么呢？首先是由我负责的调职旅程，一共四人，还有温德曼和两个工人。当我们来到史莱兹罕姆（Schleissheim），一位戴着毛皮筒帽的、面目可怖的哨兵迎接我们。这已经比我们适应的情况糟一级。毕竟，步兵队里还有礼仪可言。

这位哨兵安静地带我们去营房，那是一幢新而窄小的建筑。一位来自补充兵管理处的兵士管理我们，为我们分派区，让我们到处看看，比如护照分部。我们分到了工厂连。

因为我们感到安全，我们以艺术画家而不仅是画家的身份呈报自己。这让一些人直摇头。只有书记感到高兴。他说我们会接到让我们的艺术有用武之地的工作。接下来去我们的营房，在教堂仓库。

点名，士官姓波时里德（Poschenrieder）。到了储存场，在那里工作。无产阶级。工厂工人。施塔本沃尔（Stubenvoll）。三周假期。

1014.8月12日，1916年。寄件人：克利工程师，空军补充军团，史莱兹罕姆，工厂连。收件人：莉莉·克利女士，慕尼黑，艾恩米勒大街32号，花园亭二楼。“你没能来真可惜。让我们期待周日相见！见过施塔本沃尔，他答应帮忙，然而不可能外宿。你能找到见面地方吗？听说到处挤满飞行员。走着瞧吧！他们让我给机翼上油漆，并不是什么真正危险的任务。可是突然摇身变成工厂工人，多么冒险！还有这身装束！你的保罗。”

1015.10月4日。“我亲爱的莉莉！衷心感谢你最近从瑞士寄来的卡片，更欢迎你们俩回到慕尼黑。可惜我不能休假，周三周四轮我站岗，这在此地比什么都重要。希望你们归途愉快，希望男孩没有着凉。”

1016.10月5日。“尽管你发来挂号信和电报，我不能在同一周内请假两次。这里可不存在什么个人意志！以小请求招惹注意可不明智。让我们周六见！如今火车下午6：30从这里离开，所以让我们

7点在火车站见或者7：30在家里见。”

1017.10月12日。“储存场的负责人在假条上签名后，上尉会准我假。应该会是周五。”

1018.10月23日。“安全抵达。给两片木质机身上油漆，涂掉飞机上的旧编号，根据模板把新的绘在前头。工作时，我觉得那位萨克森工头在我周围鬼鬼祟祟地走动。谣传下午4点有一次操练，于是我抓住机会逃出纵队，赢得了大量时间。至于后果如何，我们走着瞧。直到目前为止我都是一位品行优秀的补充兵，温和顺从，而这么做的报酬不过是一次蹩脚的休假。于是乎我不再是什么品行优秀的补充兵，我开始替高尔兹要的石版画着色。”

1019.10月26日。“周五，4点到5点，火药操练，然后点名。困难重重才溜走。6点前没能回到我的房间。于是现在我们家有个坏孩子了。如果我周日必须站岗，我上午9点必须回到这里。”

1020.11月2日。“给你我温暖的问候。希望下周六再见到你。今天是美妙的一天。我在室外待了一个半小时，在摩托卸载的当口看护卡车。总之对我的健康不坏。”

1021.11月10日。“周日有站岗任务，从正午开始。我必须上午9点回营，所以不必来看我。今天帮忙清理飞机残骸，前天两位飞行员丧生其中，马达等物严重受损。真是一项有启发性的任务。我告诉波时里德士官我经常被召去帮第二区忙，他答应会支持我。至少我知道坠毁的飞机是怎么一回事了。”

1021.步入11月。“由于我有过休假，储存场里的人便觉得我应该本周日站火岗。我向兵士询问此事。他说他对此感到抱歉，但是他们已经把我的名字列在名单里，在储存场公示了。这绝对不是他的错。整个周日我的活动范围限于营房的两间房间和食堂，所以没有必要来看我。

“除此之外我很好，还是经常遭遇军队里的诡计。但是索要补偿的时机会再来的，那会让萨克森工头着恼。今晚（周六）我会稍稍工作；我有一些油和一间温暖的房间。”

1022.11月13日。我被派负责一次到科隆的运输工作，这为我千篇一律的例行公务增加了趣味。我只懊恼我会错过你明天（周二）的探访，因为我今晚从米柏兹霍芬（Milbertshofen）货运站出发。不过这是有趣的任务：我受托护送3架飞机。我因这趟出差得到了一大块培根和钱。

第一次运输任务

1022a.11月13日（周一）。下午4点，背着食物走去米柏兹霍芬，发现那里的3架飞机几乎满载。晚上10点，乘货车去莱姆（Laim）。

1023.11月14日。凌晨2点离开莱姆，到特勒奇林根（Treuchtlingen）吃早餐。下午抵达乌兹堡（Wurzburg），喝咖啡吃葡萄面包。晚上10：30到阿申芬堡（Aschaffenburg），在站上美餐一顿。于此一直逗留到凌晨3点45分。在此期间，裹着一条旅行毯在哨兵房的地板上度过。我显露纯真的热情，期待不久后再度奉命进行另一场运输之旅，梦想巴尔干半岛之行。我坐在司机旁边，不时想起费利克斯，他要是在此地该会玩得多开心！他依然为要做一名机动工程师还是画家犹豫不决。

1024.11月15日。上午离开阿申芬堡，我在火车站候车室里休息了2个小时。车经过格洛格奥（Grossgerau）和梅兹（Mainz）；停靠宾根（Bingen），一个非常优雅的莱茵河小城，自然与文化在此处独特交汇，眼前是山脉、河流、港口设备、船只、梯田。梅兹给我的印象很深，然而那里的艺术要素压过其他一切。要是我能作为艺术家在宾根稍做停留就好了！今晚我们将在科隆。不幸的是除了25马克差旅费，我身上并没有钱。

1025.11月16日。为249营运输飞机。下午4：30走到毕肯多夫，再搭电车到教堂广场，剪头发，然后去科尔奈宫酒店。我的任务完成了。它是一首险恶与光明交织的梦幻诙谐曲。某种朦胧的醉意依然包裹我。当我终于自由了，已是周四夜晚。我又能在一间舒适的酒店房间里度过平民的一晚。明天我会独自一人。晚上享受了一次美妙的散步。

1026.11月17日。自上周日以来一直过的脏兮兮的吉卜赛生活后，昨晚睡得棒极了。科隆引人注目，优雅得光彩动人，并且很大。昨晚尤其为之震撼！大街上尽是热闹，那身穿军服的人潮！疯狂的火车站，正前方立着巨大的教堂。霍亨左勒（Hohenzollern）桥，完全漆黑并且看守森严。河流。4只狡猾的探照灯的锐利光线。在教堂塔楼上方的高空，明亮而小的齐柏林（Zeppelin）飞艇优雅试航，被一道探照光扫中。我从未见任何城市上演这样一幅夜间奇观，真是一场庄严的魔鬼盛宴。

在桥上闲逛。早餐喝咖啡。去博物馆欣赏波希（Bosch）与勃鲁格尔的作品，以及圣母画大师的《耶稣被钉十字架》。参观大教堂。在主火车站边的红十字餐厅吃午饭，然后去艺术家协会，之后为了向温德曼表达尊重去了德意志圆形比赛场，在儿童乐园里看他的雕塑作品。沿着莱茵河和它沿岸的糕点店漫步，又在火车站用晚餐，8点出发前往法兰克福。

11月18日。晚上抵达法兰克福，享用质朴美味的欢迎晚餐，夜宿赛马场（Hippodrom）的营房。坐特别电车往返那里。

早上8点，取道乌兹堡和纽伦堡向慕尼黑进发，下午6：30到史莱兹罕姆。既然办公室里没人，我匆忙走开以挽救我的周日假期。取道米柏兹霍芬走路回家。在家与两个非常令人快活的同伴豪斯曼和画商凯勒博士一起喝茶。

第二次运输工作

任务是将两辆飞机和两辆汽车（汉诺威37090和科尼斯基24059）途径科隆-格浓运到第五战斗飞行中队。飞机分别是B.F.W.3054/16和3053/16，还有零件。

11月27日。运输任务今晚（周一）才开始。也许我可以从米柏兹霍芬回家一会儿，赶完一些事情。

11月28日。我在上午出发，全副武装，包括步枪，好像我是去前线似的。抵达米柏兹霍芬的时候，我发现飞机还未准备好离开。火车9点前不会发动。我把包寄存在站长处，溜达回家，并在那里享用舒适的午餐和茶。

11月29日。这一次我离开慕尼黑遇到麻烦。我被困在莫萨希（Moosach）。

我在候车室里的木制长凳上过夜。因为一起小事故，去往莱姆的线路被关闭了。我们必须等到下午3：30。不得不待在火车上，因为无人能够准确预测它何时可以继续开动。我们在莱姆又作等待，直到晚上9：30，此时火车1755终于准备就绪。幸运的是我携带了充足的食物，也许这会让脱身变得容易一点。行李车厢还算舒适，我在那里睡了美美的一觉，直到特罗伊赫特林根才醒。行李车厢在此被换成别的车厢。

11月30日。我扎实的行前准备很是管用。早上5点，自制咖啡和早餐。8点到了乌兹堡，再次换车。然后洗脸，感到精神一振。我的精神明显比在建造场时要好。写了两张明信片，但是直到帕甸斯坦（Partenstein）才投入邮箱。我又对施佩萨特产生了强烈的印象。下午2点抵达阿申芬堡，在车站餐厅吃得特别好。下午3：20乘7509次火车离开，在行李车厢里吃了面包、香肠和咖啡。

12月1日。凌晨1点到达柯本连兹（Koblenz），然后在周五清早抵达波恩。又是一番漫长的延误，可以感受到邻近大城市。调车场的情景最糟糕，但是至少我睡得安稳，整夜只被吵醒一次，一直睡到抵达科隆-艾费尔特。在那里的餐厅吃饭，并且打包一条大的浸汁鲱鱼。我并没有在那里像一件货包般被寄往格浓，而是坐6263次火车去了霍恩巴堡（Hohenbudberg）的中转集结地。

12月2日。向北而行，安全经过科隆！到了霍恩巴堡的中转集结地。不幸的是我们其实来错了地方，本该在格浓中转。艾费尔特五区的交通主管尽管有精力充沛的性情和文雅的举止，依然是一个十足的讨厌鬼。只有工程团的货物被运往霍恩巴堡，也就是说我多行了80公里。这儿的人们对这类错误再熟悉不过，友好地欢迎我们。在霍恩巴堡，你至少可以在军用餐厅里受到友好接待。多谢一位红十字会的女士，有幸吃到炸土豆（50芬尼）。在一间有暖气有床铺的舒适房间里过夜。12月2日，早上受到兵士友好接待，得到了一片面包，和他分给我的咖啡、糖和一块黄油。中午12点左右，回到科隆。天气清朗，比北巴伐利亚温和。但是这里的人觉得这天气冷；事实上，他们说冷的时候还拉长了音节。我越来越享受和这帮人在一起。如果我把运输物带到目的地，我会穿越比利时到莫伯日（Maubeuge）。我不指望上层马上出决定。这些大调车场自有一些意思。它们教你如何等待。

6小时内抵达尼佩斯（Nippes），在那里连上一辆开往格浓的快车。晚上9点到达格浓。在中转集结地获许休假，直到第二天早上8：30。又一次入住柯尔奈宫酒店。被新入伍的野战炮兵队男人带到一间小旅馆里吃晚饭，吃了炖小牛配土豆、肝泥香肠配沙拉、一片面包，没有优惠券。

周日，12月3日。科隆。“上层已经做好决定。我将护送运输物到它的最终目的地。请将以后的消息寄往布鲁塞尔的总邮政中心，因为我在回程时将去那里。可能的话，顺便把豪森斯坦的正确地址也告诉我？”

7点起床，重新整理行装，去了中转集结地。在这儿，一个办事员签了一张回程票给我，告诉我任务到此为止。我半失望，半解放。但是就在此时士官出现了，笑话他，并且递给我一张经由亚森（Aachen）和露蒂西（Luttich）去豪莫（Haumont，靠近莫伯日）的军用票，命令我下午2点带着证件在63号站台上车。我立即确认出发时间和我的汽车是否在那儿，将我的东西留在车站，去车站餐厅吃饭。

去车站的路上，一个兵士把我拦下，遣我去雪茄店，要我告诉那里的女店员他今天不会来。如果被询问，就回答我在德意志圆环见到了兵士，他已经戴着头盔。他付我50芬尼做这件事情。我进店，那个猫脸的金发女子带着恼火的理解看了我一会儿。一位在场目击客人更受启发，微笑着递给我一根雪茄。见我接受这小费的笨拙劲儿，他断定我是从乡下来的：“你来自巴伐利亚，对吧？唔，这里有好东西抽，周日雪茄。这里有火；看这里，应该这么点。”我致谢并且消失。这周日雪茄质量糟糕，玩笑更是滑稽。

下午2：40离开，63号站台，坐格浓-豪莫的军用火车。20个护送人员集中在一个有板凳和火炉的四等车厢，形成一个浩浩荡荡的冒险队伍。我们晚上10:30在亚森穿越国界。

周一，12月4日。一切如我所愿进行。我们深入比利时。法语站名是聂桑（Nesseaux）。地形被战壕分割，可惜现在不是白天。列日（Liege）是一幅奇幻的夜间图景。在列日到那穆（Namur）之间，被迫在暗夜的阴影中停留。车抵达那穆之前，天破晓了。列车沿着缪斯河（Meuse）而行，小轮船在狭窄的河道上用力拽拉盘艇。夏列罗（Charleroi）的矿渣堆成富有艺术意味的山，这是一个寓言中的城镇，煤炭、墙、非洲人等，像是一个醒着的梦魇。接近图茵（Thuin）与洛比（Lobbes）之处，自然景色更加美丽，柔美的法国口音开始轻轻响起。

芬芳的法国。竟然是在这种情况下再度见面！我发着抖。沿着一条严酷线路从北而来，却不朝着中心！非法。肮脏又堕落的画家！过去犹如划在“昨天”之下的一条无情的线。闪着光的匕首深深刺入心脏正中。在这个温和而晴朗的日子里，牛群安详地吃着草，黑色和白色的母牛们，深红色的母牛们。

齐柏林飞艇库。下午3:30抵达莫伯日，紧接着是豪莫。典型的法国地方小镇，弥漫严肃的诗意和无矫饰的日常生活。食物？糖？油？米？橡胶？少之又少，不比我们充裕，并且因为是一个军事据点而遭到掠夺。士兵四处搜寻货品、囤积商、投机者！我也喜欢黄油，不是用来交易，而只是为了自己和家人食用。放高利贷的撒旦已经乏力了，他太过中产阶级。

我们前往战士之家，一位士官接待我们。我的护送伙伴们在那里感觉不错。他们谁也没有察觉到这个法国乡镇的绝望气息的迷人之处。这些英雄同事们的至高欲望是电影。某种心情让我在去电影院的路上与他们保持距离。开始下厚厚的雪。我赶去车站，得知火车不会如通知所说晚上11点开，而是不久之后。我们还有半个小时。我快速回到高山上，夜色已至。至少我想跟我第五飞行战斗队的同事联系上。这个来自康斯坦兹（Konstanz）的男子有过护送船只穿越敌区的经验。但是我上哪儿找时间去电影院呢？我没那么做，而是匆匆买了只味道一流的杏子塔，冲回车站。机动车和一辆完全不可描述的比利时货物车已到。将飞机连上火车。悲戚的护送队于7：30出发。

我在温暖的上铺找到一个小地方。我们坐着睡，将毯子裹在冰凉的腿上。说着恶心的图林根方言的讨厌家伙，真是讨厌啊！（凌晨4点到圣昆丁。）

12月5日。气氛沉郁，我们靠近前线了。我的旅行戏剧大概正迈向高潮。于一片黑暗中抵达圣昆丁。勉强才能摸索到车站指挥长处，他告诉我去餐厅（原文为法语）寻找庇护所。谁在那里？乘客列车上的所有同伴，夹在前线战士之间。先后到来为第五飞行战斗队的同事高兴。略显粗鄙的食堂里有咖啡、香肠和面包。早上8点，慢悠悠地走去镇子北面的中转集结地，费许多功夫才找到它。没人知道它的确切位置。有人猜测（后来证实是对的）小埃西尼（Essigny-le-petit）。最后他们打电话给负责此事的笨蛋，被告知先去比西尼（Bussigny），然后是康布莱（Cambrai）的1号空军基地。我们不停纳闷：为什么？所有行程必须在夜间进行！我们耗费巨大努力才命令车站的员工（这些人多懒惰啊！）在我们的运输物上贴上新贴纸并且调整货物单。最终我们亲自贴贴纸。临近中午我们的协商来到关键时刻，我们得到保证会在两三点间坐7980列火车出发。这给了我们勇气再次进城镇并且在一个战士落脚处吃顿饭。吃醋焖牛肉配土豆，就像在史莱兹罕姆那样，然后购买面包和上好的肠泥香肠，回到车站，在准备就绪的火车里等了又等。

又一次，夜色在我们动身之前降临。此次没有火车，跟两匹马在同一车厢里旅行。我拿出毛皮外套！一块倾斜的木板便是我的床，多么珍贵的财产！否则我只能睡在污秽中。尽量裹好身体，尽管寒冻，还是觉得尚可忍受。足部就别提了。

12月6日。早上到了康布莱别馆，贴上运往康布莱另一个补给站的标签，显然那是我们的目的地。我们的时间还是很充裕，于是漫步到镇上，一个饥饿可怜的村庄映入眼帘，可爱的市场堆满菊苣。在别馆的餐厅吃午餐。然后回到城里，走进一间卖蛋糕和水果的糕点铺。来自索姆河的军团随着音乐踏步的景象压倒一切。一切都因为污泥而泛黄。那非军人的、实事求是的外表，不锈钢头盔，装备。快步前进的步伐。一切都无英雄气息，他们不过像负重的野兽，像奴隶。背景如马戏团音乐，鼓手优于自己。他们的倦容只是传达了一种对那被取代、在一边休息的快乐的扭曲反映，如果有任何反映可言的话。

看了看下方的飞机。漫长地等待，然后终于前进到一个小车站。又在中心车站的候车室里等了又等，周围是一群萨克森人。（哼！）终于转移去另一个车站，前往康布莱。在这里，凌晨3点上街。

12月7日。没有什么比这样的夜更黑暗。摸黑进入空军营房，跌跌撞撞地进入底层的一个房间，抓过一个草袋，带着全身装备躺在了上面！黎明时分，好几个分遣队的士兵出现在营房的院子里。我们不久便起床去行政办公室（马具），才发现我们在空军1号基地。他们为我们打电报给那神秘的第五战斗飞行队，询问该把飞机留在这里还是继续护送。他们告诉我们中午回办公室。与此同时，我们得到了不错的照顾，甚至有吃的。感官丰富！

中午，还没有收到回复。我们应该4点返回办公室。终于，电报来了，上面写着："护送飞机到小埃西尼，护送汽油到卡古尔5号（就此与我那位在康斯坦兹开酒店的同伴分开）。"

我贴上新贴纸，收到新的货物单。晚上，我又去车站询问，意识到出发还是悬而未决，便决定等到那个唯一的确定消息，即我不跟飞机一起走。在草袋上又过了一夜。

12月8日。睡眠和早餐很棒。8：30，在车站说服自己相信那个消息已经在午夜成真。我冒雨在7点冷静地漫步到中心火车站，马上看见了飞机，并且很快将火车与之相连。安全回到老地点，沿着老路走，在候车室里发现俄罗斯犯人们已经生好了火炉。在餐厅吃饭，在战士之家喝咖啡，并在那里听说布加勒斯特（Bucharest）已经沦陷。飞机需在晚上8：30运往比西尼。我会心微笑。在供给站的食堂吃了在这里的最后一顿晚饭，在我的瓶子里装上咖啡。在大火炉边打了最后一个小盹，这炉子是候车室的骄傲。然后我在将要运往比西尼的弹药旁边看到了我的汽车。为了确保离开，我上了这辆车，待在北德来的三个小伙旁边。地上有许多稻草，车内还有烛光。我起先冻得比往日还厉害，然后穿上我的马甲，睡觉做梦直到早上5点。

12月9日。在比西尼，又是老问题：无法获得有关运输的任何信息。"去你的汽车吧；那样的话，你就会知道出发的时间。"说得没错。我保留意见，去了夜间营房，在那里看到一帮粗野的巴伐利亚人。尽管如此，我被一阵浅睡俘获。然后轻微的不安驱使我先是去了汽车的刹车隔间，然后去了铁路工人专用的小屋，在那里做咖啡和果酱三明治，吃香肠和苹果。如今我在暖和的房间里宁静地等待，透过窗户可以看见我的火车的局部。室外是雾霭和风暴，这是防御空袭的最佳天气。

快到中午，我赶完这趟旅行的最后一部分，即圣昆丁之后的数站。到了小埃西尼，我下车问路，沿铁轨走了几百米，在下一座桥的地方右转，行至大农场，询问之下得知我已经到达目的地。一场暴风雨把我淋得透湿。目标达成。我来到卡古尔5号的办公室。

接待非常热烈友好，士官直接把我带入具有乡土风味的厨房，用肉、咖啡、面包和大量美妙的金黄色的北法黄油招待我们。然后一位下士前来，询问飞机的序列号。我的任务会在它们卸载完毕后正式结束。

我待在其中一个营房里。他们在烟囱里挖的炉子简直是我的朋友。我等了又等，直到晚上，这里的人们从工作岗位上返还。

他们心情不错，谈话里没有出现“坠机”字眼。他们来自科隆、不来梅、汉堡。晚饭是面包、果酱、黄油。之后，他们先是有一点吵闹和不守规矩，然后所有人都围着一盏煤灯在桌边坐下，各读各的，一派静谧与深邃的平和。他们给我一叠《汽车》，是一份插图精美的运动杂志。我不久就被有一条被单和数条毯子的床吸引了过去。

12月10日。飞机被卸载。早上7点起床，去喝咖啡。我擦桌子，然后去轨道上看看。每架飞机有六个人。天气在放晴。午饭后，我想离开。我在办公室询问此事，得知我的释放条和出行令已经准备就绪，但是必须先等兵士来并签名。很快办事人员将证件带给我，我心满意足地向车站前进。正如我期待的那样，一辆货运火车在那里等待。我跳上车，坐在热的货车车厢里前往布西尼。

我在这里等待去布鲁塞尔的快车，并在早上9：30到达布鲁塞尔。我发现这是一座死寂的大都，它的居民被罚晚上8点钟必须上床睡觉。

入住附近的一间酒店，随便找了处地方吃饭，味道不错，11点上床。

布鲁塞尔

12月11日。美好柔和的丽日。7：30在酒店用早餐，几杯咖啡、几片法国吐司。而后去大教堂，内部有精彩的镶嵌彩色玻璃画，其余装饰水准平平。参观皇宫及法院后，沿着围绕其背面的大道回来。途中碰到一队吹着笛子的士兵。正午时分，正好来到战士之家的门前，写着“一如母亲常做的菜”的招牌引诱我驻足。食物相当美味，我在相连的房间里喝咖啡吃蛋糕。我发现旧旧小小的美术馆是关闭的，“每逢周四开放”——这欢迎词甚不友好！我恼火地走开。一直走到市政厅和花市，那里的花太过富丽，太过骄矜。又到火车站附近买猪脂，回到酒店整理行李并且付账。然后在店铺和市场里大肆采购一番。士兵们亲自拖着柳木箱走。随便找地方吃了午餐，不怎么样。然而饥饿之下，我并未因此少吃一口。夜生活非常迷人，纯然是拉丁风味。妓女们头戴窄帽，双腿纤细。我在车站不得不等待良久，安特卫普来的火车晚点许多。

12月12日。归程途径那穆，黎明抵达卢森堡，一路经过麦茨（Metz）、莎尔堡（Saarburg）、斯特拉斯堡（Strassburg）、卡尔路易（Karlsruhe）。这些地方的看护姑娘漂亮，但咖啡太淡；而在卡尔路易和斯图加之间，姑娘丑陋但是咖啡和香肠味道一流。在麦茨，他们想把我赶下火车，因为“不”这个字眼没从我的旅行证件里被抹去。我无视之，装作睡觉，顺利抵达斯图加。从这站以后，不再有管控。斯图加是个非常美妙的城市。可惜夜幕已落，阿尔卑斯山的景色一定非常美丽。取道乌尔姆（Ulm），8点到达慕尼黑。在成功从车站指挥官手上溜走后，8：30到家。我们在斯图加听说德皇建议和谈。

12月13日到16日，在慕尼黑给自己放康复假。

1039.12月18日。我在史莱兹罕姆的房间的炉子冒烟。买了扫帚和铲子，清扫了烟囱。（发现管道里堵塞着一块抹布。）

1040.12月20日。我的名字出现在圣诞休假名单上。我请求负责此事的一等士兵不要让我站岗。

如今抹布被移开，我的炉子运作正常。家人又可以探亲了，也许甚至是在圣诞假期后半部分期间。

［史莱兹罕姆，1917年］

1041.1月2日。安全抵达，将周二瞎混过去。晚上跟温德曼闲聊几分钟，他问起我的家庭。领取休假间应得的十个半马克。军中生活也有其愉悦时刻。

开始阅读中国短篇小说。

1042.1月4日。“我再度被委派护送军需品的任务；此次决定比上次更突然，目标是诺德霍尔茨（Nordholz）的海军陆战基地飞行组。我本可以再选去康布莱，但我更愿意走新地方。海的印象和去柏林的可能性影响了我的选择。我的回程令上写着：考斯赫芬（Cuxhayen）-柏林-霍夫（Hof）-慕尼黑。请把所有信件寄给瓦尔登。我的周日休假总会补回的。”

第三次运输任务

1043.护送货物车哈雷422025（其中包括B.F.W.3735/16）去诺德霍尔茨，考斯赫芬附近的空军基地。

离开当晚，1月4日。4点钟，从史莱兹罕姆走去米柏兹霍芬，那里的运货列车计划于9点发动。在那之前找时间买了一些食物，包括一些草药做的上好利口酒。毫无意外地抵达莱姆。

1月5日。早上3点，乘火车1909离开莱姆。在图林根的侏罗山脉间醒过来，春日天气美妙动人。阿穆尔河的河水涌到邻境。水在街头，在耕地里，水在旋转木马与成对的牛中，房子像漂浮在高高海面上的岛屿。看见一座孤零零的邮局，像是上一个时代打出的再见手势。之后是土绿和粉红色调的美因河（Main）。这风景精致而壮丽。

下午7点，到达格明登（Gemünden，崇高先祖的故乡）。花了些功夫后，飞机被运往邮车。在此期间我舒适地待在车站餐厅，吃美味至极的土豆薄饼和苹果酱。

之后，从行进的火车上匆匆瞥见一个幽灵般的村落，荒废，鬼魅，死寂。

1月6日。临近凌晨2点时在巴贝拉（Bebra）。4点，上了8439号列车。8点钟到格丁根（Göttingen），听到了难以置信的消息：一位警察在与强盗搏斗时被杀！多么可怖，加上那些在战争中丧命的人们！我去了伯格公园餐厅，吃一般般的面包和肉冻，喝咖啡，阅读格丁根当地的报纸，上面有编辑部的评论。

10：50，沿着莱纳河（Leine）回车站。又见到了绿粉的调子，但是和美因附近的绿不太一样。除此之外，还有微闪的雪。洪水将莱纳河变成了一条水势汹涌的河流。

又见到了克赖恩森，我曾在这里与未婚妻碰面，旅行至霍尔兹明登见妻子时也是在这里换车。埃尔策（Elze）属于汉诺威地界，北施泰门（Nordstemmen）城堡以纯然的文学风格栖息在山上。阅读中国短篇小说，女子的父亲与丈夫在她尸体旁一起祈祷。

眼下地势越来越平坦，第一座风车出现了，且有大城市近在咫尺的气息。

汉诺威这座大城如一个梦境在漫漫水上、薄薄雾霭中漂浮而过。顶着镀金圆球的圆顶雄赳赳地立在城门口，古教堂的三座尖塔位于最后，前景则是地狱一般的工业区。到处可见对空间的大浪费，希泽（Seelze）的运货站搭建也是如此。

没有足够时间将飞机放上下一辆去不来梅的火车，必须等到火车7638号晚上11：52从2号补给站出来。我到处询问，找到一家迷人的餐厅享用啤酒、汤、烤物、土豆，读中国短篇小说。

1月7日。在雪中抵达补给站，必须再等一会儿（睡着）火车才能离开。在货物车厢的凳子上歇息后，早上7点到达不来梅。比前夜要温暖，但是不能伸展我的腿。

事实上我应该第二晚才从不来梅继续上路。但是当我在补给站的地板上快要睡醒时，一位友好的官员决定让去盖斯特明登（Geestemünde）的火车临时停车，这样我的飞机就能勾连上它。与此同时，我躺在宜人、宽敞、整洁的房间里打盹，梦境围着我轻柔起舞。我浪费了一个周日坐在那里，不明白为什么这么麻烦。铁路官员是个精致的金发小伙，用一流的德语同我交谈，而与窗下的铁路员工说话时使用一种英语和丹麦语混杂的难懂语言。

我们守株待兔的火车终于来了，把我带去盖斯特明登。一位心软的车站官员告诉我6：45到那里赶乘客列车，那列车会带上飞机。他用一种父亲般的口吻不断重复提醒我不要太晚到。现在是4点，我闲逛到港口，看潮湿的码头。然后花3芬尼渡去了灯塔，从灯塔和电台可以看到北海的诡异景致。这自然的表情里蕴含极大的悲惨和彻底的绝望。刮起的风是那种只能带来灾难的风，令人畏惧。最深沉最冷酷的恐惧袭击了我。水手们说坏天气要来了。这个我要怪英格兰。

回到养了只鹦鹉的旅馆餐厅，吃猪排、红菜和土豆，足以满足我的饥饿（真的很满足）。为了回应交通指挥官给我的好建议，准时回到车站。这并非多么容易的事情，因为光线很差。乘客列车上满是中产阶级人士，我就像身处瑞士；还有穿着漂亮制服的海军士兵，正度完周日假期归队。在诺德霍尔茨站，我没有躲避车站守卫。一位哨兵在我旁边骑着车带我去半小时路程外的目的地。兵士和技工友好地欢迎我，技工递给我香烟、被套、枕套（！）和食物。我给自己泡了点茶，然后躺下。周围全是金发男孩，其中一个大声朗读自己创作的戏剧，是抑扬格的现代题材。我最糟糕的噩梦开始好转。优雅可怜的小家伙，他本该还在上学的。

1月8日。我们早上7点左右被吵醒，但是没人注意这一点。

后来这家伙又来了，开着玩笑拉开我们的毯子。不过他经过的时候放过了我。然后兵士亲自出现，检查一切是否按照规矩进行。关于我，他问："这位绅士是谁？""我是护送军需品的人！""啊？"他说着走向下一个人。我是最后一个起床的，这时方才发现这房间有多低矮拥挤。然后我去取蜂蜜，把它挤在面包上吃起来味道好极了，配上咖啡。之后我在大暴风雨里跟着奉命卸载的支队去，郑重其事地观看他们又快又好地工作。我四处散步，再次被这个区域吓到。它看起来像是末日之景。爱这样的东西是没有可能的，但是这地方被上帝遗弃的气息毫不软弱。如果有人试图寻找一种非凡体验，让他来这里。我会忘记它的，毫无疑问。只是一个兔子动物园般的地点。

我接下来的念头包括库宾！

盛在罐子里端上来的食物味道可口。之后我不安起来，想要离开。我去了兵士的办公室，一个身穿漂亮水手服的、甜美稚气的、金发男孩正在那里打字。兵士把我们派去第二飞机技工处。技工给了我运输收据，两根雪茄，和如何乘坐快车的好建议。兵士采纳建议，做了新的旅行令，把"不"这个字眼划去。金发男孩在收条上遇到麻烦。

是时候赶火车了！在一场令人畏惧的暴风雪里出发，幸运的是风是从后方刮来。一缕缕扬起的雪，像火山烟一般扫过冰冻的土壤。

我乘上一辆快车去考斯赫芬，证件被全面检查。我喝了一种咖啡，然后下午4点坐快车途径哈尔堡去汉堡。我在雪中闲逛了几小时。在车站附近的红十字站买了一些食物。还有足够时间在楼上的候车室里享用丰盛的面包和肉。8:25，搭上快车，四个小时后抵达柏林。

1月9日。抵达莱尔特（Lehrter）站。夜色已至，我独自一人，朝德意志帝国国会的屋顶方向走，过了勃兰登堡门，去往波兹坦广场。在普鲁士酒店开了间房。一路上，帮战士们和一位兵士指了路。睡得不错。9点钟被一声敲门声叫醒。10点钟，我准备好出发。我出发的时候，一位侦探从隔壁房间走出来，仔细地审视我。但是我不是他要找的人。

11:30，我到了瓦尔登家。我们聊天，计划出一本书，谈生意。中午我去吃饭，1点钟回到他的公寓看他的私人收藏。我在他的帮助下打电话给柯勒，跟他约了7点钟见面。然后去了阿辛格的糕点屋。咖啡还行，而那些蛋糕哟！

晚上7点，去勃兰登堡大街34号的柯勒家。他下班回家，有一点迟。等待期间我看根据马格、康培东克（Heinrich Campendonc）和马克的设计做的漂亮刺绣。最棒的是尼茨列（Niestle）女士绣的一对逃跑的鹿，令人想到中国艺术。

此时柯勒回来了，亲切地欢迎我，请我留下吃晚饭。其实我已经吃过，但是众所周知眼下你在柏林是吃不饱的，于是我吃了鹅和生火腿。

随后我们看美丽的收藏。我们回忆两位去世的朋友，庄重地为纪念他们而干了一杯。我离开时，柯勒给了我食物带在身上。当一位士兵得到人们的关心，他便很容易感动。收藏是那么引人入迷，以至于我致电瓦尔登取消我们的约会。

晚上10点，我离开安哈尔特站，取道莱比锡-霍夫，感觉诡异地经过了兰茨胡特和史莱兹罕姆，抵达慕尼黑。在这里，我凭借保证搭下一班火车去史莱兹罕姆逃过军事管制。下一班火车周一（1月15

日）中午前出发。

1050.1月15日。我的军旅经历不痛苦，但是充满惊讶。从我的秘密休假归队后，我发现自己被调去了第五飞行学校。我当然会待在飞行学校的建造场，但是兵士保证说在那儿也会好好照顾我。既然我可能还是会在今天离开，只有时间将房间稍微打扫一下。不久后，我妻子会和苏菲一起收拾其余的东西。

1051.1月16日。这次调职真是飞来横祸。12个小时后，我仍在摇头。我和约七十个人一起隶属于建造队。我会变成总画师！只有员工（我不属于他们）会留在史莱兹罕姆。我的守护天使也许知道他在干吗!

我们武装得好像要上前线。一辆特殊列车会在早上1：30把我们带到那里。这是又一项防止战争变得过于无聊的历险。

［盖斯特霍芬，1917年］

1052.“让我们别骗自己了，在我们的工作坊你没法出头。在那里你会得到升职。”我的兵士说。

整整一天，我们等待、用力拖拉、运送。下午6点，我们准备就绪。我在“蓝鲤鱼”吃了最后一顿饭，整理我的房间。

午夜点名，分发一天分量的食物和茶水。兵士握了我的手。但是火车凌晨3：30开走了。我们卡在莱姆，在慕尼黑又是如此。3点钟到达奥格斯堡，天黑时到达嘉林根（Gablingen）。走去营房边的建造场的路程令人难忘。暂时不见飞行学校的踪影。我们是建造员工。

1月16日。在一场冒险旅程后抵达这里。以我的第一印象来看，颇像是被上帝废弃的地方。我们的营房处于新建的小屋里，就像在前线一样。但是我不会忘记我在周日休假里的住宿条件。私人营房？在哪里呢？我们会瞧见的。一间小旅馆？

此地尚未建起来，上正轨之前必要苦劳一番。这是一个无可比拟的弱点，因为整个军团可以在这里被遗忘。

史莱兹罕姆的波时里德兵士与我告别时友好得那么不同寻常，我以为他是以调走我而帮我的忙。

“在这里，想也不要想升职，不要浪费时间谈论此事了。当然这很傻，但是人无法与事实争辩。再见，克利先生！”

工作坊行政部门一定对我频繁缺席感到不满，希望看到我被调走，最好是去上前线。我遗憾不能再做冒险的运输旅行。

如今我必须适应我的新处境，尽量寻找新的长处。时间过得飞快，逝去的每一天都让我离这场疯狂战争的终点更近一天。

1054.目前为止，我们少有活干。我得以大量阅读，变得越来越中国化。李太白的诗被翻译得太过戏谑，克拉邦德（Klabund）多少有些欠思考。短篇故事的翻译也不可靠。译者对欧洲略做调笑。

1055.1月22日。安全抵达，按时登记。夜晚寒冷，但是我用衣服帽子盖住耳朵。乘电车穿过奥斯堡。那里也给我留下了印象。我没多少时间，火车最好别晚点。我被冰霜裹着，活像一棵树。口袋里的手帕结了冰，变得僵硬。

1056.1月26日。铁路不再开放给休假的战士。我因此请求从周六上午到周日晚上在奥斯堡休假，并让我的家人来奥斯堡看我。休假被批准，但是总部的命令今晚抵达。这里的高层无能为力。画了水彩画，“前景令人愉快”。

1057.1月29日。奥斯堡的美好时光后，顺利登记。夜晚稍微温和些，长途步行因而更加宜人。我得到的放松足够支撑我过一个礼拜，况且还有大教堂给我的强烈印象。

1058.1月30日。尽管铁路对我们关闭，我还是会靠假装出现了突发状况而尝试下周日坐火车去慕尼黑。然而，首先我必须拿到我要瓦尔登写的信。阳光让日子变得更好过了一点，寒冷也更可忍受。第一座飞机棚的骨架几乎竣工。我就这样学会了怎么建造飞机棚。吃了所有罐头食品；食堂出现了醋浸鲱鱼排。当没有任何东西可吃时，饥饿驱使我前往村落。

如今我为每天暴露在冬日空气里的8个小时而频繁感到迷醉。于是，我再也没有夜间漫游欲。

1059.1月31日。今天来了一位新长官，穆斯梅尔（Moosmair）上尉。他留下了讨喜的印象。一旦瓦尔登传来消息，我要看看他能办到什么。我要了童谣和俄罗斯故事。

1060.2月3日。我的家人不必来奥斯堡了，因为我获得一次短假，参加《暴风雨》（Der Sturm）展览。在这种天气下这样自然更好，尤其是对费利克斯而言。

1061.2月6日。安全抵达。很遗憾没带罐头，我把它们忘在起居室里。开罐器讽刺地看着我。就在此时一包三文鱼到了，也是来自某位慕尼黑的女士的包裹。明天我们合唱协会将要排练。

1061a.2月9日。新月没有带来什么变化；空气仅仅变得更加锐利，颜色也是如此。我需要家里的大刷子，因为普鲁士飞机棚建造队就要离开我们，我们将没有材料。

1062.2月12日。瓦尔登卖了一些东西，其中甚至有一幅叫作《船上之梦》的素描。

我收到了多布勒在《金融报》（*Borsencourier*）里的文章。他说展览给人深刻印象，作品比以往深邃得多。除此之外，他提到一篇更长的评论文章的出版。按时登记。等到冰融，走起来就更方便。我需要厚手套才能在室外工作。

1063.2月13日。“我亲爱的小家伙！你让我等待多时的信终于来了，还有你妈妈的信和冯·考尔巴赫女士的包裹。我碰巧在站岗，所以有各种东西可读可吃。我还是期待蛋糕和巧克力，还有为自己织一些手套的料子……你的旅行不错，除了又冷又饿。弗瑞普做了各种淘气事。如果我是他，我会有一模一样的行为，不会让打击剥夺我的食欲。尤其是当打击只是很久以后才来。

“我步行得不错。在有人今天或者明天将显影板从奥斯堡带回来之前，我无法评价你的照片。事实上，二次底片还在板托里。

“最后，非常感谢那些诗歌。今天我的手挨冻了，但是这会好起来的。衷心亲吻你，你的爸爸。”

1064.2月14日。瓦尔登的私人收藏需要6张版画作品：（1）“一天的夜间回忆”，1916/72；（2）“小社群”，1916/79；（3）“简陋屋子上方的星群”；（4）“微型画”，1916/8；（5）“沉重的心”，素描；（6）“光与影”。

没有我那本包着油皮纸的笔记本，我无法知道它们的售价应是多少，因此无法衡量他的出价。

1065.2月19日。奥斯堡的熟食店关门了。我请妻子另寄我些东西，还有茶叶。我很快走完了去格斯多芬的三分之二的路程，因此有时间在“斯特拉瑟牌”吃饭。这样一来，我无须削减我的存粮。

1065a.2月20日。“迄今为止，最终我总能平息我的饥饿。（德国这个国家的永恒主题。）

“冰雪消融的天气和巧克力沼泽地。

“我身边仍有史莱兹罕姆的好靴子。

“从维塞湖（Wiessee）来了一个包裹，内有生胡萝卜和其他东西。还有一封写给你的信。一定出了什么错。唔，我没有拒绝肉饼和蛋糕。至于蔬菜和一包奶油和麦子，我会带去慕尼黑。但是我也许不会带去肉饼和蛋糕。”

1066.2月22日。奉命在主计官办公室当职。这件我在史莱兹罕姆小心翼翼竭力避免的事情就这么发生了。

我的柏林展览获得了商业成功。瓦尔登买了值800马克的作品。除此之外，12件纸本作品卖出了1 830马克。一共是2 630马克。

2月23日。铁路继续对休假者关闭。我打电报让家人来奥斯堡，因为下周日前我必须待在这里。

2月26日。由于这个周日休假，我作为管理生活费的会计的活儿就更多了一点，因为必须补上没来的日子里的数目。

我觉得奥斯堡越来越迷人。今天春意更浓了一点。费利克斯在为飞机棚拍照。

1067.3月1日。“我亲爱的费利克斯，你的信又为我带来许多欢乐。你认为在奥贝维森菲尔德机场上有一个巴黎的翻版，这很有意思。我对那两座塔很熟，因为上个夏天我必须在那里操练。它们不是瞭望塔，而是收取无线信息的电报站。

“下个周日我或许又会待在奥斯堡。如果你的妈妈不想去那里，我会非常理解，毕竟周内做了那么多事情，诸如此类。”

1068.3月19日。在瓦尔登那儿的最近一次售画卖出了540马克。他报告说第一次售画卖出290马克。总共3 460马克。感谢上帝，最重要的是，我们没有经济烦恼了！

身处慕尼黑真好，尽管只是短暂停留。为了弥补离开而落下的进度，我今天要赶很多工作。

1069.3月22日。去往格斯多芬的路有一部分埋在厚雪下，尤其是最后一段，因此最后我感到有点疲倦。但是当你被关起来那么久之后，这些每周一次的行军是种享受。

直到周一晚上，我是薪水部门的头儿。主计官去了一个在史莱兹罕姆的会议。我接过餐厅财务的活儿。他们相信我。

上尉给了为他的相册绘制插画的进一步指示。我要是知道怎么画一只爪中抓着巴伐利亚花纹盾牌的狮子就好了。得到这些来自飞机场的大人物的恩宠是如此重要，所以必须满足他的口味。

今天首批飞机嗡嗡进库。我可没有思念螺旋桨的声音。

1070.3月。这一次，我的休假被改成周日站岗。无事可做，而且由于我从来没在周日站过岗，这似乎是公平的。但是不管怎么说，这安排出自对我频繁请假的憎恶。此举的幕后之手显然不是主计官。这是老天的报应，因为我偷了一块上好的烤猪肉，并且准备带去慕尼黑。如今另有人会带肉去慕尼黑；好心的裁缝汉斯把包裹交给火车站的寄存处，把收据放进一个给我家人的信封。他迅速寄掉信，这样他们就可以拿走烤猪肉。

1071.4月4日。关于休假，我必须说我们不被允许使用铁路，至少被严格限制。我会申请周六晚上到周日夜间放假去“奥斯堡”，在那儿换上平民衣服，这样就能轻松到达慕尼黑，就像我先前做的那样。唯一的麻烦是我不能搭最后一班火车在复活节后的星期一回来，因为有极大的迟到危险。

1072.4月20日。财务检查给我们带来大量工作。我们完全埋头于文件，对其他一概不晓。我们一再计算，就像在学校里那样。食堂开销、营房开销、营房开销、食堂开销。

……夜间站岗。在油窖站岗无聊得可怕。检查顺利结束。

1072a.前几天军官中传来钢琴声，一阵暖意向我涌来。但是我必须保持警觉，控制自己，不要接触音乐。

现在我在培养部门里的一位来自朗韦德（Langweid）的希勒女士，完成这项工作之后我就能做一名真正的主计官。这个念头令我微微发抖！现在室外不错，飞机场正变得更美，如果这个词可以用于飞机场的话。正在建一个花园。

今天我们吃了自产的美味菠菜，真是一顿好饭。由于我还在管生活费，所以继续得到大份食物，但是成为主计官后还会如此吗？我还会为睁一只眼闭一只眼而受到感谢吗？

1073.5月9日。如今我把我的知识都教给了那位年轻女士，开始学习做主计官的真正差事。这是一种小科学，它让人绝不随便花钱。我看到了稳固军旅职业的前景。

1074.5月23日。美妙的天气对我们有好处。每个晚上我去我的森林里，幻想我正自由地待在郊野某处的一间好旅馆。我的日间职责怎能减损这种感受呢？我可以轻而易举地忍耐它们。在圣灵显灵节，我也许会被准假去奥斯堡，在那里照例换装。也许很快我就可以带鸡蛋回家。我幻想着大约一百个鸡蛋！

5月26日。从周日到周一上午（圣灵显灵节）站夜间岗，“因为那样的话我可以周二休假，”可敬的舒兹兵士这么说。我去往奥斯堡，在乌梅尔大街上的奥斯家过夜，在我的房间里作画。那也是一场盛筵……

5月27日。再次逛大教堂，确信这座建筑的宏伟。它深深打动我。

6月3日。在美丽、安抚人心的天气里，从慕尼黑安全归来。在

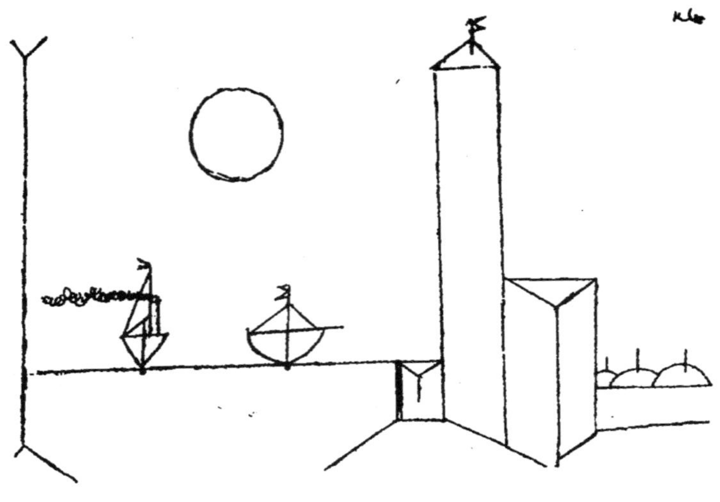

+ 海边的塔　1917 年

清朗夜空中，从奥伯豪森到兵营的长途步行是件享受。在奥斯堡，我还是找到时间满足我的渴望。鱼儿游水。我买了张二等票。一半车程处于白天。

1075.6月13日。又过去了一天。我的服役变成了一种根深蒂固的习惯，因此它的继续不产生任何悲剧影响。事实上，这相当好笑。主计官以最好的心情与我打招呼，关于施密特医生的笑声和八卦与往日一样多。临近夜晚，外科医生主任皮克尔特（Pickert）来看我，给我带来了第四载第五期的《白叶》（*Weisse Blatter*），阿道夫·班纳（Adolf Behne）在里面撰写了一篇小文评述我的水彩画。皮克尔特想要我对表现主义给出各种阐释，表现得特别和蔼可亲。

主计官惊讶得张大嘴巴，“医生”和年轻女士睁大眼睛看着。真有趣啊，我渐涨的名声传来了第五飞行学校！我不再是不知名的粉刷工匠，因为报纸上是这么写的。

昨天我安全准时地回到营地。这段路是愉悦的，气温令人轻快，雨水洗去了路上的灰尘。休假带回的行李也没有惹麻烦。费利克斯跟在电车后头跑了好一段，他真是条灰狗。

1076.6月20日。“最亲爱的莉莉，你的信终于来了——从慕尼黑到奥斯堡居然花了15号到19号这么久！要是信内有要事可怎么办！我希望你们两人都好。我正享受着这炎热，好像我一辈子都活在这样的气温里似的。我正深入生活的最核心。尽管我外部看来毫无行动，似乎在这南国气温里怡然自得。大多数人在谩骂。

“这个给人永恒之感的中午真是享受啊，这精确平衡的存在，这静止的站立，几乎悄无声息。这里的一切活动只是机械化的，只是海市蜃楼。唯一真实的东西，是那冗长、深沉、向内的凝视。与此同时，我们的庄稼也许会遭受巨大损失。我爱你们两个。”

1076a.6月21日。“我亲爱的小家伙，昨天收到你美好的来信，真是快乐。傍晚时分，乌云首次聚集，可怖的狂风将整个飞机场裹在灰尘中。万物渴望雨水，但是没有一滴雨的迹象。我终日凝望的麦田就要早熟，只能产出瘦弱的穗子……我经常读你寄来的美丽的故事书。”

1076b.6月28日……今晚我站岗，头戴羽毛筒帽，手持步枪走来走去。

1077.7月2日。从慕尼黑安全抵达。时间比往常更紧迫一点。结果是，还没到格斯多芬，收破烂的人的车就追上了我，我欢快地跳了上去。一定下过大雨，路面湿润，但是牢固。在慕尼黑待几个小时总是对我有好处，这种相对的规律性保留了我们体内的人性部分。这周我希望能再次为自己画点东西……水果明显匮乏。

1078.7月4日。周一晚上我画了一幅水彩画，并且开始画另一幅。昨晚天气变得美丽温和。我漫步穿过我们广阔的蔬菜园，终于躺了下来。关乎历史的艺术，也许一本陀思妥耶夫斯基的《卡拉马佐夫兄弟》便足够。可是，你偏要读上50本类似历史书籍，主要因为你无所事事。隔阂立即开始出现！让我们甚至别去提我们自己时代的隔阂，因为诗人在这个问题上缴械投降！眼下，塑形艺术已经跃入裂口。我们的朋友豪斯曼至少知道如何透视明日之诗。没有鸡蛋，每天喝一点点牛奶。席勒小姐送了我一磅蜂蜜。

1079.7月10日。我没法读戈特赫尔夫（Gotthelf）的书。有时候布道变得动听，但是对我来说它从来没有上升到一本书的高度。那么它有荷马意味吗：我是否读荷马？事实上，为什么我们不读真正的垃圾呢，至少它更有娱乐性。我们的时代之书还没有被写就。

昨晚我成功做到画得不错。一幅水彩的微型人像画孕育而生，没什么新鲜之处，但是是这一系列的良好延伸。新作品在自我准备。着魔之人必须与天人融为一体，二元性不能被如此处理，而是成为与之对应的唯一。这信念已经在场。着魔之人已经到处窥视，无法被抑制。因为真相需要所有元素同时在场。这在我所处条件下能达到何种程度是个问题，毕竟只有一半条件有利。然而，即使是最短暂的时刻，只要它美好，便可以记录一种新的强度。

气温骤降，风力可畏，天气冷酷。肠痛，就快要服用消化药。今天我们吃的是美味的豆子，但是那些懒惰的家伙没有把他们煮软！我现在又定期获得牛奶。于是我可以把日常伙食里不喜欢的东西（相当之多）送给别人。秋天似乎来得跟夏天一样突然。就连季

+“抽象”的萌芽期元素　1917 年

节也缩短了，也许是为了让时间走得更快。

1080.7月13日。收到两个来自慕尼黑的包裹，一张来自伯尔尼的明信片。伯基教授试着用一张医学证明为我获取海外休假。不幸的是，他们会失望的。

没画任何有价值的东西，准备了几幅版画作品，作为通往目标的探路石。我希望不要太快抵达目标，因为没有比抵达目标之路更关键的情境。

1081a.8月。因为我的到来，百花齐放；/因为我在，周遭一派充盈。/我的耳朵为我的心房召唤夜莺之歌。/我是万物之父；/万物远在星辰之上，/深至最幽邃之处。/因为我走了，/夜幕垂落，/光线裹上云裳；/因为我走了，/万物收起影子。/哦，/你是荆棘，/是银白肿胀的果实里的/荆棘！

1082.9月9日。“我最亲爱的莉莉！明天晚上你就要回到慕尼黑了，我们见对方会更容易。今天我没法赶上火车，因为我受命值班；由于新主管亲自通知我此事，我无能为力。我只能靠反正你还没回慕尼黑这个念头来安慰自己。事实上，只要不必向别人报账、自己报账就可以了，一切便可以忍耐。每一种不快都会得到补偿——今天我或许从中午开始外出。薄雾弥漫，正是我喜欢的光线。我沿河走去草地，朝着兰威德的方向，圣灵显灵节的时候它为我必须忍受的一切安抚我。我在一个非常僻静的地点拿出水彩画工具，开始作画。到了晚上我已完成五幅水彩画，其中三幅相当独特，甚至我都被打动了。晚上画的最后一幅完全抓住了周遭的奇异调子。它既完全抽象，又完全充斥莱希河（Lech）的地域风采。

“最后，我的满足程度并不比休假轻。靠几片面包、一包雪茄、一磅梨维持体力。

“这军旅时光无疑不惬意，但充满启示。我的作品会在这种日复一日的平静存在中迅速地脱颖而出吗，就像在1916—1917年那样？充满激情地移向变形，这无疑部分归因于外部生活的巨大转变。

“我希望你会圆满完成旅行，并且家中一切有序。我也许会在下周六回来，但是薪资部门眼下的工作量容不得数天休假。不管怎么说，在主管、保罗·克雷默中尉做出决定之前，我会和主计官谈这件事。我对克雷默中尉的第一印象颇佳，我相信我们很走运。”

1083.9月12日。“我最亲爱的莉莉，我估计你今天动身去维塞湖，所以我写信到那里说收到了你上一张发自伯尔尼的明信片，并且已经明确落实会在慕尼黑与你见面。如果我被阻碍不能前来，会给你拍电报。爱你们。”

9月18日。安全抵达盖斯特霍芬。很高兴我乘了更早的一班车，昨天去营地的长途步行给我带来了麻烦，令我身体不适。今天我感觉好一些。主计官去了雷克菲尔德营地，监督那里的财务审查。我只是偶尔地工作，虽然工作量很大。有时候你就是不愿意干活，尤其当没有上级在场。美好的温暖天气让我高兴了一点。昨天我于11：45返回，睡得香甜。在家的两天过得不错；我让事务变得更有序。

1084.9月24日。昨天是个平庸的周日。只在下午当值。我在办公室作画，这比不得室外的景致激发人动笔。另外，我正处于随时待命状态，因为我代替鲍曼担任摄影师，必须在发生坠机时拍照。这一次我因无事发生而满足，尽管我是多么乐于在周日将一切撞得粉碎。如果新的系统继续运转，我应该会在下周日回到这里，因为我的休假日是在周二。要办妥许多事情才能申请一次休假。唯一令人不快的事情是必须报告——这一点还是令人羞愧。

1085.10月4日。安全准时地抵达。发现检查前有一大堆工作要做。舞台设计师汉斯·魏德曼想帮我解决休假问题，写信说他在可以解决此事的营地里提到了我的情况（该男士是施滕佩尔最喜欢的干将，史莱兹罕姆的指挥官），收到的反馈令他有理由期待一个理想结果。这些麻烦都是周日的工作造成的。我们会瞧到结果的。

1086.10月8日。顺利抵达，在暴风和雨水里走完最后三分之一的路。还好我带上了外套。

10月8日。今天的天气让我感到舒适而疲倦。期望这会酝酿出一些艺术；过去经常是如此。财务检查后，我们一直高枕无忧地安于既得荣誉。办公室供暖充足，非常安静；事实上，主计官下午刚刚冒着风和暴雨回来，正如昨天的我。

冬天的到来总有某种精神性。你退回到你最隐秘的内室，在你寻着的小小火焰边扎营。那是最后仅存的暖意，永恒之火的一小部分，只要微量便足够照亮一个人的生命。

1087.10月10日。外面的暴风雨平息下来；但是今天一定是个雨天，我又想着工作了。除此之外，我在读斯坦纳（Steiner）的书。他要是写得更简洁就好了！用十页纸。写长书的人们对我而言越来越神秘。一些人停泊在灵魂里的某团迷雾或许生来就是为了成形；它们可以衍生出许多变体，甚至完整的作品。

10月12日。我一切都“好”。我没有沾到雨水，我的房间供暖充足，夫复何求呢？工作也不少，其实恰恰相反。

1088.10月14日。这一次，慕尼黑之行破灭了。这一上午的工作太多了。这个下午我可以努力做到没有公事，但是户外对画画来说太潮湿。于是我坐在办公室里做自己的工作。当然，我缺少美好的户外心情和自然色彩给予的不经意的刺激。

神智学（Theosophy）？关于色彩幻想的描写令我格外怀疑。即使没有骗局，人也自欺。天然色泽不能令人满足，有关形式构造的隐喻纯然滑稽。数字不可理喻。最简单的方程式更有意义。“学校教育”的心理层面也显得可疑。手段即暗示。但真理并不需要靠抵抗之缺乏以强加自己。我自然只读了书的一部分，因为它的老生常谈很快使我失去兴趣。

我隔壁是个军官，因为某些关乎声誉的问题已被关在房间5天。无聊令他遭受巨大折磨。他从窗户向所有人说话。昨天他对墙这边的、我们房间里的医生大喊："医生，我病了，但是你没法帮我。""你哪里疼痛？""我的笨蛋；婊子养的关了我5天！"现在他正靠讽刺我们的监视者之一自娱自乐。这构成了糟糕的喧闹！

1089.10月22日。安全抵达这里，为搭乘倒数第二班火车而高兴。发现有很多工作等着我做。主计官出差去了。"它必须被完成，且会被完成。我们会做到的。"

10月24日。刚刚好的工作量。在一堆大惊小怪和拖拖拉拉的准备中，医生于昨天休假去了。我加快速度工作，好有一些空暇时间，因为办公室现在非常安宁，夜间正可作为一间很好的工作室。

10月26日。我再度作黑白画多过作彩色画。颜色正显得有一点枯竭，必须积累新的储量。要不是因为值班，这也许是推进我的塑形实验的好时机。这也许是战争使我遭受的唯一苦难，因为难说我日后是否会补上这实验；也许那时我会站在这个领域之外的某一点。

1090.10月27日。没有奇迹发生。作为唯一留守的人，我必须值班并且在明天上午再度值班，因为会有飞行。若非如此我至少可以锁上办公室。也许下午的天气会理想，那么我就可以在秋天结束之前最后去一次莱希河畔的草地，它们对我来说那么亲切可爱。昨天和今天我如同在家中一般作画，唯一的不同是现在我在抽屉里画画，以防有人突然到访。

今天对飞行学校来说是黑暗的一天。上午，一位候补军官坠机，摔断了几根骨头。下午，一位兵士从相当高的高空坠机而亡。祝明天的周日飞行好运。当然了，我舒服温暖地坐在这里，体内没有任何战争的感觉。更有甚者，对意大利人而言正演化为一场灾难的伊松佐河战役，只是为了我们可以早一点回家而打。

读泰戈尔没有很大难度。我更喜欢读杰出的未来主义诗人关于帕维亚之战雇佣兵的歌，或者其他有关这一地区的好作品。我好奇平民们是否还可以畅通无阻地出行，还是需要通行证？这也非常重要。

1091.10月29日。下午去散步。天气太寒冷，在室外作画是不可能的。由于禁止休假战士使用铁路的条令，我申请将我的平民衣服——夏季外套、领子、领带、袖口、帽子、鞋子——马上送到奥斯堡乌姆尔大街酒店的路德维格·沃兹先生处。

1092.11月15日。时间飞逝，我惊恐地发现我提供的关于自己的信息多么稀少。这归因于我真的永远都在工作。听说豪森斯坦成为《慕尼黑人最新新闻》（*Munchner Neueste Nachrichten*）艺术版块评论家和编辑的新闻，真是奇迹！普罗布斯特医生给我写了一封长长的公务信。康培东克给我写了一封非常友好的信！我曾感到一种不祥的写信给他的冲动。

1093.11月26日。安全抵达。夜色非常清朗，内在生命因而无法在长途步行间大肆地自我声张。（职业艺术家睁着眼睛保持警觉）。另外，我享用的完美可口的土豆饺子还鲜活地萦绕于脑海。没有灵魂的蛛丝马迹。

今天，工程师团里的一位士兵给我带来一条1马克60芬尼的上好香肠，我高兴地接受了。我曾警告他一位军士正密谋打击“私人”制服外套，这促使他利用机会在周六把个人财产带回家，以求安全。木匠以专家作风解决了这个问题，制作了秘密的桌子抽屉。说是“秘密”，因为整个军营里没有一张桌子有抽屉。

1094.11月28日。日复一日，这里的生活如常继续。这周更加安静，每到20号后总是如此。待到12月1日，又会开始新一轮纷繁。

新的圈子叫作“德雷斯顿协会”，在汉诺威自称“凯斯特纳协会”，在法兰克福自称“新协会”，在慕尼黑自称“帝国”。一模一样的现代团体在各地飞速生长出来。让我们假设这存在着一个真实的基础。在任何事件里，发生的事情正与德国的反启蒙主义者们期望从战争中得到的相反，就像洞察力强大的康定斯基在洛夏（Rorschach）时预料的那样。不管怎样，我还是从中得到了一项满足，那就是完全的财务独立。并非所有阻碍都因此消失。事实上，灵魂正需要它们！

1095.12月3日。顺利抵达，但是没能准时登记，因为8：15的火车被取消了，而9：15的火车10：45才到站。我打起全部精神，进了奥斯特刚刚关闭的小旅店，闪电般地换了衣服，然后脚踩千里鞋似的在12：25登记。站岗的男人是个面色阴沉的、我完全不认识的军士，就我的迟到写了一份报告。早上我与军士的副手谈话，劝他压下那份报告。这个晚上，我还没有得到向中队指挥官报告的命令，也就是说这件事似乎已经解决。这令人伤感，但我必须在慕尼黑搭上5：45的普通车次。总而言之，一次提心吊胆的小小冒险。

1096.12月5日。昨晚，在施泰腾霍芬（Stettenhofen）一位教学长的家里为学校的圣诞庆祝活动排练唱歌。长着一具直接从小歌剧里走出来的身材的军需官负责此事。这不美好，但是没有关系；重要的是，提供的服务会得到一次休假的报偿。彩排后我们通过莱希河上的低桥来到小酒馆，在那里吃了美味的酸甜肝。那是一个寒冷的冬夜。

下次我必须带上一条毯子。登记迟到没有带来麻烦。站岗之人必须加入一条记录，表示是他犯下失误。毕竟我在这里享有一定名望。

+ 有停留记号的圈　1918 年

1097.12月12日。1918年1月1日，我便是总部记录在案的主计官合格人选。医官必须出示一张证明，表示我在L1的基础上适合在此领域服务。通常要过一年才生效。从现在到那时之间，不知会发生多少事情。

12月13日。新分离派的素描及版画展览来得正是时候，因为这意味着他们会帮我要求一次休假。

12月14日。我昨天带上了一条毯子，感谢上帝！

12月21日。如果我的任务少一些，我本会顺利得到两周休假。总管对此完全支持。

［盖斯特霍芬，1918年］

1098.1月3日。安全抵达。火车滞后1小时离开慕尼黑，9点才到奥斯堡。几位乘客在极度愤怒中下了火车，我因此可以坐下。坐着的时候你可以多忍受许多，除此之外还可以小睡。奥斯堡相当漂亮友善。奥斯特的美味的肺和土豆助长了这种印象。我对过去的美好十日怀有百分之百的满足感。

当我来到奥斯堡城外，可怕的被雪覆盖的垃圾和混乱的黑暗引发一些更严肃的思绪进入我的脑海。随着时间过去，这种情绪在乡间变得更加强烈，“求主垂怜经”（Kyrie eleison）成了我的主旋律。有那么一刻钟时间，盖斯特霍芬的村落带来了某种庆幸感，然后猛烈的暴风雪开始袭来。令人生畏的黑色十字架立在我的右边。到了营地，我一言不发扑向稻草铺，心知明天会有一大堆工作要做。

我仍然没有达到爱我们的敌人英格兰，为之祈祷的地步。也许一旦我学会这么做，我就能得到平静。

1099.1月10日。自昨天开始，我们迎来了铺天盖地的大雪，邮寄线路被切断。此外，我们搬去另一营房，房间更大，但是远不如以前舒适。

1月12日。暴风雪对营地上演最奇异的恶作剧。一部分营房变得不可见。雪从一面吹来，又开始在另一面堆积。除此之外，我们搬家。

现在我们又安顿好了。

木匠、 水管工、电工及相关的全队人马在我们的顶上爬动。我们在没有医生也没有辅助人员的情况下工作。大雪将我们与外界隔绝。装满邮件的火车冻结在铁轨上一动不动。不见报纸的踪影。或许和平的消息已经宣布，而我们无法知情。

1100.1月14日。邮路又开始流通。猜测我们是否会迎来和平是没有意义的。没人知道任何事情。但是俄罗斯方面已经到了揭晓的地步，因为战争双方都需要和平。我们不关心那会是怎样的一种和平。我们不玩政治游戏。

我们离家入伍，犹如一部史诗里的一章。之后，我们会对它报以轻柔的微笑，正如我们现在对过去的苦难报以微笑。艺术的目光凌驾于这些事物之上。

1月17日。收到多布勒发来的一条快活消息。我会乐于与他合作一本书。我周六会在慕尼黑。

1月21日。畅通无阻地进入慕尼黑。家中的一小伙客人给我带来了某种童话效果。从肮脏的营房一跃进入迷人的小群体。我已经在火车上阅读了多布勒的《镰刀》，这是一部令人愉悦的乡镇史诗。

1月22日。主计官离开两天，这使我能做不少自己的事情。可惜，我并没什么创作心情。除了多布勒的诗，阅读精彩的中国故事，它们深扣我心。接着开始读福楼拜的《圣安东尼的诱惑》。它有点过分站在阿里曼（Ariman）的一边，善恶并不共存。

我的主要欲望是苹果。

1101.1月27日。总司令的生日提醒我一年前在奥斯堡共度的时光。我希望能在下周六偷偷跑去慕尼黑。这一回，有太多的工作要做。

我现在做着一名真正的主计官的工作。医生接管了衣务部，我则主要负责处理报告和账本。如今我必须努力在这个与世隔绝之地安静地停留三个月左右，直到经验丰富得足以经受调职之险。然后我应该追求某种类似于升职的事情。如今命运已透露它为我做的安排。不再需要害怕战壕的幽灵。我会做主计官或是军需官。

《圣安东尼的诱惑》并不令我享受。眼下，我怎会关心那个地域?

1102.1月28日。主医官在读豪森斯坦的《现代绘画》。

昨天下午我惬意地散步。整个景致浸浴在一种硫黄色中，只有水呈现一种绿松石般的蓝，那是最深的海蓝。苏木将草地染成黄、洋红、蓝紫。我在河床附近散步，因为脚着长靴，得以跋涉多处的水。我发现了最美丽光滑的石头，并随手拾起一些被水冲洗的瓦片。它离可塑之形仅有短短一步之遥。

突然之间，我被极其浓密的雾霭所惊，匆匆赶回空军基地的方向。由于就算是在晴朗的日光下我也对这个区域不甚熟悉，选择了一条老路，很快来到兰威德一带，靠右走下公路到施泰腾霍芬，此时雾气渐薄；一段距离之外淌着莱希河。泥土变得柔软，色调也温暖起来。我走进常去的老客栈，吃了两份餐前点心，顿时又暖和起来。

1103.1月31日。得到去奥斯堡的休假。我希望换上平民衣服的做法会再次奏效。正当我们开始有点熟悉指挥官，就面临换人的威胁。克雷默突然被电报召去前线。

+ 鸟飞机　1918 年

在办公室，我喜欢了一阵的奥地利克上尉接近我。他想看看我完成的作品，但是我只能给他看艺术杂志里刊载的《夜莺》。他被这画难住了，请求我给出解释。当我们开始谈论看世界的方式，他显示出自己是个所知甚多的人。接着他将话题转向宗教问题和战争，以形而上学的方式看待它，将它视为欧洲的崩溃。一个飞行员和技术人员能有这样的认识，相当令人惊讶。

1104.1月至2月。在国家美术馆，初次速览1906年就出现在那里的作品。我的愉悦感略带讽刺。

介于主计官因妻子重病而缺席，每晚我都是这个办公室毫无争议的长官，这让我可以自在地在那里工作。周围的一切都消失不见，作品似乎从虚空中诞生。成熟的图像果实掉落。我的手变成了服从于某种遥远意志的工具。我在那里一定有朋友，明亮的和黝黯的。但是它们全都非常“慷慨”。

1105.2月4日。整桩危险的假面活动顺利进行。然后我再次穿上破破烂烂的军服作为伪装，这让我看上去那么荒唐可笑，漫长的狂欢再次开动。雾极浓重，但是我可不想和鬼怪沾上任何关系。又可以看到磷火的烟花，但是我没让任何情绪发作。沿路的小教堂车站和各种十字架一点也不诡异，也不耸动人心，如他们在狂欢谈话中说的那样。我唯一真正享受的是我在家中短暂扮演的客人角色。

2月7日。下个周日没有休假。主计官要去看望他的妻子。总得有人保护基金。

2月13日。上个周日我画得起劲，又创作了一些有价值的作品。户外的春意再次唤醒我内心的色彩意识。轻柔的色调变得更加平稳。

2月19日。短假是好的，更长的休假则是毒药。夜晚稍微变暖，巨大的光晕围着月亮，大到你忘记它是什么东西。是的，当你在白天总是被迫足不出户，你便会去亲近夜晚。它很美，不过我读了太多斯坦纳的东西。我保持孤身一人，是个灵魂上的单身汉。也许孟特能告诉我们康定斯基在哪里？天知道俄罗斯会发生什么啊！

1106.2月21日。昨天是大帝的金婚纪念日，我们照常上班，依然有坠机发生。今晚整个营区漆黑无光，跟着一群小伙子睡觉去。眼前不见任何更令人安慰的东西。

2月21日。这周我们发生了三起致命事故。一个被螺旋桨撞得粉碎，另两个从空中坠落。昨天，第四人随着砰的一声巨响冲进工厂屋顶，他飞行过低，撞到电线杆，反弹到屋顶上，翻了一个筋斗后倒栽冲入一堆残骸。人们从四面八方赶来，一秒间屋顶上黑压压的一片，全是身穿工作服的机械师。担架和梯子也来了，还有摄影师！从碎片中拖出一个人来，他在昏迷状态中被抬走。旁观者中有人高声咒骂。一流的电影效果。皇家军团就是这么庆祝金婚纪念日的。此外，今天那三部撞坏的飞机还躺在附近。真是场精彩表演。

1107.2月25日。又在营地过了一个周日！主计官突然强行休假。至少我画了很多画。作了油画、素描，最后完全忘记我身在何处。我惊奇地发现脚上穿着丑陋的战靴。

昨天做了一次美好的旅行。在奥斯堡换火车去多瑙沃特（Donauwörth），在嘉林根下车。然后用一刻钟时间去施泰腾霍芬小旅馆朝拜，吃煎饼。然后花20分钟回营地，这是整场行军表演的尾声。发现一张来自妈妈的卡片在等着我。她用准确无误的手写字形容了她的“脑病发作”。

1108.3月9日。洛特马来奥斯堡看我，我们在火车站快乐地团聚。我们先去奥斯特客栈，我在那里换了衣服，好更自在。然后我们漫步穿过老镇，去了大教堂等地方。之后我们在国王官邸喝咖啡。

起初，事态相当好笑。我是个士兵，而他是个上尉等级的医生。我一开始犯了很多错误，毕竟这是一个陌生情形。我要怎么与他打招呼？感谢他？另外，他习惯走在我的左边。滑稽的是，这不再行得通。总之，这正是我换衣服的好时机；在那之后，我们就像回到了往昔一样。还有另外一件意外：我向一位上校敬礼，手升到黑色皮帽的高度，眼睛转向左边。离开营地去见洛特马前五分钟，我的姐姐寄来一封信，准确描述了我母亲的病症。这样我就可以与洛特马讨论此事。

1109.3月19日。我在奥斯堡的车站买了一份报纸，读到豪森斯坦对新分离派的素描及版画作品的评论文章。奇迹出现了——有人欣赏我的作品。

慕尼黑是美好的。但是沃兹旅馆的炒蛋也不错。

1110.3月20日。由于主计官的妻子状况很不稳定，他在家人的要求下必须再去慕尼黑，我因此不得不顶替他的位子，自然要在他回来之前继续履行职责。这让我的下一次休假成疑，也许会在下周某个工作日而非周日休假。这一次我还接管负责基金，必须在相连的房间里过夜。

1111.3月20日。被授予一等士兵。今天去申请休假，希望是四天。无论如何，周六晚上我会在慕尼黑，也许甚至比那更早。我不能走得更早，因为我直到昨晚都在担任副主计官。如果你走得更早，就必须回来得更早。

3月21日。今天又有检查。结果是，适合继续做辅助服务。我爬上了通往上将头衔的第一步。不幸的是我的主计官又收到了坏消息，我有一大堆工作要做，尤其是我还没有完全掌握的事宜。

3月26日。如今，我在晚上有好机会画一幅或者几幅重要作品。亏了复活节休假和主计官的归来，也许明天开始。

1112.4月5日。今天，再次在太阳下，躺在机场地面上。希望我的家人正度过一个美好假期。但是可怜的猫“凯兹弗雷兹”值得同情。在里希特处听说一本新杂志正要破势而出。经多布勒推荐，他以恭维的口吻（作为薪水的某种代替品）请我参与杂志。与此同时，会加大我在那儿的展览规模。（不失为一次小休假的潜在借口。）

4月8日。昨天这个周日过得不坏。上午，我处理私人信件。

下午，我在莱希河附近的美丽乡村闲逛。晚上我去了两家小旅馆寻找食物。在周日和节假日，所谓的晚餐在中午发放，很快就被当作饭后甜点吃掉。于是到了晚上你必须四处寻找食物。

1113.4月11日。获准周日和周一休假。今明两天，我代替去料理已故妻子后事的主计官。我希望周五晚上他会回来。作为整个薪资部门的头儿，我可以做更多自己的事情，但是为了抽身我必须在值班的时候完成多得多的工作。

终于下雨了，感觉真好。不过对我方的进攻来说不是什么好新闻。一切皆命运。

1114.4月17日。今晚我一定开始创作给多布勒的素描。我必须完成它，每当我无法让想象力自由驰骋，作画便可能会让我付出许多苦涩泪水的代价。

恩格特（Engert）有意将我的版画作品列入国家收藏。价格是素描每幅100马克，蚀刻版画每幅40马克，唯独《树上的处女》50~60马克。

1115.4月20日。有许多工作，但是我渐渐找到窍门。此间有很多快乐的时刻，而其他时刻正变得令人生畏而又激动人心，它们是为了什么呢？只要身体自我或多或少克服困难，终归不能真发生什么事情。我的心智完全属于我，没有人能够带走它的任何部分。

我觉得我周六会离开。我尝试了一种新方法，因为我不想不断为那些24小时的假期呈上正式申请，并因出现得如此频繁而显得可疑。我请主计官签署一张条子，声明不需要我的服务。我将条子带给军士。军士命令填写休假文件，主计官看也不看就签署了它们。如果这办法获得成功，我会为我的机智发明而骄傲。

1116.4月21日。最近的天气令我伤感。极其艰难的西线攻势使之加剧，毕竟那么多东西要依赖它的胜利。

噢，你已经变成一个平凡的人——一半是低微奴仆，只有一半是神明。一个极其悲凉而又玄奥的命运。但愿有一天，它的来龙去脉成形，像一份文件一样在我面前展开。那么我便能够平静地面对这幽黑空洞的时刻。

从外部来看，发生了这些：我完成了报告，平衡了账簿收支。我们吃了太多面包。就是这么回事。

1117.4月29日。安全抵达，成功抢到最后一个座位。在纳霍芬附近，我们经历了一场极大的雹暴。我继续行至嘉林根，在那里吃了个简餐，一觉无梦，直到早上7点。

1118.5月1日。相当好笑的财政检查结束了。各种各样的事情又发生在管理账簿的医生的头上。

我没怎么做自己的工作。闷热的天气令人疲乏，办公时间又足够长。

交由里希特评论的两幅素描已经安全抵达他那里。要是他们能被复制就好了。

5月5日。安全抵达。火车里很热，但是我能坐下。又一个周日过去了，这一次更加轻松，因为工作更少。

1119.5月6日。我会呈上一张写着“同意：主计官雷内”的假条，准允周日和周一休假。来自辅助服务的一位女人也许周一会去装饰办公室。不过我妻子喜欢的医生今天走了，为那些惯常事务离开八天。我是否能够去慕尼黑是个问题，而更有可能得到去奥斯堡

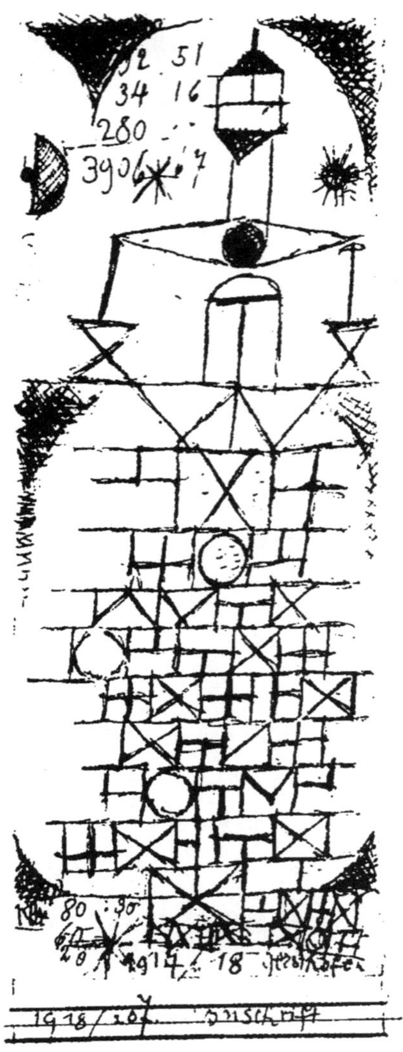

+ 出发　1918 年

的休假。我会从那里穿上平民衣服，冒险前往慕尼黑。如果会出问题，那就出问题好了，也不过如此。周一的时候，我会努力赶上下午的火车。如果太过拥挤，我一定会登上下一班火车。如果周二无人出现，那是多漂亮的景象啊！但是让我们鼓足勇气，试试这么做吧！

5月7日。这几日的绝妙天气令我感到很快乐。在我的眼前，人们整日地耕作，从我的桌子可以看见最美丽的自然景致。此外，所有的苹果树开始开花。又是春天了，今年的第二个春天！还有别的吗？……终有一天它会不得不结束，不管他们是否希望如此。留声机又在折磨营房。有毒的香肠没有什么危害：它不会吃他们。

1120.5月21日。一切似乎都顺利进行。8点钟的火车没有走，但是既然我无须在某个约定时刻回去，便搭乘了9：20的普通列车。靠伪装成去史莱兹罕姆出差得到一次休假。我在月夜里长途步行后，于晚上11：30回来，睡得非常香甜。睡觉之前去出纳员办公室看了一眼，发现了某些针对我的工作的刺耳评价。

库宾写来一封非常温暖友善的信。瓦尔登卖了三幅水彩画：《城市上空的星座》300马克、《有四个圆屋顶塔的构图》250马克、《新月派的殿堂》300马克。

5月23日。“我亲爱的费利克斯，谢谢你今天的简短问候，我惊讶于真的收到了它。你好吗？也许天气对你来说太热了？对我来说则刚刚好，因为从某种程度上说我是个南国之人。我充满爱意地想起在慕尼黑的日子，还有与你一同去史莱兹罕姆时的快活漫步。爱你的爸爸。”

1121.5月27日。安全抵达。刚开始我似乎不得不站着，但是最终找到了一个座位。步行甚是愉快，一位好社交的男人陪伴着我。

5月28日。收到两位军士的报告，快速翻看，看到5月17日。感觉我的脑子好像没了。这是某种部队报告。每位军官应该写中队报告。然而由于他们都没有这个能力，结果是我在写三份报告。

晚上，我带着我的歌德著作舒展地躺在机场地面上。刻画男爵和希拉里翁的一段非常精彩。德语烘托出了这艺术性的小部分。当然它并非音乐。语言离那本质的秘密实在尚有一段距离，而调子和色彩自己便是秘密。于今天掌握绘画是多么奇妙的命运啊（正如当初掌握音乐）。

正当我想着这些，留声机不知疲倦地嘎吱着。人们在它周围咧着嘴笑，恶毒的面具透过窗户窥视。野兽们在怡然自得。在我附近总有一片地狱，这必然是有什么原因的。这片地狱至少相当温和，只是真正的地狱的映像。

5月30日。这个下午，我再次在绿色的灌木丛里躺了几个小时，孤身一人。这么做可能令我取得了一些进步。

1122.6月3日。安全抵达，最后一刻找到了二等座位。

里希特出版的《1918评论》已寄来。图片复制得很精美，其余版面似乎受到了战争的影响。多布勒的文章篇幅简短，不久后重要音乐协会的合同便会接踵而来。但是我会打电报回复说：受到军服限制，无法应允。

6月4日。讨论我的休假。不可能在本月中旬左右十天连休。我想会是中旬先休息四天，然后在月底休其余六天。我希望届时能欣赏和演奏音乐。但是不是和克里斯蒂勒（Kristeller），时光如此短暂！他们贪婪地听着勃拉姆斯；在我看来，只有扣动心弦的音乐才有价值。该有壮美的古代作品、民间音乐、舞蹈和游吟诗人之歌。或者，我多么渴望再次听到两位突尼斯乞丐在午间的静而白的巷子里、在锁上的门前演唱的动人二重奏！他们的声音时而互相应和，时而在几个小节重叠，最后以那样特殊而惊人的方式一同消失。紧接着，那扇门微微开启，于是推测那里出现了一个人影，精巧的手握着几枚钱币。

1123.6月6日。我在处理账务上领先，这样我就可以心安理得地休假。我相信会是在11号晚上。如果我如愿以偿——意志力的作用很大——我也许可以指望一周的假期。如果是那样的话，下周日我一定会在这里。

6月8日。如今我相信我会按时完成工作！

1124.6月28日。又过去了两天。这是最主要的事情：尽多的日子尽快地过去。也少有乐趣。昨天我心情愉快，画了几幅红色的水彩画，还读了《流浪岁月》里的两篇美丽文章……目前工作量不太大。休假具有良好的后效，令我身心充盈艺术。反复演奏巴赫再次加深了我的感知力。我从未如此强烈地体验过巴赫，也从未感到如此与他合为一体。这是何等的专注，何等孤绝高超的成就！

1125.7月3日。时间轻易逝去，这是最重要的事情。目前，我们的工作来到了高压点。周一的时候，我有点害怕主计官生病了。他在发薪日的中午抽身离去，我必须给所有官员发薪。但这不过是一次周日远足的后果。胖乎乎的舒尔兹、施密特军士、主计官和中队书记员西格林，携两位辅助部门的女士出门远足。在女士们不怎么享受这项活动后，四个男人独自动身。舒尔兹不得不卧床两天，主计官从自行车上摔下来，只有另外两人全身而退。今天，主计官的桌上出现了一首讽刺诗。

1126.7月8日。旅途非常之好，早至10点就抵达奥斯堡。火车不像往常那么拥挤，因为在它之前额外发动了一辆列车。但是你永远

+ 旅游的图记　1919 年

也不能指望这个。

7月18日。“亲爱的莉莉，我为你决定去里德（Ried）而高兴；我希望你会度过美丽的、令你精神焕发的一天！你认为你的火车在周六什么时候会到达慕尼黑？我的休假已被批准，从周六中午到周二午夜。然后弗雷兹和我会单独待上很久！（我家人去伯尔尼了。）你受的苦难会是最少的，但是猫会心碎！与此同时，一切都会过去，即使世界战争也是如此。问候许多人，也包括马克夫人。你的保罗。”

7月24日。火车到得略迟。快车之旅非常激动人心；到处都是灰色的蒸气，某些地方速度快得可怕，天空里的裂口，一切被撕成破布。在这之后，当你被迫步行，你想象自己永远无法到达目的地，直到那熟悉的内在生命灵巧地醒来，时间和空间降为无意识的有机体。时不时地，有人亲密地以“你”称呼我。天气非常闷热。

1126a.7月25日。“为了让你安心，我应该告诉你我周日必须留在此地。主计官请了3天假，我顶替他的位子。因此明天你尽管前往瑞士好了，祝你旅途顺利。我打算利用闲暇时间绘画。也许我将在树丛间搭起帐篷，建立一个户外画室，并向‘自然’借一点芬芳的树液。上次能够及时地顺利休假真好；既然你不在慕尼黑，周日的变动也不会令我太难过。寂寞的时光会过去，正如所有其他时光。此刻我觉得很是自在，不过才过了短短几天而已。祝你假期愉快。好好享受身在中立之土的轻松幸福感。”

7月28日。今天这个周日雨很大，完全把我困在了房间里。我得以完成一系列早前动笔的作品，于是又可以装裱十余件新作。它们中有几件灵感来源自多布勒的《镰刀》。

8月1日。“你已在瑞士将近8天，我没有收到任何相关消息。除此之外我很好。我希望周六晚上在慕尼黑，也许能在那里得到你的一些消息，装裱我的水彩画，等等。我会带来一只或几只鸡。今天我用一些香烟换了两只鸡蛋。”

8月3日。“昨天终于收到了来自洛夏的第一张明信片，等等。”

8月5日。“休完周日假期，今天返回营地，看到来自伯尔尼的头两张卡片躺在我的桌上。当然了，你也没收到我的音讯。

+ 二乘以十四　1918 年

+ 未实现的希望　1918 年

“我的周日过得不错。前一个晚上，弗雷兹不见了。我发现只有一个番茄烂掉了。很感谢你的道别之辞。是的，一根黄瓜看着我，新鲜又快活。过了一会儿，我看见楼下的灯火，于是去把弗雷兹带了上来。

“由于有很多东西可吃（新土豆、番茄、黄瓜、两只鸡），我邀请曼德琳与我共进午餐。

“她1点准时到，穿着棕色的丝绸连衣裙，对我做的蔬菜鸡和其他食物大加赞赏。饭后寻找咖啡，但是只有一些麦芽酒和半夸脱牛奶。弗雷兹勇敢地参与节日活动，在那之后立即躺在床上。他在我身上过夜。

“上午，装裱水彩画。下午，画完一些东西。晚上，吃冷的残羹剩饭。最后，我非常匆忙。我于8：40抵达车站，很快以最快速度穿梭于暮色中的乡野，直到飞驰过它。如今你知道究竟发生了什么，等等！”

8月7日。“里希特的画廊又售出一些作品，净赚225马克。瓦尔登为了他的豪华版《艺术方向》，想要复印50份我的一幅版画。如果他愿意付钱，我会给他《痛苦的花园》一作。为分离派创作石版画一事也迫在眉睫。我另需要8天假期！”

8月11日。周日，在慕尼黑休假，孤身一人。

8月12日。收到了整幅供我签名的“小世界”（是给韦斯特海姆的）。日本纸很美，从某种意义上来说很华丽。

8月19日。昨天我身在慕尼黑，绘制一幅前天晚上开始动手的水彩画。发现家中一切有序。弗雷兹很肥且放荡。曼德琳晚上11点左右把他以及他所有的东西带上楼。不论豪森斯坦的文章多么竭力吹捧我，还是激起了我的反感。我在粗糙的亚麻纸上以石膏为底，画了一幅极其系统的，名为“梦境”的作品。马上装进白框，把它挂了起来。回营地的一路上，还是想着它。

我期待过几天好日子。当然了，介于主计官计划休假，直到下周日我都要留守这里，但是因此能够每晚在他的房间里做自己的工作而免于打扰。

8月21日。“多亏格尔兹，赚了几百马克。为韦斯特海姆签好名，寄了出去，指望随时收到钱。某个下午我因公去往奥斯堡，有时间吃一顿好饭。要是沃兹的小旅馆开在慕尼黑，你就能时不时在那里吃上一顿。下周日一定会留守这里。”

8月24日。“这几天的天气特别炎热湿闷，理应下雨却又不下。夜晚与之相反，特别舒服，温度无比适宜。我对我美观大方的夜间营房感到非常满意。但是今天我的床边台灯坏了。

“《莱比锡画刊》这个老姑妈欲在表现主义的名目下刊载我的作品。我在回信中询问谁将撰写文章，与我一切被列入考虑的是哪几位艺术家，以及我能否得到报酬。

“相信我们如今能够有信心面对未来了。我们还将以合理的薪酬雇佣一位女佣。

“但愿国家的运气像我的一样好。

“祝你们愉快。当你享用巧克力和意大利烩饭时，请想念我。”

8月29日。《莱比锡画刊》会得到我的配合——文章由韦斯特海姆撰写。

我指望我的主计官明天回来，并希望周六再去慕尼黑。慕尼黑寄来了一只烤鸡，我把它做成了一顿令人食欲大旺的佳肴，而这美味又刺激我在夜间10点到12点画出一幅非常斑斓的水彩画。

9月4日。“我收到我的中学班级的邀请，于9月的某天参加1898年级同学团聚。我也许必须请求他们原谅我的缺席，理由是我还在经受欧洲这场大病的折磨。让他们再等上五年吧，或许那时候又可以团聚了。

“我很高兴你将在9月14日回来，但是我无法得到长至一周的休假。由于眼下的书目管理工作，18日之前无法准假。”

1127.9月19日。主计官卧病在床。医官本该把他送入医院；可是，他考虑到职务和我，便等些时日看看病情的发展。主观看来，他并不很痛苦；客观看来，他饱受痢疾折磨。因此，再见了我的休假！我从未感到如此受束缚！

心情阴郁，工作任务沉重。事事不顺。到处都存在小小的矛盾。当我无法立即查出错误所在，便由它而去。尽量不去麻烦主管。

在这样的情形下，出乎意料地收到了瓦尔登的一刊《艺术方向》。它在很大程度上只不过是炒冷饭，图片和文字都是如此。博物馆版本会包括我的一幅独创性版画——《痛苦花园》。我很久以前便请维特罗特复制50份，但是他在这个小作品上耗费大量时间。我为埃德施密特（Edschmidt）撰写的文章初稿业已完成。现在我会重新斟酌，将我随手写下的思绪组织得更富有条理。某些内容给我的印象是同一个想法的重复，变化的只是形式。

9月23日。慕尼黑的短暂调剂对我有益处。待在营地的周日真沉闷无聊啊！尤其当你手头没有油画工具！总管又可以起床了。

今晚没有电灯。跟着小伙子们睡觉去。曼海姆（Mannheim）想要展览我做的人偶，我拒绝了。

9月24日。主计官偶尔下床，开始工作。感谢上帝。到头来一

+ 艺术家之画：自画像　1919 年

切还算顺利，只有休假泡汤了！在《艺术方向》年鉴里，康定斯基简单又机智的优异文章远远甩开其他作品。构思完美，清晰透彻，说服力极强。而大众正渴求着澄清的作品！“艺术作品成为主题”这样的句子已诉说一切。整个论述过程如此温雅冷静。

也许我很快便会有自己的房间，甚至是在非公务时间，这样我就可以不受干扰地度过闲暇时光。营房逐渐被占用。

9月26日。作为现金箱管理员，我必须住在它旁边。这对非公务活动非常有利！我不在抽屉里作画了！

1128.10月2日。时局古怪，没人愿意谈论它。有的日子发生最疯狂的事情，而你“无事可奏”。如今重要的事情是我有了自己的房间。不用登记，不用关灯！不用下床，除了穿军服，不必遵从任何军事准则。我与主计官在一张独桌共进午餐。我们有桌布，尽管不干净。医生和女士们在隔壁的办公室里用餐。

我有很多空间，并且独享一个大且优质的衣橱。

那么，完全准备好作画！百根蜡烛的光芒！

来吧，圣灵！

战争中发生的一切都太过世俗！想想保加利亚人，如今战事悬于他们之手，还有土耳其人，他们现在会被击垮吗？西线很快就要退回到莱茵河吗？

然后我们将回家，这是配得上赞美诗的主题！但是如今，彻底崩溃必须真的出现。无人有机会恢复。心理时刻到来了。

1129.旅途顺利，最后一刻找到座位。火车之旅和步行对我来说很短暂，我一定是忙于思考。事实上我在火车上睡觉，并且听见一对澳大利亚人仿佛从遥远之处诉说着意大利前线上如梦似幻的事情，好似这一切出现在我的梦里。

10月27日。坐普通列车安全抵达。在奥斯堡我感到疲倦，被沉重的行李拖累，因而去了一间旅馆。我请他们5：30叫醒我，睡了6个小时好觉后乘着满是悲伤气氛的工人列车去了机场。我在早上7点抵达营地，没听到针对我的怨言，并且休息充足。周六过去了，今天这个周日我如愿不受干扰地绘画。又完成了两三幅作品，并且为其他数件作品做准备，以防很快被类似的冲动掳获。

主计官还在这里；他没有再听到任何有关调动的消息。可是我并不完全信任他。还好我刚刚休过假，因为11月4日前一切休假皆被取消。

我正享受新寓所的好处。今天至少食物不坏；晚上，我没出去，而是在办公室炉子上烤土豆。整个环境有点修道院气息，就别提旅馆了。中午休息时，我读了几段《鲁滨孙漂流记》。此书非常适合我在此时此地阅读，小说和我的现实生活在很多方面不谋而合。

1130.10月30日。奥地利和土耳其做了他们该做的事情。我精神振奋，只期望紧张局势速速结束，因为这一切世界历史令人过分世故。

我在这里装裱了6幅水彩画，用光了我的厚纸板和公家糨糊。

读完《鲁滨孙漂流记》，它在进入高潮后灵光变弱，但是依然是部非常优秀的作品。

这是怎样的时刻啊——德国当局如今完全孤立，全副武装而又无能为力！我的愿望——内在尊严得以保存，宿命观念凌驾于一般的无神论——也会被击碎吗？如今我们有机会成为人类应该如何忍受失败的范例。但是如果群众发起暴动，又会如何？惯常的事情将会发生，鲜血会流淌，更糟糕的是，会有审判！多么陈腐！

眼下，万事仍旧一派平和景象。

1131.11月3日。“我亲爱的费利克斯，谢谢你可爱的来信。很遗憾这次我不能回家，即使是偷偷地也不行。一切休假都被取消，包括去奥斯堡。我不知道会持续多久，当然也永远不会得知背后原因。也许是流行感冒，也许他们为了防止革命精神的扩散而限制出行。如今，人们不能像往常那样对公事做出猜想。另外，军事荣耀这种老观念必然很快消失，任何安全返家的人都会认为自己走运了。主计官似乎也开始积极谋求调职，只不过缺少一个替补人。一切真的都在祈求一个结尾。

+ 受压抑的小绅士　1919 年

“周五下午我又可以好好做自己的事情，完成两幅新的水彩画。我为一本书而写的一篇关于版画及素描的文章，现在也快完成了。你可以告诉你的妈妈，瓦尔登已将在议会卖出的画和30幅版画赚得的钱存入银行，并请她立即支付版画材料和画框的账单，以免债务积累。我还写信给穆勒出版社，该社邀我创作插画。爱你和你妈妈，你的父亲。

“又及：今天我吃了一只本要带给你的鸡。是奥斯堡那家三摩尔人大饭店的厨师在军官餐厅里烤的。于是我至少得到了一些慰藉。我会寄一些面包回家。”

11月5日。费利克斯又写了一封具有历史意义的信来，字里行间都是革命精神。我在出纳室大声朗读它。休假禁令似乎解除了。那么，就盼着周六了！如此紧要关头，却没有烟草。

1132.11月14日。前天，我染上流行病感冒，发烧咳嗽。但是一个充满梦幻的夜晚治愈了我。疾病显然呼之欲出，却又没能发作。

随崩溃而来的极度迷茫一度令所有人只知谩骂，在那之后我们又重拾公务一如往常。前线的数个单位被集结来此地，包括整个第二飞行学校，来自博戈尔（Bogohls）等前线的飞行中队。会非常混乱，但是令人兴奋。

11月19日。7：45的早间快车之行非常顺利，在奥斯堡享用一顿丰盛温暖的早餐，然后冷静地再次扮上伪装，走过阳光下覆有一层薄雪的郊野。亏了从前线而来的飞行队们，这里一派轻快活跃。那里，则有关于崩溃的、令人毛骨悚然的故事。在这一片混乱之中，我的小房间如今显得加倍宁静。

军事委员会将我们的日薪涨了3马克。没法花掉一分一毫，于是我们变得有钱。

+ 游水人生　1919 年

1133.12月2日。旅途愉快，在里吉尔餐馆吃了一顿猪蹄。然后瞄见学校的交通车，便搭它回营。我将为穆勒出版社委托的活儿（这是第一次，不会是最后一次）忙碌一阵。又有刚从前线遣回的部门，这给主计官们制造了许多麻烦和各种特殊工作。奇怪的主计官们进进出出，阅读荒唐的新官方清单、咒骂、向我们借钱，等等。

1134.12月10日。一如以往安全抵达，在奥斯堡吃例行早餐。然后搭马车回盖斯特霍芬，最后半小时步行回空军基地。继续阅读霍夫曼的书。如今纯属机械化地履行公务。我无法再忍受多久。一幅精美的《奇妙角的男孩们》也许会对我有用。在艺术里，幻像不像显像那样必要。

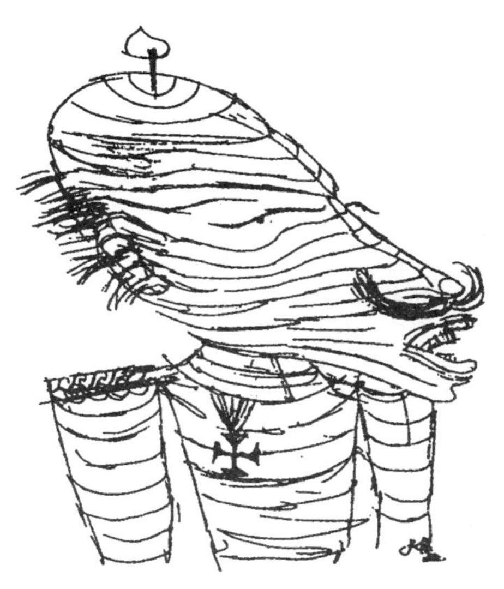

+ 愤怒的威廉皇帝　1920 年

12月12日。如果厌烦情绪真有加剧的可能，今天我更加不想工作。

12月16日。“我最亲爱的莉莉。安全抵达。这一次全程步行，但这在温和晴朗的天气里完全无碍。今天我接到一条来自总部的命令，要求薪资部门的员工暂时留任军中。但是这完全未能改变我的计划。我在我的内在推动力下行事。眼下，每个人必须理智地为自己打算。我饶有兴味地想象主计官和我的离开会给这里带来什么后果。医生会想念我们。助理姑娘们会啜泣。但是这一次，我知道必须遵从我内心的声音会付出代价。毕竟命运已经下达了它的判决，在这巨大的崩溃之中，在一个小小岗位上尽忠是毫无意义的。但是我想优雅地离开，而不是就那么粗鲁无礼地跑掉。我要恭谦地从委员会的绅士们的手中接过圣诞节的休假条，然后……让他们去追莱波雷诺！你的保罗。

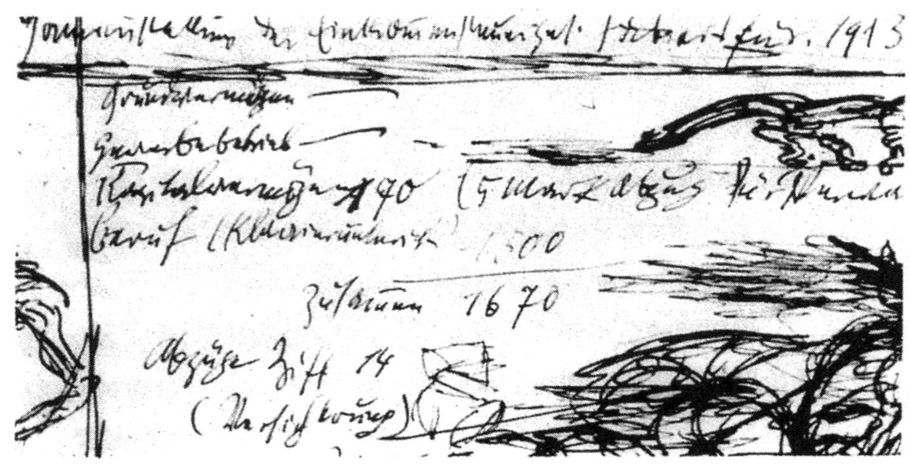

“巴伐利亚第五飞行学校的一名1879年次士兵恳请尽快批准退伍，由代理主计官填补其空缺。这位士兵会因滞留军中蒙受巨大损失，介于继续服役会使他无法及时受聘出任柏林一间艺术学校的老师和慕尼黑一家现代剧院的艺术顾问。作为一家之主，他认为他有义务请军事委员会注意到这一局面，并请求他们尽快起用代理主计官以解决这一难题。一等士兵保罗·克利。”

注释

波希（Bosch，1450—1516），荷兰画家，早期荷兰画派代表人物之一。

克拉邦德（Klabund，1891—1928），德国诗人，翻译、模仿中国文学。

《暴风雨》（*Der Sturm*），德国艺术与文学杂志。

阿道夫·班纳（Adolf Behne，1885—1949），德国评论家、艺术史学家。

戈特赫尔夫（Gotthelf，1797—1854），瑞士德语小说家。

鲁道夫·斯坦纳（Rudolf Steiner，1861—1925），奥地利哲学家、建筑家。

阿里曼（Ariman），祆教中的恶神，统领无数恶魔。

莱波雷诺，歌剧《唐璜》中唐璜的侍从。唐璜在被仇人围困之际将他们引去追踪莱波雷诺，以求脱身。

+ 钢琴演奏　水彩　1909 年

+ 夏日风景　3 月 2 日作纸上水彩　17.3 cm × 21.7 cm　1890 年

+ 无题 / 伯尔尼郊外风景　油画　33.5 cm × 24.5 cm　1906 年

+ 少女与瓶　油画　35 cm × 28 cm　1910 年

+ 风景，黄色马渝紫色路　粉彩画　14.7 cm × 18.3 cm　1912 年

+ 米柏兹霍芬郊外写生　水彩　9.8 cm × 22.4 cm　1913 年

+ 雨般的风景　水彩　19.8 cm × 12 cm　1931 年

+ 水港　水彩　15.5 cm × 14 cm　1914 年

+ 灰色骆驼习作　水彩　21.5 cm × 28 cm　1914 年

+ 突尼斯速写，街上咖啡店　水彩　17.9 cm × 12.2 cm　1914 年

+ 左上的绿　水彩　16 cm × 19 cm　1915 年

+ 有红旗的建筑　油画水彩　31.5 cm × 26.3 cm　1915 年

+ 眺望街景　水彩　20.4 cm × 11.1 cm　1915 年

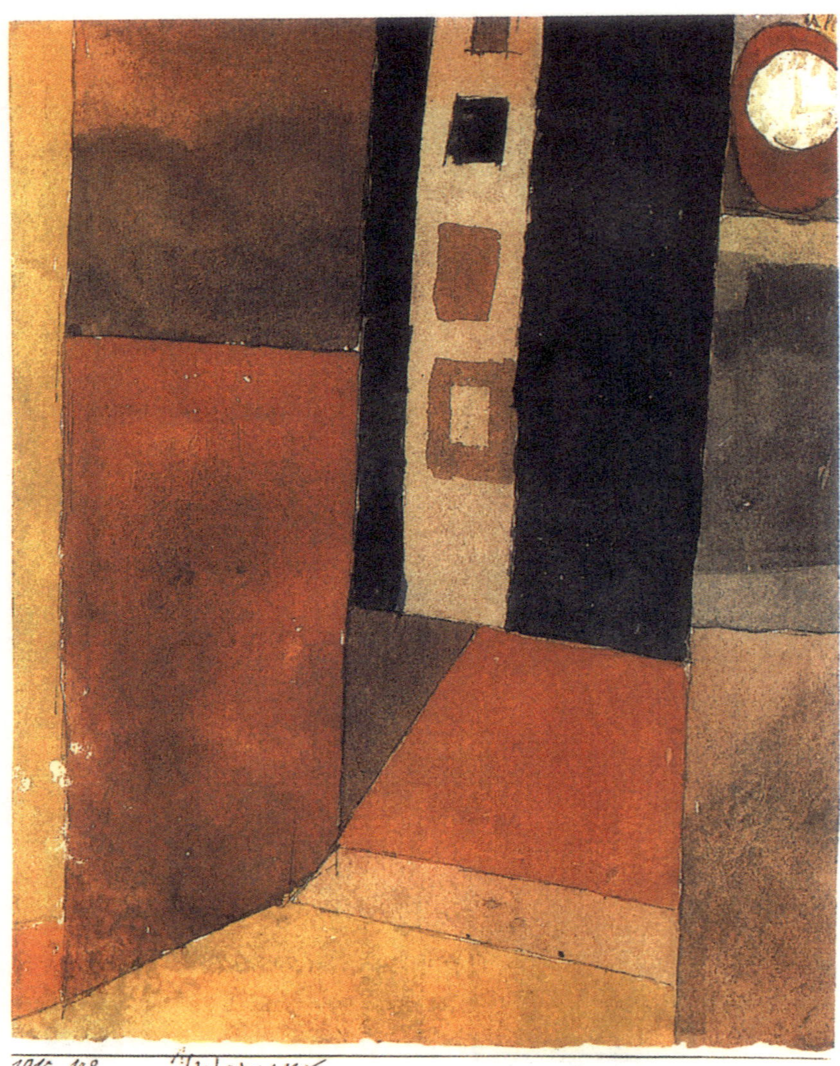

+ 有时钟的空间　水彩　19.7 cm × 15.5 cm　1915 年

+ 纵长的“O”　水彩　10.3 cm × 29.7 cm　1915 年

+ 彩虹　水彩　18.1 cm × 22 cm　1917 年

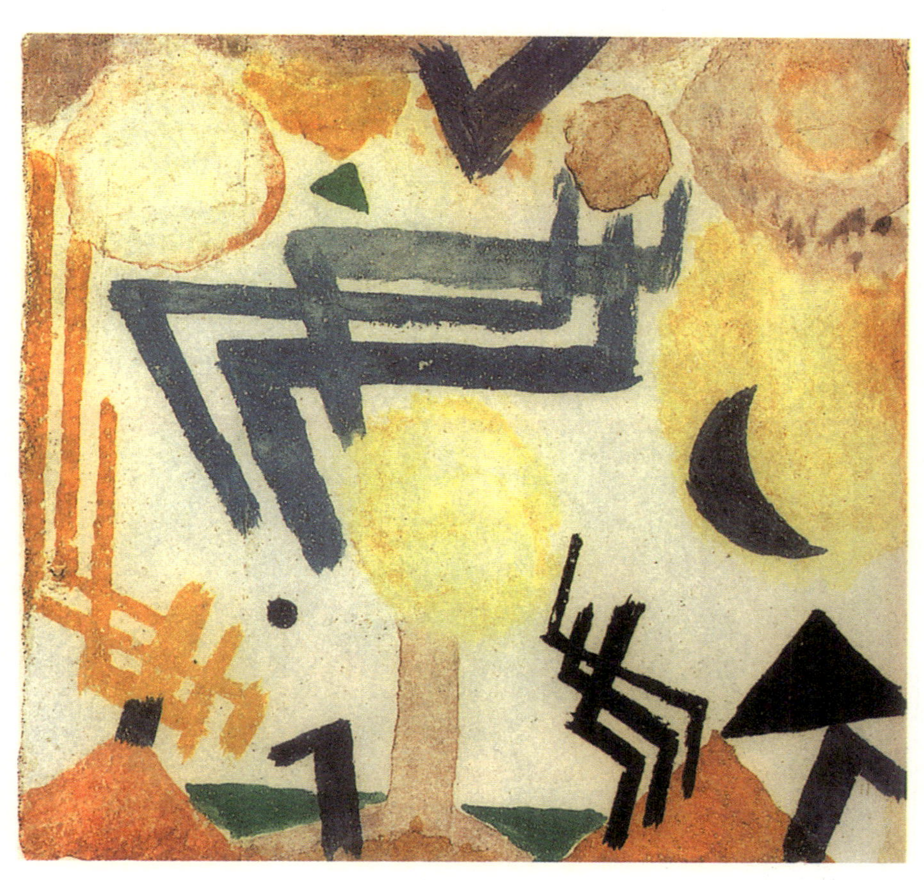

+ 晴空风景　水彩　16.5 cm × 17.1 cm　1917 年

+ 埃及小花饰　水彩　16.7 cm × 8.9 cm　1918 年

+ 男孩的性知识　水彩　23.7 cm × 24 cm　1918 年

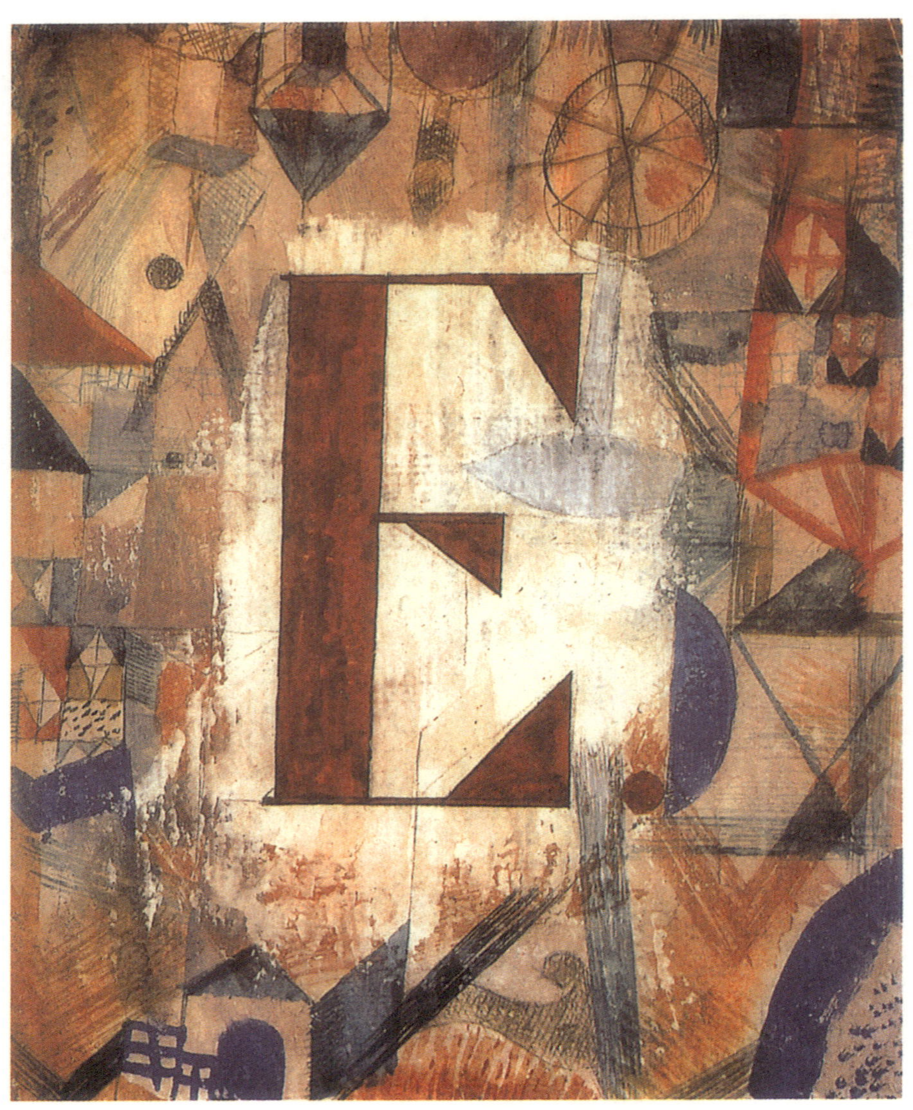

+E 断片的水彩　水彩　22 cm × 18.1 cm　1918 年

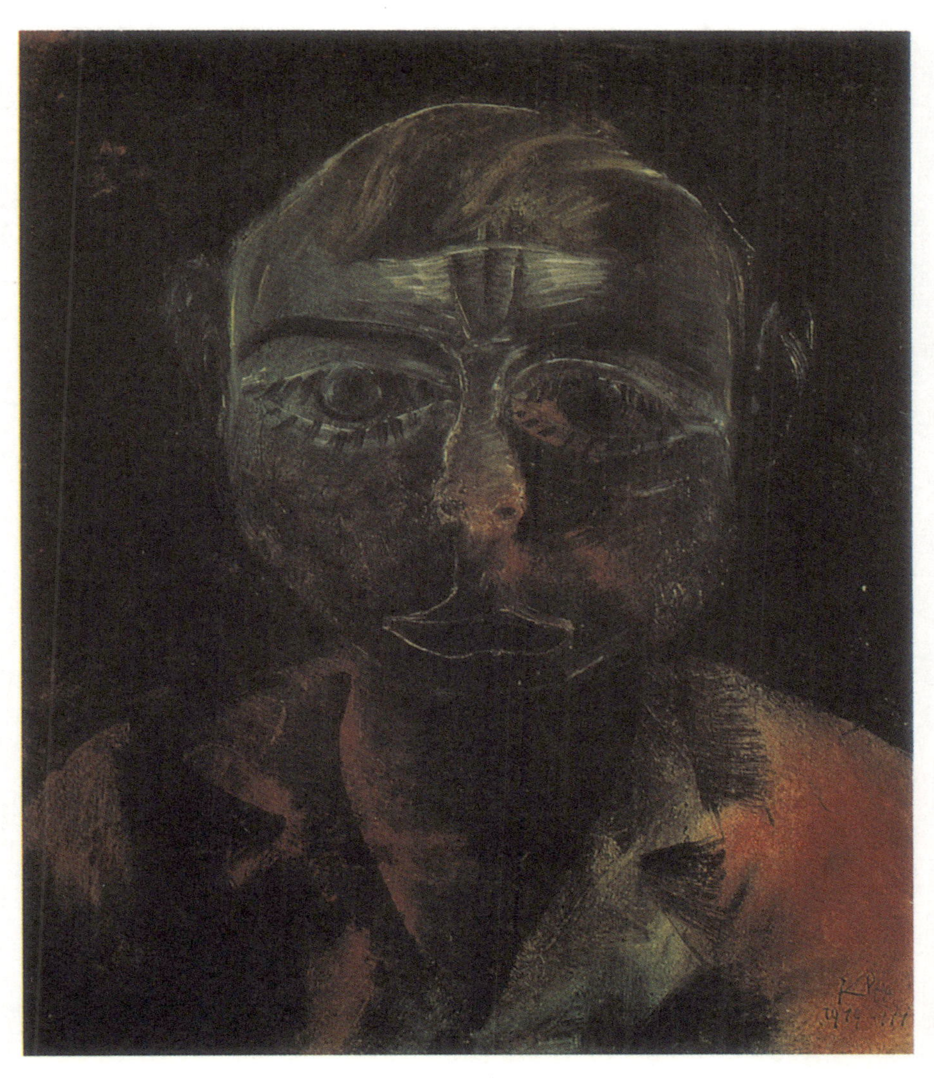

+ 年轻人画像　油画　25 cm × 23.5 cm　1919 年

+ 有棕榈与枞木岩石风景　油画　42.5 cm × 51.5 cm　1919 年

+ 与偶像共舞　油画　37.5 cm × 32.5 cm　1919 年

+ 圣塞巴斯汀那　水彩　21 cm × 13.3 cm　1919 年

+ 日落风景　水彩　19.9 cm × 26.1 cm　1919 年

+ 无题 / 村中的村落　油画　19 cm × 26.5 cm　1920 年

+ 出战的大帝　水彩油画　43.5 cm × 28 cm　1921 年

+ 红紫与黄绿，色彩圆直径的阶层化　水彩　23.3 cm × 30.2 cm　1922 年

+ 黄昏，青绿与黄橙间的阶层化　水彩　33.4 cm × 23.3 cm　1922 年